不埋没一本好书，不错过一个爱书人

七楼书店

OSLER'S
A Way of Life
&
Other Addresses, with
Commentary
&
Annotations

生活之道

[加] 威廉·奥斯勒　著

邓伯宸　译

郭凤岭　注

金城出版社
GOLD WALL PRESS

·北京·

图书在版编目（CIP）数据

　　生活之道/(加)威廉·奥斯勒(William Osler)
著;邓伯宸译.—北京:金城出版社有限公司,
2023.5
　　书名原文:Osler's "A way of life" & Other
Addresses, with Commentary & Annotations
　　ISBN 978-7-5155-2375-0

　　Ⅰ.①生… Ⅱ.①威… ②邓… Ⅲ.①散文集—加拿
大—现代 Ⅳ.①I711.65

中国版本图书馆CIP数据核字(2022)第207016号

本书第2-35幅"奥斯勒生平影像"插图由麦吉尔大学奥斯勒医学史图书馆提供
(© Osler Library of the History of Medicine, McGill University)

生活之道

作　　者	[加]威廉·奥斯勒
译　　者	邓伯宸
注　　者	郭凤岭
特约策划	钟惠民
责任编辑	杨　超
责任校对	彭洪清
责任印制	李仕杰
文字编辑	叶双溢
开　　本	710毫米×1000毫米　1/16
印　　张	23.5
字　　数	308千字
版　　次	2023年5月第1版
印　　次	2023年5月第1次印刷
印　　刷	天津丰富彩艺印刷有限公司
书　　号	ISBN 978-7-5155-2375-0
定　　价	88.00元

出版发行	**金城出版社有限公司** 北京市朝阳区利泽东二路3号　邮政编码：100102
发 行 部	(010) 84254364
编 辑 部	(010) 64214534
总 编 室	(010) 64228516
网　　址	http://www.jccb.com.cn
电子邮箱	jinchengchuban@163.com
法律顾问	北京市安理律师事务所　(电话)18911105819

目录

威廉·奥斯勒（William Osler，1849年7月12日—1919年12月29日）

邦德海德（Bond Head）的教区，位于今加拿大安大略省西科姆郡（Simcoe County），奥斯勒在这里出生，并在这里度过了幼年时期

1855年或1856年，奥斯勒（左一）与邻居儿童在教区农场合影

登打士（Dundas）的教区，位于今加拿大安大略湖西畔，1857年，奥斯勒举家迁至此地

1866年或1867年，奥斯勒（右上）与三一学院中学（当时在安大略省的威斯顿）的学长在多伦多

1870—1872年，奥斯勒于加拿大蒙特利尔，时为麦吉尔大学医学院的学生。这张照片是奥斯勒送给他姐姐艾伦·玛丽（Ellen Mary）的，詹姆斯·英格里斯（James Inglis）摄

1871年2月18日，奥斯勒于加拿大蒙特利尔，时为麦吉尔大学医学院的学生，詹姆斯·英格里斯摄

1877年，奥斯勒于加拿大蒙特利尔，时为麦吉尔大学医学院教授，埃默里·沃克（Emery Walker，1851—1933）摄

1881年10月，奥斯勒于加拿大蒙特利尔，时为麦吉尔大学医学院与蒙特利尔总医院教授

1882年，麦吉尔大学医学院成立半世纪纪念，左六为奥斯勒，最前面站立者为当时的院长乔治·威廉·坎贝尔，左一为奥斯勒的老师罗伯特·帕尔默·霍华德

1884年，奥斯勒（右）与恩师霍华德之子贾里德·霍华德（Jared Howard）在德国柏林，赫尔曼·伯克（Hermann Bock）摄

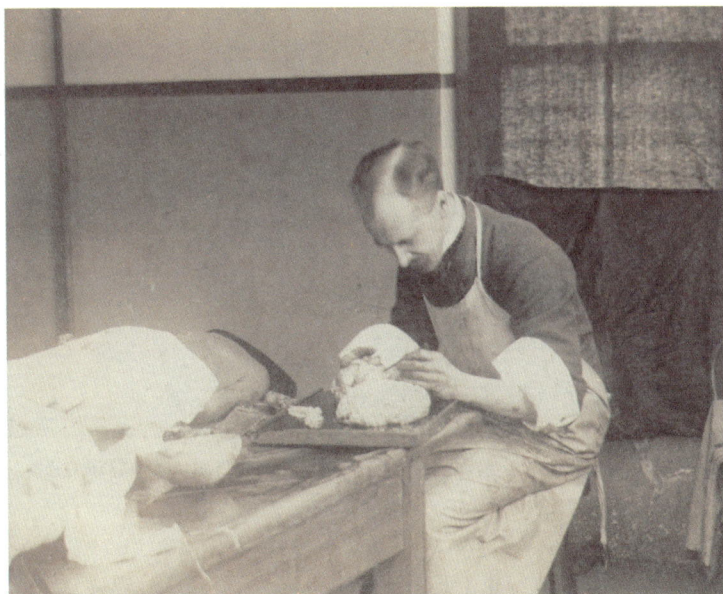

1886年或1889年，奥斯勒在布洛克利停尸房（Blockley Mortuary）检查人体器官，时为美国费城综合医院病理学家与宾夕法尼亚大学医学院教授，塞缪尔·麦克林托克·哈米尔（Samuel McClintock Hamill，1864—1948）摄

1887年夏，奥斯勒（中）与宾夕法尼亚大学骨科医院、神经疾病医院的医师、护士和患者合影，时为费城综合医院病理学家与宾夕法尼亚大学医学院教授

1887年或1889年，奥斯勒在费城综合医院进行病理学演示，时为费城综合医院病理学家、宾夕法尼亚大学医学院教授

1888年，奥斯勒于美国费城，时为费城综合医院病理学家、宾夕法尼亚大学医学院教授

1889年4月，奥斯勒（二排左二）与约翰·霍普金斯医院的第一批实习生

约1891年7月，奥斯勒在约翰·霍普金斯医院撰写具有里程碑意义的医学教科书《医学原则与实务》

1891年8月，奥斯勒（左一）在约翰·霍普金斯大学医学院，照片中坐在他旁边的是他的侄子威廉·弗朗西斯（William Willoughby Francis，1878—1959）

1892年或1896年，奥斯勒在多伦多，他的妻子葛莉丝很喜欢这张照片，赫伯特·E. 辛普森（Herbert E. Simpson）摄

约1894年，奥斯勒与妻子葛莉丝在牛津大学，他们在1892年结婚

约1897年，奥斯勒与两岁的儿子爱德华·里维尔在巴尔的摩

德国著名医学插画师马克斯·布罗德尔（Max Brödel，1870—1941）于
1896年所绘漫画《圣约翰·霍普金斯医院》中的奥斯勒

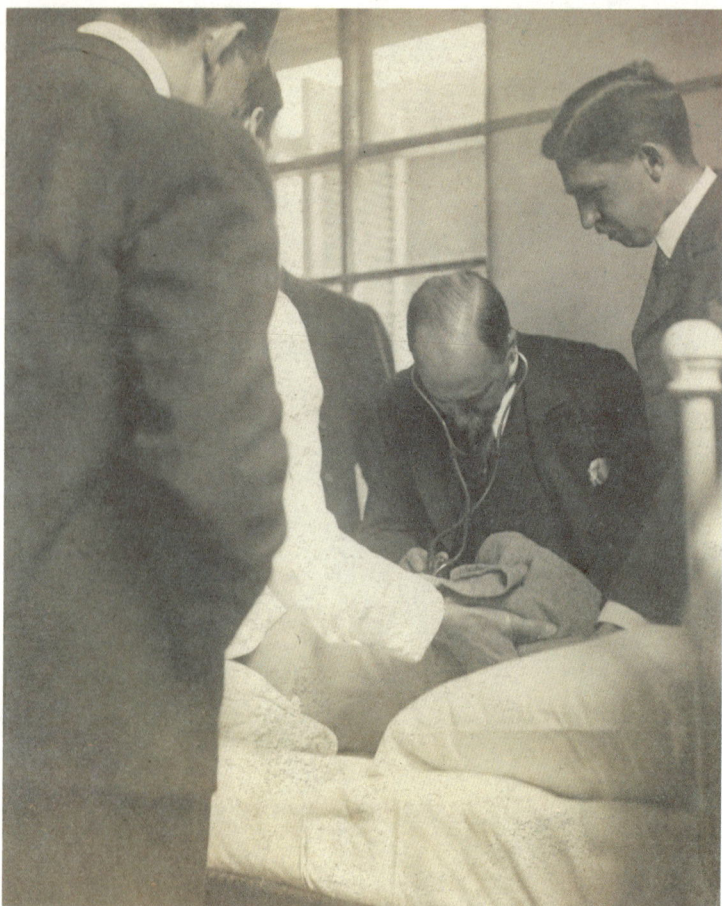

奥斯勒在约翰·霍普金斯医院的病房里为病人听诊

1901年7月，奥斯勒（右）与妻子葛莉丝、助手乔治·多克在荷兰访问

1905年，奥斯勒在巴尔的摩，托马斯·克伦威尔·科纳（Thomas Cromwell Corner, 1865—1938）摄

1905年6月，奥斯勒一家在牛津瑙伦园7号临时寓所，科林·克尔·拉塞尔（Colin Kerr Russel，1877—1956）摄

1905年6月，奥斯勒（右三）与朋友和家人在牛津，埃默里·沃克摄

牛津瑙伦园13号，奥斯勒一家从1907年搬到这里居住，一直到他们去世

奥斯勒的书房，牛津瑙伦园13号，约翰·弗尔顿（John Farquhar Fulton, 1899—1960）摄

1907年，奥斯勒在牛津

1915年春，奥斯勒（左五）与佩恩顿美国战时医院（位于英格兰德文郡）的工作人员

1911年5月25日，奥斯勒的妻子葛莉丝受邀到英王乔治五世与玛丽王后的宫廷

1916年，奥斯勒与儿子爱德华·里维尔在牛津瑙伦园13号家中

1918年或1919年，奥斯勒夫妇与他们的朋友在牛津瑙伦园13号家中

牛津大学基督会大教堂（Christ Church Cathedral），1920年1月1日，奥斯勒的葬礼在这里举行

四医师：韦尔奇、霍尔斯特德、奥斯勒、凯利（*The Four Doctors: Professors William Henry Welch, William Stewart Halsted, William Osler and Howard Atwood Kelly*），约翰·辛格·萨金特（John Singer Sargent，1856—1925）绘约翰·霍普金斯大学医学院"四巨人"，油画，1905—1906，约翰·霍普金斯大学韦尔奇医学图书馆

生活之道

宁静[1]
Aequanimitas

汝等应如岬角，纵使海浪不断冲击，不仅自身挺立，波涛至其周边也为之平静。

——马可·奥勒留《沉思录》

我说：不要害怕！生命仍让人的努力大有机会。但生命也充满病痛，不应心怀过度的希望；你们既不妄想，故也无须绝望！

——马修·阿诺德[2]《埃特纳山上的恩培多克勒》
（Empedocles on Etna）

1　1889年5月1日，奥斯勒对美国宾夕法尼亚大学（简称宾大）医学院应届毕业生做的演讲。奥斯勒在此执教五年，即将到新成立的约翰·霍普金斯大学医学院赴任，这也是他辞职前的告别演说。Aequanimitas是拉丁文，意为"平静无波的心境"，在本文中指古希腊哲学流派斯多葛学派（Stoicism）的学说，主张遵从自然理性，恬淡怡然，以至内心平和安宁。——编注（本书注释如无特别说明，均为编注）

2　马修·阿诺德（Matthew Arnold，1822—1888），英国近代诗人、评论家、教育家，牛津大学诗学教授。著有《文化与无政府状态》《批评集》等。

对许多人来说，冷淡的习惯使然，这个一年一度的盛典总是显得死气沉沉的。但对你们而言，至少是今天在场的人，毕业典礼当然有其严肃性，正如这一天所要求于你们的，自今而后，庄严崇高，任重道远。你们已经选择了自己的守护精灵（Genius），匍匐通过了艰困女神（Necessity）的荆棘，命运姐妹（Fatal Sisters）的声音在你们的耳际回响，你们即将进入遗忘之原（Plain of Forgetfulness），饮下忘川之水。[1] 在你们有如潘菲里亚人艾尔（Er the Pamphylian）[2]一般，身不由己地要上路之前，我有责任跟你们说几句勉励的话，代表全体师生，祝福你们此去一帆风顺。

你们身经百战、孜孜不倦，因"苦读而形销骨立，目光憔悴"[3]；我心不免戚戚，事关你们人生的成败，虽然有许多叮咛要说，我还是不

---

1 出自柏拉图《理想国》，取材于神话。艰困女神纺的纱可以困住宇宙之轮及世界的命运，命运姐妹是她的三个女儿，即"命运三女神"，掌管人的命运。

2 出自柏拉图《理想国》。书中记载，潘菲里亚人艾尔战死沙场，看到死后的世界，以及命运之神如何掌控人的生命，于12日后复生。

3 出自英国诗人托马斯·胡德（Thomas Hood，1799—1845）的长诗《尤金·阿拉姆之梦》（*The Dream of Eugene Aram*）。

忍多言，只讲两件事情，希望能有助于你们成功，或在遇到挫折的时候不无小补。

首先要讲的是，身为一个医师，无论内外科，最重要的特质莫过于沉稳；让我花几分钟的时间，跟你们谈谈这项身体上的气质。你们当中有些人，在过去严苛的岁月中，或许来不及养成这种特质，我倒是可以稍微提示它的重要性，可能有助于你们达到那种境界。所谓沉稳，就是在任何情况下都保持冷静与专心，是暴风雨中的平静，是在重大的危急时刻保持清明的判断，是不动如山、心如止水，或者用古人的话来说，就是黏液质（phlegm）[1]。这种特质一般人最欣赏，虽然其间常不免误解，但一个医师若不幸少了这种特质，动不动流露出犹豫与焦虑，随时碰到紧要关头，徒然显出慌乱，拿不定主意，很快就会使病人丧失信心。

在我们的年长同人里面，拥有这种特质的可说大有人在；这种天生的气质，于己固然是一种福分，于他人更是如沐春风，对你们来说，应该不至于陌生，多年的亲炙，我深信一定是印象深刻的。沉稳，基本上是一种身体的气质，我不得不说，你们当中有些人，或许由于禀赋的不足，可能很难做得到。但是，用心培养还是能够起很大的作用，经过训练与领会，大部分的人应该都能够达到相当的境界。首要之务就是善于掌握你们的神经。身为一个医师，无论内外科，碰到棘手的状况时，"管不住自己内心的动静，以至于形之于外"[2]，连最细微的变化，不安或担心，全都写在脸上，那就表示无法有效控制自己的延脑中枢（medullary centres），随时都有可能犯下大错。关于这一点，我曾经多次跟你们谈过，要求你们锻炼自己的神经中枢，碰到任何专业上的考

1　西方"医学之父"。古希腊医师希波克拉底（Hippocrates，前460—前370）的"体液学说"把人的气质分为四种类型：性情急躁、动作迅猛的胆汁质；性情活跃、动作灵敏的多血质；性情沉静、动作迟缓的黏液质；性情脆弱、动作迟钝的抑郁质。

2　出自莎士比亚《奥赛罗》。

验时，哪怕是最细微的扩张与收缩作用，也不至于青筋毕露。就算没有我的督促，时间在眉宇上刻画的岁月，也会全面压熄内心惶恐引起的羞红，但是，在此之前，如果能够先压得下来，有朝一日，一副莫测高深的表情，那可就是一大笔的资产。当然，真正圆融的沉稳，绝对少不了丰富的经验，以及对疾病各个方面的了然于胸。具备了这种优质的素养，医师就可以无往不利，任何突发的状况既不至于动摇其心理平衡，各种可能的变化也成竹在胸，所采取的行动自是笃定有序。但就其本质来说，这种弥足珍贵的特质却很容易招致误解，一般人常批评医师冷漠，似乎也在这里找到了理由。然而，某种程度的冷淡不仅有其优点，在做成冷静的判断与进行精密的手术上尤其不可或缺。毫无疑问地，敏锐的感受力当然有其可贵之处，但前提却是不应影响手的稳定与神经的冷静；对一个专注于工作的人来说，无动于衷无非是为求好心切，小事小虑暂且放到一边，其实才是值得称许的态度。

因此，各位同学，善加培养这种明智的迟钝，好让自己在应付紧急情况时能够从容坚定，免得事到临头了，才要来硬起"我们赖以活命的人心"[1]。

其次，跟沉稳这种身体气质同样重要的，则是一种心理上的漫长追求。谈到这一点，你们应当都记得安东尼·庇护[2]；这个人，做人堪称是最好的，身为统治者，也是最睿智的。临终之际，他总结自己的人生哲学，不过"宁静"二字。就他而言，即将穿越世界的火墙，就你们来说，则是要自克洛托[3]的纺纱中再生，沉着的冷静，正是最需要具备的

---

1 出自英国诗人华兹华斯（William Wordsworth，1770—1850）的长诗《不朽颂》（Ode: Intimations of Immortality from Recollections of Early Childhood）。

2 安东尼·庇护（Antoninus Pius，86—161），古罗马帝国皇帝，罗马"五贤帝"中的第四位（第五位是他的养子马可·奥勒留）。

3 克洛托（Clotho），古希腊神话中"命运三女神"中最小的妹妹（即前文"命运姐妹"中的一位），负责编织人的命运之线。

素养。这个境界，说要达到，谈何容易，说它必要，无论身处成功或挫折，却还真不可少！天性固然是与时俱进的，但同样不可或缺的是，对于人际关系与日常工作的性质，总要具备清楚的认知。要守住一片纯良的宁静，第一要件就是不要去对我们的病人抱太大期望。"知识已经来了，智慧却在门外徘徊。"[1]谈到医学常识，现代人其实比古罗马人理智不了多少。琉善[2]谴责当时的人迷信无知，恶名昭彰的庸医如亚历山大（Alexander）[3]者流，轻易就能将人们骗得团团转。有人总认为，以琉善的先见之明，他可以说是早生了18个世纪，殊不知在我们所从事的这一行里，古人固然轻易相信江湖郎中，但即便时至今日，对某些人来说，这种人性的弱点依然令郎中食髓知味。因此，如果在你亲爱的牧师口袋里找到了千中选一的粉剂膏药，或在病房中偶尔发现了"华纳保命丸"（Warner's Safe Cure）[4]，千万要以平常心对待。这种犯规的动作，只当它是必然会发生的现象；心理既有准备，也就见怪不怪了。

说起来还真是奇怪，你们将来所要面对的，正是这样一群难缠的同胞，奇想怪癖，妄念幻想，不一而足。但是，他们内心世界的这些小毛病，我们越是深入研究也就越会发现，原来他们的弱点我们自己也有，只是五十步与百步的差别而已；要是我们自以为高出他们一等，对于这

---

1 出自英国诗人阿尔弗雷德·丁尼生（Alfred Tennyson，1809—1892）的诗歌《洛克斯利大厅》（*Locksley Hall*）。

2 琉善（Lucian，约125—200），古罗马时期希腊语讽刺作家．无神论者，被恩格斯称为"古希腊罗马时代的伏尔泰"。

3 古罗马帝国的一个庸医，活跃在马可·奥勒留当政时期，主张信仰疗法，声称自己得到了古希腊神话中医神阿斯克勒庇俄斯（Asclepius）的神助，是一种蛇身人首的神，可以传达神谕，连马可·奥勒留皇帝都曾请他预言军事活动的后果。琉善在《伪先知亚历山大》（*Alexander the False Prophet*）一文中揭露了亚历山大的骗术，指出所谓"预言"和"神示"的虚假真相。

4 19世纪80年代，美国人华纳（Hulbert Harrington Warner）针对当时流行的肾脏．肝脏疾病，制造伪药"华纳保肾保肝丸"，广为时人服用。

种半斤八两的相似，我们又怎么能够加以容忍呢？因此，对我们的这些同胞，一定要待之以无比的耐心，持之以恒久的慈悲心；试想，他们不也正是这样期待于我们的吗？

你们即将要面对的，是一个生活在沮丧之中的人，你们却活得快乐得多；碰到你们，他少不了会无理取闹，不免会扰乱你内心的宁静；这个人的前途未卜，不仅要靠我们的科学和技术，他也跟我们一样，是一个有血有肉、怀有希望和恐惧的人。为了追求绝对的真理，纵使设定的目标无法达成，找到的只是一些残块碎片，我们还是应该一往无前。提丰（Typhon）纠集叛徒谋害明君奥西里斯（Osiris）的那个埃及传说，你们应该都还有印象；圣女真理（Virgin Truth）的下场也如出一辙，被捕之后，她美丽的形体遭到碎尸万段，被抛散到四面八方；弥尔顿[1]这样写道："也就是从那一天起，真理悲痛欲绝的朋友们群起挺身而出，有如伊西斯（Isis）[2]四处寻找奥西里斯的尸块，上山下海，到处去找寻真理的碎片，一块一块地收拢起来。"弥尔顿又说："直到今天，我们都还没有找齐。"但是，我们每个人都可以捡到一块或许两块，等到有那么一天，生命加诸心灵的负担不再那么沉重，我们或许就能够看到一幅神圣的景象，一如伟大的自然学家欧文或莱迪[3]，只要用一小块化石碎片就能重建一个生物。

---

1 约翰·弥尔顿（John Milton，1608—1674），英国著名诗人、思想家，著有《失乐园》《复乐园》《论出版自由》等。

2 伊西斯是古埃及神话中的生命女神，她是冥王奥西里斯的妹妹和妻子。据古罗马帝国时期的希腊作家普鲁塔克记述，奥西里斯的弟弟塞特（古希腊神话中的提丰）篡夺王位，将哥哥奥西里斯的尸体分成14块抛到埃及各地，伊西斯到处寻找丈夫的尸块，最后只找到13块（生殖器被鱼吃掉），伊西斯用金子做了一个生殖器安在奥西里斯身上，用魔法使其重生，并与他生下复仇之神荷鲁斯（Horus）。

3 理查德·欧文（Richard Owen，1804—1892），英国生物学家，曾反对达尔文的进化论；约瑟夫·莱迪（Joseph Leidy，1823—1891），美国生物学家，奥斯勒十分推崇他的学术成就，对其人品尤为敬重。

有人这样告诉我们，拥有丰盛的宁静，无非是要让我们有能力去包容我们不幸的邻人。今天，我们的内心之所以得不到安宁，说起来可悲，或许只是因为手头拮据（straightened），缺乏那些外邦人所追求的东西。在这里我却要特别提醒你们，过不久，你们当中有些人，事业蒸蒸日上了，试炼的日子才真正来临。或早或迟，事业发达了，钞票进进出出，你们或许就会浪费你们的能力，等到发现自己的心灵已经迷失，却是为时已晚；换句话说，在你们积习已深的灵魂中，再也容不下温柔敦厚，生活也就失去了价值。

令人忧心的是，你们有些人，现在就开始怀忧甚至丧志了。在未来的执业生涯中，足以让你们焦头烂额的事情，当然是无可避免的。但是，就算是碰到最恶劣的情况，也当勇敢地坚持下去。就像雅博河（Jabbok）渡口的那位族长[1]，亲信都已离去，仅剩下他独自一人在黑夜中奋斗；希望也许已经远去，但你们仍应继续搏斗，因为唯有坚持才有胜利。随着黎明的到来，盼望已久的祝福或许也就跟着降临。不过，话又说回来，奋斗的结果也有可能是失败，若是如此，你们就当忍耐；对你们来说，那一日还是好的，至少能让你们得有机会，可以培养怡然自得的宁静。你们更当记住，"只有在我们穷途末路的时候，更美好的日子才要展开"[2]。纵使灾难当前，大祸临头，含笑抬头地面对也好过匍匐屈服。而战斗若是为了坚守原则或维护正义，即使失败无可避免，之前又不乏失败的先例，你们仍当坚持理想，以施尔德·罗兰（Childe Roland）[3]为榜样，挺立在黑暗之塔前面，吹响挑战的号角，冷

---

1 雅博河是约旦河的支流，据《旧约·创世记》记载，以色列先祖雅各（以色列史上第一个时期〝族长时期〞的第三位族长）面临危机，在雅博河渡口打发妻儿亲信过河，自己留下向上帝祷告，夜遇天使，与之摔跤获胜，得赐新名〝以色列〞，雅博河渡口成为雅各人生的分水岭。

2 出自莎士比亚的剧作《安东尼与克莉奥佩特拉》（*Antony and Cleopatra*）。

3 英国诗人、剧作家罗伯特·勃朗宁（Robert Browning，1812—1889）的诗篇《施尔德·罗兰迎向黑暗之塔》（*Childe Roland to the Dark Tower Came*）中的人物。

静等待战斗的展开。

有人说："你们常存忍耐，就必保存灵魂。"除了得到宁静，得使你们在人生的试炼中绝地逢生，忍耐还能带来什么呢？如果你们在水边播种，我将能够预见，你们将可以收割，获得许诺的祝福，其间有平安，也有永恒的保证。

终此一生，

超越生命的磨难。[1]

即使在漫漫长冬，你们仍然可以一点一滴捡拾智慧，纯洁、平和、温柔、充满慈悲和甜美的果实，不带丝毫的偏颇，没有丝毫的虚伪。

过去总是如影随形，是我们摆脱不掉的，是不请自来的；但在生命中，变迁与机会纷至沓来，我们大可以将更多的精力与时间放在当下，放在未来。倒是今天这个日子，丰收之母（Alma Mater）[2]正大张筵席，享受她的无尽丰饶之余，可不要忘了回顾以往，你们得有今天的一切，当感谢那些种树的前人。

一所大学之享有盛名，在于拥有伟大的内涵。为学术机构带来荣耀的，不是"雄伟、壮观的阵仗"，不是财富，不是学院的数目，不是礼堂中满坑满谷的学生，而是披荆斩棘，甚至不计毁誉的前人，一步一步走入宁静的名誉殿堂，攀登"有如群星，直达其顶"。这些人所建立的声誉，激励着每位校友、每个师生的心灵，一如今天在我的脑海中，以景仰之情，以感恩之心，记起那些筚路蓝缕创校者的大名，包括摩根（John Morgan）、希本（William Shippen）、拉什（Benjamin

---

1　出自罗伯特·勃朗宁的诗歌《经师本·艾兹拉》（Rabbi Ben Ezra）。经师本·艾兹拉即生于西班牙的中世纪著名犹太诗人、哲学家亚伯拉罕·伊本·艾兹拉（Abraham Ibn Ezra, 1089—1167）。

2　拉丁文，指母校宾夕法尼亚大学。

Rush），以及承其后业的维斯塔（Caspar Wistar）、费希克（Philip Syng Physick）、巴顿（John Rhea Barton）与伍德（George Bacon Wood）。

还有所有的师长——高贵的表率。

而过去，总是令人感伤的，一些已经不在的朋友与同事，"隐入死亡的无尽黑夜"，不免为今天增添了几分悲悼之意。我们当中，最得你们敬重的爱德华·布伦（Edward Tunis Bruen）先生，言传与身教都足为典范，这样一个热诚的老师、认真的学者、学校的仆人、善良的朋友，英年早逝，身后留下无限的遗憾与怀思。

今天，我们也为我们的姐妹学校失去一位杰出教师感到惋惜。塞缪尔·格罗斯[1]，实至名归，可以说是本市的医界之光，像他这样的人竟然未能得以天年，更让我们感念这个精进不已的典范，而兴起效法先贤执着、勤奋的警惕。

就我个人而言，尤其感到不舍的，是失去了一位亲如慈父的师长，他对我的启发最多，我今天能够以这样的身份在这里跟大家讲话，也全要归功于他的言传与身教；对于罗伯特·帕尔默·霍华德[2]，这位无比大度的教育家，容我献上出自肺腑的话语，相信在座的各位都能感同身受——

> 在我逐渐凋零的有生之年，
>
> 无论今昔，纵使独处，
>
> 都能感受到他的言行影响于我，

1　塞缪尔·格罗斯（Samuel Weissel Gross，1837—1889），杰斐逊医学院外科教授，在癌症病例中率先使用防腐外科手术，发展了新的癌症治疗法。奥斯勒出任宾大医学院教授，正是出于格罗斯的推荐。1892年，格罗斯的遗孀葛莉丝·林季（Grace Linzee Revere，1854—1928）与奥斯勒结为连理。杰斐逊医学院与宾大医学院都位于宾夕法尼亚州最大城市费城，故奥斯勒称其为"姐妹学校"。

2　罗伯特·帕尔默·霍华德（Robert Palmer Howard，1823—1889），加拿大麦吉尔大学医学院教授、院长，奥斯勒大学时的老师，奥斯勒视其为慈父严师。

一步一印全在我心。[1]

　　虽然我在这里跟大家大谈宁静的道理，自己却还是把持不住。因此，大可将我的话当成耳边风，我自己的情形岂不也正好说明，稍一疏忽就足以让我们失态。大家一向都认定，在这所美国最好的学府，在这个希波克拉底团体（Civitas Hippocratica）[2]，具有优良的医学传统，拥有杰出的教学团队，以及发愿济世的学子，或许也就会认为，一个人只要胸怀赫拉克勒斯之柱（Hercules Pillars）[3]的志向，一定也能够在这里如愿以偿。但是，天下事冥冥中似有定数，今天，我却要告别这所大学了。各位先生，不止一次，我因为友谊无价的赐福而得到丰富的生活，能够有今天的地位，内心的感受实无法用言语表达，此刻尤其如此。过去五年来，承蒙你们对我的善待与宽容，每一思及，最真切的感激便自内心的最深处涌出。在你们当中，身为一个异乡人，你们并未把我当外人看待，让我有着在家的感觉。若问我还有什么要说的，那就是，未来的日子不论是成功或是磨难，我在这个城市所度过的美好时光，必将长存我心，同这样一个有着高贵过去与优质今天的团队共事，如今告别在即，我内心所感到的荣幸也永难磨灭。临别依依，各位先生，再会了，谨以古罗马人睿智的格言——宁静（Aequanimitas）——共勉。

1　出自阿尔弗雷德·丁尼生的悼诗《怀念A. H. H.》（*In Memoriam A. H. H.*）。

2　奥斯勒将宾大医学院比作希腊岛屿中的科斯岛（Cos），古希腊医师希波克拉底在这里出生，并在此授业、行医。

3　直布罗陀海峡两岸耸立的山峰，传说古希腊神话中的大力神赫拉克勒斯把阿特拉斯山脉劈开，开凿了直布罗陀海峡，打通了地中海和大西洋，故以他的名字命名。

老师与学生[1]
Teacher and Student

自有大学以来，其组成即在于满足知识传播的供应与需求，以及教学者与受教者之间的关系与约定，其主要的动力来自一种人对另一种人的吸引，这在本质上固然是最优先的，在历史上，也是千古不易的；若非如此，一所大学就只是空有其名，丧失了真正的精神，不论它拥有多高的地位或多丰富的资源，那也只不过是私人的财势借以垄断大学的手段而已。

——约翰·亨利·纽曼[2]《知识的自由交换：经师》

（*Free Trade in Knowledge: The Sophists*）

阿得曼托斯（Adeimantus）：启蒙教育决定了一个人未来的一生。

——柏拉图《理想国》

1　1892年10月4日，奥斯勒在美国明尼苏达大学医学院新医疗大楼启用典礼上，以"医学教育的变革"为主题的演讲。

2　约翰·亨利·纽曼（John Henry Newman，1801—1890），19世纪英国著名神学家、教育家，著有《论基督教教义的发展》《大学的理念》等。《大学的理念》在英语世界第一次提出并系统论述了大学理念，阐述了"博雅教育"（即通识教育）的理想，是西方高教思想历程中极为重要的经典文献。

一

　　老实说，医学教育的旧秩序今天已经在改变，让位给新体制了；我今天所要讲的第一部分，跟这项改革有着直接的关系，因此有必要先在这里简单地谈一谈。在这个国家，医学院通常不是独立学院、附属于大学，就是州的研究机构；到目前为止，绝大多数第一流的医学院都附属于大学，但实际上却又与大学的教学体系缺乏有机的联系。这一类的教学机构，在过去虽然有其需要，令人欣慰的是，其数目已在逐渐减少当中。在某些方面，过去的确有其值得肯定的地方——有许许多多的人，筚路蓝缕，足可与先贤同列史册——但我们也不得不承认，20年前，这个国家的医学教育之令人不敢恭维，他们所建立的那个体系也正是始作俑者。活在这个世界上，最难能可贵的资产之一，就是具有充分的责任感；但有些为人师者，昧于传道授业解惑的真谛（请特别注意这一句），根本用不到两年的时间[1]，就足以把这个体系的某些初衷糟蹋殆尽。教医学的同人一定会同意我的看法，五六十年来，史家在追述

这个国家的医学发展时，大书特书的，都是了不起的成就、伟大的发现，以及相关人士不懈的奉献，对于责任感的缺乏以及因此而造成的懈怠，则未尝做过只字片言的认真批判。不过，总算是已经觉醒了，医学专科学校的丧钟已经响起。

今天在这个国家，学院与大学的紧密结合已经大有进展，这还多亏一所著名大学的校长[1]，大约在20年前的一次医学院务会议中，雷厉风行，大肆整顿，揭开了改革的序幕。当时的大学，所教的仅有今天所谓的通识课程，类似中世纪的初级学程（Scholæ minores），教导高级学程（Scholæ majores）的技术师资则大多付诸阙如。[2]将医学院与大学合而为一，本来就是再自然不过的事，其优点更是多重的相互反馈。一所大学里面的医学院，不再如我前面所讲的那样可以独来独往，而是随时都会受到周遭的影响，不得不鞭策自身维持在一个高水平，更必须迎头赶上其他的学院，提高本身的学术水平，在强大的刺激下力求发展。

任何目睹了新教育观念成长的人，都不难发现，最具体的进步莫过于教学方法、设备、临床教学和实验室的改善，学院之间的良性竞争也取代了以往数人头的竞争，所有这些优点都得归功于学院与大学的紧密结合。

最后，总算又有了州立的学院，其中又以贵校算是少数的典范之一。以美国的制度来说，其特色乃是培植民间产业，容许民间企业满足部分公共需求。此一理念推到极端，就是放任民间无限度地制造（请注

---

1 查尔斯·威廉·艾略特（Charles William Eliot, 1834—1926），美国著名教育家，1869—1909年任哈佛大学校长，是哈佛历史上任期最长的校长。他主张自然科学与人文科学并重，在任期内大力提升教学水准，包括整顿医学院，强调选修课，使哈佛成为世界顶尖学府。

2 中世纪的通识教育包括七门课程，即三门初级课程（文法、修辞、辩证），四门高级课程（数学、地理、音乐、天文）。奥斯勒主张重返中世纪学制，医学院的学生必先修得通识学位，才准许修习医学。

意这个字眼儿）医师，完全不考虑文明社会一向所重视的质量，或制造一个从未在病房里待过一天的大夫。据我的了解，只要是合法立案的医学院，不论其教学设施多么简陋，资格的取得多么宽松，政府当局从不加以干预。除了不干预政策执行得了过了头，更过分的是，在许多州，少数医师居然可以在任何城镇取得设校的许可，甚至不需要提出任何实验或临床设施的保证。这些反常的现象，现在总算有所改观了，一方面是因为医界内部忠于理想的精神重新抬头，另一方面则是现代医学教育所训练出来的医师日渐受到肯定。至少在三个州，已经可以看到一种务实的认知，大多数人都认同医学乃是一门应该在大学中教授的专门技术。

一所学院是属于州的还是大学的，所得到的资助是大还是小，设备是堂皇还是寒酸，这些毕竟都是次要的；一个高等学府的命运并不系乎于此，真正的关键要素，超越一切物质利益，可以使一所学校名垂千古，缺此则一切富丽堂皇皆属枉然，这个关键要素，依我的看法，全在于人，在于人所珍视并传授的理想。约翰·亨利·纽曼在《历史的素描》（*Historical Sketches*）中，简洁地表达了这种想法："师道的影响力在某些方面可以使一所高等学府形同多余，但无论如何，学校绝不能少了师道的影响力。有师道才有生命，若没有，也就一无所有了。师道对学生的影响力如果失去了应有的地位，用不着其他的因素，学校也就形同支离瓦解，陷入危殆，遭到淘汰。少了师道的影响力，一所学校也就进入了北极之冬，只会沦为一所冰封、石化、铁铸的大学。"

从这个观点来看，一所大学的董事会，最重要的任务就是对老师的选择。在这个国家，大部分的大学院校都要仰赖地方上的资助，大学在选择人才时，难免受到所在地居民的牵制。尽管如此，校董会或学校当局都应该坚持一个原则，在选聘老师时，尽可能争取最佳的人才，社会舆论也应该给予支持。值得欣慰的是，国内的大学的确也做到了广开大门，接纳适才、适所的教师，颇有雅典人的古风，不分地域国别，只问才识学术，接纳外人一如自己的国人。一所值得尊敬的大学，从它所开的课程就不难看出，文学与科学是没有国界的，更何况常言说得好："知识无君王，唯才智是尊，亦无贵族，唯才子是问。"但是，不可否认，地方的压力难违，校董会必须有所坚持，敢于跟地域主义对抗，一所大学是兼容并蓄的学府还是沦为"示播列"[1]式的学阀，这一点至关紧要。

二

谈到老师，容我改写马修·阿诺德说过的话：老师的功能无他，传授并增益世界上最值得传承的精华而已。所谓传授，就是将自己最在行的知识学问传递下去——过滤、分析、分类、阐述原理原则；所谓增益，则是丰富原理原则所根据的事实——实验、调查、验证。至于世界上最值得传承的精华，还有什么比这更不辱没老师的名呢？对于我们这些教授医学的人来说，那更是分内的责任，因为我们的这门艺术跟人类的苦难有关，最是天下皆然。

老师，可以从两个方面来看——知识上，是劳动者也是指导者；技术上，是执业者也是授业者。以医学的领域来说，就相当于医学院与医院之分。

在这个什么都讲求实际的国家，教授科学的老师尚未受到充分的重视，一来由于相关的开销庞大，再则因为一般民众对国家的强盛并不十分放在心上，或是根本无知。成立并维持解剖学、生理学、化学（生理学的和药学的）、病理学与保健学的实验室，加上聘请学有专长

---

1 据《旧约》记载，以法莲人被基列人的军队击败，为了防止以法莲士兵渡过约旦河逃掉，基列人占领渡口，要求每个过河的人都说"示播列"（shibboleth），以法莲人不能正确区分"示"（shi）与"斯"（si）这两个音，所以，说成"斯播列"（sibboleth）的人，就会因泄露自己的以法莲人身份而被处决。后来，"示播列"一词就被当作一种"口令"或"标识"，用来辨识和区别一个人的社会或地域背景，因而就有了族群歧视、派系之争的含义。

的老师，让他们能够专心于研究与教学，所要投入的资本，今天还不是国内随便一家医学院所能办得到的，就算有几家比较幸运的，顶多也只是两三个科系像个模样，并不是全都能做到。相比较而言，巴伐利亚（Bavaria），德意志帝国的区区一个王国，幅员比我们这个州还小，人口不过550万，却在它的三个大学城中扶植了好多个蓬蓬勃勃的医学院，有着充实的实验室，其中更不乏世界一流的学者主事，横渡大西洋前往求学的学子，使其户为之穿、阶为之损，到那里去寻找在国内追求不到的智慧与启发。远在马凯特（Jacques Marquette）与朱利特（Louis Joliet）纵其独木舟于拉塞尔（Robert de La Salle）所发现的大河之前，在杜律（Daniel Greysolon Du Lhut）于圣安东尼瀑布群（the Falls of St. Anthony）下与亨内平神父（Father Louis Hennepin）会合之前，巴伐利亚就已经有教授在传道授业了。[1]平心而论，我们不得不承认，在那一段开疆辟土、筚路蓝缕的岁月里，对这块土地上的人民来说，当然有比实验室更迫切的需要。但今天一切都不一样了。就拿我们这个州来说，发展之蓬勃就不下于这个国家，昔日的荒地如今已是玫瑰盛开，繁荣富裕放眼可见，让人忍不住唱出那首去今久远的老歌："遇见这光景的百姓，便为有福。"[2]但是，如果我们不能掌握一个国家命运的秘密，明白真正的考验乃在于知识与道德的水平，那么物质享受的大幅提升便存在着危险。对于财利"玛门"[3]的腐蚀力，最有效的防腐剂，莫过于有一群人结合起来献身于科学，为研究而生，置声光的诱惑与生活的骄奢于脑后。我们不可忘记，一个国家之于世界的价值，不在于升斗而在于

1　马凯特．朱利特．拉塞尔．杜律．亨内平，皆为17世纪法国在北美洲的探险家。马凯特．朱利特于1673年发现密西西比河，拉塞尔沿密西西比河南下墨西哥湾，杜律．亨内平于1680年发现位于密西西比河上游的圣安东尼瀑布。

2　出自《旧约·诗篇》。

3　玛门（Mammon），《新约·马太福音》中耶稣用来指责门徒贪婪时用的词，被认为是诱使人为财富相互杀戮的恶魔。

头脑，禾麦与肉糜虽不可缺，较诸不朽的智慧产物却只是糟粕。大地的自然果实易生，心智的精品却得来不易，是需要长期培养的。

我所提到的每一门学科都已经相当专门化，教起来需要花大量的时间，不是一个教授就能够应付的，而实验课程也需要训练有素的助理。学院的宗旨是要让各个学科都有专人负责，这些人，首先应具备的条件就是热忱，热爱所教的科目，不如此则所有的教学都将是冰冷而没有生命的。其次，对于所教的科目要具备充分的知识，绝不只是照本宣科，而应该是从最好的实验室中亲身体验与实际操作所得来的。幸运的是，这一类老师，在美国的学校中已不少见。负笈英伦与欧陆的学者，基础扎实，为我们的教席增加了深度与广度，学养也磨砺得足以分辨得出医界的良窳[1]。尤其是在那些需要博学通儒的科系里面，老师的水平都是公认最好的，他们的体系则可直追以色列的经师。第三，我们所要的是有责任感的人，责任心可以推动一个老师全力以赴，不断地温故知新，唯其如此，传授世界上最值得传承的精华才不至于流为空谈。至于研究员，若要成功，就必须跟得上最新的知识；不同于教师之活在当前，只要阐述现行的东西即可，研究员还必须放眼未来，所作所为都要走在时代的前面。因此，一个细菌学者，除非透彻了解整个体系，对于跟健康与疾病相关的群落都能够了如指掌，并与国内外的每个研究单位保持接触，否则就会发现自己摸索了半天，竟然是在走别人走过的老路，而且可能让自己淹没在浩瀚的文献中，却不知道其中有些观察竟是错误的、粗糙的。为了不走冤枉路，英、法、德以及本国各研究单位的研究近况都应该加以掌握，并订阅6～10种专业期刊。当然，其他的学科也都应该抱持相同的研究态度。

除了优质的老师与研究人员之外，这个国家今天最迫切需要的，就是有专人领导的优质研究室。

---

1 良窳（yǔ），意为优劣、好坏。窳：（事物）恶劣，坏。

一个老师如果既是授业者又是执业者，如我在前面所提到的，会比专任的老师更受欢迎。医学是一种预防与治疗疾病的艺术，从这个角度来看，像这样能够将医学术语转换成寻常医疗用语的人，当然也就有用得多。老师如果在研究室工作，也会比较受欢迎；在医院工作亦复如此，因为医院乃是一般人生活中不可或缺的重心。同样地，了解并传授世界上最值得传承的精华更是老师的责任——如果是外科医师，他的责任就是要彻底明白手术的科学原理，并不断地研究、修正、改进，使自己在技术上臻于成熟；如果是内科医师，他的责任则是研究疾病的整个来龙去脉以及相关的预防方法，并不断地试验、调配、思索，了解保养、饮食与药物在治疗中的价值——当然，二者都有责任教导学生培养信赖感，并以身作则，对待受苦的同胞要处之以温柔、耐心与礼貌。

　　如果有机会的话，我还想谈一谈医院和医学院的关系——谈充分临床指导的必要性，谈带领学生与病人接触的重要性（走出课堂中的知识云雾，投入病房中汲取关键的知识）；还要谈谈鼓励年轻人在病房工作中担当指导者与协助者的正当性，以及住院医师精益求精的责任——但是，此刻我先要来谈的，是另一个跟老师有关而且还挺耐人寻味的问题。

　　一个自己已经过了"40岁危机"的人，在这儿放言高论，说一所学校里面，如果年岁老成——更不用说七老八十——的人太多，对这所学校乃是大为不利的事，在座的年长者，对我这个跟你们一样的人，想来是会给予宽恕的。不可否认，到了五六十岁的时候，开始有一种变化，无声无息地爬过我们的身上，苍苍银发与弹性松弛时时提醒我们身体的变化，迫使一个人只得老老实实地去开门，而不再会翻墙而入了。这事迟早都会来的；只不过对某些人来说，那简直是痛不欲生，对另外一些人，却又来得全然无迹可寻。这种身体的变化，对大部分人都会产生相应的心理变化，但运用力或判断力却未必随之丧失；相反地，心思反而更清楚，记忆力也更强，倒是接受与适应新知的能力变弱了。正是这种心理弹性的丧失，使40岁以上的人在接受新事物上变得迟缓了。

哈维[1]当年就曾经抱怨，过了此一关键年龄的人，多数都无法接受血液循环理论。在我们自己的这个时代，有意思的是，某些疾病源自细菌的理论发表后，也要花一代的时间才逐渐为人接受。如要免于这种情况，身为人师者，唯有跟30多岁甚至更年轻的人打成一片，才能保持开放进步的心灵。

一个教授，最可悲的莫过于已经一无所用，却仍然昧于事实，倚老卖老，无视环境与时代已经将他淘汰出局，还摆出一副舍我其谁的姿态。当一个人对一个家已经不能贡献一蜡一蜜，为着整体的利益着想，就当急流勇退，把空间让给能够做事的人；下面的心声，虽然不见得大家都同意，但也不妨听听：

> 请容我就此结束此生……
> 当蜡炬已经成灰，残烛
> 之于年少敏锐的心灵
> 新事之外，根本不屑一顾。[2]

从东方一路走来，我们已经走得够远了，若要拯救自己，唯有让自己面对升起的太阳，在任由命运拖行之时，像卡库斯的牛群一般，背对着进入遗忘的洞穴。[3]

1　威廉·哈维（William Harvey，1578—1657），英国医生、生理学家，通过实验发现血液循环的规律及心脏的功能，奠定了近代生理学发展的基础。

2　出自莎士比亚的剧作《终成眷属》（*All's Well that Ends Well*）。

3　卡库斯（Cacus）是古罗马神话中一个以人肉为食、以洞穴为家、会喷火的三头巨人，他偷了大力神赫拉克勒斯看管的牛群，为了迷惑赫拉克勒斯，卡库斯拽着牛的尾巴，把它们倒着拖行到洞穴。赫拉克勒斯找到了牛蹄印，果然认为牛是从洞穴走出而非走入洞穴的。但没被偷走的牛发出的哞叫声，引发被偷走的牛在洞穴里发出回应的哞叫，赫拉克勒斯于是找到丢失的牛群，并杀死了卡库斯。

三

医科的学生、医界的后进，你们都有美好的前途，也是我们的希望所寄，我要恭喜各位的是，你们所选择的使命，结合了知识与道德的关注，这是别的行业所不能比拟的，也不是一般的人生追求所能相提并论的；用詹姆斯·佩吉特爵士[1]的话来说，这种结合"所具备的三种特性——求新、务实与慈悲，对心灵纯洁而上进的人，其吸引力是永远不变的"。但我在这里用不着自吹自擂；各位既能够坐在这儿，说这些好听的话也就是多余的。因此，我不如利用剩下的时间，谈一些我的想法，谈谈有哪些力量可以让你们变成一个好学生，不仅对你们今天有帮助，对以后你们要负担更大的责任时也会有所助益。

第一重要的，就是及早养成善独的艺术（the Art of Detachment），趁早革除年轻人耽于逸乐的坏习惯。好逸恶劳是人的天性，是伊甸园残留下来的败坏因子，可以说是根深蒂固的。勤勉之人少见，放逸之人多有，大部分的人都必须跟那个原始的亚当搏斗，因为，要舍掉轻松愉快已经不容易，要勤奋辛苦地过日子尤其困难。特别是你们当中有些人，初次来到大城市生活，这种劣根性会让不少的诱惑乘虚而入，成为上进的严重障碍。要得到这种本事，一定要有纪律，才能养成自制的习惯，为以后更严峻的生活铺设一条坦途。

你们若是在学业上太过于投入，那我也就用不着操心了。但是，大学里的医科学生，哪个不是血气正旺呢？能够乖乖静下来的，我还没有碰到过一个。不过话又说回来，如果你们觉得我的要求太严格了，只知道叫你们把善独的艺术摆在第一位，其他的都要放到其次，我不妨把口

1　詹姆斯·佩吉特爵士（Sir James Paget，1814—1899），英国著名外科医师、病理学家。著有《肿瘤学讲义》《外科病理学讲义》等，由他发现并以他名字命名的疾病有佩吉特骨病（畸形性骨炎）、乳腺佩吉特病（湿疹样乳腺癌）等。他和鲁道夫·菲尔绍（见本书第076页注释4）被公认为现代病理学的奠基者。

气放软一点，教你们也能"用正当的消遣调和辛苦的工作"；任何有成就的企业家或某一个行业的领袖人物，你问到他的成功秘诀时，他的回答都只有两个字，那就是"系统"；或者用我的说法，就是条理的要求，要是没有这一套辔头，天才也只是一匹野马而已。这个问题可以分成两方面来说：首先，是有系统地安排自己的功课，就某种程度来说，既定的课程当然是跑不掉的，但还要辅以自修，规定自己每个小时要做的功课，并且老老实实地做好，日复一日，自成体系，最后自然能够成为一种难以改变的习惯，到了学期末，你就会发现，自己扎实的功夫远远胜过那些临时抱佛脚的同学。这项优点，在你们实习的阶段同样可贵，到了行医的时候，好处更是说不完的。当一个医师，各种各样的要求总是不断，而且说来就来，忙碌起来的时候，连一点点的空闲都不可得，但只要有心培养，一个做事情有条理的人，一天总能拨出一定的时间做别的事情，多少也可以争取到一点闲暇；至于那些没有条理的人，连一天的工作都赶不完，害自己不说，还会连累到同事和病人。

条理还有一层更深的意义，对你们来说并非一蹴可几，就算做到了，也不值得沾沾自喜，因为那徒然暴露了我们的弱点而已。行医是一门艺术，以科学为手段，以科学为依归，以科学为目的；但到目前为止，还没有完全达到科学的崇高地位，不像天文学或机械工程那样，是有绝对的规矩可循的。那么，医学就不是科学了吗？当然是科学，但却只有部分是，像解剖学、病理学以及这些学科在本世纪由于方法上的进步所达成的特殊进展，靠着这些成果，我们总算达到了某种程度的精准，得到了比较可靠的真相；我们已经能够称量分泌物的分量，能够衡度心脏的功率；生殖的深层秘密已经揭露，演化的大门也已经敞开，所讲述的传奇故事，比阿拉伯的《一千零一夜》更加迷人。这些支配生命过程的法则，大大增加了我们的知识，相对地，对生命失序——疾病——的了解也大大地有了进展。遗传的神秘性已经不再神秘，手术室的恐怖已经大为褪色；瘟疫的道理也已经真相大白，耶布斯人（Jebusite）亚劳拿（Araunah）的禾场奇迹[1]在任何地方都有可能重演。所有这些改变，全都归功于观察、分类，以及据此所建立的通则。只要我们效法达尔文的毅力与审慎，以开放的心灵仔细搜集事实，不为奇思异想所误导，事实相积、范例相累、实验相续，其间相互关系的脉络，经大师点点滴滴汇整，原理原则自会应运而生。但是，在行医这件事情上，我们的强项却也衬托出我们重大的弱点。我们研究的是人，是意外伤害或疾病的主体。一个人，除了相貌之外，他的构造以及他对刺激的反应，如果都跟他的同类一样，是同一个模子打造出来的，完全没有二致，那么，我们早就能够在医疗上达致某些确定不移的原则了。但是，事实却非如此，不仅每个人的体质各异，反应各个不同，更重要的是，身为医师，我们更是经常犯错：我们经常困在浮面观察所得到的结论当中，那不仅司空见惯而且是致命的；我们也经常掉以轻心，单凭一两次经验就自以为是，以至于重蹈覆辙。

条理之外，还要加上第三点——彻底的质量，其重要性则可以说是我今天的重头戏。不幸的是，以当前的课程安排来说，没有几个学生能够合乎这个要求，但借着这个机会，或许可以明白它的价值，只要持之以恒，因此所得到的益处，一生都享用不尽。我们这一行的基础知识——化学、解剖学与生理学——绝不可点到为止，应该充分而深入，巨细靡遗或许有所不能，但大原则一定要能够掌握。身为学生，你们应当通晓整个体系，才能在知识上精益求精，同时也才能够看清楚大师们在研究室中的一步一脚印，纵使你们尚无法亦步亦趋地跟上。经过良好的基础训练与适当时间的充实，你们可望达到一个水平，为日后生涯的使命做好充分的准备。由于这一类的知识关系到疾病、生命的危殆与病痛的缓解，因而使你们值得信赖，成为人们的导引。当然，在短短的求

1　据圣经故事记载，亚劳拿与哥哥亲睦，其兄弟之爱感动上帝，使一场瘟疫止于他的禾场，耶路撒冷因此免受疫病侵害，以色列王大卫为了感谢上帝，在此筑坛献祭，后来这里又成了耶路撒冷圣殿的基址。

学期间，你们还无法掌握各科的细节，难以有效对治各种个案，但在这段时日里，能够做到彻底，最起码不至于让你们变成一个庸医。圣伯夫[1]曾经说过，拿破仑有一天说，有人在他面前讲别人是个庸医，他的回答是："庸医又如何，江湖郎中，哪个地方没有？"注意了，这种无所不在的乱象并非仅存在于医界之外，而"彻底"正是能够使你们自己免于落到这个田地的关键。马修·阿诺德讲到圣伯夫的那段典故时，同时也为庸医下了一个定义："优劣不分，好坏不分，真假不分，谓之庸医。"教育所要求的标准越高，滥竽充数的可能性就越低；学校送出去的人，心智的陶冶如果还不能让他分辨优劣、好坏与真假，那么学校也就成了滥竽的渊薮。我们这个大家庭，如果教出这样的坏子弟，我们所要服务的那些人又将如何自处呢？早在隐多珥（Endor）的时代，甚至连统治者都喜欢求神问卜搞偏方[2]，一般老百姓更是深好此道，即使到了今天，其情况恰如医学之父[3]同时代的柏拉图所描绘的那个旧世界："他们活得可真快活！没事就去看医生，虽然毛病越来越复杂也越来越严重，却总以为任何人建议的偏方都可以药到病除。"[4]

　　善独的艺术、条理的要求以及彻底的质量可以让你们成为一个名副其实的学生、成功的执业医师，甚至伟大的医学研究人员；但在人格上，真正能够给你们力量的是谦卑的美德。还记得那位圣洁的意大利人吗？当他走到炼狱的入口时，在他的心灵导师指引之下[5]，去到岛岸的沙滩上，用芦苇缠缚在腰际，借以表示完全抛弃了自尊与自负，已经准

1　圣伯夫（Charles Augustin Sainte-Beuve，1804—1869），法国作家、文学评论家。早年曾攻读医学，后弃医从文。著有《文学肖像》《妇女肖像》等。

2　据《旧约·撒母耳记》记载，公元前10世纪，以色列王国北部的隐多珥有一名女巫，国王扫罗（Saul）曾请她召唤先知撒母耳的亡魂，以问卜战争的结局。

3　医学之父，指古希腊医师希波克拉底。

4　出自柏拉图《理想国》。

5　圣洁的意大利人，指《神曲》的作者但丁；他的心灵导师，指罗马诗人维吉尔。

备好要踏上升往上界领域的艰困之路；你们同样应当如此，今天，在这个旅程的出发点上，亦当手执谦卑的芦苇，象征你们对于前路迢迢、困阻重重，以及自己所恃的才能有限，都已经做好了心理准备。

各位正值雄心勃勃、自信满满的年岁，既热衷于竞争，欲望更是让你们个个都想出人头地，我在这里大谈这种美德的必要性，不免显得教条，但是，基于它的本身与它所带来的好处，我还是坚决相信，适当的谦卑乃是行为上的第一要求。谈到谦卑本身，这不仅是对真相心怀敬重，更是在追寻真相的过程中，对于我们所遭遇的困难能够虚心面对。相较于其他行业，我们学医的人，对于自己的错误特别敏感——简直可以说到了病态的地步。就某方面来说，这种心态并无不妥；但之所以会如此，往往却是过度自信所造成的，如果予以鼓励的话，徒然助长自负，以至于一提到错误，不论在什么情况下，都会觉得有失颜面，甚至不分行外或是业内，一律视之为屈辱。因此，打从一开始，我们就应当抱持一种心态：对于我们所面对的人，健康的或生病的，任何跟他们有关的事情，我们不可能做到绝对的了解；即使受过最好的训练，诊察上的失误仍属不可避免；我们所从事的业务，绝大部分都错综复杂，绝不会是只有一种可能，判断错误更是在所难免。我再说一次，打从一开始，我们就应该谨守着这种态度，才能够勇于面对错误，也才不至于因愧疚而生犹豫；如果不是如此，自负积渐成习，承认真相的勇气日趋衰弱，从错误中汲取教训以免重蹈覆辙的能力也将随之丧失。

说到它所带来的好处，谦卑的美德可以说是一项大礼。只要心怀这种可喜的想法，自己并非完美的记忆自会历历在目，别人的缺点也就微不足道了，套句托马斯·布朗爵士[1]的名言，你就会"留一只眼睛看他们的长处"。同业之间的争论与得理不饶人之所以寻常可见，一方面固

1　托马斯·布朗爵士（Sir Thomas Browne，1605—1682），英国医师、作家、哲学家、联想主义心理学家，著有《医者的信仰》《瓮葬》《基督徒的德行》等。奥斯勒对托马斯·布朗十分推崇，本书专门有一章谈论他和他的作品。

然是因为承认错误时那种病态的屈辱感，另一方面更是因为缺少体谅之心，对自己的过失倒是忘得一干二净。你们当还记得西拉之子[1]讲过的一番话，话生双翼，迅速传遍了埃斯库拉庇乌斯（Esculapius）[2]的一家子人："规劝朋友，在他还没有做之前；若他已经做了，规劝可以使他不再做。规劝你的朋友，在他还没有说之前；若他已经说了，规劝可以使他不再说。规劝朋友，十之八九若都只是责难，那就大可不必句句听从。"[3]的确如此，十之八九都只是责难，那就大可不必句句听从了。

年轻人总是好高骛远，道理虽然简单，要理会却不容易，就算明白了，要谨守分寸更是困难。忙中求序，闹中求静，本来就不是简单的事；但是，"宁静中自见智慧"[4]，要持续不断追求高远的目标，就非得沉潜不可。以目前国内的风气来说，条顿人[5]的这个观念还真不讨好，因为它大违美国年轻人急功近利的脾胃。但不管怎么说，初起步时，纪律总是令人感到不耐烦的，有朝一日，磨得你皮破血流的镣铐将会成为你最坚强的防卫，而锁链也将成为荣耀的袍服。

坐在林肯大教堂[6]里，放眼所见无一不是人间精品，凝视其中的一件，一时之间，教堂内所有的圣者与纹章全都隐没，内心油然而生一股敬意，如此美好的事物，是什么样的心灵所孕育，又是什么样的双手所

---

1 西拉之子，指的是《便西拉智训》的作者耶稣·便·西拉（Joshua ben Sirach），在希腊语文本中通常被称为"耶路撒冷的西拉之子耶稣"，生于公元前200年—公元前175年之间。《便西拉智训》也被称为《德训书》或《智慧书》，属于圣经的次经。

2 即古希腊神话中的医神阿斯克勒庇俄斯（见本书第006页注释3），在古罗马神话中被称为埃斯库拉庇乌斯。

3 出自《便西拉智训》第19章第23节。

4 出自歌德剧作《托尔夸托·塔索》（Torquato Tasso）。

5 条顿人（Teutones）是古代日耳曼人的一个分支，后世常以条顿人泛指日耳曼人及其后裔，或直接以此称呼德国人。

6 林肯大教堂（Lincoln Cathedral）坐落在英格兰东部的林肯郡，建于1072—1092年间，是欧洲最杰出的古建筑之一。

制作？在那一段（相对我们而言）黑暗的岁月中，打造出如此超凡入圣精品的人，究竟是何方神圣？他们的艺术秘诀何在？是什么样的精神在推动着他们？沉浸在这些思绪当中，我居然没有听到歌声已经扬起，接着，仿佛是在回应我的出神，又仿佛是从我的内心响起，诗班领唱男童清越的嗓音唱出："你的权柄、你的荣耀与你的国度的大能，俱叫世人知晓。"这，岂不正是答案！那些人，在一个他们并不了解的世界里，寻寻觅觅，不论多么无助，却以辉煌的理念表达了他们对神圣之美的认知，而这些作品，我们惊为天人，却只不过是外在的表征，而其所象征的，正是赋予他们力量的那个理想。

就我们而言，虽然处于一个完全不同的时代，生命所提出来的问题却是相同的，条件虽然也已经改变，但跟这个世界的过去一样，物质的丰盛照样使得理想的影响式微，也模糊了手段与目的之间的终极差异。然而，我们仍然在追寻理想的国家、理想的生活、理想的信仰，这一类的梦想依然萦绕于人心，又有谁会怀疑，正是这些理想在提升整个人类的进步？同样地，我们虽然只是百业之一，却也拥有我们所珍视的标准，其中的某一些，我已经试着加以说明，遗憾的是，词不能尽意而已。

我的讲话，主要的对象是各位医科的学生，因为今天你们所听到的一些理念，跟你们的未来是密不可分的。各位，机会为你们敞开着，你们的前途不可限量，如果你们只顾着追求自己的利益，把一份崇高神圣的使命糟蹋成一门卑劣的生意，将你们的同胞当成众多交易的工具，一心只想着致富，你们定可以如愿以偿；但如此一来，你们也就卖掉了一份高贵的遗产，毁掉了医师为人类之友这个始终维持得很好的名衔，也扭曲了一个历史悠久的优良传统与受人尊敬的行业。另一方面，我也提出了一些理想，值得给大家做个参考，尽管它们跟当前的情况颇有扞格[1]，但若加以重视，当会产生积极的影响。就算你们所抱持的态度

---

1 扞（hàn）格．意为互相抵触，格格不入。

一如经师本·艾兹拉所说的，"我无所求于未来与过去，只求当下的安适"[1]，它们也还是有其价值的。这一条道路虽然未必带来地位与名声，但始终如一地走下去，于年轻时的你们，总会带来不熄的热忱与喜悦，得使你们超越一切的障碍；于成年的你们，会使你们在人与事上能够安详以对——而少了一份善良的心地，也就一无是处了；于老年时的你们，将可带来最大的祝福：平静的心灵——或许还能像苏格拉底祈祷文所祈求的，得着灵魂深处的美以及内在与外在的统一，或许还可以有圣伯纳德（St. Bernard）[2]所许诺的：泰然无愧、泰然无惧、泰然无争。

1　出自罗伯特·勃朗宁的诗歌《经师本·艾兹拉》。经师本·艾兹拉，见本书第009页注
　　释1。

2　指克吕尼的伯纳德（Bernard of Cluny），12世纪法国教士、诗人。

书与人[1]
Books and Men

富贵拥笑，书可娱人；愁云堆眉，书可慰人。

腹中有书，可壮胆气；胸无点墨，言之无物。

置身书中，尽管无知、贫乏，吾人大可自得、自适、自安，而不必感到羞愧。大师们循循善诱，不执鞭杖，不出厉声，不收束脩。你随时请教，他们从不休眠；你心有疑问，他们无所隐瞒；你犯了错误，他们不责不骂；你显露无知，他们不会耻笑。啊，说到慷慨大方，唯书可以当之；他有求必应，而凡委身于他的乃得自由。

——理查德·德·伯利[2]《书之爱》（*Philobiblon*）

书本非死物，行间有生机，活跃如生前，作者传后裔；又如精华之保存于瓶中，尽是萃取自智者之灵魂。

——约翰·弥尔顿《论出版自由》（*Areopagitica*）

---

1 1901年，奥斯勒于美国波士顿医学图书馆新馆启用时的演讲。

2 理查德·德·伯利（Richard de Bury，1287—1345），英国牧师，达勒姆主教，著名藏书家。

眼见这座堂皇的宝库时，我们这些今晚从别的城市前来道贺的人，免不了都会有几分羡慕之情；但就我个人来说，那一腔嫉妒的酸水立刻就被两股强烈的情感转移了。首先是，对于这座图书馆，我打从心底涌起的那股感激之情。1876年，我还是个少不更事的小伙子，对于某些临床上的问题亟待有所解答，在麦吉尔[1]却苦于无文献可查，于是我来到了波士顿，不仅找到了自己所要的东西，更得到了热情的照顾与温厚的友情。说起来这或许只是我个人的小事，但我仍然希望尽可能地和盘托出，我始终觉得，这座图书馆拉了我一把，才使我有了一个良好的起步。每次来到图书馆，馆长布里格姆医师（Dr. Brigham）[2]的亲切接待，一如25年前，始终是那样令人如沐春风。而我们的老朋友查德威克医师（Dr. Chadwick）[3]，只要看到来人不曾空手而归，眼中流露出来的那股满足，尤其令人动容。他最喜欢引用"慢慢来，不要放弃"这句话，

1　麦吉尔，指加拿大麦吉尔大学，奥斯勒学习和工作过的地方。

2　埃德温·霍华德·布里格姆（Edwin Howard Brigham，1840—1926），美国医生，但从未执业，担任波士顿医学图书馆馆长34年，一生致力于医学文献工作。

3　詹姆斯·里德·查德威克（James Read Chadwick，1844—1905），美国妇科专家，波士顿医学图书馆协会创始人，图书管理员。

像这样鼓励人家锲而不舍的,已经算是少见,更不用说还陪着你一路到底,那种不厌其烦的耐性了。总而言之,收割的人,到头来往往都不是撒种的人。为了公益的目的,有些人总是为人作嫁,辛苦地付出,为的只是要让他们一手建立起来的事业赢得别人的信心。我们的朋友总算还不至于如此,这个场合之盛大隆重,对于他的执着应是足堪告慰了。

谈到图书馆的价值,我所使用的辞藻也许不免夸大,但绝对是由衷之言。30年来,书籍带给我乐趣,更使我受益匪浅。研究疾病之现象而没有典籍,犹如航行于没有海图的海域,而光是研究典籍却没有病人,那就无异于未曾出海。对于图书馆,著书之人最能体会个中的价值,像我们这些出过大部头著作的人,尤其应该到各处的医学密涅瓦[1]神殿去大献祭一番;若不是有图书馆这个胎盘循环系统供应养分,我们所生出来的作品真不知会贫乏、瘦弱成什么样子。对我们来说,"他所亏欠于别人的,正是最有利于他自己的",实在是再贴切不过了。

像这样一座极具规模的图书馆,对老师与执业医师来说,都是不可或缺的。因为,世界上所有相关的知识,他们都必须知道,而且必须尽快地知道。他们是铸造知识货币的人,而他们所用的矿藏全都散布在各处的期刊、学术会议记录与专论中。美国的医学之所以能够兼容并蓄,今天存放在国内五六个城市以及外科总图书馆(Surgeon-General's Library)[2]内的珍贵收藏可以说功不可没。

威廉·布朗爵士[3]说,只要有一个"口袋图书馆",就能够满足生命的需要——神学,只要诉诸希腊文圣经[4];医学,有希波克拉底的格

---

1 密涅瓦(Minerva),古罗马神话中的智慧女神,对应古希腊神话中的雅典娜。

2 外科总图书馆,即位于美国马里兰州的国家医学图书馆(National Library of Medicine),是世界上最大的医学图书馆。

3 威廉·布朗爵士(Sir William Browne, 1692—1774),英国医师、作家。

4 希腊文圣经即《新约》。圣经分《旧约》和《新约》,以耶稣出生即公元1年为界限,《旧约》以希伯来文写成,《新约》以希腊文写成。

言也就够了；至于自己的好心情与活力，有一本埃尔泽维尔[1]的《贺拉斯》（*Horace*）[2]，一切尽在其中矣。但是，像他这种三重的快乐[3]，对于一个真正关心图书大业的人是不会羡慕的。他会认为，每个图书馆都应该设有一大群导师，指导读书的艺术，出于爱心，教年轻人如何读书。说到读书，古时候有位作家[4]曾经说过，读书人可以分成四类："海绵，不分好坏全都吸收；镜子，接受得快，放出来也快；布袋，只留住了香料的渣滓，精华全都流失；筛子，只保留精华。"[5]

对一个平常的医师来说，要避免相当容易发生的提早老化，善用图书馆是少数法门之一。一旦展开执业生涯，生活圈子缩小，自我中心与自我教育都会使医师陷入独来独往，除非经常用心进修或与医学团体切磋，否则很快就会停滞不前，不知今夕何夕。身为一个医师，不读书居然能够悬壶，的确令人惊讶，但因此而表现拙劣，绝不令人意外。不到三个月前，有一位医师，住处离外科总图书馆不到一小时的路程，有一天带着12岁的女儿来找我。只要稍微诊断就知道女孩患的是幼儿黏液性水肿（infantile myxœdema）[6]。这位先生显然在"沉

---

1 路易斯·埃尔泽维尔（Louis Elzevir，1546—1617），荷兰著名出版商，1580年创立家族出版企业埃尔泽维尔家族（House of Elzevir），1712年关闭。1880年，爱思唯尔（Elsevier）在荷兰阿姆斯特丹创立，沿用了埃尔泽维尔的名称，现已成为以医学与科学文献出版为主的国际学术出版业巨头。

2 贺拉斯是古罗马著名诗人，此处指埃尔泽维尔出版的贺拉斯作品集。

3 威廉·布朗在英国皇家医学院一次年会中讲演时说："谈到人的野心，有一个例子，光是满足还不够，还要在三个领域中所向无敌：在一国之中，要以财富称霸；在学术界，要摘取桂冠；还要在医药之泉中享福。"——奥斯勒原注

4 指英国玄学派诗人、教士约翰·多恩（John Donne，1572—1631），他是英国文学史上备受争议的人物。

5 出自约翰·多恩《论暴死》（*Biathanatos*）。

6 黏液性水肿是由各种原因引起甲状腺功能不全导致的一种疾病。幼儿黏液性水肿的症状表现为反应迟钝、发育迟缓、智力低下、声音嘶哑、水肿等。

睡谷"中度过了20年的太平日子，就跟李伯[1]大梦醒来时一样，一身的肌血依旧有如当年。我向他提出一些问题，他的回答是：从未在期刊上读过任何有关甲状腺的报道；从未看过任何呆小症[2]或黏液性水肿的照片。换句话说，对于这方面，他的认知一片空白。他说，他从不读书，光是看诊就已经忙得没有时间了。我不禁想起约翰·班扬[3]曾经谈过行医成功的几个要诀，他说："医师之所以出名或声誉远播，不在于消肿或取刺，也不在于给擦伤的腿部贴块膏药，这些连老太婆都会。若要出名或声誉远播，甚或是一夕成名，就非得治好几桩要命的大病。你得让他起死回生，让疯子回复清明，让盲人重见光明，让愚昧得着智慧——所有这些，才称得上是妙手回春，有了这样的本事，如果又是破天荒的创举，自然是实至名归，也就可以高枕睡到日上三竿。"我这位朋友若是个会读书的，未尝不能治疗几个要命的大病，甚至启愚昧于昏聩！年轻医师若是善用期刊上的新知，要一炮而红也并不是什么难事。

在我们这一行里，还有第三种人。这种人对书之亲密，犹胜过老师或同业，他们为数不多，话也不多，却实实在在是整块面团里面的酵母。在世俗人的眼里，他们是个藏书狂，有时候还挺不负责任，

1　沉睡谷、李伯是美国作家华盛顿·欧文最著名的短篇小说《沉睡谷传奇》（*The Legend of Sleepy Hollow*）、《李伯大梦》（*Rip Van Winkle*）中的文学形象。华盛顿·欧文（Washington Irving，1783—1859），美国短篇小说作家、散文家、传记作家，被誉为"美国文学之父"，著有《纽约外史》《见闻札记》《乔治·华盛顿传》（5卷）等。

2　呆小症（cretinism）与幼儿黏液性水肿类似，是一种先天性甲状腺机能低下导致幼儿发育障碍的代谢性疾病，主要表现为生长发育过程明显受阻，特别是骨骼系统和神经系统。

3　约翰·班扬（John Bunyan，1628—1688），英国作家、布道家，著有《天路历程》（*The Pilgrim's Progress*）、《丰盛的恩典》、《恶人传》等，其中《天路历程》被誉为"英国文学中最著名的寓言"。

老是"你的就是我的"[1]。不过，今天既有毕林斯医师[2]与查德威克医师[3]在座，我也就只敢点到为止了。他们之所以爱书，既是为了书的内容，也是为了书的作者，他们不仅保存了医学传承的鲜度，今晚我们能在这里享受如此丰盛的飨宴，更是拜他们所赐。特别是在这个国家，当个人的口袋里都只揣着一把功利之尺时，我们需要有更多这样的人。

他们所做的事情，于两方面都是极有价值的。从历史的体系着手，对于许多医学问题的了解能够收到正本清源之效，举个例子来说，对于肺结核的认识，学生如果能够追溯到罗伯特·科赫[4]，其结果一定清清楚楚，但若仅从病人下手，他的了解必是不完整的。对于重大的疾病，四分之一个世纪以来，我们的图书馆致力于历史的整理，希望能给学生带来心理的深度，这对生活来说，也是一项极为可贵的资产。正如J. R. 洛威尔[5]所说，过去是个极好的保姆，对那些刚断奶的人尤其如此。

> 人最糟的行为
>
> 就是将过往的种种弃置不顾

---

1 原文为拉丁文，奥斯勒指的是借书不还的坏习惯。

2 约翰·肖·毕林斯（John Shaw Billings, 1838—1913），美国医师、建筑设计师、图书管理学家，《医学指南》（*Index Medicus*）的创刊者之一，曾参与设计、筹备外科总图书馆（美国国家医学图书馆）、纽约公共图书馆、约翰·霍普金斯医院。

3 见本书第030页注释3。

4 罗伯特·科赫（Heinrich Hermann Robert Koch, 1843—1910），德国医师、微生物学家，与法国微生物学家路易·巴斯德（Louis Pasteur, 1822—1895）并列为细菌学的先驱，1905年，因结核病的研究获得诺贝尔医学奖。

5 詹姆斯·拉塞尔·洛威尔（James Russell Lowell, 1819—1891），美国浪漫主义诗人、评论家，曾任哈佛大学语言学教授。

以至于过去乃溺毙于毫无意义的现在。[1]

但是，总有一些人竭尽所能地宣扬传统，还真可以说是功德无量。即使是在今天，我们每个人都还是跟柏拉图时代一样，所受的教养有高有低，一个人如果没有敬业的精神，不能洁身自好，书的精髓与价值并不能保证他不会变成一个无赖。幸运的是，我今天所提到的这些人，他们在我们的心里播撒传统的种子，其中除了他们视为至宝的经典之外，也包括他们所师法的前人；他们的存在，不断地提醒我们，在人类的历史里面，没有一个行业能像他们那样，将如此众多心智杰出、人格高尚的灵魂聚于一堂。今天，我们最需要的正是这种高尚的教育，而这是在学校学不到，在市场上也买不到的，只有靠每个人自己去身体力行。这种无言的熏陶，沉湎于前人的美善，"浸淫于夙昔的典型"，其影响力绝对是无与伦比的。

我一直有一个希望，每个图书馆都能够选一套不朽的经典，辟为专室以示尊崇。每个国家也都会有一些代表性的作品，列入所谓的名人堂，其中不乏伟大的医学经典；当然，不一定非要是书籍不可，事实上，划时代的贡献经常也出现在看似一时的期刊上。以美国来说，挑选一套医学经典或许还言之过早，但是，有哪些贡献是足以列入荣誉榜的，广泛地展开征询，或许已经是时候了。数年前，我就将自己心目中的大师列出了一份名单，时间到1850年为止，今天晚上拿出来，或许也是大家乐于分享的。波士顿的医师是出了名的谦虚，但在某些圈子里，却有着一种相当奇特的现象，亦即只要是新英格兰地区的"现行状态"，都大有不屑一顾之慨，这一点倒是跟其他地方大异其趣。今天，

1　出自查尔斯·兰姆《十四行诗》（*Sonnet*）。查尔斯·兰姆（Charles Lamb，1775—1834），英国散文家，著有《伊利亚特随笔》《莎士比亚戏剧故事集》等。

有不少后湾的布莱明（the Back Bay Brahmin）[1]，打从心底就瞧不起波士顿的医疗现状，认为任何地方都要强过这里，借用科顿·马瑟[2]的话来说，总是在预言"亚细亚的灯台要被挪走了"。这种心态的确是不寻常，将新英格兰打造成为新世界知识中心的那股影响力，在我们这个可塑性极大的行业里居然感觉不到。严格地说，应该不会是这样的；在这个国家，论学养，论人品，再也没有哪一个地方能够比得上这里，拥有那么多的杰出之士，而这些人在我的心目中，全都够资格进入名人堂。到1850年为止，我算了一下，基于不同的理由，共有25项第一流的成就称得上是美国的医学经典，其中新英格兰地区就占了10项。但在医学方面，论到人，可能犹胜著作一筹，像拿丹·雷诺·史密斯、奥斯丁·弗林特、威拉德·帕克、阿隆佐·克拉克、以利沙·巴特利特与约翰·考尔·达尔顿等人[3]，哪一个不是来自新英格兰，而个个热爱真理，热爱知识，最重要的是，身为医师懂得分际、表率，都是少有人能够出其右的。

约翰逊博士（Dr. Johnson）[4]说得好，魄力通常与格局成正比；一个

---

1 后湾的布莱明，指美国波士顿后湾地区的布莱明家族，后湾是波士顿的高档住宅区，聚居着自恃为社会精英的人群。

2 科顿·马瑟（Cotton Mather, 1663—1728），美国牧师、多产作家（一生写过400多本书），热衷于科学和医学。他是第一个在美国推广天花接种的人。

3 拿丹·雷诺·史密斯（Nathan Ryno Smith, 1797—1877）、奥斯丁·弗林特（Austin Flint, 1812—1886）、威拉德·帕克（Willard Parker, 1800—1884）、阿隆佐·克拉克（Alonzo Clark，1807—1887）、以利沙·巴特利特（Elisha Bartlett, 1804—1855）、约翰·考尔·达尔顿（John Call Dalton, 1825—1889），皆为美国历史上著名的医师。

4 塞缪尔·约翰逊（Samuel Johnson, 1709—1784），通常被称为"约翰逊博士"，英国作家、诗人、文学评论家、传记作家，因编纂《英语大辞典》扬名，著有《饥渴的想象》《诗人传》等。他的朋友、"现代传记文学之父"詹姆斯·鲍斯威尔（James Boswell, 1740—1795）为他写的传记《约翰逊传》，被美国文学评论家沃尔特·杰克逊·贝特（Walter Jackson Bate）称为"文学史上最著名的传记艺术作品"。

人固然如此，一种事业亦然。我们今天晚上所看到的一切，充分反映了你们的魄力与格局。一座图书馆，说到底也就是一剂强力的催化剂，提供大量的养分，大力推动一个行业进步的速度，我深深相信，你们将会发现，在维护书籍、维护同业的心血结晶上，你们所付出的牺牲乃是超人一等的。

整合、平安与和谐[1]
Unity，Peace，and Concord

必要的，是整合；

非必要的，是自由；

慈悲（爱）则是一切。

——奥古斯丁（Augustine）《忏悔录》（*Confessions*）

人生苦短，不应虚掷。

别做虫鸣批评或做犬吠讥讽，

不要争吵或斥骂：

天就要黑了；

起来，留意你自己的使命，

上帝在催了！

——爱默生[2]《致 J. W.》（*To J. W.*）

---

1 1905年，奥斯勒从约翰·霍普金斯大学医学院退休，准备前往英国做文献工作，这是他
对美国医学界做的告别演说，1905年4月26日发表于马里兰州内科与外科医师年会。

2 爱默生（Ralph Waldo Emerson，1803—1882），美国思想家、散文家、诗人。他是确立
美国文化精神的代表人物，美国前总统林肯称他为"美国的孔子""美国文明之父"。

在这样的场合，要选择一个题目跟各位来谈，对我倒也不是什么难事。可以确定的是，此时此刻，不宜用脑，适合用心，心里想的，口里就说出来。过去的25年，这个国家的医学界所给我的恩惠，以及过去的16年，我生活在本州与本市[1]，你们所给我的照顾，我心中的谢意，绝非言语所能表达。我们所共同热爱的这个行业，若说我整个生命都活在其中，或许是言过其实了，但若说我有什么成就，那就确实是它所成全的，而我对它的奉献，也确实是发自内心的。就一个人的命运来说，像我这样受到医界厚待的人恐怕并不多见。想当年，我只是一个初出茅庐、毫无经验的年轻人，麦吉尔学院之所以录用我，靠的就是学院中那些老师，只因为他们不嫌弃我当学生时的表现。在蒙特利尔[2]10年的美好岁月中，除了医师与学生，我很少见到外人，但无论在工作上或休闲上，我从不觉得贫乏。在费城，我绝大部分的时间都放在医院与社团上，与学生一同过着平静的学生生活。[3]随着业界的朋友逐渐

1　即约翰·霍普金斯医学院所在的马里兰州巴尔的摩市（Baltimore）。

2　蒙特利尔（Montreal），麦吉尔大学所在地，位于加拿大魁北克省。

3　奥斯勒指自己在宾夕法尼亚大学医学院工作和生活的日子。

增多，我与公众有了较为密切的接触，但我宁为业内同人做仆人的初衷始终不改，随时愿意尽我所能，略尽绵薄。至于我在这里的生活，各位是知道的。我立志做安静的人，办自己的事，对外面的人行事端正；而其中最使我欢喜的事，就是同你们密切合作，主动分担你们的劳务。但是，每当寂静的心思唤我回到过去美好的时光，触动我的心的，并不是那些已经完成的，而是许多被我丢下未做的事，我错失掉的机会，以及我逃避的战斗和虚掷的宝贵光阴——这些，今天都要站出来接受审判了。

我们所处的时代，是一个值得大书特书的时代，是一个重建与创新的复兴时代，不仅知识大幅地振兴，教学也全面地获得改革。在费城与巴尔的摩，我有幸同那些热心肠的人士携手，推动前所未有的大改革，虽然我们当时身在其中而感觉不到它的价值，但日后每一想起，都觉得与有荣焉。但话又说回来，正因为这些改变影响深远，时间是不容许我们停下来的。我所想到的，是另一个跟我们的事业有着相同重要性的方面；由于这事关我们彼此之间以及我们与公众之间的关系，我们不妨称之为"人性的"。

在人生里面，最醒目的对比莫过于可能与事实、理想与现实。照一般人的看法，理想主义往往是徒托空言的梦想家，追求的都是不可能的东西；但翻开人类的历史，许多最不可能或最没有指望的事情，岂不都是他们一步一步按照他们的想法所打造出来的！最后让全人类苏醒过来的，正是他们坚持到底的那股精神，不仅使改革得以实现，甚至掀起了革命。那些炙热的灵魂，无形无量，其所散发的精神力量远大过知识，至精至微，难以言说，但对日常生活又极见效果，至今仍然活在我们现实的理想之中。纵使是遇到挫折，一切的抱负都只是徒劳，他们也绝不放弃，始终呵护着一个屹立不摇的希望，在世人的唾骂与耻笑声中，仍然满怀信心地祈祷。这类人物的抱负，说到根本上，其实就是我们为地上的国家所做的祷告，祈祷"整合、平安与和谐"的到来。……从世间男男女女的口中，从绝不放弃希望的高贵灵魂中，一个世纪接着一个世纪传递下来；对整合的盼望，对安定的指望，对和谐的渴望，始终深植在人类的心中，激发着人类最强烈的情绪，也一直是人类某些最高贵行为的动力。你们或许会说，那只不过是一种激情罢了；但是，这个世界难道不是被感情或情绪所带动的？这个国家难道不曾有过浴血的激情？根深蒂固的爱国情操，深植于所有美国人民的心中，难道就不是激情？岂不正是这种激情，为这些州带来了整合、平安与和谐？对所有的国家来说固然是如此，对一个国家亦然；对全体人民来说如此，对个人亦然；对整个医界来说如此，对医界的每一分子亦然：如果我们常在心里与口中为整合、平安与和谐祈祷，我们自会明白这个古老的祷告是何等伟大的抱负。从这个祷告，我们可以学到些什么，也就是我今天要讲的主题。

整合

在这个世界上，唯一具有普世一致性的行业就是医疗，无论走到哪里，医疗所遵循的规矩相同，所怀抱的志向相同，所追求的目标也相同。这种普世一致的同质性正是医疗最大的特色，它是律法所没有的，也是教会所没有的，即使有，其程度也有所差别。在远古的时代，律法虽然可以媲美医疗，但医师不论走到哪个国家，都有回家的感觉，只要有两三个人聚在一起，就会紧紧结合、成为一体，这可是律法所做不到的。同样地，基督教会也有它崇高的使命，有它的神职人员献身，分布同样的广泛，满怀着其创教者的人道情怀，但却少了那种普世的一致性——走入那城（罗马），走入世界——而正是这种普世的一致性，使医师在地球上的任何一个国家，只要置身相同的情况，都会采取同样的作为。另外，医疗在目标上也是普世一致的，亦即不分时间地点，都是要发现疾病的原因，加以预防或治疗并纾解其症状与痛苦。在短短一个世纪多一点的时间内，这个目标一致的行业，散布在世界各地，为人类所做的事情，是人类任何其他群体过去所完成的事业所无法比拟的。医界送给人类的这些礼物，如此之珍贵，以至于一般人懵然无知于其可贵之处；免疫学、卫生学、麻醉学、外科消毒、细菌学与新的治疗方法，所有这些在人类文明中所造成的革命性影响，恐怕只有机械技术的突飞猛进差堪比拟。这项医疗上了不起的优势，有朝一日将会造成一场日常生活的革命——事关生老病死，是我们每个人迟早都会碰到的——在人类受苦受难的历史上，这场革命将会破天荒地带我们更接近那个应许的日子——以前的事都会过去，到时候，不会再有不必要的死亡，悲哀与哭号不再，也不会再有疼痛。

我们常听到有人抱怨，说我们在疾病预防上的成果胜过于治疗。这虽然是实情，但我们在治疗上所下的功夫，其实也已经大有进展。我们不否认，在这方面，今天仍有其局限；但对于哪些疾病是药石可医的，哪些是要靠运动与新鲜空气的，我们已经了解得更多；对于疾病过程的奥秘，我们已经学会如何去探索，绝不再容许自己一知半解地自欺，宁愿等待时机成熟，也不再在黑暗中摸索，在昏昧中迷失道路。我们确定可以治疗的疾病，清单正不断地加长；我们能够有效修正治疗过程的疾病，数目在不断地增加，而绝症的数目（仍然很多，而且永远都会很多）则在减少之中——因此，在这方面不仅可说成就非凡，而且我们已经走对了路，年复一年下来，我们将更了解疾病，也将能够更有效地予以治疗。所有这些了不起的科学成就，是无数人在许多地方同心协力才赢得的，而经过不断合作所获得的结果，更是受到了全体的肯定才确立其地位。今天，任何地方的重大发现，一周之内，顶多十天，就可以传遍世界。我们谈起德国、法国、英国或美国的医界，某种程度的差异虽然难免，但跟总体的相似度相较，那又微不足道了。专家们不仅彼此知道对方，对某某人的研究往往也了如指掌，这种情形可说司空见惯；一个人在某方面有所突破，或是开发了某项特殊的技术，又或是设计了什么新的仪器，要不了多久，大家也都在用了。布雷斯劳（Breslau）[1]

1　即现在波兰西南部城市弗罗茨瓦夫（Wroclaw），第二次世界大战前属于德国。

的一位外科医师成功开发了一项救命的新技术，到了下个星期，可能就有人在这里照着做了。医疗上的一项发现，随着下一期医学周刊的发行，马上就变成了公共财产。

这种广泛的有机整合，在它的背后有一股强大的力量在推动，那就是医界的国际组织——我指的并非医界的国际大会（the International Congress）,它实际上只是一个大而无当的组合——我指的是那些正在迅速去国家化的结社。几乎在每个文明国家，医界都会整合起来，组成大型的结社，维护本身的权益与推动科学的研究。美国医师特别值得骄傲的是，他们所拥有的一项全国性资源——美国医学学会（American Medical Association）——无论其规模或影响力，今天在这个世界上，都是同类团体中首屈一指的。对于过去十年来主持这个机构运作的人，我们真的应该致以最大的谢意，其有效的改组，使得州协会不得不随着调整机制，而本州的协会在新的章程下首次集会，成果斐然，尤其令人感到欣慰。但是，在整个重整的计划中，郡协会的组成——这个州与国家协会的基层单位——却没有受到我们的关照与配合。整个计划要完全落实，自非一蹴可几。既然起头未能做到尽如人意，我将会要求协会的成员合作，请他们多付出一点关心。至于郡的会员，我则特别请大家支持以全国为着眼的计划，其能否成功固然有赖于各位，其利害也是与各位休戚相关的。

在人类演进的过程中，基于共同的福祉结合起来，乃是进步的主要动力之一；医界若能形成一个世界性的组合，其为人类所带来的希望，必将大过任何其他国际组合所做的努力。集中、整合、团结，将各个次级单位焊接起来，每个国家都已经在进行。在许多仍然有待努力的地方，有三项是刻不容缓的，容我简单地说明一下。

在这个国家，各州的委员会相互承认执照，迄今仍是地方上最迫切的需求。既然要求的条件相同、考试检测的性质也相同，又足以证明其资格的符合，州的委员会就没有理由不发给执照，容许一个持有他州执照的人在本州注册行医。在自己的国家里面，一个医师的自由居然会受到限制，实在是最荒唐不过的事。举个真实的例子，几个月之前，有一个已经在三个州注册的人，能力强，并拥有20年的执业经验，在专业上又好学不倦，是个救过好几位全国知名人物的医师，但为了一张执照，居然还要再接受一次测验。这真是何等的变态！对于一个向来不分畛域[1]的行业，这又是何等的讽刺！我要特别请求大家，尽你们的全力支持一项目前正在展开的运动，促成一视同仁的互惠承认。国际上的互惠承认则是另一个问题，同样重要，但困难也更大；尽管还有好长一段路要走，但我们希望在20世纪结束前能够实现。

第二件迫在眉睫的事，是将我们太多的医学院加以整合。过去25年来的变化，已经使得情况大为改观，未能获得补助或捐赠的医学院，今天在经营上所受到的压力可说是空前的。过去，一所医学院有7名教授，就可以收300名学生，财务上便相当可观，还付得起丰厚的薪水；但随着实习与临床教学的实施，支出大幅增加，如今每到年终，能够分给老师的所剩无几。而学生的学费并未相应地提高，其结果是，只有靠老师的自我牺牲与奉献，毫不吝惜地付出时间甚至自掏腰包，才能勉强维持一个局面。要解决这个问题，最顺其自然的办法就是将医学院加以合并。举个具体的例子来说，若将本市的三所医学院加以整合，光是科系合并就可以节省大量开支，相对地还可以提高效能。解剖学、生理学、病理学、生理化学、细菌学与药理学，可以由整合后的学院在财力许可的情况下分别教授。合并后的学院，可以向社会募资，并呼吁地方捐赠实验室；临床的课程则交由分立的医院执行，每所医院都可以在疾病的研究上提供可观的设备与资源。这种"一网打尽"，不仅可以行于本市，在里士满（Richmond）、纳什维尔（Nashville）、哥伦布（Columbus）、印第安纳波利斯（Indianapolis）与许多其他城市，同样也有必要。即使是较大城市的较大学院，也可以将各自的科学本钱"集中"，以利医界的未来发展。

---

1 畛（zhěn）域，意为界限。

第三个急需解决的问题，则是接纳顺势疗法[1]的同业，向他们敞开门户。时至今日这个科学医学的时代，还在"治疗法"（pathies）这个老问题上吵嚷不休[2]，真可以说是落伍了。一个医师只满足一种"体系"的时代早已过去，对于一群拥有相同高贵传统、相同信念、相同目标与相同志向的人，只因为对药物的作用——医术中最不确定的要素——持有不同的主张，就将他们予以区隔，那根本是许久以前的习气。我们那些顺势疗法的同人们并不是睡着了，相反地，他们清楚得很——至少有不少人如此——对他们来说，问题不在于他们对疾病的科学研究一无是处，而是他们应该了解自己所处的地位是非主流的。想到有那么多优秀的人，某种程度地被隔绝于医界的主流之外，不免令人感到遗憾。说起来，错误还是由我们起的头，为了微不足道的小事跟我们的同人撕破脸，其实是最不智、最愚蠢的行为。究其实，我们之所以跟他们争吵，不过是为了他们行医时有自己的"示播列"[3]而已。顺势疗法之与新医学有所抵触，其情况有如老式的复方用药（Polypharmacy），尽管它有着一定的贡献，却也因此被毁了。阿斯克勒庇俄斯的袍服，在这个国家比别处来得较为宽大，大可以互让一步做个修改，一方面将名称之争搁置，另一方面，对于治疗方法的五花八门，不妨理性看待，这个问题虽然始终困扰着医界，但终究不过是前进轮子上的苍蝇罢了。

1　顺势疗法（Homoeopathy），1796年由德国医师塞缪尔·哈内曼（Samuel Hahnemann，1755—1843）创立，是一种使用经过高度稀释的、能引起与某种特定疾病之症状相似的症状的药物，来激活机体的免疫系统或激发患者的自愈能力，从而治疗该种疾病的治疗方法。

2　奥斯勒指的是19世纪上半叶顺势疗法与对抗疗法之争。对抗疗法（Allopathy）是现代主流医学（西医）所使用的理论和治疗方法，其对疾病的治疗主要诉诸直接压抑、消灭症状，而顺势疗法则在于通过"扩大"同类症状来激发患者机体潜能从而实现治愈目的。奥斯勒认为，这两种医学体系各有所长，但都不能单独作为科学医学的基础。

3　见本书第016页注释1。

平安

许多人都在寻求平安，但只有少数人得着，啊，我们却不在这少数
人当中。说起平安来，耶户（Jehu）回答约兰（Joram）的那句话："平
安不平安与你何干？"[1]我们每个人可能都会问同样的问题，因为我们
的生活本来就是一场无休止的战斗，一切都是战斗精神挂帅。跟基督
徒一样，身为医师也有三个大敌——无知，即是罪恶；冷漠，即是尘
世；堕落，即是魔鬼。有一句很棒的阿拉伯格言是这样说的："自己
无知，却不知道自己无知的人是个傻瓜，别理他；自己无知，却知道自
己无知的人，那是单纯，教导他。"大体上来说，我们每天所应付的就
是这两种人。单纯的，我们教他；傻瓜呢？我们则心平气和地忍受。我
们一方面要对抗死不认错的无知，一方面也要处理束手无助的无知，但
不是用理直气壮的利剑，而是用灵巧柔软的口舌。伪医、庸医之所以得
逞，靠的就是人们的无知；这些狡猾的大敌，既是最古老的也是最顽强
的，跟他们开战，用什么战法才最有效果，绝不是轻易可以决定的。富
勒[2]说得再好不过："在诗人的笔下，阿斯克勒庇俄斯与喀耳刻[3]的兄弟姐
妹无不惟妙惟肖……究其实，不论在什么时代（照一般人的说法），女
巫、老妪与骗子都是在跟医生抢生意。"因此，对社会大众施以有系统
的教育是有必要的。有一项会议即将在巴黎举行，针对庸医的横行，讨
论的主题多达25项，可望对这个问题提出重要的解决方案。去年，在德

---

1 耶户和约兰都是公元前9世纪北以色列王国的王，据《旧约·列王纪》记载，耶户原是
约兰的将军，神指示他取而代之，约兰问耶户："平安不平安？"耶户说："平安不平
安与你何干？"意思是，和平为时已晚，于是，耶户杀死约兰后称王。

2 托马斯·富勒（Thomas Fuller, 1608—1661），英国学者、教士、历史学家，其最著名
的作品《英格兰名人传》（*History of the Worthies of England*），是英国第一部全国性
人物传记辞典。

3 喀耳刻（Circe），古希腊神话中的巫术女神，精通草药，以使用施了魔咒的草药把她的
冒犯者变成动物著称。富勒把喀耳刻比作假医师，与真医师阿斯克勒庇俄斯做比较。

国举办了一场极为有意义的展示，把庸医与伪医相关的花样都摊在阳光下，让人们认清这种邪恶勾当的各种面目，收到了很大的倡导效果。在华盛顿，卫生部也将成立一个相关的永久性展示馆，不妨借镜德国，举办全国性特展，但我也敢断言，许多恶名昭彰的惯犯也会申请参加，这样大好的免费宣传机会，他们可是不会轻易放过的。倒是德国采取了一项有效的强制措施：任何公开销售的专利药品都必须经过政府专家的分析，做成说明，罗列成分与功效，否则一律禁止参展与贩售。

我们所要对抗的大敌中，最最危险的就是冷漠——不需要什么原因，也无关于缺乏知识，就只是单纯的漠不关心，只顾着追求别的利益，或因为自负而产生一种轻慢。在整个社会中，有25%的死亡，正是肇因于这种不可饶恕的冷漠，它助长了人的负面效应，大大抵消了上个世纪所成就的功业。当最高的法则——公众的健康——都遭到了忽略时，我们凭什么为一条让企业与电力穿越大陆的铁路系统感到骄傲？当我们想到一个国家正享受巨大的物质财富，却也知道有人连基本的生活条件（对于这方面，古罗马人都可以做我们的老师）都付诸阙如时，我们于心能安吗？当我们知道忘川[1]的冷漠正让丧钟占领每间教室，把小孩、少男、少女带走，那些"小小的红色校舍"[2]又能给我们什么安慰呢？西方文明诞生于知识，以身体与头脑一点一滴耕耘得来的知识，但在许多与生命相关的最主要部分，我们却没有让知识发挥应有的效能。相当讽刺的是，地球上却有一个小国[3]，在人的正面效益上可以为我们上一课，教我们一些至少到目前为止值得借镜的地方。讲到这里，我们

1　忘川，指神话传说中的忘川河，是人死之后进入地府的界河，饮忘川河水，能忘记生前的一切。

2　小小的红色校舍，指典型的农村小学，校舍通常漆成红色或用红砖建筑，当时在美国与加拿大作为强制小学教育普及化的政策，堪称一大功德，但因无知以致缺乏疾病的预防与治疗，导致许多孩子夭折，使这一功德大打折扣。

3　奥斯勒指的可能是日本。

又不得不向东方去寻找智慧了。或许不出几年，我们的文明就会遭到极为严酷的考验[1]，如果因此能够使人走出冷漠，让他明白只有热心投入，知识才是有益的；如果因此又能够使整个社会走出冷漠，不至于让中世纪的黑暗卷土重来，那或许也是因祸得福了。

对抗我们的第三个大敌——各式各样的堕落——由于它总是无声无息的，对付起来绝非容易，不可稍有懈怠。对于人们的不道德、不检点、不慈悲，没有人比医师更说得上逆耳的忠言。对于人品上的污点，我们的话别人常能听得进去，尤其是对青年人，我们可以拿自己的经验告诉他们，单纯的生活是可以做得到的，道德的堕落是危险的。如果有时间，场合也适当的话，我倒希望能够唤起医界，对蔓延在这块土地上的社会堕落——黑死病[2]——负起一些责任。但在这里，我只能请大家留意纽约普林斯·莫罗医师[3]所发起的一个重要协会，这个组织的目标之一，就是要在这个重大的问题上教育社会大众。在这里，我敦促各位，一如我们曾经对抗过肺结核那样，加入这一支使命重大的十字军。

和谐

整合可以促进和谐——利害与共的一个共同体，相同的目标，相同的宗旨，可以产生一种志同道合的情谊，即有许多人积极采取合作的态度，纵使有摩擦，也可以减少误解与不满的机会。在我们的行医生活中，最令人欣慰的就是，在国内，不论走到哪里，其间总是充满着善意，你去不同的地方，跟那里的人相处一阵子，你就会发现大家都

1　1914年，即奥斯勒发表这篇演讲的9年后，第一次世界大战爆发。

2　黑死病原指14世纪席卷欧洲的一场由鼠疫杆菌引起的大瘟疫，夺走了几乎半数欧洲人的生命。奥斯勒在这里指的是性病，尤其是梅毒。

3　普林斯·阿尔伯特·莫罗（Prince Albert Morrow，1846—1913），美国医师，皮肤病和性病专家，性教育活动家。

在做着救人的好事，到处都在用心提升教育的水平，也都各尽医师的本分，做出无私的奉献。有人可能会告诉你，赚钱第一才是主流，庸医、密医抓不尽，凡事按照我们的道德标准，那只是自命清高而已。还有一些人，则跟以利亚[1]一样，老是抱怨东埋怨西，说他们过的日子还比不上父祖辈。无论是在执业的场合、学院或医学社团中，对于个人的生活情况，能够像我有这样好的机会做实地观察的人并不多，过去20年来，由于我看得太多了，对于现在，我只是充满着感激，对于未来，我则充满着希望。鲁特琴[2]之所以会出现小小的裂缝，常是因为我们之间原本应有的那种同业和谐消失了。今天，在较大的城市，业界之间的倾轧已经减少了许多。19世纪前半叶，医师之间的冲突严重，如果你们有兴趣一窥细节，不妨去读查尔斯·卡德威尔[3]的《自传》（*Autobiography*），但我还是要很遗憾地说，教授们还是那样最得罪不起，医学院之间的竞争也始终缺乏友善与善意。我们不得不承认，此风之盛于今未衰，虽有稍减之势，但毕竟不如我们的理想。这种情形不仅给公众留下坏的印象，而且会妨害我们自己的进步。不过是几天前的事，我收到一封信，是一位相当理性平和的业外人士写来的，对一家大医院的一项计划表示关切。关于这项计划，我本人也曾从旁参与过协商。怀着相当难过的心情，我要引述他的一段话，之所以如此，是因为这封信出自一位医界的好友，一位在各方面跟我们都有长期接触的人，他是这样写的："我要告诉你的是，作为一个医界以外的人，最感到困扰的是，在一项牵涉广泛的计划中，我们看到的是，因彼此相嫉而引起

---

1 以利亚（Elijah），圣经人物，是一位先知。据《旧约·列王纪》记载，以利亚因软弱向神求死，他抱怨说：``耶和华啊，求你取我性命，因为我不胜于我的列祖。''

2 鲁特琴是一种曲颈拨弦乐器，一般指中世纪到巴洛克时期（17世纪）在欧洲使用的一类古乐器的总称，是文艺复兴时期风靡欧洲的家庭独奏乐器。

3 查尔斯·卡德威尔（Charles Caldwell，1772—1835），美国医师，创办路易斯维尔大学医学院。

的极端不和不仅存在于专业与非专业之间，也存在于专业本身中间，彼此所责难的无非都是派系利益，实在很难让一个外行人理解，这样的争吵能够搞出什么样的结果来。"

全国性的专业团体，特别是美国医师协会（Association of American Physicians），将人们齐聚一堂，让大家互相认识，知道各人的特长，而在家乡却少有这种机会。这也印证了布鲁什医师[1]昨天在讲演中所说的，在较小的城镇与乡村地区，反而容易造成相互间的误解。只有我们身在其中的人才清楚，对医师来说，要在彼此之间维持良好的关系确属不易。行医不仅仅是用脑，还涉及人心；在某一个病例上，当一个人明明已经尽了最大的努力，动机与行为却遭到了误解，不仅家属，连自己的同事都给予严厉的批评，这种情形绝不少见；但是，当事情临到的是别人，他如果也是那个老亚当[2]当道，照样也会还之以其人之道。根据我的观察，医师之间的不和有三大因素。其一，是缺乏友善的互动，唯有良好的沟通才足以促进彼此间的了解。对于年轻的医师，年长资深的医师有责任待之如弟子而非竞争对手。至于年轻医师，当你才起步就接到不少病例，这时候，你怎样对待前辈，他们就会怎样对待你；如果你明白世事本就如此，是无法避免的，而你又能够虚心、友善地沟通，刚开始，情况或许极为微妙，但僵局终会打开，以后也就不再会出现紧张。年轻人务必要善体年长者的心思，凡事切勿急着强出头，应多听前辈的意见。因此，年轻人刚出校门，最好多扮演助理或伙伴的角色，行医的工作将可因此轻松许多，也可以促进彼此间的和睦与友谊。你可能会碰到一个人，听说他集非专业的行为于一身，什么样的坏事他都有份儿，但事实上，他却可能是个好人，是个因妒忌而遭到排挤的牺牲者，是个派系之争的箭

---

1 爱德华·纳撒尼尔·布鲁什（Edward Nathaniel Brush, 1852—1933），美国医师，《美国精神病学杂志》（The American Journal of Psychiatry）主编。

2 老亚当，意指亚当的原罪，基督教中人类一切罪恶的根源，天主教中称"七宗罪"（傲慢、嫉妒、愤怒、懒惰、贪婪、暴食、色欲）。

靶；经过了解之后，你可能会发现，他不仅是个爱家、爱孩子的好丈夫、好父亲，而且尊敬他、推崇他的也大有人在。总之，促进和谐之道无他，关键在于自己所持的心态。听到别人受到赞美，看到一个年轻人在你的专业上表现不俗，都应该心怀感激，因为这于大家都是好的。妒忌，柏拉图说是灵魂在发炎，对一个能够以健康心态看待人生的人，乃是不可能发生的。在相互竞争的学院之间，老师固然应该着意培养彼此的认识，更应该鼓励学生交谊。如果听说某个刚起步的学生犯了错，或有一点"脱线"，不妨站出来跟他谈谈，甚或为他说几句话。唯有这样才有可能把他"治好"，不如此，徒然加重他的"病情"罢了。

说到第二个因素，则是我们自己可以直接控制的。在所有的堕落里面，其灾难性的后果不亚于不道德，其严重性更甚于不检点的，就属没有包容心，因为它的破坏性之于心灵与道德的高贵，就有如疾病之于身体的健康。这乃是现代人最常见的毛病，尤其容易将我们行医的人困住，也是破坏业内和谐的主要敌人。这种堕落通常是不经意的，是一念之间的，是心灵与舌头潜意识的习惯，是不知不觉逐渐养成的。一提到某个人的名字，数落就跟着来，要不然就是把对他不利的事情翻来覆去，或者是拿同业的无妄之灾当作消遣，甚至破坏他的人格。这种以中伤别人取乐的人，真可以说是"口中所言，好话死尽"。看不起一所学校的表现，瞧不顺眼某个实验室的工作性质，又或小褒两句继之以痛贬，凡此都足见其心灵之贫瘠与不知与人为善。这种堕落里面所包藏的可悲成分，以及对人格所造成的坏影响，我们总没有当一回事，殊不知这正是基督与他的门徒们毫不容情所批判的。"不可按外貌断定是非，总要按公平断定是非"，岂不正是我们每个人每天都在心里要求自己一定要做到的吗？有一个门徒，也是我们这一行里的，托马斯·布朗爵士，对于这个问题，他有一个了不起的想法：

你们的口里拼命否定撒旦，却又崇拜魔鬼而毫不感到罪恶。

千万不可用这种不洁净的心去污染别人的名，也不可因你们嫌弃某人就践踏他的本质——进谗、诋毁、打小报告、散布谣言、污蔑中伤或恶意扭曲，全都是有失宽厚与心胸狭隘的恶行！既不符圣保罗基督徒之质，也有失亚里士多德彬彬君子之风。勿信圣雅各书[1]的伪经，才足以坦然面对并破解伤害真理以及连信仰都奈何不了的恶言。摩西摔坏了法版，律法却不毁坏[2]，但爱心一旦不存，律法也就破碎。没有爱便没有完整，唯有爱才得全备。你们当以谦卑看待自己的优点，虽然你们有些地方丰盛，仍要不计算人的恶，不嫉妒，凡事包容，凡事盼望，凡事相信，凡事忍耐，若没有这些美德冠冕，就当认为自己是贫乏的、不足的；有了这些始终如一的美德，乃能在天上咏唱三圣颂（Trisagium）。[3]

第三个导致医师不和的因素则是飞短流长，嚼舌的人喜欢在医师之间拨弄是非。当一个病人开始讲某某大夫心不在焉、马马虎虎时，唯一有效的规则就是不听，立即请他或她闭上尊口，因为像这种事情保不准几个月后你又会听到一次。医师之间的不和，总有半数是放纵病人说短道长所煽起的，唯一能做的就是充耳不闻。有的时候，流言蜚语是挡不住的，那么就用另外一招——绝对有效，而且屡试不爽——病人编派某个医师的不是，全都不要相信，纵使听起来煞有其事。

告别这个国家的医界，告别这些老同行，都是我一路走来依恋不已的人，若非英伦去此不远，若非知道自己还是在同一个园子里的另

1　圣雅各书，即圣经《新约》中的《雅各书》（*Epistle of St. James*），在托马斯·布朗时代（17世纪），它的真实性受到部分学者的质疑。

2　据圣经《旧约·出埃及记》记载，先知摩西率以色列人逃离埃及，回到应许之地——迦南地，在西奈山顶，神赐给摩西刻有诫命的石碑（即"摩西十诫"法版），后来摩西见族人不听从这些诫命，一怒之下摔碎法版，神又命他再造新碑，重刻诫命，并将其放在以色列人圣殿的约柜里，昭示以色列人，摩西十诫仍然有效。

3　出自托马斯·布朗《给朋友的一封信》（*A Letter to a Friend: Upon Occasion of the Death of His Intimate Friend*），也是一篇关于病案和对人类状况诙谐推测的医学论文。

一处工作，若非你们还相信我仍将关心你们的事业与医学院的福祉，此去将是何等不舍。碌碌人生，匆匆忙忙，推推挤挤，难免冒犯了某位同人——但谁又免得了呢？或许出于无心，我可能在屋里放了一箭而伤到了一位同人，果真如此的话，我在这里请求原谅。至少此刻我在心里读到的是，我爱你们大家。我从来不曾跟人争吵，正如沃尔特·萨维奇·兰多[1]说的，因为没有任何事是值得跟人争吵的，也因为我相信，争吵只会造成怨恨、不平，甚至灾难，更因为我相信，整合、平安与和谐才是有福的。

对你们，我的同人——此刻听我讲话的，或会在别处读到我所讲的，在穷乡僻壤从事我们这行伟大工作、劳动不息却所得菲薄的，有幸在这块科学园地工作与教学的，以及散布在这块土地上的每个同人，我要送给你们一段话作为我的临别赠言：

> 我今日所吩咐你的诫命不是你难行的，也不是离你远的；不是在天上，使你说："谁替我们上天取下来，使我们听见可以遵行呢？"也不是在海外，使你说："谁替我们过海取了来，使我们听见可以遵行呢？"这话却离你甚近，就在你口中，在你心里，使你可以遵行。——爱。[2]

1　沃尔特·萨维奇·兰多（Walter Savage Landor，1775—1864），英国诗人、散文家，他在75岁时写过一首小诗——《一个老哲人的临终演说》（*Dying Speech of an Old Philosopher*），有很多中译版本，以杨绛翻译的《生与死》流传最广，译文如下：

　　我和谁都不争，和谁争我都不屑；
　　我爱大自然，其次是艺术。
　　我双手烤着，生命之火取暖
　　火萎了，我也准备走了。

2　《旧约·申命记》第30章第11～14节，"爱"字是奥斯勒加的。

学生生活[1]
The Student Life

不要为明天忧虑，

因为明天自有明天的忧虑。

——《新约·马太福音》

一

　　学生对自己研究的东西专注不移，唯有恋爱中人的一往情深可堪比拟。莎士比亚说，有三种人不食人间烟火，疯子因其执着于一念，诗人因其癫狂于文思，恋人因其眼中唯有伊人；其实他大可以也将学生列入其中，因为学生的求知欲燃烧起来时，也是"集百虑熔于一炉"。学生若要让自己变成一个灰眼女神（grey eyed goddess）[1]的崇拜者，一切都按照她的规矩行事，一心不乱全神贯注之外，还要有坚持到底的精力才行。但是，如同追寻圣杯，追求密涅瓦并非是人人都能够做得到的。对某些人来说，只是追求一种纯洁的生活；但对另一些人来说，却是如弥尔顿所说的，是"一种强烈的本性"，如果是这样，学生就比较像是诗人——是天生的，而非后天打造的。当我们每个人的内在天性与外在环境混合作用时，激发出火花，如果是一个真正的学生，多少都会具有某种程度的神性，不再在乎世俗的眼光。这时候也就有如斯纳克（Snark）[2]，纵使

1　灰眼女神，指古罗马神话中的智慧女神密涅瓦，对应古希腊神话中的雅典娜。

2　斯纳克是英国作家刘易斯·卡罗尔（Lewis Carroll，1832—1898）的长诗《猎鲨记》中的蛇鲨——一种千变万化的诡异生物。卡罗尔以其童话作品《爱丽丝梦游仙境》闻名于世。

你无法说出他到底长成什么样子，但有三个绝对错不了的特征，就算他变成了怖狰（Boojum）[1]你也认得出他。哪三项特征呢？全心追求事实的欲望、坚持到底的决心，以及一颗开放、诚实且能免于猜疑、欺骗与妒忌的心。

　　刚起步的时候，"事实"这个大问题，可以先不必去烦恼。因为一旦全心全意地开始追求，事情就会变得简单。事实、完全的事实、绝对的事实，没有人是一生下来就知道的；相反地，即使最完美的人，所见也只是片断、部分，完完整整地全部呈现乃是不可能的。因此抱持永不满足的心态、欲望与饥渴去追求真相，灵魂必将得以提升！这样的一股热情，应是其始也一，其终也一。说到学生所追求的，何以说它有如难以捉摸的少女无法掌握呢？也正因为它的难以捉摸，才需要具备第二个特征，也就是要有坚持到底的决心。打从一开始，我们就要很坦白地接受一个事实：人类的能力是有限的，否则的话，等在你们前面的一定是失望。尽了最大的努力所能得到的结果也就是最好的，而最好的结果必归于最好的人——了解了这一点，你们也就会懂得满足，同时也会懂得谦卑，维持更上层楼的追求欲望。但千万不可忽略，一定要保持心灵的弹性与包容，才能避免前功尽弃。兰姆曾说，即使事实摆在眼前，有些人却不知道去把握。问题其实并不在此，而在于即使我们众里寻它千百度，但心眼儿却是盲的，事实就算是跟你打了照面，你还是压根儿也看不见。但一个人若是一步一步循序渐进地追求真相，对事实演变的每个阶段都一清二楚，这种情形就不至于发生。人生的大悲剧之一就是，想要获得事实真相，就非要诚实地先跟自己搏斗一番，才不至于心盲目瞎。哈维十分了解他同时代的人，连续过了12年，在所有的事实根据都齐全了之后，才敢将血液循环的理论公之于世。学生也唯有坚持到底的决心加上虚心，才能够使自己达到一个新的境界，在那儿，新的事实

1　怖狰是斯纳克最可怕的一种变形。

诞生，旧的事实获得修正。再来是第三个特征，有一颗诚实的心，才能使你们与同学保持切磋，少了这种相互的砥砺，也就无异于独行于荒野废墟。我之所以特别强调一颗诚实的心，因为诚实的头脑大抵倾向于冷漠与严苛，是做判断用的，不会有同情心；然而唯有心中常存恩慈，不计算人的恶，才能设身处地替别人设想。唯其如此，才能宽大为怀，形成良性的竞争，不至于心怀恶意、妒忌，也唯有这样，才能避免养成假科学精神，鬼鬼祟祟躲在实验室里埋头苦干，唯恐别人抢了你的风头。

你们都是一个大家庭里的兄弟，不是来当学徒的，因为一讲到学徒，就意味着有一个师父在；做老师的千万不可有这个名称所代表的心态，即使要用这个名称，不妨换个意思，像我们的法国同业那样，一种听起来暖心的说法，意思是一种心智上的亲密结合。兄弟情谊的培养并不是一件容易的事——椅子或板凳一旦有了裂缝就很难弥补。跨越峡谷的悬臂结构，需要两边合力才有办法架设起来。好的老师不是高高在上，用高压将知识被动地泵入接受者的脑袋。新的教学法已经扬弃了这种方式。老师不再是"传道先生"（Sir Oracle），他或许也想放下身段，但潜意识里却有所不能，实际上，他应该也只是一个学生，一个帮助年轻学生的年长学生。在一所大学里，如果洋溢着这种单纯而热情的气氛，教者与被教者之间便不会有明显的距离——两者同在一间教室里，一方只不过比另一方多知道一些而已。在这样的氛围中，学生才会觉得自己是家庭的一分子，家庭的光荣就是他的，家庭的福祉也一样，家庭的利益当然会是他的第一考虑。

如果你告诉一个新生，说教育并不是来上课，来学一门医学的课程，只是在老师的陪伴下，花几年的时间为一生做个准备而已，相信他一定无法理解这样的说法。事实上，在人生的这场竞赛中，不论是跌倒、失败，还是充满信心地抵达终点，关键全在于竞赛开始之前你们所受的训练，以及你们所拥有的续航能力。关于这方面，无须我多言。总之，你们全都可以做个好学生，少数几个会很杰出，偶尔还会有一两个，别人做不到或做不好的，他却轻而易举，那大概就是约翰·费里尔[1]所谓的天才了。

在这个忙忙碌碌、熙熙攘攘的花花世界——这正是这块大陆的现实写照——要训练一个第一流的学生并不容易。在现今的环境里，要与世隔绝可是比登天还难，正因为如此，我们的教育市场上到处都有路边的果实可采。圣约翰·克里索斯顿[2]的忠告常在我心，他说："避开大路，把自己移植到某个与世隔绝的地方，因为种在路旁的树保不住尚未成熟的果实。"在这片国度里，到处都有充数的滥竽，胆大妄为地干着自己并不在行的行当，这全都要拜一大堆不切实际的课程所赐，看起来是学了不少，能学通的却是寥寥可数。一般人总是读书不求甚解。说起来，现代的学生如果想要成功，专精最是要紧。把事情彻底地弄通弄懂本是一种习惯，只是极难养成，它乃是极为可贵的珍珠，值得劳神费力地去找到它。半吊子总是只求安逸，花蝴蝶一般过日子，全然不知知识的宝藏是要费尽辛苦从过去里挖掘，是要耐心地到实验室中去寻找的。就拿这个国家早期的情况来说，对那些只想学几招花拳绣腿的学生来说，学医简直易如反掌，甚至只要跟几个法国或西班牙的移民混熟了，挂牌悬壶也就顺理成章，哪怕摆在他面前的原文书还是阿拉伯文的！我们要的则是另外一种学生，是那种心怀理想、眼界开阔，于历史渊源做过深入涉猎，能够洞察生命底蕴的人。我们所要的这种人不出风头，是深藏不露的。但是，专精也有其缺点。最怕的是，所浸淫的问题可能只是一个"希腊文的虚词"[3]，或是滴虫属[4]的鞭毛，又或只是史前

---

1 约翰·费里尔（John Ferriar，1761—1815），苏格兰医师、诗人，他对天才的看法是："别人拼了命才做好的事，他轻易就能做好。"

2 圣约翰·克里索斯顿（St. John Chrysostom，347—407），西罗马帝国时期的君士坦丁堡大主教，以出色的布道和演讲闻名，被称为"金口约翰"，著作颇丰。

3 希腊文中的虚词通常只有连接句子成分的作用，其本身没有具体含义。

4 滴虫属（Trichomonas），一种寄生在人或动物口腔、消化道、阴道内的寄生虫。

马的脚趾，以至于轻重不分，本末倒置，只因为不能跟世界上的新知识接轨，以至于一生都浪费在毫无价值的研究上。你们当还记得，《米德尔马契》里面的那个卡索邦[1]，他辛苦一生的研究就是因此而尽付东流的。为免重蹈覆辙，我们必须趁早甩掉国家民族的观念。一个真正的读书人，一定是一个世界公民，更何况，人生在世，没有比忠于自己更重要的，又哪里能够只拘于一国一族呢！伟大的心智、伟大的作品超越时间、语言、种族的限制，作为一个学者，如果不能从天下一家的观点去思考生命的问题，绝不可能集思广益，成一家之言。一个人专精的是什么并不重要，但如果他只从他自己的土地吸收知识的养分，不管他是法国、英国、德国、美国、俄罗斯、日本还是意大利人，往往成不了真正的学问；真正的学者必定毫无偏见，能够以开放的心灵与果决的态度承认并接受一切知识应有的地位。一个人是在哪一条学问的川流上放舟也不重要，重要的是，川流所经之处，自有许多来自其他地方的溪河汇入其中。研究若要有成，就必须与他国的学者广泛接触；君不见，许多已经解决或根本无解的问题，只因为昧于其他地方的进展，多少人竟为之虚掷了多年的宝贵岁月。此外，除了书本上、期刊上的知识，来自人的知识也不可忽略。学者应该尽可能地到别人的土地上去与人交往；旅行不仅可以拓宽眼界，可以亲身印证各种传闻，他山之石更可以攻错，而从别人的机会与局限反观自己的幸与不幸，又可以更深一层地观照人生。如果有机会的话，能够跟大师接触，接其薪火，受其光照，或许从此茅塞顿开。总而言之，专精必须辅之以大眼光、大思维，并留意一门知识在其他地方发展的现状，否则就可能陷入所谓专家的峡谷，有深度而无广度，或者是对自己的重要发现视若珍宝，却不知在别处早已有人

---

1 《米德尔马契》(Middlemarch) 是英国女作家乔治·艾略特 (George Eliot, 1819—1880) 的小说代表作，卡索邦 (Casaubon) 是书中的一个学者，发愿穷毕生之力证明所有古希腊神话、创世记故事以及非洲的部落传说都是圣经《旧约》的堕落，却不知道当时世界上的新发现，最终所有努力白费。

捷足先登。博学通儒的时代已经过去了，思之令人不胜唏嘘！高踞峰顶纵览整个知识领域的大学者，像斯卡利杰、哈勒与洪堡这一类的大儒[1]，或许我们再也无缘见到了。但是，谁又敢说不会再有新的大学问家出现呢？一个20世纪的亚里士多德今天或许正抱着奶瓶，连他的父母与朋友做梦都不会想到，有一天他会成为伟大的人物，纵使那位斯塔吉拉人[2]再世也将黯然失色。一个真正伟大的学者，其所能产生的价值绝不亚于一条新建的跨州铁路；他所能发挥的功能是不拘一格的；从他目前的状态，没有人知道，何时何地他会发光发热。即使外在的环境再怎么不利，今天这个时代似乎都大有可为。以这个国家来说，最伟大的学者当中，出身于穷乡僻壤的大有人在。总之，弥尔顿所说的"强烈的本性"，环境是很难予以埋没或摧折的。

学生的研究应该给予充分的自由。千万不可像非利士人[3]那样，拿功利主义去扰乱他，动辄问他："能为谁带来好处？"破坏了纯粹科学的精神。说老实话，那些在化学、物理学、生物学、生理学上从事尖端研究的人，今天在应用科学与产业界虽然创造了杰出的成就，但在他们的脑子里未必存有实际应用的念头。这些创造力丰富的学者研究问题时，往往超越了世俗所重视的应用层面，其奉献也总是无私的，而这些

1　朱利斯·凯撒·斯卡利杰（Julius Caesar Scaliger，1484—1558），意大利医师、学者；阿尔布雷希特·冯·哈勒（Albrecht von Haller，1708—1777），瑞士生理学家、解剖学家、博物学家，被称为"近代生理学之父"，他第一个认识呼吸机制和心脏的自主功能，第一个发现胆汁在消化系统中的作用，著有《人体生理学原理》（8卷）等；亚历山大·冯·洪堡（Alexander von Humboldt，1769—1859），德国博物学家、地理学家，他是语言学家、柏林大学创建人威廉·冯·洪堡的弟弟，其代表作为5卷本自然科学巨著《宇宙》（Kosmos）。

2　指古希腊哲学家亚里士多德，斯塔吉拉（Stagira）是亚里士多德的出生地。

3　在英语中，"庸俗"（Philistine）一词来源于"非利士人"（Philistine，一个居住在地中海东南沿岸的古代民族），用来形容那些没接受过大学教育，缺乏文化修养并鄙视文化的人。

都是一般凡夫俗子所无法理解的。

时至今日，医科学生无论走到哪里都被视为医界的宠儿。我必须承认，曾经有一段时间——我们当中有些人应该都还记忆犹新——医师就像是莎士比亚笔下的福斯塔夫[1]，有人供他"住的、穿的、好酒、好食"，"奉承他、阿谀他，陪他东扯西拉"，曾几何时，这些都随着时代的不同而改变了，如今你们这些"学医的"比"学神学的"还要保守。由于你们的所学迥异于其他，如同我说过的，加诸你们整个生活与心理的压力，可说十倍于从前。只要是人，心理的、身体的异常与疾病都是免不了的——这部机器正常也好，失灵也罢，总之你们的任务就是要维护它的健康。人生所有的阶段——赤裸裸的新生儿、天真无邪的小孩、刚注意到头顶知识树的少年男女、身强体健正当壮年的男人、眉宇间充满母爱的妇人——这个奇妙世界上最复杂的机制，也就是你们所要研究与照顾的课题。在医学与医疗上，所有的东西今天几乎都已经改头换面，但多少个世纪以来，我们所思考、所关心的生命本质却一点都没变。以色列美歌者生病的孩子[2]、雅典大政治家毁于瘟疫的希望[3]、厄尔皮诺[4]的英年早逝，以及"图利（Tully）为女儿而哀痛欲绝"[5]，所有这些都不分年龄不分种族，照样发生在我们的身边，发生在哈姆雷特、奥

---

1 福斯塔夫（Falstaff），莎士比亚戏剧《亨利四世》与《温莎的风流娘儿们》中的人物，放浪形骸，纵情声色，以溜须拍马、吹牛逗乐谋取生活。

2 古以色列王大卫被称为"以色列美歌者"，据《旧约·撒母耳记》记载，大卫与他的将士乌利亚（Uriah）的妻子拔示巴（Bathsheba）通奸，生下一个儿子，神为了惩罚大卫和拔示巴，使那孩子重病而死。

3 伯里克利（Pericles），古希腊雅典黄金时期著名政治家，雅典城邦首席将军。他在领导雅典与斯巴达城邦的伯罗奔尼撒战争期间，因感染瘟疫而死。

4 厄尔皮诺（Elpenor），古希腊神话人物，在荷马史诗《奥德赛》中，他从屋顶上摔下，意外而死。

5 图利指图利乌斯·西塞罗（Marcus Tullius Cicero），古罗马政治家、哲学家，罗马共和国执政官。西塞罗的女儿图莉亚（Tullia）31岁英年早逝，两年后西塞罗去世。

菲莉亚、李尔王的身上。

我们的志业所继承的遗产，是万世不变的悲伤与痛苦，如果我们不能奋起创造奇迹，纾解人类每天睁眼就会面对的悲剧，此一永恒的伤口就将成为难以承受之重。认清楚你们所从事的工作：单调而沉闷，乃是真实生命的诗歌——是男男女女寻常、平凡、忧急的爱喜悲愁所化成的诗歌——你们才能获得最大的支撑力量。同样地，生命的喜剧也会在你们的眼前上演：只有医师在病人中间扮演调皮的帕克（Puck），为那些泰坦妮亚（Titania）与巴特姆（Bottom）插科打诨[1]，才能够引人破涕为笑。幽默的一面，其实也跟悲惨的一面一样常见。置身于我们那些同胞之间，如果你们有一颗善解人意的心，能够体谅那些难以想象、可笑亦复可怜的情状，那可真该感谢上天的厚赐。不幸的是，这份神赐的厚礼并非一视同仁，不是每个人都有的，弄得不好，还会弄巧成拙。这种气质的力量往往在于眼神而不在于言语，温柔敦厚正如 J. R. 洛威尔所说，好似"南向吹拂的"和风，于学医行医都有莫大的帮助。沉郁乖张的个性最要不得，一天里面种种的烦琐煎熬固然耐不住，去见病人时挂着一张马脸，那就更不可原谅了。

对人固然要用心着意，对书本也一样。学生之于书本，要能够静得下心来——一坐起码就是两到三个小时——一支笔、一本笔记，全神贯注在一个主题上，抱定决心弄懂每个细节与困难，力量自然就会生出来。书本上所有的问题与叙述，都应该养成自己解决的习惯，尽可能不要假手他人。非常重要的是，培养约翰·亨特[2]那种"少想多做"的态度。一旦有疑问，譬如说，发烧过后，指甲会出现凹槽的问题，就该从

1　在莎士比亚的戏剧《仲夏夜之梦》中，帕克是一个调皮的精灵，精灵王奥布朗派他去捉弄精灵王后泰坦妮亚，帕克趁泰坦妮亚睡着时，把三色堇花汁滴在她眼皮上，让她爱上了睁眼后看到的第一个人——织布工波顿。

2　约翰·亨特（John Hunter，1728—1793），英国外科医师、解剖学家，被誉为"现代外科手术之父"，他实施了人类第一例人工授精手术并获得成功。

指甲由根部长到顶端要花多少时间去追起；对于这个问题，大部分人都兴趣欠缺，少数人会去查书，只有两个人，老老实实用硝酸银在指甲上做记号，几个月之后，正确的答案也就揭晓了。他们的这种精神才是正确的。读书所产生的疑问，一定要自己动手去检验。从一开始，你们当中的许多人就都有一个很难做到的难题——充分做好痛下苦功的心理准备。离开医学院的青年人，一批接着一批，能够不为自己的基础教育松散而后悔的，还真的没有几个。人文与科学教育的基础不够扎实，今天看起来，似乎并不是什么了不起的大事，这种教育上的问题，也只有弥尔顿与约翰·洛克[1]才重视，但只要你们肯痛下功夫，克服了这种基础上的缺点，一旦优游其间，书本上的东西也就易如反掌了。在学生生涯中，无法养成亲近书本的习惯，老蒂莫西·布莱特[2]就曾说过，跟黄花大闺女之羞于见人是一样的，常是不自觉的。

做一个研究"人"的学生，要培养自己的能力，还需要走出去——到不同的环境里去了解人，了解他们的习惯、性格、生活与行为的模式，以及他们的缺点、长处与特性。先从观察同学与师长着手，然后到每个病人，看病之外，更可以学到一些别的东西。尽可能跟外界打成一片，尽可能入乡随俗。学生社团、学生联合会、体育活动与社交圈子，有计划地参与，可以克服羞涩，不至于变成书呆子，形成日后严重的障碍。你们当中不乏个性热情的人，对于这方面也早已注意到了，正当念书的时候，似乎用不着我来鼓励你们，但是，能够做到恰如其分，又能够把自信与狂傲分得清楚的人其实不多，特别是高年级的学生更是如此。高年级生往往有如从喜乐山（Delectable Mountains）下山的朝圣者，走迷了路，偏离了正途，进到了"自满"（Conceit）之乡；你们当还记得，正是在那儿，那个不可一世的少年郎"无知"（Ignorance）遇

---

1 约翰·洛克（John Locke, 1632—1704），英国经验主义哲学家，做过医生，著有《政府论》《教育漫话》等。弥尔顿和洛克都做过家庭教师，谈过教育问题。

2 蒂莫西·布莱特（Timothy Bright, 1551—1615），英国医生、牧师，现代速记法的发明者。

见了基督徒。[1]

我还有一个希望，就是鼓励我们最优秀的学生到处去游学。我不敢说我们已经准备好了，尽管课程安排的差异性颇大，甚至几所顶尖的学校也是如此，但毫无疑问地，在不同的老师教导下，既可以开拓心胸，又可以培养气度，如此一来，乃得以扫除"我是属保罗的，我是属亚波罗的"那种狭隘心态，而门户之见正是学医最大的忌讳。

关于用功的问题，我还要利用几分钟再多讲几句。一天当中，什么时候才是用功的最佳时间？这个问题或许有人不以为意，认为根本没有所谓的最佳时间，任何时间都是好的；的确，对一个全神贯注于某个大问题的人来说，任何时间都没有差别。前几天，我问大名鼎鼎的记者爱德华·马丁（Edward Sandford Martin），他通常都在何时工作，他的回答是："不会是晚上，更不会是用餐中间。"这个答案你们有些人一定觉得深获我心。有人做事情，深夜最有效率，有人则是在早上，若是在过去，大部分的大学生尤其喜欢后者。伊拉斯谟[2]就是个典型，他说："绝不可在深夜工作，既钝头脑又伤身体。"有一天，我跟乔治·罗斯[3]在伯利恒圣玛丽医院[4]散步，当时的主治医师乔治·萨维奇[5]医师指出，院内的病人可以分成两大类——一类在早上的时候沮丧，另一类则是开心，他认为，心情的起伏跟体温有关——早上体温偏低的人沮丧，

1 出自约翰·班扬《天路历程》。

2 伊拉斯谟（Desiderius Erasmus，1466—1536），荷兰人文主义思想家、神学家，翻译和整理了圣经《新约》的新拉丁文版和希腊文版。

3 乔治·罗斯（George Ross，1845—1892），麦吉尔大学医学教授，医学博物馆馆长，与奥斯勒交情甚笃。

4 伯利恒圣玛丽医院（Hospital of St. Mary of Bethlehem），又称"伯利恒皇家医院"，是伦敦的一家精神病医院。

5 乔治·亨利·萨维奇（George Henry Savage，1842—1921），英国精神病学家，英国著名女作家弗吉尼亚·伍尔夫的私人医生。

反之则开心。这种现象，我认为指出了一个事实，很可以说明学生在什么时间用功这件事。在精神病院外面，同样可以分成这两大类，云雀型的学生喜欢看到日出，早起带着一张开心的脸吃早餐，晨起6点的时候最"旺"。这一类型的学生，我们都不陌生。猫头鹰型的则刚好相反，早上起来，一副没精打采的睡脸，心不甘情不愿地起床，因为一天里面最好睡的时候给催命的早餐钟声破坏了，毫无胃口不说，连同桌人的聒噪与好心情也同他作对似的。这一类型的人，只有等到一天渐渐过完，体温上升了，才开始对自己、对别人耐起烦来；等到了深夜10点，他才真正地醒过来，我们开心的云雀已经对着书本猛打呵欠，甚至连脱靴子上床的力气都没有了，反观我们的瘦猫头鹰，土星过了天顶[1]，两眼炯炯发光，满脸神采奕奕，正准备大干四个小时——随你们怎么说——埋头苦读或是兴致勃勃地高谈阔论，非到凌晨两点不肯罢休。这两种类型的学生，我们不得不承认，很难说谁好谁坏，只能说是完全不同的两种体质——虽然我也拿不出什么证据——总之，就是体温的特性吧！

二

在念书的这段时间，你们的学生生活都可以过得充实而愉快，但离开学校后，开始承担新的责任，断层时期的问题就会随之出现，其关键则在于你们今天所持的心态。如果你们求学只是为了学位，文凭就是你们念书唯一的目的，可以想象得到，毕业以后，你们也就从辛苦念书的枷锁中解放出来了，书本从此抛到九霄云外，再也不会想到有系统地去进修了。另一种情形则是，由于你们养成了良好的读书习惯，不论什么科目都读得够深入，你们便可能会知所不足，觉得该学的东西还

---

1 在星象学中，具有忧郁气质的土星，相位在天顶时，其力量最大。

有很多，因此只将大学的所学看作是学生生涯的起点，你们才会寓学于医，做个医师学生（student-practitioner），这将对你们的执业生涯大有益处。一个人离开师长，开始走自己的路之后，依我来看，至少有五年的考验等在前面——他的未来就看这五年，在这五年中，他的命盘也将确定。不论他是待在乡下还是从事医院或研究室的工作，是到海外继续深造游学还是安顿下来与父亲或朋友开业，这五年的过渡期都与他的学生生活大有关系。一个人如果不具有强烈的向学精神，毕业之后，他可能如释重负，再也不需要忍受悬梁刺股，只需每周一本期刊上的营养食品，他的心灵就足够让他维持冬眠；等到十年之后，他的心智已经僵化，就算想要给他注入一点学生的活力，也已经是有所不能了，到时候，纵使他足以胜任例行的看诊，也拥有一定的能力与地位，却不再心存一丁点儿的信念，对于诊断与治疗的用心，可能还比不上股票与赛马。当然，学生在毕业后随之就结束了学习，未必全都会是这种下场。有些人充满了行医的热忱，善尽医师的责任，也扮演一个好医师的角色，但在能力上与精神上却可能跟不上时代，以至于与知识日渐疏远。你们要特别当心，正是这关键的五年，足以把我们最大的本钱都给糟蹋掉。对一个军人来说，最令人难以忍受的，莫过于战斗在四周打得如火如荼，却叫他按兵不动；一个医师若叫他无所事事，往往可以将他的锐气消磨殆尽。在城市里，或许还不至于是这种情形，诊所与学校有工作可做，医学团体多少也有刺激的作用；但若是在小镇或乡下，让一个人干耗在那儿几年，哪怕他的能力再强，退步也是免不了的。因此我十分期盼，在北美洲，能够尽快有一个制度，可以让青年人有机会成为工作的伙伴或助理。事实上，任何拥有大量医疗业务的人，若没有训练有素的人从旁协助，工作的效率都会大打折扣。如果你们有五年或十年的时间，能够与资深的医师携手，为他上夜班，为他做检验的工作，甚至于为他打杂，对资深医师的好处固然不可限量，对病人也是大有益处，你们自己更是受益良多。如此一来，在刚起步的那几年，你们就不至于落到冷得可以冻死人的孤独中，而能够在宜人的环境中开花结果，被培养成一个训练有素的医师。但愿你们绝大多数人的命运都能够如此！也但愿你们不会有更大的野心！在社会上不要成为一个暴发户，而要像家庭医师那样，忠实地实践我们的任务，日子虽然过得辛苦严谨，收入不丰，工作繁重，只有很少的时间进修，更不用说休闲娱乐了——所有这些都可以使你们百炼成钢，打造你们高贵的品质。在学生生活中，若要说医师命中可以得着些什么，我老实告诉你们，或许不能像犹大或便雅悯那样得到丰厚的遗产，却可能像以法莲所得到的那一份。[1]如果敏于观察，有良好的临床底子，又如我说过的，具有强烈的天性，寓学于医当可如鱼得水，甚至达到更高的学术水平。在英国阿伯丁郡（Aberdeenshire）的小村落班科里（Banchory），有一个叫亚当斯[2]的人，他不仅是好医师，手术极为高妙，还是杰出的博物学家，像这样多才多艺绝非寻常等闲，亚当斯却做到了，而且还不止于此，更跻身医界大学问家之列。他热爱古典学术，尽管医务繁重，但百忙中"几乎读遍古代传下来的希腊经典"，翻译了保卢斯·亚基内塔[3]、希波克拉底以及阿莱泰乌斯[4]的作品，均由西德纳姆学社（Sydenham Society）[5]出版。一个苏格

---

1 据《旧约·创世记》记载，以色列先祖雅各有12个儿子，十二子均为一族族长，发展成以色列十二支派。犹大（Judah）是第四子，便雅悯（Benjamin）是第十二子，第十一子约瑟生以法莲（Ephraim）。虽然约瑟本身算一支派，但因为雅各曾在约瑟两个儿子头上按手祝福，作为雅各孙子的以法莲成为半个支派，与犹大、便雅悯等其他支派平等参与分配土地。

2 弗朗西斯·亚当斯（Francis Adams, 1796—1861），英国医师，以翻译大量希腊医学书籍著称。

3 保卢斯·亚基内塔（Paulus Aegineta, 约公元前7世纪），古希腊医学作家，被称为"早期医学书籍之父"。

4 阿莱泰乌斯（Aretaeus of Cappadocia, 1—2世纪），古希腊著名医师，被认为第一个描述了哮喘症状，最早提出偏头痛性头痛（migraine headache）、糖尿病（Diabetes），最早提出卒中（中风）危险因素。

5 以托马斯·西德纳姆（Thomas Sydenham, 1624—1689）的名字命名的学术团体。西德纳姆是现代临床医学与流行病学的奠基人，被称为"英国的希波克拉底"。

兰的乡村医师，博学如此，足堪激励我们每一个人善用宝贵的光阴。

即使具有求知若渴的精神，又具备充分的基础素养，一个医师若要寓学于医，至少要有三样东西用来激励与维持他的自我教育。哪三样东西呢？一本笔记、一间书房，以及每五年一次的充电。说到记笔记的价值，还真不是三言两语可以道尽的。当个学生，绝对少不了它。随身携带一本笔记，可以揣在外套口袋；看新的病人，问过什么问题都记下来；检查完一个肺炎病例后，花两分钟的时间，把当天的情况扼要记下。一旦养成这种有系统的例行习惯，越是忙碌，在检查完病人后，你就越有时间做好结论。笔记的最后，简单注明"没有问题"（clear case）、"症状不明"（case illustrating obscurity of symptoms）、"诊断有误"（error in diagnosis），等等。做结论的时候，大可以像寒鸦玩的把戏，也就是我们许多人一窝蜂搜藏东西时的那种疯狂，举凡病例的研究、各个病例之间的关系以及文献上的病例，都不要放过——这可不是一件简单的事。趁早做好三种分类——没有问题的病例、有疑问的病例、错误的病例，而且要注意游戏的公平性，千万不可自欺，不可逃避事实；对别人可以宽容，但不可轻易饶过自己，要不断地严加督促。林肯有名的警句，你们应该都记得，他说，骗人可以一时，但不可能一世。倒是欺骗自己却是可以一世的，但绝对没有好处。必要的时候，对自己一定要残酷；你们在后顶骨部位感觉到的脓肿以及道德的坏死，要治疗就得动用刀子与烙器；在你们做了一次错误的诊断之后，在加尔与施普尔茨海姆[1]的自尊中心，你们也会发现有发炎的现象。唯有这样累积病例，你们在毕业后的自我教育中，才能得到真正的进步；也唯有这

---

1 弗兰茨·约瑟夫·加尔（Franz Josef Gall, 1758—1828），德国解剖学家，颅相学（cranioscopy）创始人。颅相学是一种将人类颅骨功能分区并通过颅骨形状测知人的智力与性格的学说，由加尔及其学生约翰·加斯帕·施普尔茨海姆（Johann Gaspar Spurzheim）提出并推广，19世纪在欧美流行，很多著名的政界人物、哲学家和艺术家都相信这一学说，如英国的维多利亚女王，美国总统詹姆斯·加菲尔德，作家爱伦·坡、勃朗特姐妹等，都是颅相学的拥护者。20世纪以来，这一学说逐渐被现代医学推翻。

样，你们才能从经验中得到智慧。一般人总认为，一个医师的经验越多，知道的也就越多。这其实是不对的。考珀[1]常被人引用的句子，也是我最喜欢向医界朋友提出来的，最能道出其间的区别：

知识与智慧，绝非同一样东西，
甚至不太有关联。知识
是在脑子里塞满别人的想法；
智慧是在心灵中聆听自己的。
知识是以自己所知甚多而骄傲；
智慧是以自己所知有限而谦卑。[2]

我们所讲的有见识或智慧，指的是随手可以运用，可以产生效果，以及对知识本身同样有用、有效的知识，就好比面包之于麦子。你们可以让一个人拥有蒸汽机各个部分的全部知识，懂得它运作的原理，但却可能不放心让他去操作。要得着见识，除了搜集资料外，还要懂得运用它们。有一句老话说得极好，是赫拉克利特[3]谈到他的前辈们时所讲的——他们都很有知识，但却没有见识——对于两者的区别，这位了不起的以弗所人（Ephesian）真可说是一语道破。在这方面，丁尼生也有一行常被人引用的名句：

知识迎面而来，但智慧踟蹰不前。[4]

1　威廉·考珀（William Cowper, 1731—1800），英国诗人，著有长诗《任务》（The Task）等，翻译了荷马史诗《伊利亚特》《奥德赛》。

2　出自威廉·考珀的长诗《任务》。

3　赫拉克利特（Heraclitus），古希腊哲学家，认为万物处于变化中，提出"人不能两次踏进同一条河流"，著有《论自然》等。

4　出自英国诗人阿尔弗雷德·丁尼生的诗歌《洛克斯利大厅》。

每个年轻的医师都应该有桩心愿，在自己的家里拥有三个像样的房间：一间书房、一间工作室、一间婴儿房——书籍、嗜好与小孩——如果无法做到三者齐备，我鼓励大家无论如何不可少了书籍与嗜好。先从一本好的周刊或月刊开始，好好地阅读它们；接下来，做有系统的研读，针对一个主题，把大学里学过的东西扩大范围去研究，譬如说念奥尔巴特[1]或诺特纳格尔[2]。等到你们逐渐上路了，再养成每年购买几部专门论著的习惯。读书要有两个目的：其一，让自己熟悉该项主题的新知识，以及其最新的进展；其二，要有助于了解与分析自己的病例。关于读书这件事，在学生还没有离开学校之前，做老师的就应该让他们知道，在什么地方可以找到最好的文章，教他们使用书目索引——那可是个丰富的宝藏，每一页都大有看头，光看题目就可以学到东西。疾病的描述与疾病在病人身上所表现出来的情形，其间是有差别的，关于这一点，读书时应该要有清楚的认知。总之，稍微用点心，不需要花太多的钱，你们就可以弄出一个像样的书房。在这养精蓄锐的五年当中，对医学史应该有个清楚的概念，可以去读福斯特（Michael Foster）的《生理学史文集》（*Lectures on the History of Physiology*）与巴斯（Johann Hermann Baas）的《医学史》（*History of Medicine*）。另外，准备一套"医学大师"丛书（New York: Longman, Green, 1897—1899），并订阅《书与史杂志》（*Library and Historical Journal*）。

　　行医之外，每天一定要读书或做些其他事情。我当然了解，看诊是十分耗费精神的事；不妨用米开朗基罗的话来说："有些事情需要全神投入，丝毫容不得心有旁骛。"但是，如果有样嗜好，只会让你们成为

1　托马斯·克利福德·奥尔巴特（Thomas Clifford Allbutt, 1836—1925），英国医师、医学作家，发明短管体温计，著有《医学体系》（*Systems of Medicine*，8卷）等。

2　卡尔·威廉·赫尔曼·诺特纳格尔（Carl Wilhelm Hermann Nothnagel, 1841—1905），德国医师，著有《特殊病理学和治疗学》（*Spezielle Pathologie und Therapie*，24卷）等。

更健全的人，而不致变成不称职的医师。什么嗜好倒是无所谓，园艺或种菜、文学、历史或目录学都无妨，也都会让你们去接触书籍（如果时间允许，我很想多谈谈另外两个房间，其重要性绝不亚于书房，而且更不容易搞定，倒是在头脑、心灵与双手的教育上都有相辅相成的价值）。寓学于医进修的第三个要件是每五年一次的充电，而这也是最难做到的。每隔五年回到医院，回到实验室去，为的是给头脑和心灵来次翻修，接受新的洗礼，做新的整合，等等。不要忘记带着笔记本，分成三扎，老实去做。另外，从一开始就要为旅行存钱，务必省吃俭用，钱要花在刀刃上；为婴儿室所准备的房间也可以先锁上——下定决心，一切以教育好自己为先；如果一切顺利，我估计，满了三年就可以有六周的时间去进修专业科目，或者等个五年，更可以花六个月去深造。"乡下郎中"（Dr. Hayseed）[1]的话绝不可信，他会告诉你，那样只会坏了你的前途，年轻人做不到五年就休三个月的假，简直荒唐到家，闻所未闻。你如果跟他说，那是一个医师为灰皮质层（Grey Cortex）[2]这个金矿所做的投资，他一定不屑一顾。但是，如果你已经成家，妻子儿女又怎么办呢？丢下他们！对这些最亲最近的人，你固然有责任，但对你自己、对医界、对社会大众，你的责任更大。就像伊莎费娜（Isaphaena）的丈夫的故事——那颗滚烫的心，愿他得到平安——我在《一个阿拉巴马的学生》中所描述的[3]，你们的妻子也将乐于分担你们所做的牺牲。

有了好的身体与好的习惯，到第二个五年结束，你们就可望一切都安顿下来——三个房间都一应俱全了，还有一间马厩、一片庭院，虽无金库却有人寿保险，或许有一两笔贷款，以及在邻近置的一块田产。年复一年，你们诚实地面对自己，把每个病例都忠实做成笔记；因

1　乡下郎中，俚语，指不学无术的医师。

2　灰皮质层，覆盖大脑半球与小脑的神经组织，奥斯勒以此比喻心智。

3　奥斯勒在《一个阿拉巴马的学生》（An Alabama Student）中描述了一个叫约翰·巴塞特（John Y. Bassett）医学生，把妻子和两个儿子留在家中，前往巴黎留学。

此，你们将会颇为满意地发现，有疑问的病例与错误虽然仍难避免，但显然减少了许多。在地方上，如一般所说的，你们也"赢得"了人心，各种疑难杂症都找上门来，又因为面对错误时，你们总能严于责己，宽以待人，邻近的医师同行，不论老的少的，有事也都乐于找你们商量。在业务方面，由于请了助理，工作量也大为减轻。这样的一幅景象绝不是空中楼阁，而是随处可见的；这样的一个人，也正是我们在乡村地区与小镇上所需要的。讲到照顾病人，他绝不会自以为大材小用，更不会有所保留！如果再加上乐观的天性与强大的吸收能力，那就更可以成为这一行中的佼佼者，将使得业内与业外的庸医、伪医难以立足，其作用可能还胜过十来个地方上的司法人员。啊，还不止于此哩！这样的一个医师，可以说是地方上的福气——坚定、理性而热诚，凡事总把自己放在最后，一心总是为他人设想，健康人的荒唐糊涂、生病人的无理取闹，都不至于扰乱他的原则；像这样的人，临到他心上的至福必是真实的——是"使人富足，并不加上忧虑的"。

这样的一个人，若说还有什么危险，那就是随着财富而来的。过辛苦的日子，人往高处爬的时候，往往不会有事，但一旦成功了，许多人便在诱惑的面前屈服。政治就是许多乡村医师的陷阱，而且通常都是最优秀的；在地方上有了声望，有了一点钱，能够为党保住席位的，非他莫属！这样的好人，我就常拿他们来警惕学生；你们若是走了这条道路，会有什么下场，不妨去问问你们深交了十来年的好朋友——蒙田或普鲁塔克吧[1]！如果你们是住在大一点的城镇，千万要抗拒开疗

---

1 奥斯勒给医科学生开过一个书单，推荐了10种医学生枕边书，其书名及先后顺序是：新旧约圣经（Old and New Testament）、莎士比亚的作品（Shakespeare）、蒙田的作品（Montaigne）、普鲁塔克的《希腊罗马名人传》（Plutarch's Lives）、马可·奥勒留的作品（Marcus Aurelius）、爱比克泰德的作品（Epictetus）、托马斯·布朗的《医者的信仰》（Religio Medici）、塞万提斯的《堂吉诃德》（Don Quixote）、爱默生的作品（Emerson）、奥利弗·温德尔·霍姆斯的"早餐桌系列随笔"（Oliver Wendell Holmes: Breakfast-Table Series）。蒙田、普鲁塔克的书，排在第三位、第四位。

养院的诱惑，那绝不是一个普通医师的本务，除了会让你们牺牲自己的生活外，还会带来很多麻烦。还有第三样，就是抗拒迁往大地方的诱惑。在农村地区或小乡镇，如果你不虞匮乏，大可修身养性，照顾好金钱，拿一部分精神服务乡梓，自然可以在地方上得到受人尊敬的地位。在我的朋友当中，就不乏乡村医师，他们莫不恬淡自适，忠于工作，以行医自豪；若说现在要我为自己的人生另做选择，我会欣然追随他们。

说起来相当奇怪，医师学生寓学于医，也有可能因为太过于用功而妨碍了自己的生涯。书呆子是不可能成功的；钻在书堆里，知识可能根本发挥不了实际的效果。但是，失败绝不是因为书读得太多，而是因为知人太少。我要提醒你们的是，务必克服自卑与缺乏自信。我知道一些这种例子，简直无可救药，但也有些人治好了，不是因为公共生活救了他，而是托同人的福，只因为他们了解他的能力，不断地开发他隐藏在内心深处的宝藏。在大城市里行医，想要维持学生时代的生活习惯可是不容易的；能够让热情持续燃烧的真诚，往往会被每天工作的劳尘给闷熄。因此，想要读书唯有出之以真心，才有可能成为一个好学生。早年我在蒙特利尔总医院驻院时，就认识这样一个人[1]——对待病人固然全心全意，高超的医术更使他忙得不可开交，但他在车上也读，在卢西娜[2]床边的灯下也读，因此总是能够掌握最新的医学动向，但他并不以此为足，对于一种疾病，总要彻底了解它的真相才肯罢休，也正因为如此，我们乃结成莫逆；日日夜夜，不管多忙，他总会跟我花两个小时寻找资料，尽管可能只是白忙一场，或者并不能因此解开一种新疾病如恶性贫血之谜。

---

1 奥斯勒指约翰·贝尔（John Bell，1852—1897），加拿大蒙特利尔总医院（Montreal General Hospital）外科医师，麦吉尔大学临床外科教授。

2 卢西娜（Lucina），古罗马神话中的生育女神。

三

专科医师学生（student-specialist）的寓学于医可得小心上路，其间虽然有两大优点，却也有两大危险，必须时时保持警醒。由于现代医学之庞杂，乃有缩小范围加以彻底耕耘的趋势；专精于一个小科目——特别是在技术上已经相当成熟的——因而自得于其间的人可以说不在少数，君不见，皮肤科、喉科、眼科与妇科确实也因这种专攻一门而大有进展！如此一来，专科医师通常较为自由，多有闲暇，或至少不缺闲暇，不至于像一般科医师那样被应接不暇的病人绑住，日子大可以过得合理些，有时间怡情养性，还能够参与公共事务，为同业谋取福利，也借此为自己争取投票时的支持。说老实话，在大城市里，我们的图书馆与医学社团能够获得一些资源，还真亏了他们无私的奔走。至于危险，或许不至于发生在强者的身上，但有些软弱的同人就难讲了；如果他选择某个专科只是因为那个领域比较轻松，那么，哗众取宠与卖弄技巧就不免会取真才实学而代之。医师的格局如果远大于所专精的科别，而且又能全盘予以掌握，那当然就不会有问题；但专业若只是工具，那就会是灾难了，碰到每个科目都有可能的兵荒马乱时，严重的伤害往往也因此造成。除了人的格局小之外，长期专注于一个小领域的另一个危险，则是洞察力的丧失。要避免这种情形，最保险的办法莫过于持续培养专科的基础医学，进修的重点如果能够跳脱技术的层面，保持与生理学和病理学的接触，眼界自会加宽。此外，专科医师之需要实验室的训练，更胜于我们其他人，同时也需要与其他科目做广泛的接触，以矫正错把蚁丘当世界的眼光褊狭之弊。

至于教师学生（student-teacher）的寓学于教，每个老师都是现成的例子，只是程度不同而已。老师如果不能教学相长，那就绝不会是个好老师。踏上教书这条路，一开始时，常是满腔热忱，但几年下来，一成不变的例行工作，很容易将一个人的活力消磨殆尽，光是抗拒难以避免的退化倾向，就足以消耗掉全部的精神。在比较小的学校，同一个科目里面没有志同道合的同事，孤立裹足以造成停滞，不出几年，早年的热情之火就再也无法照亮逐渐养成的因循敷衍。就多数老师来说，课务分量的不断增加导致研究时间的越来越少，一个第一流的人才跟他所教的学科脱节，错往往不在于自己，而在于身不由己的外务缠身。一个有心进修的教师，除了五种天生的感觉能力外，还必须具备另外两种——责任感与均衡感。对于工作的重要性，刚开始时，我们大部分人都会产生高度的认知，对于信托给我们的责任，也都会有全力以赴的意愿。说到一个有责任感的老师，无非准时、上课第一，等等，但还有更重要的：对学生，一定要倾囊相授，绝不打折；对所教的学科，一定要真材实料，务求最好；对于枯燥的细节，要出之以无限的耐心与热诚；对每个学生更要做到无私奉献与一视同仁；同时，还要能够善待自己的助理。所有这些应该都是责任感的自然流露。至于均衡感就不是那么容易了，除了训练，主要是靠天性；有些人从来就做不到，有的人却是自然天成。但即使是最周到的人，也需要时时加以培养，而凡事不可太过则是每个老师最好的座右铭。在我年轻的时候，有一个标准的教师学生，帕尔默·霍华德，我深受他的影响。如果你们想要知道他是怎样的一个人，不妨去读马修·阿诺德题献给他父亲的那首名诗《拉格比礼拜堂》（*Rugby Chapel*）。年轻时的霍华德医师，也是选择了"一条深思熟虑、目标清楚的道路"，并坚定不移地终生追求，即使所要付出的时间不断地增加，甚至到后来年事已高，投注于医学研究与教学的热忱也从未丝毫减退。1871年夏天，当时我还是个四年级的学生，初次亲炙他的教诲，由于维尔曼[1]划时代的成果与尼迈耶尔[2]的大胆观点，肺结核的问题正成为当时热门话题。在蒙特利尔总医院，每一个肺部损害的

---

1 让-安托万·维尔曼（Jean-Antoine Villemin, 1827—1892），法国医师，其研究结果证实了结核病是一种传染病。

2 费利克斯·冯·尼迈耶尔（Felix von Niemeyer, 1820—1871），德国医师，著有《特殊病理学与治疗学教科书》（*Lehrbuch der Speziellen Pathologie und Therapie*）等。

病案都要经他过目，我也因此得窥雷奈克[1]、格雷夫斯[2]与斯托克斯[3]的门径。不论什么时候，通常是在晚上10点之后，如果塞缪尔·威尔克斯（Samuel Wilks）与沃尔特·莫克森（Walter Moxon）、鲁道夫·菲尔绍[4]或卡尔·罗基坦斯基（Carl von Rokitansky）都帮不上我的忙，我就背起书包去找他，他一定是热情地招呼我，让我在那儿查阅病理学会的记录（Transactions of the Pathological Society）与《医学百科大辞典》（*Dictionnaire Encyclopédique des Sciences Médicales*）[5]。正因为是一个学生，才是一个标准的老师，任何一个新的问题他都不放过，在严苛的行医生涯中，好学的精神使他得以维持高度的热情，也使照亮年轻时代的火焰持续燃烧。回首往事，我见过的老师或同事不知凡几，但能够像他那样，将高度的责任感与心理上的年轻活力如此完美地结合，可说是绝无仅有了。

讲到这里，在我的记忆中却也升起了一列长长的影魅，都是我教过、爱过的学生，全都是来不及成熟就夭折了——精神的、品德的或肉体的。对于成功，我们绝不吝于表扬称赞，但却绝少去正视别人的失败。也不知道是为什么，或许是我不太沉湎于现在，我的心思大都放在过去，在我的记忆里，那许多我爱过却又失去的学生，每每想起就不胜疼惜。颂被征服者（Io victis）：且让我们也为那些失败者咏唱一番

---

1 雷奈克（René-Théophile-Hyacinthe Laënnec，1781—1826），法国医师，听诊器发明者。

2 罗伯特·詹姆斯·格雷夫斯（Robert James Graves，1796—1853），英国医师，毒性弥漫性甲状腺肿（Graves）以其名字命名。

3 威廉·斯托克斯（William Stokes，1804—1878），英国医师，以听诊器的研究知名。

4 鲁道夫·菲尔绍（Rudolf Ludwig Karl Virchow，1821—1902），德国医师、病理学家、人类学家，第一个发现白血病的人。

5 《医学百科大辞典》即《德尚布尔大辞典》（1864—1886），共100卷，由法国医师阿梅德·德尚布尔（Amédée Dechambre，1812—1886）主编。

吧！偶尔，我们不妨想想那些在生活战斗中倒下的人，那些挣扎过却失败，甚至来不及挣扎就失败了的人。在我失去的学生里面，有太多是因为心理上死亡了，其原因则不一而足——有的是因为学校，有的是因为婴儿期的营养不良，总之，心理的佝偻病、发育不全、营养失调，使多少原本前途大好的年轻人就此夭折！而由于第一个关键五年的失调，坏血病与佝偻病也为学生签发了心理的死亡证明。到了十年之期结束时，看到那些早期大有前途的心灵，能够健全长成的竟是如此之少，对照顾这些学生的老师来说，其失望与痛心又是何等深重！但真正的悲剧却是品德的死亡，是另一种夺走我们许多好同业的杀手，只因为他们背离了密涅瓦的纯洁、正直与敬业，陷入了巴库斯、维纳斯与喀耳刻的罗网之中[1]。

每每想起这些以过去为背景的悲剧，如此惨淡、灰暗，绝望以了残生，昔日那些学生的名字与脸庞（其中不乏我引以为傲的）便恍然如在眼前，不禁令我为之战栗，不得不强迫自己回想他们跟你们今天一样的那段美好时光，何等幸福，何等无忧无虑，在讲堂的长凳上，在实验室里，在病房中，而所有这些都仿佛是在梦中。回想起来比较不那么沉痛，但却更令人锥心的，是那些正值花样年华的学生生活突然中断——肉体的死亡。所有这些，做老师的全都记在心里，一碰就会痛，平常虽然不太提起，但感觉却像朗费罗记忆深处不变的象征，是"对无言的思想表达沉默的敬意"[2]。如今回想起来，那些逝去的都是我们当中最优秀的，最耀眼的、最聪敏的都被带走了，比较平庸的如我们，反倒逃过

---

1 巴库斯（Bacchus）是古罗马神话中的酒神，对应古希腊神话中的狄奥尼索斯（Dionysus）；维纳斯（Venus）是古罗马神话中掌管爱与美的女神，对应古希腊神话中的阿弗洛狄忒（Aphrodite）；喀耳刻是古希腊神话中的巫术女神。奥斯勒在此指那些陷入欲望牢笼，迷失自我的人。

2 出自朗费罗诗集《候鸟》（Birds of Passage）中的 "The Herons of Elmwood"。亨利·沃兹沃斯·朗费罗（Henry Wadsworth Longfellow, 1807—1882），美国诗人、翻译家，但丁《神曲》权威英文版译者（他是第一个将《神曲》译介到美国的人）。

了劫数。这些人的遽逝，徒留高堂之悲、手足之痛——有的还有发妻之心碎——并带走了他们的希望，今日在此追忆，不免仍要为他们一掬同情之泪，更为我们医界的损失感到惋惜。像多伦多的齐默曼，蒙特利尔的克莱恩、麦当劳，费城的帕卡德、柯克布莱德，以及巴尔的摩的利文古德、拉齐尔、奥本海默、奥克斯纳，全都是当时的一时之选，却大都在绿叶青青时飘然坠落，识者莫不深感伤痛！[1]

行医之于你们，全在乎于你们自己——对某些人，或许是烦恼、操心，是一辈子的困扰；对有些人，则是每日的喜悦，是可以造福人类的快乐人生。秉持着学无止境的学生精神，你们当可以充分实践我们这个行业的崇高使命——懂得谦卑，乃能知道自己的弱点，进而寻求力量；满怀信心，乃能知道自己的能力，并承认自己的有限；以继承光荣的传统为荣，乃能珍惜前贤赐给人类的这份礼物；抱持确定不移的盼望，确信未来的福祉必将大于过去。

---

1 理查德·齐默曼（Richard Zimmerman，1851—1888）、杰克·克莱恩（Jack Cline，1852—1877）、理查德·李·麦当劳（Richard Lee MacDonnel，1853—1891）、弗雷德里克·阿道夫·帕卡德（Frederick Adolphus Packard，1862—1902）、托马斯·斯托里·柯克布莱德（Thomas Story Kirkbride，1809—1883）、路易斯·尤金·利文古德（Louis Eugene Livingood，1860—1898）、杰西·威廉·拉齐尔（Jesse William Lazear，1866—1900）、阿瑟·奥本海默（Arthur Oppenheimer，？—1895）、亨利·威廉·奥克斯纳（Henry William Oechsner），这些人分别是奥斯勒的同学、同事或同业，大都英年早逝。

生活之道[1]
A Way of Life

每日之所需，每日自会备齐。

——歌德

1 1913年4月，威廉·奥斯勒在耶鲁大学举办了题为"现代医学的演进"（The Evolution of Modern Medicine）系列讲座，他追溯医学演进的历史，梳理了从古老的埃及一直到当时最先进的医学成就，描绘了整个医学史上令人惊叹的详尽细节，这一系列讲座的内容，后来由耶鲁大学出版社整理成《现代医学的演进》一书出版。《生活之道》是"现代医学的演进"系列讲座开讲前，奥斯勒对耶鲁大学的学生发表的演讲。

各位同学——每个人在思想上、言语上、行为上，都有一套自己的生活哲学，行之而不自觉。其实，有而不觉，那才是最好的，如果自以为是，那才最糟。生活哲学是自然养成的，对年轻人，你要教他，他是不会听的。他会问你，明亮的眼睛、鲜红的血液、有力的呼吸、强壮的肌肉，有哪一样跟哲学有关？那位伟大的斯塔吉拉人[1]岂不也说，青年人是不屑学那些的。他们听见却不明白，是没有益处的。那么，我又何必来烦你们呢？那是因为，我真的有好东西要分享给你们，既无关于哲学也无关于道德和信仰，虽然有人告诉我，演讲总不外这其中的一样或两样，最好是三样都齐备。我所要谈的，既是老生常谈又是前所未闻，虽然简单却好处多多；说它简单，你们有些人可能就会跟古代叙利亚国元帅乃缦（Naaman）一样，听先知说只要到约旦河里去浸洗一下就可以洁净麻风病，不免大失所望，掉头而去。大家都知道，有一种50分钱就可以买到的那种工具组，只有一副把手，却可以套在十多种器具上。一般来说，质量都很糟，就算你到最好的木匠铺去，也不容易找到一副像样的；但是，工人、司机、水手必定人手一副，每个有条理的家

1　指亚里士多德，见本书第060页注释2。

庭，打开储藏室的抽屉，一定也少不了。虽然只是一副把手，许多日常的小事，没有它还真办不了；不论是谢菲尔德[1]的精品还是那些劣等货，从小手斧到螺丝起子，这副把手绝对适用于任何工具。我要送给你们的，正是这样一件礼物——一副万用的生活把手。

其实我所要讲的，只有一个"道"字，是一个平平凡凡的人平平凡凡过日子最浅显的写照；这样的人，要说他有什么生活哲学，也不会比《皆大欢喜》[2]里面那个牧羊人高明到哪里去。我要指点你们的，不是一套窒碍难行的大道理，也不是一套大计划，而是一条道路，一条即便愚昧也不致失迷的道路；是一种习惯，就跟任何其他的习惯一样，好的或不好的，简单得很——但也可能难如登天！

一

几年前，流行过一句话，上面写着："生活只不过是'老调'重弹，日复一日。"讲白一点，就是"生活只是一种习惯"，也就是一连串不需要经过大脑的行为。这可真是至理名言，是一切行为——身体的或心灵的——的根本，也是亚里士多德教学的精髓；对他而言，习惯的养成正是品德的基础。"总而言之，任何习惯都是同一种行为的结果，我们所该做的，就是给行为立个规矩。"[3]七个月大的婴儿，要他站起来，非倒下来不可；长到一岁大，他就能站起来走路了；到了两岁，他可是在跑步了。之所以如此，不过是肌肉与神经养成了习惯。一试再试，一摔再摔，力气就有了。放根指头到婴儿的口里，他就满怀期待地吸吮起来，那也不过是哺乳动物数百万年来的习惯反应而已。再怎么复

---

1 谢菲尔德（Sheffield），英国城市，位于英格兰的南约克郡，钢铁工业发达，以生产优质餐具闻名。

2 《皆大欢喜》（*As You Like It*），莎士比亚创作的喜剧。

3 出自亚里士多德《尼各马可伦理学》（*Nicomachean Ethics*）第2卷第1章。

杂的动作，只要经过不断的练习，我们身体的某一部分都能够丝毫不差地做出来。音乐家演奏一首高难度的曲子，注意看他的动作：灵活的十指，敲、弹、抚、触、弄，无不恰到好处，还能跟你谈笑风生，乐器仿佛自动钢琴，跟他毫无瓜葛似的。这也还是习惯，长时间的不断练习，加上无数次的失败，自然就具备了这种能力。同样的道理，也可以拿来说明精神和品德。用柏拉图的话来说，由精神和品德所构成的"人格"，就是"长期养成的习惯"。

我所要提倡的生活之道，其实也就是习惯，是一种长期不断重复、逐渐养成的习惯。这种每天身体力行的功课，我称之为生活"日密舱"（day-tight compartments）。你们一定会说："啊，那还不简单，简单得就跟以利沙[1]的忠告一样！"我先不急着跟你们辩它的价值，倒是我自己的体会之深，还真是言语难以表达的。谈到我这个人，大家都说，我生长在很理想的环境中，是牧师九个孩子中最小的一个；曾经在四所大学任教[2]，写过一本挺成功的书[3]，应邀在耶鲁开一个讲座，一般的风评都说，是个学养俱厚的人。但是，天知道！少数几个知心的朋友就了解，我只是一个再平庸不过的人。你们或许会问，那些教授头衔以及不过尔尔的资历又怎么说呢？其实不是别的，不过是一种习惯，一种生活之道而已，是每天所做的功课。至于其重要性，也正是我将竭尽所能要你们牢记在心的。

约翰逊博士说，影响人的一生的往往都是微不足道的小事，他说："激发热诚与激情的，不是超级的天体，也不是体液的属性，而是第一

---

1 以利沙（Elisha），公元前9世纪，以色列王国时期的先知，以利亚的学生。

2 四所大学指加拿大的麦吉尔大学，美国的宾夕法尼亚大学、约翰·霍普金斯大学，以及英国的牛津大学。

3 指奥斯勒所著医学教科书《医学原则与实务》（*The Principles and Practice of Medicine*），1892年初版以来，成为英语世界医学教科书的标准，曾多次再版并被译成多种文字传播至世界各地。

本读过的书，是早年听到的一段谈话，或某些偶然的意外。"拿我自己来说，就有两件事情。我之所以转学到安大略省威斯顿（Weston）的三一学院中学[1]，只不过是传单上的一句文宣，说高年级生晚上可以到歌舞厅学唱歌、跳舞——说到歌舞这类才艺，我根本不是那块料；但是，正如扫罗寻找他的驴子，我也发现了更有价值的东西：一个塞尔伯恩的怀特（the White of Selborne）[2]，一个了解大自然，知道如何使孩子喜爱大自然的人。另外一件事，发生在1871年的夏天。当时我在蒙特利尔总医院实习，对自己的未来忧心忡忡，既担心毕业考试的结果，又烦恼毕业后将何去何从，随手拿起一本托马斯·卡莱尔[3]的书，一翻开，映入眼帘的就是一个熟悉的句子："首要之务，不是着眼既不可追又不可及的过去与未来，而是做好清清楚楚摆在手边的事情。"[4]意思再平凡不过，但却有如当头棒喝，变成我养成一种习惯的起点，让我能够善用我仅有的天赋。

---

1 加拿大三一学院中学（Trinity College School）创建时位于安大略省的威斯顿，现位于霍普港（Port Hope）。

2 指奥斯勒在三一学院中学的老师约翰逊神父（Rev. Johnson），即威廉·阿瑟·约翰逊（William Arthur Johnson，1816—1880），加拿大神职人员、博物学家，三一学院中学的创办人和首任校长。奥斯勒曾在该校就读18个月，他对医学科学的兴趣，以及未来职业生涯的规划，都深受约翰逊神父的影响，故经常在文章或演讲中提到这位恩师。塞尔伯恩的怀特，原指生于塞尔伯恩的英国博物学家吉尔伯特·怀特（Gilbert White，1720—1793），著有《塞尔伯恩博物志》（The Natural History and Antiquities of Selborne，又译作《塞耳彭自然史》），深受奥斯勒喜爱，所以，这里奥斯勒把自己的老师，有着同样身份（神职人员、博物学家）的约翰逊神父，比作"塞尔伯恩的怀特"。

3 托马斯·卡莱尔（Thomas Carlyle，1795—1881），英国著名作家、历史学家、社会思想家、文学家、评论家，英国19世纪文坛巨擘，1865—1868年任爱丁堡大学校长，被称为"切尔西的贤哲"，著有《衣裳哲学》《法国大革命》《英雄与英雄崇拜》《过去与现在》等。

4 出自托马斯·卡莱尔的评论文章《时代的标志》（Signs of the Times），曾收入《评论与杂文集》（Critical and Miscellaneous Essays）。

二

在圣经中，耶稣比喻葡萄园里的工人是按日雇用的；这故事教导我们应当求每日的饮食，而不要挂念明天可能发生的事，至于明天的事，是不应去想的。就现代人来说，这些道理都带着些东方色彩；劝人如何做个完全的人，就跟劝人追求至福一样，只是叫人在精神上下功夫，而不是叫他们去采取行动。我却不一样，我可是要督促你们剑及履及[1]，老老实实接受我的忠告，绝不像《传道书》（Ecclesiastes）用的那种口气所说的："你们说，今天明天我们要往某城里去，在那里住一年，做买卖得利。其实明天会如何，你们哪里知道。"[2] 更不会是奥玛·海亚姆[3]"酒罐与汝"那种伊壁鸠鲁式[4]的得过且过；我所要用的，是一种最现代的精神，把它当成一种生活之道，一种习惯，一种着魔似的追求，当下就甩开东方的神秘主义与悲观态度，免得自己轻易就败下阵来。"一天的难处一天当就够了"，说得好不辛酸，何不改成："一天的福气一天享。"何苦让瞻前顾后的坏习惯变成生活的负担呢！就好像一个病人，因眼部的肌肉一时间不协调而造成复视，只要戴上调整眼镜，立刻觉得舒服，回到清晰的立体视觉；同样地，过度担心的学生，只要不再瞻前顾后，也就可以得到平静。

我曾经进到一艘大邮轮的船桥上，邮轮当时正以时速25节的速度破浪前进。"她是有生命的，"同行的旅伴说，"每一块钢板都有生

1　剑及履及，"履"（lǚ）也作"屦"（jù），汉语成语，典出《左传·宣公十四年》，形容行动坚决、迅速。

2　出自《新约·雅各书》，奥斯勒误以为出自《旧约·传道书》。

3　奥玛·海亚姆（Omar Khayyám, 1048—1131），波斯诗人、天文学家、数学家，其主要探讨死亡与享乐的诗集《鲁拜集》（Rubáiyát of Omar Khayyám），是古波斯诗歌的最高典范，被誉为"信仰的归宿，灵魂的良药"，在世界范围内具有极高的声誉。

4　伊壁鸠鲁学派（Epicureanism），古希腊哲学流派，又称伊壁鸠鲁主义、享乐主义，认为人死魂灭，主张追求快乐和享受宁静。

命；有如一头巨兽，有头脑和神经，有一副庞大的胃肠，强而有力的心肺，加上一组无与伦比的动力。"才说着，信号声响起，船上所有的水密舱开始关闭。"这是我们最大的保障，"船长说。"毕竟泰坦尼克号的殷鉴不远？"我说。"是的，"他回答道，"毕竟泰坦尼克号的殷鉴不远。"[1] 大家要知道，比起那艘巨大的邮轮，你们是更了不起的一个生命体，正要展开一趟漫长的人生航程。而我要求于你们的，正是要懂得紧紧关好你们的"日密舱"，控制好机器，以确保航行最大的安全。让我们到船桥上去，去看巨大的隔离壁井然有序地运作。按下一个按钮，倾听生命每一层的钢门关上，将过去——已经逝去的昨天——阻绝在外面；再按下另一个按钮，让金属的巨幕也将尚未诞生的明天阻绝。于是，你们将得以安全，得到一个安全稳当的今天！诗人奥利弗·温德尔·霍姆斯[2]吟咏的千古绝唱《墓葬鹦鹉螺》（*Chambered Nautilus*），其中一行，大可将之改为："默默劳作，日复一日。"[3] 就是要我们关上过去，让已死的过去埋葬了它自己的死亡！

但是，说来何等轻松，要做到却不是那样简单！过去的种种，阴魂不散有如鬼魅，赶走它们，真是谈何容易。祖母的蓝眼，祖父的瘦颊，在精神上与伦理上，都成了你们的一部分。你们世世代代的先人，一直都在思考的"天命、未知、意志与命运——宿命、自由意志、未知、定数"，或许孕育了新英格兰的良知。埋葬已死的昨天吧！因为，昨天只会引导傻瓜走向灰暗的死亡，跟你们并没有什么关系——如果你们的意识清楚的话。逝去的每一个昨天，确实无所不在，每天都在我们（身

---

1 泰坦尼克号海难发生在1912年4月，正好是奥斯勒发表这篇演讲的一年前。殷鉴不远，意为教训就在眼前。

2 奥利弗·温德尔·霍姆斯（Oliver Wendell Holmes, 1809—1894），美国医师、作家，曾长期担任哈佛大学医学院院长，著有"早餐桌系列随笔"等。其子小奥利弗·温德尔·霍姆斯，是美国著名法学家、前最高法院大法官。

3 原句为："年复一年，默默劳作。"《墓葬鹦鹉螺》出自奥利弗·温德尔·霍姆斯的"早餐桌系列随笔"中的《早餐桌上的独裁者》（*The Autocrat of the Breakfast-Table*）。

体）里面运作，但我们的肝脏与肠胃何尝不是如此呢？过去总是在不知不觉中影响着我们的生活，但我们绝不能让它称心快意。鸡毛蒜皮的困扰、有的没有的污蔑、微不足道的挫折、失望、罪过、遗憾，甚至欢喜——全都应该埋葬在夜晚的忘乡之中。啊！可是对我们许多人来说，也正是在那个节骨眼儿上，过去的幽灵开始作祟。

> 梦魇欺长夜，
>
> 怀忧乱寸心。[1]

　　它们络绎不绝，撬开眼帘，罪恶、悔恨、遗憾，新的旧的，此起彼落，纷至沓来，所有这些过去的罪恶，阴魂不散，在年轻的心灵中造成可怕的折磨，至深且痛，不知让多少人跟尤金·阿拉姆[2]一样，哭喊着："啊，主呀！请容我紧紧一握，掐死我的心灵。"像这种昨日之病留在我们体内的遗毒，我在这里提供一则"生活之道"，作为对抗的疫苗，也就是乔治·赫伯特[3]所说的："夜里剥光你的灵魂。"这里，指的不是自我反省，而是像脱衣服一样，彻底剥掉白天所犯的错误，无心的或有意的，醒来，你就是一个自由人，一个新生命。偶尔盘点存货当然无可厚非；但是，回首往日，罗得的妻子的下场就是你们的前车之鉴。[4]有很多人，仿佛被下了咒，陷溺在过往的泥淖之中，结果寸步难行，昨日之非瘫痪今日之是；过去的烦忧，有如懊悔之蛆，在生命的

1　出自查尔斯·兰姆的诗歌《忧郁病人》（*Hypochondriacus*）。

2　尤金·阿拉姆（Eugene Aram，1704—1759），英国语言学家，自学成才，在北约克郡的小镇纳尔斯伯勒任乡村校长时，谋杀过一名鞋匠，14年后受害者尸体被发现，阿拉姆接受审判，很快被处决，他的故事后来成为文学写作的素材。

3　乔治·赫伯特（George Herbert，1593—1633），英国玄学派诗人、演说家、牧师。

4　据《旧约·创世记》记载，神要毁灭索多玛城，告诫罗得一行不可回头，罗得之妻不听告诫，变成盐柱。奥斯勒借此告诫学生，不要留恋往昔、沉迷于过去。

核心里化脓生疮，无异于自掘坟墓。只有（学习）使徒保罗的榜样：每日一死，复活过来就是一个新人，每一天就是一世人的缩影。

三

　　昨日的负担，如果再加上明天的，只会使今日更加举步维艰。因此，要跟隔绝过去一样，彻底将未来也隔绝开来。梦想、空想、胡思乱想、空中楼阁，古人岂不早已说过，全都只是"乱我脑，碎我心"。有人说，未来是属于年轻人的。但是，只要是担心明天，对于明天的不确定感，徒然会毁掉今天的努力。有谁能够告诉我，明天会发生什么事情？大家都知道，明天的一切都在未定之天；但是，明天的秘密却在各人自己的掌握之中。且让我们随俄底修斯[1]走一趟冥府，取出魔环，摆开祭坛，向忒瑞西阿斯[2]提出问题。他的答案，我已经有了：未来即今日，并无明天！现在才能使一个人获得拯救。专心全意活在当下，不去想着前面，才是未来的唯一保证。就当你们生命的范围是一个只有24小时的圈子吧！有一本了不起的书，笛卡尔的《方法论》（*Discours de la Méthode*），扉页有一幅图，画的是一个人在园子里掘地，面朝土地，上面是流泻的天光，底下的一行说明是："工作并盼望。"（*Fac et Spera*）这几个字代表一种良好的态度，也是一句极好的格言。盼望上苍是可以的，但绝不可望着远方的地平线——那可是极其危险的；因为，真理、幸福、安定都不在那儿，那儿只有虚幻、空无、不实的许诺、漫天游走的鬼火——地平线上的召唤，全都是在诱惑不知足的人，放着脚边的真理与幸福不顾，去追求远在天边的海市蜃楼。有朝一日，爬到了峰顶，得以

1　俄底修斯（Odysseus），又译奥德修斯、奥德赛，古希腊神话中的英雄，对应古罗马神话中的尤利西斯（Ulysses），是荷马史诗《伊利亚特》和《奥德赛》中的重要人物。

2　忒瑞西阿斯（Tiresias），古希腊神话中的一位盲人预言者，据荷马史诗《奥德赛》记载，他在冥界也有预言能力，俄底修斯曾前往冥府请他预卜未来。

一览大地全景，或许到了那个时候，你们才会真切地检讨自己，原来笛卡尔叮咛我们应该经常要做的检查，我们竟然一辈子只做了一回。

一个担心未来的人，纠纠缠缠的结果，无非是虚耗精神，怀忧丧志。因此，赶紧将前前后后巨大的隔离壁关上，着手培养一个"日密舱"的生活习惯。千万不要灰心，因为就跟其他的习惯一样，这个习惯也是经年累月才能养成的，至于方式，则有赖于你们自己去找出来。我所能说的，只是一个大方向，并且鼓励你们，正当青春年华，你们应当有勇气坚持下去。

四

现在，可以来谈谈（今天）本身的事了！最重要的，就是自己做抉择！要跟约伯（Job）一样，不要让任何仲裁者介入，随时掌稳自己的轮舵。知道自己的有限，并充分融入机器顺畅运转的乐趣。对于自己能够活着，能够看到日出，能够置身在这块天赐其美的丰腴大地，任你驰驱，任你享用，应该打从心底生出至大的喜乐，并将全部创造的活力灌注于其间。罗伯特·勃朗宁说得好："在我们四周展开、张开双臂迎接我们的，是一个为我们打造、任我们享用不竭的世界。"首先要问的是，早晨起来的感觉是什么？因为，一日之计在于晨。在我们当中，颇有一些人，一大早起来就精神萎靡，却不知道，青年人睁开眼睛就觉得生活好累或提不起劲来，那是因为自己糟蹋了生命的机器，让引擎做了太过度的操劳，又不清除里面的灰烬与炉渣。有些人，与尼古丁女郎（Lady Nicotine）[1]交往过密，或与巴库斯先生厮混终日，更等而下之

1　尼古丁女郎，指香烟。创作了著名儿童文学作品《彼得·潘》的英国作家詹姆斯·马修·巴里（James Matthew Barrie, 1860—1937），有一部鲜为人知的谈论香烟的作品《我的尼古丁女郎》（*My Lady Nicotine*）。

的，是与少女阿弗洛狄忒[1]缠绵通宵，所有这些，"对软弱的青年人来说，都是强大的腐蚀"。一个人若要仪表得体，就先要有一副干净的身体。冷眼旁观今天的学子，论警醒认真的气质，论敏捷灵活的体态，我不免怀疑，自苏格拉底与柏拉图以来，还真是每况愈下。我敢大胆地说，古圣先贤心目中的典型，不是别的，不过是健全的身体加上健全的心灵而已。两者只要缺其一，单独一项是不可能清新甜美的，你们更当记住，经师本·艾兹拉说得真切：肉体与灵魂是相辅相成的。早晨的形貌造就一个人的一天——大体上是要求一部干干净净的机器——广义来说，讲的只是身体的规矩。但是，法国的俗谚说得好："快乐得自肠胃。"伏尔泰岂不也说过，消化不良的人（dyspeptic）不可能活得有好脸色，又说，身体功能有障碍的人，抗压力必低。维持身体的健康，有助于保持心识的清明，每天最初几个钟头的感觉，正是检验正常状态的最佳指标。口齿清晰、头脑清楚、眼睛清明，是每一天的天赋权利。正如马什教授（Professor Marsh）[2]从一根骨骼就能够判定是哪一种动物，同样地，从醒来的第一个小时，就能够看出一个人的一天。俗话说，好的开始是成功的一半，万事看起头。就青年人来说，早晨起来，之所以感觉萎靡，通常是两种原始本能——生物性的习惯——缺乏管理所致。其一，是与个人的保养有关，其二则与物种的延续有关。讲到适当的饮食，耶鲁的学生应该做个好榜样；但是，师长的忠告，青年人总是马耳东风[3]的居多。尽管如此，我在这里还是要不厌其烦地强调，在饮食上养成了满不在乎的习惯，那可是心理健康的大敌。我自己一贯的生活规

---

1 巴库斯（酒神）、阿弗洛狄忒（性爱女神），分别代表酒和性。

2 奥塞内尔·查利斯·马什（Othniel Charles Marsh, 1831—1899），美国古生物学家，曾任美国国家科学院院长，他发现并命名了许多出土于美国西部的化石。

3 译文"马耳东风"，比喻把别人的话当作耳边风，出自唐李白诗《答王十二寒夜独酌有怀》："世人闻此皆掉头，有如东风射马耳。"意为："世人听到诗赋皆掉头而去，就好像马的耳边吹过一阵东风。"

矩是，任何食品，凡是无益于我的健康的，必定毫不犹豫地予以杜绝，凡是有违于我的待客之道的，也会毫不避讳地指出来。时至今日，讲到喝酒，尽管酒精成瘾的还只属少数，但在一群男人里面，早起宿醉以至于整天无能的，总是不计其数。说什么浅尝即止，其实是很不容易做到的，事实很清楚，要保持身心的最佳运作，最好是滴酒不沾；对你们青年人而言，我在这里奉劝一句，最保险的做法莫过于彻底戒除。至于抽烟，你们大部分人也都明白，过度的结果，就是早上起来时的眼睛浑浊、头脑迟钝。自己不妨留意、观察，必要的话，就该节制。从前额到后脑勺，如果觉得紧紧的、沉沉的，记性变差，目似死鱼之眼，舌头生苔，口有恶浊之气——你们有许多人都清楚——我也明白——抽烟过量正是祸首。另外一种原始的本能，则是为了传宗接代，是自然加诸我们每个人的，那也是肉体的沉重负担。总而言之，驾驭柏拉图之车，哪怕是我们当中最优秀的人，也一定要全神贯注。野性难驯的感性黑马，非经一番苦斗，严加管束，是无法叫它安分的。你们都是过来人，感性那匹黑马一旦发作起来，拖着你们的理性白驹乱窜，下场往往就是车毁人亡。

　　既有一副清新可喜的躯体，一天之始就不至于有那种迟钝的感觉，也就不会像歌德所言，晨起的懒散导致荒废的一天。将心灵当作一部运转的机器，妥善加以控管，使之积渐成习，收发自如如行走，这也正是教育的目的；但是，真能达到的却不多见！真要做到这一步，念兹在兹之外，却也不宜操之过急，总要让自己有喘息的机会。时间，其实很多，日子，也还蛮长的。一天里面，醒着的时候起码有16个小时，至少拿三四个钟头，安安静静收服你的心灵机器。专注是学习有成的秘诀，只要能够专注，自会逐渐生出力量，克服任何科目。不论多么迟钝的心灵，持续不断的努力自会发光。有句老话说："青年人不快就不爽。"比这更糟的是，无法养成宁静专注的能力，乃是心理问题最主要的症结。有些年轻人，一起步就是这种状态，以至于永远一事无成。对于这种人，柏拉图最是同情。人生最大的悲剧之一，就是年轻学子一窝蜂地急功近利，患得患失，到头来误了自己的一生；也就是说，他这部人的机器，虽然日日夜夜地转动，却得不到别人的赏识与重用。关于这方面，以色列的一位智者[1]早有所见，威廉·詹姆斯[2]则是这样说的：

> 发作的频率与严重性既不在于天性，也不是因为工作太过于繁重，症结乃在于那种时不我予的莫名恐慌，处在压得喘不过气来的紧张中，焦虑其质，忧郁其果，内心得不到和谐与安适，总而言之，我们在工作中，这些问题很容易随之俱来，但是，一个欧洲人，做同样的工作，十之有九却不至如此。

歌德说："才能自会在静默中形成。"但却也不需要整天埋头苦干，16个小时中，拨几个钟点也就足够了，只不过，须得每日用功，有恒心、有条理、有系统，日复一日，自会养成强韧的心理机能，恰如小孩学步之于强化脊髓、音乐家勤练之于神经中枢。亚里士多德说，学生要在竞争中得胜，动作须缓，声音须沉，言语须慢，千万不可沉不住气，稍微受到挑弄就尖声厉叫，仓促行动。将自己关在"时密舱"（hour-tight compartments）中，全心专注于手中的事情，工作量自然会增加，熟能生巧也自在其中。这种心理习惯一旦建立，生活可以无虑矣！

专注是一门慢工出细活的艺术。细嚼慢咽，心理上一点一滴地适应了这种习惯，光凭这一点，在《写给批评家的寓言》（*A Fable for Critics*）中，J. R. 洛威尔生动描述的那种"心理的消化不良"，自然也就不会找上门来。满脑子追求效率所造成的莫名恐慌，也用不着去烦恼，只要用心地去寻找，着意地去下功夫，这种无中生有的心理作用很

---

1 指西拉之子，即耶稣·便·西拉，见本书第026页注释1。

2 威廉·詹姆斯（William James, 1842—1910），美国哲学家、心理学家，美国心理学之父，实用主义的倡导者，小说家亨利·詹姆斯的哥哥，著有《心理学原理》《宗教经验种种：人性研究》等。

快就会消失。一个人的学问，绝不能用眼前的来衡量；就算你把全世界的手指头都加起来，也无法去量化一件最有成效的工作。自我教育打造心理机能，是在为一个远大于学校的领域做准备。每天有四五个小时不是太多但始终如一的操练，必得这日知会另日，这周确认另周，这月见证另月，而培养出一个好习惯。如此这般，有一锭银子的人就可因此赚得厚利，有十锭银子的人至少也可以守住本钱。

这项功课持续不懈，可以让人在这个世界上活得清明理性，同时能矫正青年人的动辄倦怠、烦躁、焦虑以至于心绪不宁，没有比这更好的了。以此作为护身符，恰如乔治·赫伯特所说：

> 赫赫此石，
> 化物成金。

养成这种习惯后，对于"生活是什么"这个一再被人提起的问题，你可以大胆回答：我不去想它，我活出它来；唯有这种生活哲学，可以让你触及生活的真正价值，掌握生活的潜在意义。蜕脱绝望，通过疑惑之城与剧痛，身怀此一护身符，乃能到达喜乐山，在那儿得遇心灵的牧者——知识、经验、警醒与真诚。你们或许有人质疑，这只不过是伊壁鸠鲁式的禁欲主义，哪里比得上贺拉斯的甜美咏唱：

> 斯人何乐，独乐斯人，
> 说自己拥有今日的人，
> 安坐其间，乃能放言，
> 明日汝等皆黄花——
> 唯我活在今朝。[1]

---

1 出自贺拉斯《颂歌》（*Odes*）。

你们会怎么想，我不介意。我只不过告诉你们一套生活哲学，这套哲学，在工作上，使我大得裨益，在生活上，也让我受惠良多。沃尔特·惠特曼，我身为他的医师多年[1]，他不常跟我谈到自己的诗作，顶多偶尔吟上几句；但我记得，一个夏日的午后，我们坐在他卡姆登（Camden）小屋的窗前，一群工人从屋前走过，他友善地招呼他们。之后，他说：

> 啊，劳动一天，无论用手或是用脑，何等尊严！我曾尝试提升当下与现世，
> 使他们明白每日工作或交易的尊严。[2]

唯有用这种态度生活，你们才能学会如何把稳犁头不致犁刀偏掉，也才能够成就真正的人生。

五

身心的琢磨之外，还有什么呢？

你们应当都记得，在耶稣行世的所有事件中，最令人感动的是那位焦虑的犹太人老师尼哥底母（Nicodemus）夜里求见耶稣，恐怕他多彩

1　沃尔特·惠特曼（Walt Whitman，1819—1892），美国著名诗人、人文主义者，其代表作品是诗集《草叶集》（*Leaves of Grass*）。1884年，惠特曼65岁时，奥斯勒开始担任他的私人医师。1919年，奥斯勒开始写他与惠特曼交往的回忆录，手稿未及完成，奥斯勒便与世长辞。美国奥斯勒协会理事菲利普·惠勒·莱昂（Philip Wheeler Leon，1944—2012）出版过两本关于奥斯勒的书，一本就是在奥斯勒手稿基础上完成的《惠特曼与威廉·奥斯勒爵士：一个诗人和他的医生》（*Walt Whitman and Sir William Osler: A Poet and His Physician*, ECW Press, 1995），另一本是奥斯勒的传记：《威廉·奥斯勒：医学人文主义者》（*Sir William Osler: medical humanist*, Heritage Books, 2007）。

2　出自惠特曼《草叶集》中的《展览会之歌》（*Song of Exposition*），原诗句为："每日行走与交易的尊严。"

多姿的一生独缺永生的平安。基督对他所说的讯息，也就是对全世界说的，同时也是现今最需要的讯息。耶稣说："你当从圣灵重生。"你们都希望自己成为人中之龙——身为耶鲁人，这是你们的权利——你们应当也都识得那些构成世界之镭[1]的伟大心灵，你们当从他们的灵出生，不论是拿撒勒人耶稣充满灵性的追随者，或是这个时代自各国挑选出来的伟人，你们都当以他们为典范。

一日之始，必当始于耶稣与他的主祷文，而不必其他。无须教条，你们祷告，信心也就尽在其中，足以启发你们所涉猎的任何神学。当思想给心灵上了颜色，千万不可错过世间最美好的文献，就那样让日子溜走了；你们必当熟读圣经，也许你们不像你们先辈那么认真地学习，圣经仍有其传诸久远的权威，能琢磨人格，塑造行为，要学习以利户（Elihu），能明白上帝的大能与美意。日复一日，每天15～20分钟，与先贤同在，日积月累，将可以与先圣为友，你们将得到属于自己时代的信心。他们讲述先人的事迹，你们当倾听。但是，每个时代自有其精神与理想，一如自有其礼仪与娱乐。你们当然认定自己的学校是最好的大学，而且正处于全盛时期。当你们回首去看70年代甚至90年代[2]，你们一定会觉得当时的学生居然那样邋遢与乏味。其实你们若往前面去想，免不了也会发现，你们今天的衣着与时尚，在你们后继者的眼里，还不是同样的寒酸。变迁是不变的定律，各个时代都有伟大的新思潮，今天如此，伯里克利时代[3]亦复如此。唯一不变的是人。尽管大家都说人类一直都在进步，构成人性的爱、希望、恐惧与信

1　居里夫妇在1898年发现了具有极强放射性的化学元素镭，奥斯勒1913年发表这篇演讲时，可能对它的危险性还不是很清楚，所以用它来比喻世界上具有极大能量的伟人。

2　指19世纪。——译注

3　伯里克利时代，指公元前5世纪雅典民主政治的黄金时代，亦即古希腊全盛时期，始于欧亚之间的希波战争结束（希腊城邦战胜波斯帝国），终于伯里克利离世或希腊城邦之间的伯罗奔尼撒战争结束（以雅典为首的城邦同盟战败于以斯巴达为首的城邦同盟）。

心，以及人心的悲悯，始终都是不变的，任何文学作品中，拨动慈悲之弦的灵感泉源，同样是不分时地的。

"日密舱"中宁静过，心自轻灵，乃能负载自己与旁人的重担。用不着去羡慕溪边的青蛙（batrachians）[1]。生活是一件再平常不过的事，简单明了，有世世代代的伟人在前引路，进入他们的心血，他们的思想定可成为你们的灵感。在我的眼里，已经看到了20年之后的你们——坚决的眼神、宽阔的头脑、光润的面颊，一群在这个世界上生活成功的绅士；不论你们属于哪一个领域，感性的或理性的，前人的精神酵母都是你们所需要的，唯有酵母的发酵力量够强，才能转化平凡如涅墨西斯[2]的人，《诗篇》[3]的诗人如此说到他们："他将他们心里所愿的赐给他们，却使他们的心灵软弱。"

我在前面引述过约翰逊博士所讲的，小事影响人的一生。我的这些话语或许微不足道，但有可能给你们一点帮助，使你们知道怎样数算自己的日子，得着智慧的心。

---

1 古希腊剧作家阿里斯托芬（Aristophane）曾以蛙鸣讽刺抒情诗人，耶鲁大学的学生喜欢在运动比赛时呐喊助威，奥斯勒将其比作阿里斯托芬作品中的青蛙大合唱。

2 涅墨西斯（Nemesis），古希腊神话中的复仇女神。

3 本书中的《诗篇》均指圣经《旧约》中的《诗篇》，即《旧约·诗篇》。

医道

医师与护士[1]
Doctor and Nurse

无言并非愚者之智，但时机若对，那就是智者之明；智者之无言并非不决，而是沉默之德，胸中自有丘壑而不发，正见其深不可测。这种无言胜于雄辩，不言则已，言必重于泰山……

——托马斯·布朗爵士《基督徒的德行》（*Christian Morals*）

在芸芸众生里面，总有一些人或某一类人是高人一等的：军人、水手以及牧羊人固然不多，艺术家也很罕见，神职人员那就更是少之又少了，倒是医师，照例来说几乎都是如此。他（可以说）是我们的文明所开出来的花朵；当我们做人的阶段告终，只能放到历史里面去让人瞻仰时，论到时代的缺点，怎么算都轮不到他的头上，反而是

1　1891年，奥斯勒对约翰·霍普金斯大学护理学院首届毕业生所做的演讲。这篇文章后来在每年的毕业典礼上，毕业生人手一份，已成为约翰·霍普金斯护理学院的传统。约翰·霍普金斯大学护理学院是约翰·霍普金斯大学的一部分，作为全国最古老的护理教育学校之一，目前在美国排名第一，它也是美国国立卫生研究院护理研究经费的最大受益者之一。在1891年这届毕业生里，玛丽·阿德莱德·纳丁（Mary Adelaide Nutting，1858—1948）脱颖而出，后来执掌了约翰·霍普金斯大学护理学院，并担任美国国家护理联盟（National League for Nursing）主席，她是世界上第一位护理学教授，被誉为现代护理领域的先驱，著有《护理史》（*A History of Nursing*）等。

人类的美德，多数都能见诸他的身上。讲到他的慷慨，大有文士之风，绝无市侩之气；论到心细，那可是千锤百炼出来的；说到艺高，那更是无数挫折锻铸的结果；尤其难能的是，集赫拉克勒斯的乐天与勇气于一身。正因为如此，他为病房中带来生气与活力，纵使并非常如他的所愿，也总是能够药到病除。

——史蒂文森[1]《矮树丛》（*Underwoods*）

---

1 罗伯特·路易斯·史蒂文森（Robert Louis Stevenson，1850—1894），英国小说家、诗人，著有《金银岛》《化身博士》《绑架》等。他的作品在20世纪被归类为通俗文学，一直受经典文学的排斥（包括弗吉尼亚·伍尔夫、乔治·奥威尔）；20世纪晚期以来，他重新进入评论家的视野，并且受到海明威、博尔赫斯、纳博科夫等著名作家的赞赏；在联合国教科文组织的数据库"翻译索引"（Index Translationum）1979—2009年的数据中，史蒂文森作品被翻译的次数，全球排名第26位，仅次于狄更斯，并在巴尔扎克、爱伦·坡之前。

有些人——譬如说医师和护士——的存在，总在提醒我们是何等的脆弱；每一想到这种人，就让人神经分分的，因此不免奇怪，这个世界怎么会如此宽待他们。在牧师面前，情况就不可能那么黯淡，绝不至于像前面所提到的那种人，老让人联想到残酷的现实；至于律师，那就更不至于让我们伤脑筋了。如此说来，我们很可以想象，在未来的太平岁月里，神性与法律都将派不上用场；因为，到了那个时候，四海之内都是兄弟，再也没有人会打官司，每个人都是自己的老师，温柔的人更将拥有这个世界。但是，我们却无法想象会有那么一天，出生、活着、死去，都将跟那支"灰色大军"没有任何瓜葛——正是这支"灰色大军"，让我们畏惧不已，也让我们不由自主地联想到"医师与护士"。

　　畏惧，确实是的。但幸运的是，大约也只是隐隐约约地感觉到。我们就像小男孩一样，在遗忘之殿的角楼阴影下玩耍，却正一步一步走向它，完全没有注意到，等在我们前面的就是地底岁月的死阴幽谷。病痛难免，但生是喜乐的；这个世界的座右铭应该是"舞着向前"。我们何妨想象自己是住在快乐谷中，对待自己，也不妨学学那个国王[1]之对待

1　指净饭王，古印度迦毗罗卫国的国王，佛陀释迦牟尼的父亲。

佛陀，把一切可以触动命运的东西都藏得严严密密的。说我们聪明，或许是的，但谁又知道呢？幸运的是，生命的悲剧虽然看到过，却还没有临到自己，而且正是因为太贴近了，以至于看不清楚全貌。更幸运的是，乔治·艾略特不是说过："假使我们拥有异于常人的敏锐感官……"

但是，话说回来，总有许多人，或是任性胡为、瞎闹快活、不用脑筋，或是迫于生活的拮据紧逼，糟蹋了身子，等到"人类命运的使者"登场，拖着我们，或更糟的是，拖着我们的至亲上场，我们才会惊觉到，人生原是一场苦戏，也才会想到舞台上的那些龙套——医师与护士。

如果说以男性为主的医科毕业生吸引了大部分人的眼光与关注，你们至少还有值得欣慰的地方，因为你们的使命才是更悠久、更荣耀的。在所罗门的一卷书册中，有一幅动人的图画，画的是夏娃初为祖母，俯视着年幼的以诺（Enoch）教导玛荷拉（Mahala）如何纾解孩子的痛苦。女人，是"日子之间的环节"，一代接着一代严格教导出来，如同玛荷拉之于以诺，伊莱恩（Elaine）之于兰斯洛特（Lancelot），扮演着呵护与照顾的角色。这种使命的召唤，从美索不达米亚（Mesopotamia）平原传到卡美洛（Camelot）的比武场，也传到了约翰·霍普金斯医院，而这些场景如此相似，则是源于代代相传的精神。宽恕敌人，包容错误，待人如己，许多古人都以此期许自己；但是，真正为大爱赋予血肉的，还是对于那个大哉问——谁是我的邻人？——所做出来的大哉答，也正是这个大哉答，改变了这个世界的态度。在古代的历史中，圣洁的或亵渎的，称颂女性之大勇的，可以说屈指可数，但在基督教会的正史中却不乏其例，倒是在我们这个世纪，也有足以相提并论的例子。母性的慈爱感召孝亲之情，可以说所在多有；但是，真正的大勇应是底波拉（Deborah）而非利斯巴（Rizpah），是雅亿（Jael）而非多加（Dorcas）。[1]

1　奥斯勒在此拿圣经人物底波拉、雅亿的果敢跟利斯巴、多加的仁慈做对比。

人类由野蛮进入文明，有赖于逐渐的分工；医师与护士的分流也是基于此，并且在人类永无休止的战争中成为不可缺少的配角。谈到人类的历史，可以说是一部激情与野心、软弱与虚荣的记录，其间的野蛮与凶残触目皆是，即使是到了今天，思想家为了要我们接受他的理论，随时都会像古人那样，关上怜悯之门，放出战犬。也正是在一场丧心病狂的人类相残中[1]，你这个当时还定位不明的行业，总算在南丁格尔[2]的带头下取得了今天的地位。

人，个别地来说，自成一个自足的小宇宙，在隔代遗传的长链上快速地跃进，祖先的软弱意志与强烈欲望，全都继承接收了下来，血液与大脑全都不干不净，因此，在人生旅途上，激烈的竞争，重重的障碍，一路上总不免跌跌撞撞，如果没有一个庇护所让他可以复原，下场就只有死路一条。也正因为如此，在医院里面，听不到疾言厉色的批评，有的只是爱心、平安与休息，那也是理所当然的。在这里，我们学着去照顾我们的手足同胞，不分贵贱，一视同仁，全心付出，并以此为荣；在这里，我们每天所接触的，全都是令人心烦意乱的问题，不是书本上所教的抽象东西，而是活生生面对最后一回合战斗的可怜人，他们拼命挣扎却无能为力，清点着自己"未受圣礼、一事无成、未做净身、未做结算"的一生。当我们在他的床前交头接耳，说这场战斗已成定局，唯一能做的就只剩下让他安宁以终时，医师最常说的就是那句老话："父亲

1　奥斯勒指的是1853—1856年因争夺巴尔干半岛控制权在欧洲大陆爆发的克里米亚战争，奥斯曼帝国、英国、法国、撒丁王国先后向俄国宣战，战争以俄国的失败告终。

2　弗罗伦斯·南丁格尔（Florence Nightingale，1820—1910），英国护士、统计学家。克里米亚战争期间，她通过分析海量军事档案，指出战争中死亡的主要原因是伤员没有得到适当护理而感染致死，她极力向英国军方争取在战地医院开设护理科，率38名护士志愿者亲赴前线护理伤员，使伤员死亡率迅速下降。南丁格尔经常在夜里提灯巡视病房，因此被称为"提灯女神""克里米亚的天使"，她是世界上第一个真正的女护士，作为护理事业的创始人，"南丁格尔"也成为护士精神的代名词。1912年，国际护士理事会（ICN）将5月12日南丁格尔的诞生日定为"国际护士节"。

吃了酸葡萄。"[1]我倒希望能够听到你们清清楚楚地用祈祷者司提反的那句话来安慰他们。[2]

人类生而就有外在的大敌，自然，那个大摩洛[3]，不分老的少的，动辄向我们强索鲜血为税，从摇篮中劫走婴儿，从母亲怀中夺走稚子，从家庭中抢走父亲；但是，如果不是这样，我们这一行也就没有什么戏好唱了。生而为人，既然跟我们这一行结下了不解之缘，说他天生就被撒旦附体，是个有罪之身，当然也就不足为怪了。只不过，我们今天已经超越了这种观念，碰到大瘟疫，再也不会说，"这是我们罪有应得的"，因为我们知道，问题是出在排水沟上；看到有人痛失所爱，只能匍匐于地，领受"主的爱深责切"，我们也不至于附和他，因为我们知道，问题出在牛奶应该消毒。但不管怎么说，就算我们跳脱了这一类老旧的教条，对于自然，却未必就真正地了解了。自然，就其无情来说，真可以说是残酷不仁；国家的规则，只有坏人才会忌惮，自然的规则却是一视同仁，但我们却又不能因此而厚责于自然。真正可悲的是，对于自然的规则，我们若是一无所知，由于无知，我们又每天犯错，那就要付出血腥的代价。幸运的是，今天的医疗大有进展了，各种疫病以及人类外在的大敌，其规则已经能够找得出来，而且可以教导给你们，了解自然的法则是什么，让你们得以有路可循，得以发荣滋长。

毕业班的同学们，现在来给你们算个命，那一定很有趣。算全体的，当然不可能，算个别的，我又没有那个本事；但就整体而言，有些

---

1 据圣经记载，以色列人有句俗语："父亲吃了酸葡萄，儿子的牙酸倒了。"意思是说父亲所做的事会影响到下一代，所以受难者往往把自己的不幸怪罪到先人或命运身上。奥斯勒在此指那些以宿命论宽慰病人的医师。

2 司提反（Stephen）是基督教的首位殉道者，他被众人用石头砸死前，向神祷告说："不要将这罪归于他们！"奥斯勒意在告诫医师和病人，勿将不幸归因于他人。

3 摩洛（Moloch），古代迦南人崇拜的神，父母把自己的孩子作为祭品，放到火里焚烧，以求摩洛神保佑。

事情倒是可以大胆预言的。以一个女性来说，你们未来的日子一定会比现在更好。我之所以敢这样大胆地断言，因为在过去两年中，你们一步一个脚印地走来，已经使你们的心灵更敞开，心地更善良，人格也更健全了。

若就实际来说，你们每个人将来的生活，则会是忙碌的、充实的、快乐的，在程度上远远超过你们自己的期望，而其意义之大，更不是这个世界所能给予的。忙碌，那是一定的，因为有你们这项专长的女性，无论公私，需求量都极大。充实，也是必然的，因为你们所要照顾的，都是些无法照顾自己的人，这些活在艰困中的人，需要的正是一双温柔的手、一颗善良的心。至于你们的日子，一定是快乐的，因为它们既忙碌又充实；快乐的秘诀无他，献身于一份能够让心灵满足的工作而已；在这里，对于生命，我们只加一分自己之所能，绝不取一分自己之所欲。

最后，千万记住我们自己的角色，在战场上，我们是多余的却是有用的；在人生的舞台上，我们只是一个龙套，但重要的是，从进场到出场，总会有人绊倒在舞台上，这时候，我们则是一根支架。你们将守在黑暗之河的岸边，看着那么多的人登舟，因此将不再畏惧那个老舟子[1]，因为，他的祝福就是你的通行证，他的足迹你走过，他的疾病你看过，他的子民你照顾过。

> 黑暗之饮的使者
> 终将在河边找到你，
> 递上杯子，邀你的灵魂
> 至唇际畅饮——而你坦然无惧。

---

1 舟子，即船夫，这里指古希腊神话中负责搭载死者渡过冥河的船夫卡戎（Charon）。

护士与病人[1]
Nurse and Patient

我曾说,我要谨慎我的言行,免得我舌头犯罪。恶人
在我面前的时候,我要用嚼环勒住我的口。

——《旧约·诗篇》

你若听到一言,让其消亡于你;
千万留心,勿使它将你爆掉。

——《便西拉智训》

看哪,在地底岁月的死阴幽谷中,
有一支灰色大军在目,
这些死神的亲属,比他们的皇后更加丑陋:
毁我们的关节,烧我们的血管,
每一条劳苦的肌腱为之伤裂,
更深处的重要器官为之衰竭。

——托马斯·格雷[2]《伊顿远眺》

1　1897年,奥斯勒在约翰·霍普金斯大学对护理学院的毕业生所做的演讲。

2　托马斯·格雷(Thomas Gray,1716—1771),英国诗人,著名诗篇《墓畔挽歌》
　　(*Elegy Written in a Country Churchyard*)是他的代表作。

身为生活中的一分子，专业的护士可以从好几个角度来看——慈善的、社会的、个人的、职业的以及家庭的。说到她们的好处，我们大可以好话说尽——恭维到舌头都掉得下吗哪[1]；至于说到坏处——那就不妨睁一眼闭一眼，因为场合与时间都不适合。我倒宁愿跟各位仔仔细细地谈几个问题，都是跟我们大家的福祉大有关系的，当然，跟我们个人也一样，因为，也许哪一天她就找上门来了。

在我们这个刚刚开始文明一点的社会里，她带来的，到底是福气还是恐怖？如果从病人的角度来看，我看必属后者无疑，理由如下：任何有一点自尊心的人，只要不是被穿制服的人看管，大概都不会太在乎。人一生病，模糊了双眼，苍白了两颊，削尖了下巴，整个人瘦得剩下一把骨头，都不好意思给老婆看到了，遑论一个全身白、蓝或灰衣的陌生女人。更糟的是，她之对待一个人，除非经她的许可，否则是一点自由都不给的，尤其是这人正在发烧，那就更惨了。至于讲到她的德行，也只有利慕伊勒王才数得清楚了[2]。在她的眼里，你可是又回到

1　吗哪（Manna），古代以色列人出埃及后，神赐给他们的一种神奇食物。

2　据《旧约·箴言》，利慕伊勒王（King Lemuel）的母亲是位贤德的妇人，是圣经中妇女的典范。奥斯勒在此指利慕伊勒王心目中贤德女人的标准。

了襁褓之中，在她的手里，你只是一块什么都做不了主的人形泥巴。她什么都管，从洗澡、擦身、喂食到量体温，你就跟每个病人一样，只有像约伯那样哇哇叫的份儿——"饶了我吧，让我清静一下。"别过头去，面对墙壁，一声不吭，心里巴望着不如安静死了的好——这岂不是他世世代代生来就拥有的特权，是老天赐给他的动物本能？唉！所有这些，只要是训练有素的护士，哪一个弄不出来？另外还有哩！原来总是顺着病人心意的慈母、爱妻、好姐妹、老朋友以及老仆，照应他的需求时，全都遵照医师的指示，翻来覆去都是些老套；这个时候，你们可是高高在上，大权在握，给每一种病都加上一堆烦人的家庭作业，全都是我们的父执辈闻所未闻的。刚才所提到的那些人、那些事，你们全都撇得远远的，剥夺了我们不可分割的权利。你们是侵略者，是革新派，是篡位者，凡你们所做的，母亲、妻子与姐妹最温柔、最暖心的责任，全都一笔勾销。你们的小小关心，只要一露面，却可能造成一阵痛苦。照顾一个生命，何等重大的事，把它交到一个陌生人的手里，或许算得上是尘世间最大的苦难了。所有最神圣的东西，全都献祭给你们的求好心切与一丝不苟了。现代的社会，复杂得不得了，护理与慈善这两样事情，看来交给第二手还是比自己亲自去做要好些，只不过，跟许多至福（Beatitudes）[1]所要付出的代价一样，千篇一律都是黄金的锁链，既是这样，恰如诗人所说，宁愿从天上回到地下去了。

病人这种不识好歹的毛病，我虽然同情但并不苟同，此外，你们虽然被当成一种恩赐，但毕竟有某些限度。当然，有了你们，医师诊疗时可以省好些力气；对待发烧的病人，也绝不像以前那样每两小时服一次药就算了事，你们所做的事情多得多；更何况，随着人们的知识渐增，对整个药方，你们还得说得出个道理才行。在《物种起源》一书

---

1 指天国八福，出自《新约·马太福音》中的"登山宝训"。即以下八种人可享至福：虚心的人、哀恸的人、谦和的人、饥渴慕义的人、怜悯人的人、清心的人、使人和睦的人、为义受迫害的人。

讨论"本能"的那一章里面，达尔文生动地描写了一种工蚁神奇的看护能力。它被引到"奄奄一息缺乏照顾的主人面前，立刻动手做事，只要还有一口气在，只见它又是喂食又是救护，清出一些巢室，照顾幼虫，全都弄得妥妥当当"。没错，"全都弄得妥妥当当"！每每想到病房里这样的场景，脑海中浮现的，就是井然有序取代了一团混乱，病房中如此，在家里也一样。

照例应该是带来喜乐的信使，但一个训练有素的护士也有可能变成悲剧的化身。一个长期卧病的妻子，一个迷人却软弱如埃布史密斯夫人（Mrs. Ebbsmith）[1]的护士，加上一个软弱的丈夫——所有的丈夫都是软弱的——如果再加上你们失掉了自己的原则，酝酿一场家庭悲剧的因素都有了，那可是再平常不过的事。

对一个妻子，这种事情固然不免惊受怕，对一个丈夫，你们却也可能成为挥之不去的梦魇。人生的进程紧迫，有些心志薄弱的姐妹少不了吃足苦头，而我们每个人的内心里，总流动着一股莫名的情绪暗流，是很容易爆发成歇斯底里或神经衰弱的急湍与旋涡的。碰到这样一个不幸的女人，凭着无微不至的同情，加上柔中带刚的慧黠，你们自能获得充分信任，成为她的守护磐石，因此她便紧紧抓着不放，深恐一松手又将逐流而去。于是你们成了她的生活重心，成了她的家庭支柱，有时候却也成了丈夫与妻子之间的阴影。有一个可怜的受害者就曾这样说过："她占有了我老婆的身体与灵魂，更令我担心的是，她简直就成了她的另外一种绝症。"女人之间有时候会发展出这种微妙的吸引，只能用阿里斯托芬讲到人类起源时的理论才说得通；但一般来说，这种情愫乃是弱者依赖强者的自然倾向，妻子或许在护士身上找到了"刚毅与节制"，而这又正是她在丈夫身上怎么找都找不到的。

---

1 英国剧作家阿瑟·温·皮内罗（Arthur Wing Pinero，1855—1934）的剧作《声名狼藉的埃布史密斯夫人》（*The Notorious Mrs. Ebbsmith*）中的女主角艾格尼丝·埃布史密斯（Agnes Ebbsmith）。

碰到这一类的情况，就得仔细拿捏同情的分寸，这还真不是一件容易的事。这与个人的禀赋大有关系，你们若属沉不住气的性子，要制服你们的冲动就越是要痛下功夫。无论如何，绝对不要让你们外在的举止暴露了你们内心真实的动静。如果你们管束不了自己的情绪，以至于"打开了同情之泪的神圣源头"，那就只会一败涂地。千万记得，走马上任之前，先认清自己的弱点。几个星期之前，我跟你们谈过的那位护士，落到走投无路的地步，就是你们命运可能的写照。病人是个典型的阿尔丰西娜·普莱西[1]，人见人爱，但是，嬉游的报春花径走到尽头，就是严格管束的疗养。三个月昏天黑地的生活下来，她被送到山里一个安静的处所静养，随同的是两个可靠的护士，其中的布兰克小姐（Miss Blank），受过良好的训练，经验丰富，是个典型的新英格兰好女孩。唉呀，但她却完全把持不住自己！由于吸烟过度曾经产生过严重的症状，某某大夫是严格禁止烟草的。但就在到了那儿的三个星期之后，有人去那个隐僻的处所探视，却吃惊地发现，病人和护士居然一同在阳台上享受顶级的埃及香烟！

牧师与医师要承受人生不幸的秘密，你们虽然不同于他们，却是每天都要面对那些已经隐藏不住的苦难。在你们的面前，橱柜已经整个打开，就算你不情愿，病人最神圣的信任已经交在你们的手上，甚至可能没有第二个人知道。希波克拉底誓言（Hippocratic Oath）禁止泄露病人的秘密，今天，在你们的毕业典礼上，开始生效。

我送给大家两句格言："守口紧言，如拴嚼环。""耳进一言，死于我口。"[2]愿大家谨记在心，并刻在你们钥匙环的小牌上。说到寡

---

1 阿尔丰西娜·普莱西（Alphonsine Plessis）是法国作家小仲马的代表作《茶花女》女主角玛格丽特·戈蒂埃的原型，出身贫贱，却生得美貌，尝遍生活的辛酸凄苦，又于风月场上享尽奢华逸乐，最后染上肺结核，23岁而终。

2 "守口"句出自《诗篇》，"耳进"句出自《便西拉智训》。

言、慎言，古人喋喋不休的年代，猿人班达罗格[1]整天聒噪，言语占据了思想的位置，很少有人用心培养过这种美德。少言寡语或许是天生的缺点，但我说的这种却是后天培养得来的无价之宝。托马斯·布朗爵士曾经清楚地区分两者，他说："沉默并非愚人之智，只要时机对，那可是智者的冠冕，它并非拙言之丑，而是寡言之德。"也就是托马斯·卡莱尔所说的"沉默的智慧"。

医疗的事情跟恐怖的事情一样，不少人特别感兴趣。当所照顾的病人进入恢复期，工作较为轻松，常会有人怂恿护士讲出病房或手术室里"有的没的"，要是没规没矩的，只要话匣子一开，往往欲罢不能。说疾道病这种事，不过是天方夜谭一类的把戏，一个好护士绝不会以此自诩。

有一种颇不可取的行为，近来似乎有逐渐成为一种风气的趋势，我不能确定这是否跟你们有关，不过却听到有人提到你们的名字。我所要说的，是公开谈论疾病的风气，这本来是不应该发生的。毫无疑问地，这样一来多少会导致圈内的流言四散，一旦形成风气，阴沟里的秽物上了报纸，徒然污染了我们日常生活的清流。公开谈论私人的疾病，是十分不得体的事。不到一个月之前，我坐在街车上，听到对面而坐的两个妇人聊天，只见她们衣着体面，却是一副弗尔维娅[2]的口气，讲起自己的病痛，大有互别苗头的味道，声音之大，每个人都为之侧目。我也曾听到一位年轻女性在餐桌上高谈阔论，大谈自己跟家庭医师的对话，连她的母亲都羞红了脸。今天，什么事情可以拿出来大肆宣扬，连自己的小病小痛也不放过，跟我们祖父辈的那种好习惯一比，这种倒退实在

1　班达罗格（Bandar-log），吉卜林在《丛林之书》（*The Jungle Book*）中描述的一种猿人，喜欢叽叽喳喳聚在一起，散播偷听来的话。约瑟夫·鲁德亚德·吉卜林（Joseph Rudyard Kipling, 1856—1936），第一位获得诺贝尔文学奖的英国作家。

2　弗尔维娅（Fulvia），古罗马贵妇，结过三次婚，最后嫁给著名政治家马克·安东尼。她工于心计，极具政治野心，一度成为古罗马最有权势的女人。

令人不敢苟同。老一辈的作风，乔治·桑[1]是这样写的："那个时代，对于生死，人人都知道该如何自处，从来不把自己的病痛挂在嘴上。就算痛风正在发作，走到哪里，也绝不露出半点痛苦的神色。自己的痛苦绝不外扬，才见得良好的教养。"[2]身为医师，我们若不能这样，那可是罪加一等了，偏偏我们当中有些人，却跟贩夫走卒一样，喜欢开"磕牙坊"。

既然丑话已经讲开，我就再讲讲另外一种危害。尽管你们所受的训练是最完整的，还是免不了一知半解、半吊子科学的危险，那可是最要命、最常见的心态。在每天的功课中，你们抓重点，学些医学的术语，却总是漫不经心，以至于没能真正弄懂个中道理。偶然一天，我要处理一个个案，很可以看出一个护士的所学；当时我没能遇到外科医师，便以极为客气的口吻问护士，医师对这个案例的看法如何，她不加思索地回答："他认为，迹象显示是小管内黏液瘤（intracanalicular myxoma）。"我不免大惑不解，问是否听他讲过，"其原发处是外胚叶的（epiblastic）还是中胚叶的（mesoblastic）？""我相信是中胚叶的。"我们这位夏娃的女儿毫不犹豫地回答。我心里想，即使她是身在滑铁卢，一定也还是会这样"冷血"地把海棉球递过来——而我要的却是纱布。

一旦见闻了某些事情，想要追根究底的好奇心是很难加以抗拒的，偏偏真相却总是可望而不可即，但不论如何，就算到头来依然一无所知，到底还是比仅知皮毛却硬充无所不知要高明得多。

我的一个朋友，是一位相当杰出的外科医师，写了一篇文章，大有普利斯莱夫人（Lady Priestley）[3]的味道，题为"专业护士的堕落"

---

1 乔治·桑（George Sand，1804—1876），法国著名女作家，一生写过大量作品，代表作有《魔沼》《康素爱萝》《娜侬》《我的生活史》等。

2 出自乔治·桑的回忆录《我的生活史》（Histoire de ma vie）。

3 一位医师的作家妻子，曾与奥斯勒会晤过，对当时的护士有所批评。

（*The Fall of the Trained Nurse*），但算他聪明，始终没有发表过，不过他同意我在这里引述其中的一段："第五种常见的堕落，是拿来当成婚姻的筹码。这些现代的维斯塔女祭师（Vestals）[1]沦落到这般庸俗的田地，在性的方面弄得恶名昭彰，用不着我举出实例，这种失格已经是饱受批评。我相信，有关此一问题，医院院长协会（Association of Superintendents）已经掌握了一份集体调查的资料，女督察、护理领班、护校结业生与在校生，为了黄金指环[2]出卖传统价值的，各占多少百分比，我们很快就会有一个确实的数字出来。"

这样一段得罪人的文字，我本可以不必引述，但若能够借此澄清某些情绪性的偏见，未尝不是好事。事实上，专业护士终究还是要结婚的。尽管你们满怀着圣特蕾莎[3]的热情，一旦碰上了"弯弓男童的盲目钝箭"[4]，什么理想、冲劲、抱负全都会抛诸脑后，但你们就该为此遭到批评、谴责吗？当然不是，相反地，你们该受到的是称许，只不过我在这里要借用纳丁小姐（Miss Nutting）[5]的特别要求，希望你们引以为戒——在你们学习期间洁身自好，拒绝追求者，扮演好自己的角色，为医师分忧。专业护士所象征的，并不是维斯塔女祭师，而应该是柏拉图《理想国》中的女看护——是社会中精挑细选出来的女性，懂得保健之道，而且跟最好的人与最坏的人都接触过，充满同情心；公私领域中的

1　维斯塔（Vesta）是古罗马神话中的女灶神，她的神殿中燃烧着永不熄灭的圣火，由女祭师轮流守卫，维斯塔的女祭师必须是未婚的处女。

2　奥斯勒在此指订婚戒指。

3　圣特蕾莎（St. Teresa of Ávila，1515—1582），即阿维拉的特蕾莎，又称圣女大德兰，西班牙修女、作家、神秘主义者、哲学家，天主教会第一位女圣师，著有《灵心城堡》（*El castillo interior*）、《全德之路》（*Camino de Perfección*）等。

4　弯弓男童，指爱神丘比特。

5　即玛丽·阿德莱德·纳丁，时任霍普金斯护理学院院长，见本书第098页注释1。

护理经验，虽然未必能使她们成为马大（Martha）[1]，在许多方面，却不失为良好的生活伴侣；因此，当她们得了那种最古老的病——沙仑的玫瑰（Rose of Sharon）得了同样的病时，岂不就曾大大方方地唱说，这种病是"葡萄汁与苹果都医不来的"[2]——她们又何须受到谴责，反而应该是可喜可贺的事。

我们可以这样说，一个专业的护士，于私来说，她的能力得之不易，于公而言，她乃是人类的大福气，足可与医师、牧师并列，其贡献也绝不稍逊。她的使命由来已久，早在人们所能记忆的年代之前，她已经是三位一体[3]之一。为了设计解除痛苦的方法，上天准备了善良的头脑；为了安抚饱经忧患之余还要负担额外苦难的"逆旅"，上天则准备了温柔的心肠与充满爱的双手，服侍悲伤、匮乏与病痛的人们。护士的培养及其成为一种专业，虽是现代才有的，但其源远流长，早在人类穴居的时代，母亲岂不就已经取溪中冷水为病儿敷额，伤者逃离敌人的追杀，也有人为其奉上汤药。而今天，作为一种职业、一份工作，国内的护理发展已经相当普遍，毕业的学生极多，需求量也不小，但在许多地方，仍然供过于求，甚至能力极强的人都不免一职难求。因应现状，调整供需，现在正是时候了。

来到本校申请入学的女生，绝大部分都选择护理，以便能够获得一份适合女性的工作；但这里却透露了另一个值得正视的方面：今天有越来越多的妇女，不愿意或不能履行自然赋予她们的最高责任。一个女人，到底到了什么年龄才算是所谓的剩女？这一点，我不敢断言；但粗略地说，大约是25岁。到了这个关键的年岁，一个女人若不能自谋生计，又缺乏不可或缺的家庭生活，这些往往都会成为她本身的不安定因

---

1 圣经中的人物，活动力强，善于持家。

2 出自《旧约·雅歌》："我是沙仑的玫瑰花，是谷中的百合花……求你们给我葡萄干增补我力，给我苹果畅快我心，因我思爱成病。"

3 指医师、牧师与护士。

素，除非她另有管道转移精力或感情。一个懂得看人的人，或许光从她的脸上，就可以读到老人才会有的沧桑；她的心里或许会响起萨福[1]感伤的诗句：

> 甜美的苹果红漾枝梢，
> 高高在上的枝梢，以至
> 采果人忽略了，啊，并非忽略，
> 而是根本够不到呀！

　　尽管能力够强、心地又好，但春华虚度，宝贵的生命不免浪费在毫无意义的社交活动上，或消磨于时有时无的宗教工作中。这样的女性，最需要一份能够满足心灵的职业与使命，但最好也不需要再去就读正规学校，或是加入传道的工作。

　　一个有制度的护理同业公会，类似于德国的妇女工作会（Deaconesses），就可以扮演一个角色，成立或大或小的训练班，而不必诉诸正规的学校教育。这样的社会团体，奉圣雅各为师，可以完全是非宗教性的。如此一来，对小医院，特别是那些没有医学院背景的医院最为有利，又可以使现行许多滥竽充数的训练学校无以立足，因为在这一类学校中，学生所受的教育根本配不上如此意义重大的工作。学员在受训期间，从一个部门转到另一个，直到完整接受全部的教育为止。这样一个组织，跟地区护理一旦结合起来，可以提供的服务将是难以估计的。凯泽斯维特妇女工作会[2]的贡献是世界有目共睹的，西奥

1　萨福（Sappho），古希腊著名女诗人，柏拉图称她为"第十位缪斯"（缪斯是古希腊神话中的九位文艺女神的统称）。

2　即上文提到的"德国的妇女工作会"，1836年，由德国神学家、慈善家西奥多·弗利德纳（Theodor Fliedner，1800—1864）在德国凯泽斯维特（Kaiserswerth）开设，是一个专门训练妇女从事医护和社会工作的培训机构。

多·弗利德纳的创举应该早日在这个国家实现。但是，在没有宗教组织的协助下，我们的非宗教社会力量是否进步到足以建立这样一个同业公会，我却持怀疑的态度。对今天的妇女来说，"人道宗教"（Religon of Humanity）[1]毕竟还不成气候，她们所想的，无非是比较实质、能够喂饱肚皮的东西。

人生在世，没有比服侍上帝的子民更崇高的了。这样做，虽然未必能让一个妇女达到她心目中所要的，甚至离她的理想还差得极远，但身为一个女人，天生母性的渴望却可以因此得到满足。罗莫拉[2]，一个学生，奉养失明的父亲，好学不倦，我们尊敬她；罗莫拉，一个虔诚的教徒，以一颗枯萎的心承受女人最深重的绝望，我们怜悯她；罗莫拉，一个护士，舍身到瘟疫中照顾垂死的人，我们爱她。

唯有踏着已经死去的自我，我们才能够将自己提升到更高的境界，也唯有将消耗我们大部分生命的自私习性与感情舍弃，我们内在的生命才能够达到宁静。我认为，我们每个人都曾经有过灵光一现，感受到那种能舍能取的悸动，去小我而拥抱慈悲。但这种常见于年轻时的感动，往往随着年岁的增长而淡去。梦想也许永远难以实现，但是，对于别人为成功所付出的努力，那种感动若能够使我们有所感悟，一切也就不致白费了。在一个单位里面，坚持工作的高度理想，可以抵挡等因奉此[3]的腐蚀力量；但若没有付诸实际的行动，那也就只是鸣锣响钹而已。我们有些人，人生的磨难像走马灯一样，足以将我们的慈悲心给磨钝，殊不知，在人之初时，那原来是何等的敏锐。一个大的组合难有慈悲的热心，其本身存在的条件就限制了它为善的能力。面对这

---

1 法国实证主义哲学家孔德（Auguste Comte, 1798—1857）晚年致力于创建的世俗宗教，主张以仁爱、秩序增进人类福祉。

2 罗莫拉（Romola）是乔治·艾略特小说《罗莫拉》的女主角，因婚姻失败陷入绝望，后来投身于护理工作。

3 等因奉此，泛指例行公事的官样文章。

种麻痹人心的力量，我辈医师与护士，身为医界的当事人，唯一能做的就是反求诸己，对待病人时，秉持"人性的黄金律"（Golden Rule of Humanity），亦即孔子所说的："己所不欲，勿施于人。"听起来何等的耳熟，这岂不也正是律法与先知的道理。

教学与思想——医学院的两种功能[1]

Teaching and Thinking   The Two Functions of a Medical School

在自然如此丰美的田亩中（所给的多过所应许的），却只知道羡慕别人所得的赏赐，以至于问题丛生，闹出许多难缠的、无谓的质疑，真是令人汗颜。自然本身就是我们最好的顾问；她所划出来的道路可供我们行走，只要相信自己的眼睛，我们就可以由下往上提升，终将登堂入室。

　　　　　　　　　　——威廉·哈维《有关生物发生的解剖学课题》

1　1895年，奥斯勒在麦吉尔大学医学院的演讲。

一

　　今天，有许许多多的事情，大家都在赶着要做，其实却大不利于我们19世纪的文明发展——政治的选举权徒然造成无政府状态，心灵上的普遍不安也导致人心的浮动，欧洲的动荡与各国之间的龃龉，倒是为我们吹嘘不已的进步，下了最好的脚注。但就实质来说，进步确实无可置疑；若说个人的生活质量大为改善了，相信是不会有人反对的。全体人类，或至少有一部分，已经享受了一段极为安定的时期，颠沛动荡之苦似乎也远离我们许久了；更重要的是，个体的价值从来没有这样受到重视过，人类，而且也只有人类，从来没有这样长寿过，至于个人之为一个生命体，从来没有这样受到尊重过，而有关于个人的权利保障，也从来没有这样被当成一回事过。但是，若跟医疗保健的大幅改善相比，所有这些就不免相形失色了。随着国民的繁衍，喜乐却没有增加，以赛亚[1]的悲叹今天我们也还是听得到。的确，人的悲愁与烦恼，物质未必能够解决，倒是身体的病痛，虽然不可能彻底根除，却前所未有地减轻了，每个人宿命的尘世忧烦也大大地缓和了。

1　以赛亚（Isaiah），圣经中的人物，《旧约·以赛亚书》的作者。

在我们人生的朝圣之旅上，悲苦难免，或许我们已如惊弓之鸟，又或许，我们说什么也不会乖乖地去求助古时候那种灵魂的医师；但是，由我们这些医师经手处理的身体病痛，倒是相当快速地减少，让人满怀希望，大大喘了一口气。

在《顺从的原理》（*Grammar of Assent*）中，有一段名句，约翰·亨利·纽曼这样问道："从出生到死亡，忍了一辈子还要忍下去的疼痛，谁能够称出它的总重，量出它的总长？然后还要加上从过去几个世纪直到未来，人类已经承受和将要承受的痛苦。"但若换个角度看——想想复仇女神涅墨西斯，她可是受了整整50年的痛苦！今天，外科手术用的麻醉与防腐倒是给这个魔鬼上了手铐，自从有了它们，人们所免掉的疼痛，总量可能比文明社会已经受过的还要多些，甚至连分娩时的阵痛诅咒也从妇女的灵魂中抽离了。

最高明的诈术在于不动声色。说到这一点，我们做医师的可是在行得很。不信的话，且听我道来。对于我刚才提过的事，你们每天上班的时候，何尝放在心上。那个跷着二郎腿主宰你们祖父母出生的朱诺[1]，今天已经换成了一个站在一旁守护的亲切女神，这你们不是不知道，就是全不当一回事。看到婴儿出生时肩膀的位置不对，你们总以为，反正有氯仿[2]以及可口的忘忧药（nepenthe）可用，却不知道，若是50年前，那种痛苦竟只能靠滑轮或一些随手抓到的小东西撑过去。你们却还沾沾自喜，好像是托你们的福，毁灭的箭镞才不至于浓密飞来，今天也才少见瘟疫在暗夜中行走；你们哪里知道，你们今天之所以能够像希西家[3]那样，只要祷告就能够获得应许，全是现代科学在短短几年中赐给你们的礼物。

我说你们不明了这些事，你们听在耳里，机灵一点的，或许会在心

---

1 朱诺（Juno），古罗马神话中的天后，对应古希腊神话中的赫拉，掌管婚姻和生育。

2 氯仿（chloroform），学名三氯甲烷，无色有毒液体，可致癌，曾作为麻醉剂被应用于医学领域。

3 希西家（Hezekiah），公元前716年至公元前687年在位的犹大王国君主。

里反思，那是因为你们都将这一切视为理所当然，就好像阳光、花朵及老天对你们的厚赐一样。

我们做医师的来到这个世界上，无不说自己的使命是最崇高的、最尊贵的，殊不知我们面对的挑战可不是轻而易举的，不仅治病如此，在教导人们保健，以及预防疫疾的散播上也是如此。我们虽然不否认，近些年来，在实际的成果上，我们这个群体比起其他的专门行业，的确令人刮目相看，但这并不是因为我们得天独厚，还差得远呢——我们也只是人而已；但我们有理想，这一点意义重大，而且理想是可以实现的，这一点的意义尤其重大。当然，在我们当中也有基哈西[1]这种人，眼中只看到钞票，耳朵只听到公牛的哞叫与金币的叮当，但到底只是少数而已。平凡而肯下苦功，自然能够成就自己，于自己的志业能够牺牲奉献，自然就会拼出我们的最好成绩。

今天，在这个良心事业到处都在蓬勃发展的当儿，我们在这里齐聚一堂，只能算是一个小小的插曲，但却也促使我深思大学的某些方面在促进人类的健康上所扮演的角色。

二

一所好的大学具有两项功能，教与思。教学当然是一所大学必须倾一切资源的首要之务，既要充实各个学系，还要支付薪资，单单履行这项功能就已经不是一件简单的事。麦吉尔医学院成功的故事，很可以说明其间的重重困难；为了使这所学院跻身一流学府，真可以说是筚路蓝缕。关于这方面，我是知之甚深的，因为我曾经在这里甘苦与共过10年，今天总算看到自己的许多梦想都已经实现了。说老实话，如果不是亲眼所见，这样富丽堂皇的建筑群，无论如何都是难以想象的。

---

1 基哈西（Gehazi），圣经人物，先知以利沙的仆人。以利沙治好了乃缦的麻风病，基哈西背着以利沙向乃缦索取报酬，以利沙发现后，把麻风病传给基哈西作为惩罚。

在那一段岁月里，我们确实是够拮据的；我还记得，帕尔默·霍华德医师掩不住满腔的信心，把校长的信拿给我看，校长捐出他庞大的遗产，给学校发放教职员的薪水，金额之大，让我乐得几乎当场就要唱出"西面赞歌"（Nunc dimittis）。今天，真可以说是天壤之别了，单看蒙特利尔总医院与皇家维多利亚医院（Royal Victoria Hospital），在这座城市里面，都是医学院的最重要部分，就不难看出教学设施的增加，以及需要足以胜任的毕业生与医师是何等的迫切！这也正是一切的核心；正是为此，我们才要求必需的协助，成立大型的研究室与大型医院，使学生能够真正学到医学的科学与技术。化学、解剖学与生理学可以提供全面性的观照，使学生能够将人与疾病放在生命中的适当位置，同时打下关键性的基础，以便养成足以信赖的经验。这些学科，每一门都复杂而艰深，需要花大量的时间与精力才能小有所成，即便是如此，在短短几年中，学生能够掌握的，顶多也只是原理原则以及某些基础性的事实，但也只有到了那个程度，学生才有一个立足点，正确了解疾病的现象，而这才是构成医疗学程的部分；对我们来说，这还只是卒底于成[1]的手段——实实在在的关键手段——而已。一个人若不具备充分的人体解剖学与生理学知识，便不可能成为一个称职的外科医师，而一个医师如果没有生理学与化学知识，就只能漫无目的地游荡，永远无法获得正确的疾病概念，只会耍弄玩具枪似的药理，这里对着疾病开一枪，那里对着病人打一枪，连自己都不知所云。

我们这个学系的主要功能是在教导疾病的知识：疾病是什么，其症状又是什么，如何预防以及如何治疗，等等；而400多位来自四面八方的年轻学子，你们所要学的，无非就是这些东西。这项任务充满着难题，有些是医疗本身的，有些则是出在个人身上，更有一些，是缺乏医疗常识所造成的，而且这种情形还不在少数。

疾病的过程非常复杂，想要找出控制它的方法并非易事，在观念

---

1 卒底于成，意为终于达到成功。底，通"抵"。

上，我们虽然已经看到了革命性的改变，但新的医学理论仍然只是对未来的一种憧憬。说到了不起的进步，这个世纪有三样值得一提，分别是流行疾病的控制、外科的麻醉与消毒防腐。由于这三项成就在纾缓人类的痛苦上大有贡献，其他的进步相对来说也就其次了。在所谓的传染病方面，针对其发生原因所做的研究，往往直接导致控制方法的发现；譬如伤寒的流行，只要有良好的排水系统与干净的水源，疾病几乎也就为之绝迹。这类传染病的特效疗法，展望也同样乐观，纵使失败仍不可免，却无须气馁，研究人员的努力已经找对了路，在20世纪之前找到有效的疫苗，对抗许多接触性传染病，当非空想。

但在日前，一位见多识广的老同行语重心长地说："没错，很多疾病的确较少发生了，有些甚至绝迹了，但新的疾病却蠢蠢欲动，我总觉得，医师的需求只会有增无减。"

彻底消除传染疾病，乃是我们不敢奢望的，多年之后，许多疾病仍然会继续存在，纵使是可以预防的，也还是有待我们的努力；但医师的数量仍可望大量增加，之所以如此，理由有二。首先是专业化的趋势，这将使得许多今天仍在从事旧式家庭营业的业者有了新的出路；其次，人们求诊的频率增加，也使得医师的需求比以前增加。

不能否认的是，对于预防的了解，我们的进展要比治疗来得快速，但也多少带着点无知，好像我们已经不再是活在愚人乐园（fool's paradise）里，天真地以为，不管什么病到了我们的手里，都可以用药丸和药水决生定死。殊不知各种热病的来龙去脉，我们这一行可是花了好几个世代才弄清楚的，药物的作用就算有，也不是绝对的；18世纪的中叶，随便发个烧，拿一帖药就索价60镑，这种老多佛[1]大不以为然的情形，到了今天，宁愿拿钱请个好护士，风险小得多，病人也舒服得多。在这一行里，最困难的莫过于用药一道。即使是在权威中间，也还

---

1 托马斯·多佛（Thomas Dover, 1662—1742），英国医师、探险家，曾师从著名医师——有"英国的希波克拉底"之称的托马斯·西德纳姆。

是充满着不确定与矛盾（其实是非必要的），以至于我总是感受到经师本·艾兹拉那几行名句的力量：

> 啊，谁才可以定夺呢？
>
> 十人之所爱，却非我之所愿，
>
> 我所甘心接受的，却又是他们之所避与所轻；
>
> 以眼以耳，十人对我一人：都只是推测，
>
> 于此，他们与我：我的灵魂又该相信谁呢？

这种不确定感的主因之一，在于任何疾病所表现出来的症状都是千变万化的；两个个案就有如两张面孔，绝不可能完全相同，尤其麻烦的是，不仅疾病本身如此，病人各有其独特性，更使疾病所呈现出来的病征大异其趣。

由于对药物依赖的减少，饮食、运动、沐浴与按摩等老法子又有卷土重来之势，公元前1世纪，比西尼亚的阿斯克莱皮亚德斯（Asclepiades of Bithynian）[1]就是用这些疗法治疗罗马人，效果出奇地好。尽管药物的使用率降低了，但今天在使用的技术上却日新月异，对于药物正反两面的效应，我们知道得更为清楚，甚至可以非常笃定地说——跟50年前的情形正好相反——用药反受其害的，百中不得其一。

说到医疗方面的难处，许多都跟人脱离不了关系，最常见而又最可悲的莫过于怠忽了自己的专业，身为医师，这种毛病我们常犯，却往往不自知。有些人根本不具备基本的教育养成，连医学的基础科学都未能掌握；有的则是为老师所误，教育最要紧的就是耐心，但许多学生却无缘享受；更有一些人，早早就落入了自满的陷阱，自以为无所不知，无论犯错或成功，对他们都起不了作用，白白糟蹋了经验的养分，到头

---

1 阿斯克莱皮亚德斯（Asclepiades，前124—前40），古罗马时期的医师，他反对希波克拉底的"体液学说"，提倡食疗、按摩、运动及音乐疗法。

来甚至比初出道时更加不如。实际上，医师只有两种：一种是用头脑的，一种是光用嘴巴的。对自己的专业勤奋不懈，一心求其通达的人，整个人都活在医院或诊疗室中，对于疾病及其演变的过程，总要多方了解、透彻认识，这种人在成功之前，少不了要经过多年的磨炼。至于我们当中那些中坚分子，口若悬河犹胜过卡西欧[1]，谈起自己来，全都是说的比唱的好听。

再来要谈到的难处，则跟我们医师所服务的社会大众有关，这个问题，若是在一般的场合，我宁可不谈。医疗常识的缺乏可以说是十分普遍，通常教育程度越高，问题反而更严重。举一个群体为例，神职人员所受的教育通常都高过一般人，但是，对于秘方与江湖郎中的支持，他们却是出了名的不遗余力，在日常的与宗教的文字当中，可以说俯拾皆是；依我的看法，他们远远地偏离了特伦托会议（Council of Trent）的正道，沉迷于江湖术士与盖仑[2]式（Galenical）迷信，而且大有变本加厉之势。但你们还必须知道，人是天生就喜欢看医生的动物，加上好几代的猛药用下来，身体已经养成了嗜药的习惯，我曾经讲过，人之异于禽兽，贪药好医正是一大特色，这才是我们必须克服的最大难题。虽然只是小病，饮食与调养本就足够应付，但看了医生非拿方子不可，其结果是，药师为苦药包装糖衣，寻医问病成了一种诱惑，我还真担心，哈内曼[3]之辈好不容易把人类从药罐子里面解放出来，我们却又要自投罗网了。未来我们只能期待民智更开，我们自己也更加的理性，在医疗中，服药乃属末节的观念才可望建立，庶几可以重回阿斯克莱皮亚德斯

---

1 卡西欧（Cassio），莎士比亚戏剧《奥赛罗》中的人物。

2 克劳狄乌斯·盖仑（Claudius Galenus，129—200），古罗马时期的医学家、哲学家、著名的医生哲学家、解剖学家，他是古罗马皇帝马可·奥勒留的私人医生，也是继希波克拉底之后最伟大的古罗马医师。一生写过数百篇论著（现存100余篇），代表作有《最好的医师也是哲学家》《论身体各部分的功能》《论希波克拉底和柏拉图的诸种学说》《灵魂中的激情与错误》等。

3 塞缪尔·哈内曼，德国医师，顺势疗法创始人。见本书第045页注释1。

所提倡的老法子。

总之，所有这些难题——于医疗上的，于你于我的——都逐渐在减少，年复一年，那些大可不必要吃的苦头，都正在快速地消除。

教导人们认识疾病，如何预防，如何治疗，乃是大学最可贵的功能之一。前辈如安德鲁·费尔南多·霍姆斯[1]、威廉·萨特兰[2]、乔治·威廉·坎贝尔[3]、帕尔默·霍华德、乔治·罗斯、理查德·李·麦当劳[4]以及其他的人，身教言传俱在，这片土地上，千家万户莫不深受其惠。过去几年来，学校与医院都经过了重大的改革，教学设施倍增，受惠的将不只是本市的市民，学生毕业后，所到之处泽惠广被；而任何推动医学教育更上层楼的捐助，有助于全国医疗素质的提升，如此一来，诊断的错误可望更少，处理紧急医疗的技术可望更强，无数的病患均将因此免于痛苦与恐惧。

医师需要具备一颗清醒的头脑与一副慈悲的心肠；其所从事的工作，既费力又复杂，不仅要把心智运作到最高的限度，更要时时诉诸感情，却又要能够动心忍性。身为医师，影响力之大从未有如今日，造福能力之强也从未有如今日，造就人才奔赴此一召唤，乃是一所大学得以成其伟大的责任，也是各位最高的使命。对抗疾病与死亡，是一场永不终止的战斗，你们的条件与能力更胜于你们的前辈，但你们切要以他们的精神为动力，以他们的希望为养分，"因为每个生命的希望正是我们勇往直前的大纛[5]"。

1　安德鲁·费尔南多·霍姆斯（Andrew Fernando Holmes，1797—1860），加拿大医师，麦吉尔医学院创始人之一，后出任院长。

2　威廉·萨特兰（William Sutherland，1816—1875），麦吉尔医学院化学教授。

3　乔治·威廉·坎贝尔（George William Campbell，1810—1882），麦吉尔医学院外科与产科教授，奥斯勒就读麦吉尔医学院时的院长。

4　以上六人均为麦吉尔大学医学院的教授。

5　大纛（dào），古代军队里的大旗。

三

大学的另外一个功能是思想。各个学系教授新的知识，教导学生明白"现在状态"是如何一步一步走过来的，同时教导学生如何指导别人，并制定教学的相关作业。但是，所有这些东西，如果未能透彻了解其必要性与重要性，一切都有可能流于形式。我这里所讲的思想功能，指的是一所大学的专业团队有责任扩大人类的知识范畴。一所大学之所以能够成其大，关键在此，也唯有如此，才能够对人类的心智发挥其影响力。

我们今天是站在这个领域的历史转折点上。经过多年的努力，教学的设施已经近于完备，与蒙特利尔总医院及皇家维多利亚医院的合作，学生透过实习也能够在各个科别上进入情况；当前，我们正站在一个制高点上，应该要尽一切可能提升大学的位阶，领导未来进步的趋势。尽管已经付出了如此巨大的努力，获得了如此丰富的厚赐，竟然还说全功未竟，不免令人泄气，但学校既已发展到了这个阶段，某些质疑却是必须面对的。一个进步的学府，其改变是缓慢的，其脚步是不易被爱深责切者察觉的，唯有立足当下，以其为演进过程中的里程碑，才能够掌握未来的方向。学校早在阔台路（Coté street）的旧址时，虽属规模初立，人事与制度就已经有模有样，到我们进了大学路的新大楼时，已经是更上层楼，今天，你们所享有的资源，比起十年前的我们，又不知要好上多少倍了。旧秩序的改变无所不在，但能随其变而变的，才是有福之人。像济慈（John Keats）《亥伯龙》（*Hyperion*）一诗中一败涂地的诸神，就只能望着真理的福报而兴叹，无法消受俄刻阿诺斯[1]的智慧之言（八年前，我曾在一次开学典礼上引述此诗，如今再引，心情大不相同）：

---

1 俄刻阿诺斯（Oceanus），古希腊神话中的大洋河之神。

初生之犊踩着我们的脚跟，

……天生我辈

注定望尘莫及。

如今，踩着我们脚跟的初生之犊来了，大有机会成就一番大学的新事业，其范围与目标，我在这里扼要地做个说明。一般来说，教授现成知识的老师未必就会是优秀的研究人员，他们当中，有许多并没有受过充分的训练，有些则是没有足够的时间可以分身。即使是学生心目中最好的老师，对于自己专长的科目，极有可能完全昧于更高层次的学术，至于研究人员，纵使才气纵横，教起书来不过尔尔的却也大有人在。一所学校到了这个阶段，如果还想要将本身提升到教学与思想兼顾的境界，就必须遴选一些杰出之士，这些人不仅在本科上通古博今，学术成就跻身世界一流，更要有理想、有抱负、有冲劲，能够为知识的累积身体力行，带动风潮。只有胸怀这种格局的人，才能使大学成其大。要找这样的人才，就需要广求于天下四方；一个学术机构，就算是身披斯特拉波[1]的大氅，挑选教授时，目光却出不了校门，容或找得到好的老师，却很难寻获好的思想家。

进步的主要障碍之一，在于日常授课与研究工作的压力极大，足以让人精疲力竭，以至于无法追求更高的成就。要克服这种障碍，首先要为教授提供足够的助手，使他们不至于因教学而疲于奔命；其次，则是鼓励研究生或其他人，在教授的指导下从事研究工作，有了完善的助教奖学金与研究生奖学金制度，一所大学也就拥有了一群能干的年轻人，在学术的外缘地带探索、考察、标界与勘误。他们的工作有如外显的标志，让人知道这是一所具有思想的大学。在一群青年才俊的围绕下，教

---

1 斯特拉波（Strabo），古罗马时期的历史学家、地理学家，足迹遍布欧洲、西亚和北非，其主要作品《历史学》（43卷）和《地理学》（17卷），描述所到之处的风土人情及历史、地理知识，是内容极为丰富的信息宝库。

授固然会受到激励，力求最好的表现，更会使他在自己专长的领域内维持领先，充分掌握学术的动态。

大学与医院的结合，有朝一日终将使蒙特利尔成为美洲的爱丁堡[1]，成为一个医学中心，追求善知识的人将络绎于途，研究室也将吸引最优秀的学子，而日后桃李遍天下，也都属一时俊彦。

麦吉尔的前景大好，举世难得一见。过去十年的进步已经为未来立下了最大的保证。在这块大陆上，再也找不到一个城市如此慷慨地支持高等教育。如今，有待培养的，是一种无以名之的东西，我们姑且称之为大学精神。这种精神，一所富有的大学可能付之阙如，一所拮据的大学可能饱和充实；这种精神的关键在于人而非金钱，是无法在市场上买到或自己生长出来的，而是要靠不懈的奋斗与崇高的理想，长期累积才能逐渐形成；没有这种精神，任何一所学院，不论多么有名，内胡什坦[2]的大名也就写在它的大门上了。

1　爱丁堡（Edinburgh），英国著名的文化古城．苏格兰首府。爱丁堡大学医学院是世界著名的医学教育中心。

2　内胡什坦（Nehushtan），《旧约》中铜蛇的名字。

行医的金科玉律[1]

The Master-Word in Medicine

充实心灵，每一分钟每一小时于其间孕育，于其间开拓，如同王国之统治，始于征服。

——罗伯特·路易斯·史蒂文森

说到习惯，只有开始的时候咱们才是主人，

习惯之养成，渐进而无形，

如疾病之生成。

——亚里士多德《尼各马可伦理学》

---

1 1903年，奥斯勒在加拿大多伦多大学生理暨病理实验室启用典礼上的演讲。35年前的1868年，奥斯勒曾就读于多伦多医学院（后来发展成为多伦多大学医学院）。

一

　　在对大学部的学生们开讲之前，身为本省的一个子弟以及这所学校的老校友，我先要来谈谈随着这个学期而来的重大改变。在安大略省的历史上，这些改变的重要性可以说是空前的。我们都看到了，今天下午刚揭幕的实验室，庄严而堂皇，不仅见证了学校当局充分了解科学之于医学的必要性，同时也为医学的基础科学设定了最高的教学标准。当然，他们还做了别的事情。他们深知，一所学校之伟大不在于砖石而在于头脑，因此采取了一项明智的政策，建立了一个伟大的科学中心，使这座城市乃至这个国家也为之沾光。主管部门显然也走对了路。提供训练有素的助教，为数之多，足以为充满活力的教授分劳，不致过度消耗于常态的教学上，而可以为世界做出更多的贡献。要说有遗憾的话，可能是年轻听众心里所在意的，为什么要将解剖学与生理学从大学的生物实验室分出去，这样一来，无异于把此一曾在本市发挥过重大影响力的组合给打散了。事实上，新实验室之得以成立，还得归功于拉姆齐·赖特教授[1]

---

[1] 罗伯特·拉姆齐·赖特（Robert Ramsay Wright, 1852—1933），英国生物学家，多伦多大学第一位生物学教授。

的带头，多少年以来，他始终锲而不舍，用尽各种方法致力于医学的分科，并无私地奉献出时间，为医学院争取最大的权益。还值得一提的是麦考伦博士[1]，我要特别对他的治学能力与热忱致上敬意，他在学术上的成就不仅举世闻名，更使这所大学因他而名传遐迩，凡有生理学教学及研究生根的地方无不听闻。这落成的新建筑与他的关系，你们全都明白，我也就不多做说明了。

不过，今天值得大书特书的，还有更为重要的事情。只要钱到位了，一砖一石，平地起高楼并不是什么难事，难在要到市场上买到来之不易的水泥，才能够让一座城市中旗鼓相当、互相竞争的两所医学院合而为一。[2] 此一合并之得以完成，足见两校领导人眼光之远大，对于本省医界之需求有着极为深刻的认识。将金斯顿（Kingston）与伦敦学院并入或加入省立大学（the Provincial University），不是因为牵扯太广而不被看好吗？那样的日子已经成为过去了。想当年，小学校由于经费来源不足，经营起来对学生、教授与社会大众都没有好处。但是，人事效率的提升虽有其利也有其弊，目前在位子上的医师可能不得不耐着性子闲上一阵。不过，在学院合并后，学生的数量增加，任何一家医院，在内科、外科与专门科目方面所能提供的医疗训练也会出现落差；因此，合并之后，还需要到市与省的其他每家医院去找50个或更多的床位，并在每家医院指定两到三位医师，将医院的床位分配给一部分学生，为期三个月以上。这些医师的大名，我在这里不需要明讲了。在渥太华、金斯顿、伦敦、汉密尔顿（Hamilton）、圭尔夫（Guelph）与查塔姆（Chatham），我们都知道一些人，足可带领小部分四年级学生，将他们训练成为好医师。我在这里只是提出建议，困难并不是没有，但是，为这个千头万绪的人生做一些努力，难道不值得吗？

---

1 A. B. 麦考伦（Archibald Byron Macallum，1858—1934），加拿大生物学家，多伦多大学生理学教授。

2 1903年，多伦多大学医学院与多伦多三一学院（Trinity College, Toronto）医学院合并。

医学院的同学们：希望今天之于你们，就如同35年前我进这所学校时一样，是为一个美好的人生与美好的使命揭开序幕。不过话又说回来，那时候的我，是从二次曲线与对数中脱逃出来，好不容易摆脱掉胡克（Richard Hooker）与皮尔逊（John Pearson），那种解脱的经验却是你们所没有的。[1] 回想当年，一身裸骨总算找到了合意的衣裳，我才终于知道什么叫作如鱼得水。你们却不同，你们今天得天独厚，不知强过我们多少倍，这用不着我说，即使说了，你们也不见得能够了解。只有当年在破旧教室中教过书、听过课的人，对这些年来的变化才能体会一二。几位我的恩师，今天也都在座，理查森医师（James Henry Richardson）、奥登医师（Uzziel Ogden）、索尔伯恩医师（James Thorburn）与奥尔德莱特医师（William Oldright）——对他们来说，这样的变化可能是做梦都想不到的。乍看之下，有些东西依稀眼熟，但却再也不复往日。啊，俱往矣，那些熟悉的老地方！甚至整个景观都改变了，身临此境，颇有乡愁、孤独、遗憾之情油然而生。所幸今天见到了几张熟悉的老面孔，感恩之情总算可以一宽心中的失落。至少对我来说，每次回忆起那两年快乐的时光，都是如饮醇酒。今昔对照，优劣立判——每所医学院莫不如此——在我们那位杰出哲学家约翰·贝蒂·克罗泽尔[2]的笔下，那个时代简直糟透了，但我的感受却不同，总觉得自己是身入宝山。诚如某人所说，教学在教育中只是最不重要的部分，而在我的记忆里，每一位老师的言传与身教，无不真诚而鲜活，在黑暗中为我们点亮一盏明灯。他们全都是我记忆的背景，每个人的影响

---

1 奥斯勒在进入多伦多大学读医学之前，在多伦多三一学院读的是神学，理查德·胡克与约翰·皮尔逊是英国的神学家，他们的课程是奥斯勒当时在三一学院的必修课。奥斯勒的兴趣从神学转向医学是从多伦多三一学院开始的，据奥斯勒在三一学院的同学贾维斯（Canon Arthur Jarvis, 1849—1936）后来记述，奥斯勒决定放弃神学改学医学时，曾与三一学院的院长发生过争执。

2 约翰·贝蒂·克罗泽尔（John Beattie Crozier, 1849—1921），加拿大哲学家，奥斯勒在多伦多大学的同学。

与教化于我都是最大的恩惠。威廉·罗林斯·博蒙特（William Rawlins Beaumont）与爱德华·马伯里·霍德（Edward Mulberry Hodder）堪称是我们上一代里面英国外科医师的最高典范。亨利·胡佛·莱特（Henry Hover Wright）在我们的心目中，根本就是责任的化身，每当我们蜂拥着赶早上8点的课时，总觉得他尽责任尽得过了头。还有威廉·托马斯·艾肯斯（William Thomas Aikins），既是一个技术高超的外科医师，又是普通医师心目中的良师。上理查森医师的解剖学课，我们赞佩之余，总觉得他的热情使解剖学也染上了一层生气。实务医学与治疗学的课，奥登医师上完最后一个学期，接着是索尔伯恩的第一个学期，对我来说，还真的是双重的收获。至于奥尔德莱特医师，他在妇科学上无私奉献的生涯才刚刚开始哩！

　　说到我的恩师，有一位，我视如至亲，以子女之情待之。对于詹姆斯·鲍威尔医师[1]的这份感情，今天在座的，相信也大有其人——这位先生，才思别具、卓然不群，只要场合对了，常有惊人之语。这所大学的评议委员会如果在1851年挑选了赫胥黎担任学校的讲座教授，这位年轻的博物学家还会成为进化论的保罗（Paul）吗？[2] 人，一定要学有专攻，否则难以出人头地。偏偏鲍威尔医师却是个多元取向、各种学问都要深入涉猎的综合体，旁骛过多正是他最大的致命伤，这种缺点，即使是天才，身陷其中恐怕也难以脱身。他的心智仿佛是个四面陀螺，永远转个不停，任何一面朝上，时间都不会太久。《物种起源》顶着暴风雨出版，震撼了科学界的时候，我们这位先生反而是见风收帆，转而躲入港口避风，写了一本讨论自然神学的书，如今你们要读，也只有到二手书店才能找到，摆的位置还在威廉·佩

1　詹姆斯·鲍威尔（James Bovell, 1817—1880），加拿大著名医师，博物学家、显微镜学家、教育家。他是奥斯勒在多伦多三一学院的老师，对奥斯勒的一生影响至深。

2　英国著名博物学家赫胥黎（Thomas Henry Huxley, 1825—1895），是达尔文进化论的坚定追随者。奥斯勒在此以赫胥黎对达尔文的追随比拟使徒保罗的布道精神。

利[1]之下。他这个人嗜书如狂，又无所不读，谈起当时的科学，从原浆到进化论，他都头头是道，有时候甚至是天马行空，全因为缺少一根专一与精确的筋，而这种有如船身压舱石的特质，非经长期培养是无法获致的（有时候甚至苦练也属枉然）。他的心性倒是虔敬的，很早就投入了牛津运动（Tractarian Movement），是个先进的神职人员，也是一个挺好的英国国教徒。有一天，他跟好友达林牧师（William Stewart Darling）闲聊，说他自己就跟《天路历程》里面的那个船夫一样，一路划向罗马，眼睛却老是定定地望着兰贝斯（Lambeth）的方向。他的《走向祭坛》（*Steps to the Altar*）与《论讲基督降临》（*Lectures on the Advent*）处处证明他在信仰上的坚定；到了晚年，更以林纳克[2]为师，成为另一个科顿·马瑟，要将医学与神学合而为一。

讲到这里，我不免深深怀念起这位喜欢谈论形而上学的先生，他读康德、威廉·汉密尔顿[3]、桑普森·里德[4]与约翰·穆勒[5]，那股狂热令人动容。当年在省立大学，指导年轻人心灵思想走上正道的重任，全都

1　威廉·佩利（William Paley，1743—1805），英国神职人员、哲学家，认为自然界的秩序是上帝创造万物的明证，达尔文的进化论问世之前，他的著作流传甚广，代表作有《道德与政治哲学原理》（*The Principles of Moral and Political Philosophy*）、《自然神学》（*Natural Theology*）等。

2　托马斯·林纳克（Thomas Linacre，1460—1524），英国医师、人文主义学者，国王亨利八世的御医。他在医学上的重要成就有：把盖伦的著作从希腊文翻译成拉丁文，创建伦敦皇家内科医师学院（并任首任院长），在牛津大学、剑桥大学创立医学讲席职位（牛津大学的林纳克学院即以他的名字命名）。奥斯勒对林纳克极为崇敬，1908年他受邀在剑桥大学做了"林纳克讲座"的第一讲。

3　威廉·汉密尔顿（William Hamilton，1788—1856），英国哲学家。

4　桑普森·里德（Sampson Reed，1800—1880），美国哲学家。

5　约翰·斯图尔特·穆勒（John Stuart Mill，1806—1873），英国著名哲学家、经济学家，继边沁（Jeremy Bentham，1748—1832）之后功利主义学说的主要代表人物，著有《论自由》《功利主义》《政治经济学原理》等。

落在詹姆斯·贝文（James Bevan）牧师教授的肩上，但有传言说，饥饿的羊群翘首，却没有人喂食。在我看来，所指的正是有一帮人，以卫斯理·米尔斯[1]为首，每天跟着鲍威尔教授，听四小时的课，还跟他辩个没完。正是——

神意无非预言、意志与命运，

命运注定、意志自由、预言专断。

但不论怎么说，在他的一生之中，主要工作到底还是以医师为主，论诊断技术，令人心折；论心地善良，受人敬重。出身于最优秀的学府，曾为理查德·布莱特（Richard Bright）与托马斯·爱迪生（Thomas Addison）的弟子，也是斯托克斯与格雷夫斯的挚友，坚守盖伊[2]的传统，教导我们应同样敬重他的老师。身为一个老师，他掌握约翰·亨特的不二法门，生理与病理的一体性；身为医学研究所的讲座教授，在生理学的课程中，他讨论病理的过程，在肿瘤病理的课程中，则说明原生质的生理现象，以解学生之惑。1870年9月，我接到他的来信，说他大概无法从西印度回国了，我知道，我将失去一个父亲、一个朋友；但在蒙特利尔的罗伯特·帕尔默·霍华德那儿，我又得着了一个"继父"，这两位先生以及我的第一位业师——威斯顿的约翰逊神父[3]，我将我一生的成功全都归功于他们；至于我所谓的成功乃是，成就你想要的并以此懂得满足。

---

1 托马斯·卫斯理·米尔斯（Thomas Wesley Mills, 1847—1915），加拿大医师、生理学家，麦吉尔大学教授。他是奥斯勒在多伦多大学、麦吉尔大学的同学和密友。

2 盖伊医院（Guy's Hospital），英国伦敦的一家大型教学医院，18世纪20年代由托马斯·盖伊（Thomas Guy）创建。

3 约翰逊神父、罗伯特·帕尔默·霍华德是奥斯勒在三一学院和麦吉尔大学的老师（见本书第010、083页注释2），他们与詹姆斯·鲍威尔是奥斯勒一生最为崇敬的三位老师。

二

一次普普通通的讲演能有多少价值，我完全无法确定。记忆中我所听过的讲演，受邀而去的不少，赶鸭子上架的倒是不多，但说到受用无穷的，可说是一次都没有。一般说来，我讲演不喜欢老套，但今天情况特殊，有着特别的意义，能够站在这里实在是极大的快乐。前面所讲的，我担心对大部分听众来说仍不免是陈词滥调，但务请少安毋躁，因为，对于在场的多数人而言，不管你们觉得多无趣，那些陈年旧事多少还是可以给你们一些启示的。当我一张一张脸这样望过去，最特别的就是，没有一张是完全相同的。不同于你们全都是男性与白人，你们的禀赋各不相同，智性与心理上所受的训练也大相径庭，做你们的老师不免会担心由于个别的条件相去悬殊，难免有些人将来的生涯会受到影响；成功的有，失败的也有。有的春风得意弄到身败名裂，有的钻营逢迎博得一个空名；你们当中的佼佼者，有的因为不知爱惜自己的生命，不免早早凋零，没多久就加入了那些英年早逝的精英行列，而最有才华的人，甚至跟我的老朋友狄克·齐默曼[1]一样（今天他若在场一定欢喜得不得了），眼见成功近在咫尺，却难逃命运的一击，转眼都成了空。但是，就在遗忘之神的罂粟漫天乱撒之际，你们当中不乏有人将会成为社会所信靠的中流砥柱，或者有朝一日当上这所学院的主管；倒是绝大部分的人，按照我们的希望，应该都会受到幸运之神的眷顾——成为一个干练、健全、有智慧的普通医师。

在这样的一个场合，实话实说本来就是本分，我不妨就把我的生活秘诀老实道来，检视一下我所看过的赛局是怎么玩的，以及我自己又是怎么玩的。有一个丛林的故事，想来你们是知道的，毛克利（Mowgli）

---

1 狄克·齐默曼（Dick Zimmerman）即理查德·齐默曼（见本书第078页注释1），奥斯勒在多伦多大学的同班同学，37岁去世（1888年），距奥斯勒在多伦多大学发表这篇演讲已过去15年。在英语中，"Dick"（狄克）是"Richard"（理查德）的昵称。

想要报复村民，唯一能够帮他的只有哈迪（Hathi）和他的几个儿子，于是他就送了一个口诀过去。[1] 我所要给你们的，也是在你们有所指望的时候，能给你们保证，至少能让你们靠着它可以得着些好处。这个口诀虽然是个小东西，却是个金科玉律，作用非同小可。它是一粒开门的芝麻，在这个世界上，就跟点石成金的手指一样，可以化腐朽为神奇。要是你们笨，它可以让你们开窍；要是你们已经开了窍，它可以让你们无往不利。只要将这个神奇的字眼儿放在心里，必定可以无所不能，要是没有它，怎么努力都将是白费与苦恼。有了它，生活变成奇迹，盲人可以透过触摸看见，聋人可以透过眼睛听到，哑巴可以用手指说话。有了它，年轻人得有希望，中年人得有信心，老年人得有安慰。它是受伤心灵真正的良药，一帖就可以让沉重的心如释重负。说起来，过去25个世纪以来，医学之得以进步，全都直接得之于它；掌握了它，希波克拉底才能将观察与知识变成我们这一门技术的经纬线。盖仑曲解了它的意思，以至于15个世纪不思不想，直睡到维萨里的大作《人体构造》问世，才如大梦初醒。[2] 威廉·哈维靠着它将一个脉搏放大成为大得多的循环，这个脉搏的跳动，我们今天都还感觉得到。约翰·亨特深深明白它的高不可攀、深不可测，乃能高踞于我们历史的顶端，成为诠释它的最佳典范。靠着它，鲁道夫·菲尔绍击碎岩石，进步的巨流乃哗然涌出；而到了路易·巴斯德的手里，则证明它是个吉祥物，为我们打开了内科学与外科学的新天地。它不仅是进步的试金石，而且是日常生活中度量成就的一把尺。不论是谁，今天能够站在你们的面前，同样也是靠着它，他之所以有这个荣幸跟你们演说，全都是因为他在像你们今天这个年纪的时候，就已经将它刻在心上所致。说到这个金科玉律，不过就

1　出自吉卜林《丛林之书》。

2　安德烈·维萨里（Andreas Vesalius, 1514—1564），比利时医师、解剖学家，近代人体解剖学的奠基人，他在1543年出版的《人体构造》（De Humani Corporis Fabrica）是人体解剖学的权威著作，指出了盖仑在解剖学上的多处错误。

是"工作"（Work）而已。诚如我说过的，它就是那么个小东西，但你们若当下写在你们的心版上，绑在你们的额头上，其后续的力道将是源源不绝的。工作固然重要，工作习惯之于你们这个有机体的一部分，其无与伦比的重要性，想要教你们能够了解还真不是一件简单的事。你们这个阶段就跟汤姆·索亚[1]差不了多少，总认为"工作就是身不由己的事情，身可由己的事情才叫作游戏"。

　　天底下许许多多的难事，说穿了不过是工作习惯。对我们大部分人来说，工作可是一场艰苦的战斗；能够顺其自然的人不多，从来不想去学会爱它的倒是不少。"我求求你们，看一眼你们那些勤快的伙伴，看他们是怎么在做事的。"罗伯特·路易斯·史蒂文森曾说："一个匆匆播种、草草收割的人，只顾着图自己的乐子，到头来只会把自己弄得焦头烂额。独来独往，把自己关在小阁楼里，优哉游哉泡在墨水罐子里，或者是一阵风似的冲进来，不给人好脸色，神经绷得紧紧的，总要发一阵牢骚才去工作。这样的伙伴，我可不在乎他做了多少事，做得又有多好，总之在别人的生活中他都是个麻烦人物。"至于操劳过度、闷闷不乐的人，他们的问题也不少；这种人偶尔也会清醒，讲出这样的名言，譬如："满怀期望的旅行过程好过抵达终点，真正的成功在于工作的本身。"如果你们想要知道书生的悲惨，以免自己也落得相同的下场，就不妨去读读《忧郁的解剖》的第一卷第二章第三节第十五小节[2]；但我还是要在这里提醒你们，小心对付这些邪恶的东西，希望你们在学生时代就能养成良好的习惯。

1　汤姆·索亚，美国著名作家马克·吐温长篇小说《汤姆·索亚历险记》的主人公。

2　《忧郁的解剖》（Anatomy of Melancholy）是英国学者罗伯特·伯顿（Robert Burton, 1577—1640）的经典著作，1621年首次出版后，伯顿生前又做了四次修订，英文原书近千页。从表面看它是一本探讨忧郁症的医学教科书，其实是一本涵盖医学、文学、哲学与占星学的奇书。英国作家塞缪尔·约翰逊称此书是"唯一一本让我想要早起两个小时去看的书"。奥斯勒此处提到的原文为："用功的读书人通常会有一些毛病……这些疾病大多来自坐得太久；苦读劳神……有时连命都要赔上。"

打从一开始，你们就应该清楚自己的目标与目的——了解疾病及其治疗，以及了解你们自己。一方面，专业的教育将可以把你们训练成为一个专业人员；另一方面，则是一种内在的教育，使你们成为一个真正的好人，方方正正，没有瑕疵。一种是外在的，大部分得力于师长的书传口授；另一种则是内在的，是反求诸己所达成的一种心理救赎。没有后者，照样可以拥有前者；你们任何人都有可能成为一个有能力的医师，但却可能永远不知道，自己其实只是一个傻瓜。你们也有可能只拥有后者，却未必具备前者的充分条件，于医术上无法跻身一流，不能让你们飞黄腾达，但人间一路行来却是可长可久。当然，我对你们的期望则是两者兼具，不可偏废。

讲到这里，谈的都跟你们的教育有关，接下来我要说的，是要为你们铺设一条好走的坦途。我们所要学的东西可以说是非常庞大复杂，这本身就不是一件简单的事，老师与学生都一样，想要面面俱到，那真是谈何容易。我们做老师的总是处在变动的状态，需要随着方法与系统而做调整，但你们做学生的却不同，不论走到哪里，一切都是为了考试，结果也是唯考试是问，这种观念想改却是改不掉的；如此一来，为了得到学位，学生永远所要面对的，无非就只是那些魔术数字了。但即使只能如此，套句老话，结束就是另一个开始，你们当记住的是，得到了医学学位时，你们只不过是抵达另一个起点，一个展开终身学习的起点。

关于这方面，可以谈的方面很多，而且各有各的特点，我只能强调几点比较重要的。不论从事什么行业，成功的第一步就是要对它感兴趣。约翰·洛克谈到这一点，举重若轻，他说，要让学生"尝到知识的滋味"，这也就将学生的生命放进了他的功课里面。对自己所从事的工作没有兴趣，想要成为个中高手，无异于缘木求鱼，这个道理绝对是颠扑不破的。今天你们会在这里，毫无疑问的是受到医学研究的吸引；但是，开头那种想当然的热情，碰到了教室里面严酷的现实时，可能要不了多久也就冷却了下来。科学知识的无穷魅力，你们大多数人都已经体验过，但今天面对实务性的应用课程，其间所能给你们的却是另一种热情，那也是理论性的教学所没有的。时至今日，生命的分量越来越重，过去的技术不免显得幼稚，医科学生当然是不屑一顾，但那些名称我们倒还是记得的；最近出版的亨利·阿克兰爵士（Sir Henry Acland）的传记，里面就有一张1842年的"锯骨师"照片，拿这张图片跟今天的做个比较，很明显地，这中间的变化真是不可以道里计，而其间很大一部分的影响正是来自教育体系的改进。今天，光是应用方面的课程就可以将一天填得满满的，内容的变化又多，绝不至于让人觉得单调，专业知识方面的安排也可以由学生自行挑选，不再是管他愿不愿意地硬塞。学生自己的发挥空间大为增加，不再像那只被动的斯特拉斯堡之鹅（Strasbourg Goose）[1]，只能任人绑起来猛塞硬灌。

花最小的力气得到最大的进步，如何能够做到？答案是，培养条理。我说培养，绝不是随便说说，因为对你们有些人来说，养成条理的习惯还是难之又难的事。有的人做事，天生就是有条有理，但有的人却生来就是散漫、随便，一辈子都改不掉。有少数的聪明人颇为有心，想在周围推广这种习惯，但往往成为别人的负担，弄得身边的人苦不堪言。我曾听人说过，一板一眼的人成不了大器。或许是如此吧，但是，身为医界中人，能够拥有这种好习惯还真是一种福气。我要叮咛你们的是，这件事你们务必当下就放在心上；我所讲的其他东西，你们大可以抛到脑后，单取我的这项忠告，必定受用无穷，因为我自己就是个最好的例子。由于没有什么条理，我这一生吃了不少苦头，成就也就难免打了折扣。我尤其要恳请一年级的新人，由于你们今天刚刚起步，在这个学期养成的习惯，跟你们未来的生涯可是息息相关。按部就班地上课并不困难，难在日常生活也能按部就班。今天，你们就像是要去朝圣的基督徒（Christian）与好青年（Hopeful）[2]，欢欢喜喜上路，平平安安走向喜乐山，怀着甜美的梦想，丝毫没有想到会有什么灾难临头，但终有

---

1 斯特拉斯堡是法国东北部城市，以美食著称，当地的鹅肝闻名于世。

2 基督徒、好青年，是约翰·班扬《天路历程》中的人物。

一天，你们却会发现，自己竟是身陷疑惧的罗网之中，只能任凭绝望蛮横地折磨。对自己要有信心，但不要过了头，最好是从头来过，谨慎地起步。这里面的风险与考验，没有一个学生能够完全逃得过；除了不可气馁之外，更要有心理准备。每天的每一个小时，自己都规定好该做的事情，并且培养专心的能力，千万不可见异思迁，三心二意，面对眼前该做的事，要拿出斗牛犬死咬不放的精神，如此练习日久，自见其效。等到这个学期结束，你们便大有可能拥有最最可贵的一种能力——工作的大能。在你们痛下决心要摆脱自我的抗拒时，千万不能低估了困难的程度，一定要坚持预定计划，直到最后一分钟。另一方面，切勿太过于投入一门功课，以至于偏废了其他，因此务必详细规划每一天，妥善照顾到各个方面。只要能够做到这些，即使是平平常常的学生也能表现不俗，日后必令人刮目相看。为了能够卒底于成，吃再多的苦也是值得的——如果能够这样熬到博士学位，那才是跟自己浑然一体的真材实料。此外，在功课上力求完美，则是另一种需要加以培养的心志。不论手上的事情多么微不足道，一定要全力以赴，完成后还要以批判的眼光加以检视，绝不能够轻易放过自己。这是"解剖"一个学生的试金石。这个人如果把自己的"本分"做到了尽善尽美，能够倾全力而为，又能够不辞辛劳地理清结缔组织的千头万绪，能够拿自己的翼腭神经节[1]示教——这样一个学生，假以时日，一定足堪应付紧急事故，保住铁路意外事件中严重受损的一条腿，或者是在面对一个伤寒的个案时，全不计较自己何时会被击败，只知锲而不舍地奋斗到最后。

学生生活是无拘无束的，但很快就会过去，要懂得好好地珍惜；趁着医务倥偬的日子还没到来之前，同学间的快活、新课业的乐趣以及眼看自己更上层楼的喜悦，都值得好好地享受。闭门苦读的学生生活对一个人并不全是好的，尤其你们将来都要执业行医，如果老是独来独往，

---

1 翼腭神经节，即美克尔氏神经节（Meckel's ganglion），位于面部翼腭窝内，以德国解剖家美克尔（Johann Fridrich Meckel）的名字命名。

将会丧失了做一个普通医师应有的沟通能力。不过话又说回来，你们若有心成就更大的事业，善于独处也极为重要，圣约翰·克里索斯顿所给的忠告说得好："避开大路，把自己移植到某个与世隔绝的地方，因为，种在路旁的树保不住尚未成熟的果实。"

用功难道就没有危险吗？我们常说的操劳过度，这个恶魔又是什么呢？危险当然有，但只要稍加留意就可以避免。我要讲的有两个方面，一是身体的，一是心理的。最优秀的学生通常不是最健康的。柏拉图谈到他的朋友，有所谓泰戈斯（Theages）的枷锁，指的就是体弱多病，是为了追求心智的发展却牺牲了健康，对于读书或执业，这显然都极为不利。记忆中，在我的同学里面，有不少优秀的人才，一如利西达斯（Lycidas）的英年早逝，全都是不注重生活习惯与忽略了保健之道所致。医科学生尤其容易暴露在各种感染之中，防护之道无他，就是要有一副第一流的体魄。林肯郡的主教罗伯特·格罗斯泰斯特（Robert Grosseteste）说过，现世的救赎有三大要件：食物、睡眠与愉快的心情，有了这三样，再加上适当的运动，你们也就掌握了健康之道。说到健康，并不是一件老是放在心上勉强去求来的东西，而是养成一种特质，好让"健全的身体培育健全的心理"，唯其如此，生活之乐与工作之乐才能合而为一。讲到读书人的多病，我在这里要引罗伯特·伯顿的一段话。这位权威说："读书人早衰甚于常人，原因很多，第一个就是他们不知爱惜自己的身体；对于自己的工具，一般人都知道要爱惜，画家知道要洗笔，铁匠在意的是他的锤子、砧子与熔炉，农夫会维修犁刀、磨利锄头，猎人用心爱惜他的猎鹰、猎犬与马匹，乐手也不时会为鲁特琴放弦、紧弦，等等，只有读书人最不在乎自己每天都在使用的工具——头脑与心灵。"

苦读向来都被认为是一种身体的消耗，而且不分阶层与年龄，都跟心理的不健康有所关联。但是，说到用功，适度的用功，我却不认为会是如此。如果真的变成这样，那就完全是"忧虑"那个阴魂不散的鬼魅在作祟了。学生之所以会精神恍惚，越是仔细推究起来，越会发现用功本身并不是问题。真正因用功过度而搞出了毛病的，当然不是没有，但毕竟并非常见。在学生生活中，烦恼的症结主要有三，且容我概略地跟大家谈一谈。

预期的心理，也就是一种挥之不去的心理负担，足以破坏生活的平衡，带来灾难性的后果。多年以前，托马斯·卡莱尔一篇文章里面有一句话，我始终都记得，他说："首要之务，不是着眼于既不可追又不可及的过去与未来，而是做好清清楚楚摆在手边的事情。"如果要送给学生一个座右铭，我一向主张，最好的莫过于："不要为明天忧虑。"把今天的事情做好，为今天的事情而活，千万记得，明天自有明天要忧虑的事。没头没脑地担心未来，害怕即将要来的考试，以及怀疑自己过不了关，要对付这一类的烦恼时，没有比这句话更有效的万灵丹了。这种态度绝不是要你得过且过，相反地，是要你全心全意投入当下，而这正是卒底于成的最佳保证。所谓"看风的，必不撒种；望云的，必不收割"，意思就是，把心思放在未来，是做不好事情的。

另外一个让人烦心的因素则是情有所钟，说到这事，只怕你们将来都免不了要受罪、跌跤。讲到你们念书时所交的异性朋友，照说应该是天上的那个阿弗洛狄忒，也就是乌拉诺斯（Uranus）的女儿。把你们的整个心都交给她，她定会成为你们的保护神与朋友。至于尘世间那个年轻的阿弗洛狄忒，宙斯与狄俄涅（Dione）的女儿，善妒又容不下别的，如果发现你心有别属，定会将你整得惨兮兮，让你变成游魂般的猎物，死在监考老师的手上，到时候就后悔莫及了。说得白一点，我就是要劝你们把自己的感情冷藏个几年，等到成熟了再拿出来，甜蜜或许少了一点，但绝不至于那样难以捉摸，以至于令那么多的少年人失魂落魄。唯有对那个年长的女神全心付出[1]，男人天生的花

---

1 据柏拉图在《会饮篇》中记述，苏格拉底说古希腊爱与美的女神有两个：年长的阿弗洛狄忒是精神之爱的保护神，少女阿弗洛狄忒是肉体之爱的保护神。奥斯勒所说年长的女神（天上的阿弗洛狄忒）即指前者，他建议学生亲近精神之爱的保护神，勿沉迷于性爱。

心才可以守得住，不至于像利德盖特（Lydgate）一样，周旋于西莉亚（Celia）与多萝西娅（Dorothea）之间，到头来糊里糊涂娶的却是罗莎蒙德（Rosamond）那样的妻子。[1]

还有第三样，是这一代的学生迟早都会碰到的大难题，是你们每一个人都得去面对的，那就是想要将科学的水跟信仰的油混在一起。如果能够将两者分开，那么两者你们都可以保有，若妄图将两者相混，烦恼也就来了。身为医师，你们所需要的信心当然是越多越好，但即使是有别于传统的方式，而且能够表现于行为上而非嘴巴上，按照圣雅各的观点，也不见得就是不好的；更何况，那个身兼神职的医师约翰·华德（Rev. John Ward），在他那本有名的日记中，隐隐约约提到的那些丑行，正是要用这种表现于生活中的"义"来对抗哩！有人曾对格洛斯特（Glaucester）主教说，在他的想象中，在宗教以外的事务上，医师的判断会比其他人来得高明，因为他们完全可以不理会宗教。

三

不论是什么行业，心灵都很容易变得褊狭，眼光局限不说，还会让一个人自以为是。之所以会如此，一方面是太过专注于自己的领域，对自己行业以外的东西，很快地就变得漠不关心，以至于其他方面的能力与兴趣，全都一无是处地在那儿"长霉"。另一方面则是因为埋头苦干，什么也都不思不想，以至于让自己变成了一头只知道拉犁的牛。不论是哪一种，一种是太过于专一，另一种是不问世事，两者都不免忽略了对外界的关心，以至于无法开阔胸襟，也难以达到生命最高的境界。跟艺术一样，医学有如一位要求标准极高的女士，追求起来，不论在哪

---

1 利德盖特、西莉亚、多萝西娅、罗莎蒙德，是乔治·艾略特的小说《米德尔马契》中的人物。医师利德盖特的妻子罗莎蒙德是一个自私而肤浅的女人。

个科学科目上或实验上，男人一点都不能马虎，不能心有旁骛，但这也不能一概而论。以个人与工作之间的密切关系来说，学医的人或许不同于其他行业，的确需要接受更高层次的教育，就像柏拉图所说的："要从很小的时候就给予教育，如此才能让一个人全心去追求最高的完美。"要做到这一点，未必人人能够，也不需要人人能够，但是，若能够去追求，即使永远达不到目标，毕竟还是令人安慰且有益的。对绝大部分的人来说，要满足心灵的需求，光是日常的工作就已经够人忙碌的了，实在没有多余的时间追求别的。像弥尔顿在《论出版自由》中所批评的那个人，一个不拘小节的好人，由于所信的宗教"玄奥缠夹，凡他弄不明白的高深教义，一律原封不动地现买现卖"，连锁带钥匙全都交给了"全知全能的神"，说老实话，在这个更高层次的教育上，我们当中的许多人也正是这种情形。原本应该是我们内在的本分，套句弥尔顿的说法，都变成了"可以切割的动产"，今天全都让渡给了每天的报纸，要不然就是偶尔让神职人员、政客或杂志大发议论去了。正如许多其他的事情，顺其自然反而更好也更能持久。最重要的，莫过于每天都能跟各个时代的伟大心灵神交，品赏人类最优美的一面。今天，正值你们人生的春天，到他们里面去寻找心灵的伴侣，有系统地开始去耕耘他们的作品吧。你们都需要一些强力的酵母，好将你们命定了要去努力的那块面团发起来。不如意的环境、期望与现实之间的落差、社会的紧张压力、人生不可避免的悲苦与伤痛，以及种种会令我们陷入绝望的暗流——所有这一切，带着某种讽刺的意味，都有可能在与我们职业完全无关的情形下发生，当此之际，最佳的解毒剂就是这种内在修行。与有理想、有品格的人接触，可以让我们有一个好的开始——至少心向往之，但务必全心全意——一言以蔽之——总要身体力行。立刻为自己准备一套枕边书，每天用最后的半个小时跟古圣先贤交流。从约伯、大卫、以赛亚与圣保罗那儿，可以学到许多伟大的教训；从莎士比亚那儿，可以在智慧上与道德上找到一把精准的量尺；在爱比克泰德与奥勒留那儿，可以学到爱。如果你们够幸运，天生就有柏拉图缘，本杰明·乔伊特[1]可以引导你们认识这位大师，从他那儿，可以找到思想立足的水平，享受那万古常新的惊喜。至于蒙田，可以教你们以处世圆融，而若能够"受印于他的家族"，也将是莫大的福气。在我们的这一行里面，第一流的大作家不多，但有两个人，你们一定不可错过他们的友谊与忠告。托马斯·布朗爵士的《医者的信仰》，你们应随身携带，还有就是奥利弗·温德尔·霍姆斯的"早餐桌系列随笔"，可以让你们找到一个医师最需要的生活哲学。想要得着智慧，有帮助的作品超过一打，只要有心，那可是随手可得的。

柏拉图所说的最高完美，你们若有心去追求，可以学到三门人生的功课。第一，要学会放尽你们的火气。日常生活本就是喧喧嚷嚷的，为了鸡毛蒜皮的小事，男男女女碎言碎语，常会将人的心情弄得乌烟瘴气。但凡事都要尽如人意，当然不可能，碰到无足轻重的冒犯时，当学会沉默以对，养无言之品，消有形之怒，埋首工作，心地自宽，加诸你们的纷扰也就扬不起你们内心愤懑的灰尘。至于第二门功课，大概是没有人比我们做医师的更能够体会的，那就是我们的存在并不全然是为了自己的生命，而是要让别人的生命得着更大的快乐。这也是我们被一再告诫的精义："得着生命的，将要失丧生命；为我失丧生命的，将要得着生命。"这话说得极为严厉，但你们这一代的孩子若能够加以奉持，这个世界将会少掉许多的悲惨与遗憾。更何况，能够秉持这项教诲而生活的，论机会，恐怕没有人比你们更好。行医是一种艺术而不是交易，是一种使命而非行业；这项使命要求于你们的，是用心要如同用脑。你们最能够表现自己的，不在于药水与粉剂，而是强者对弱者、正者对邪者、智者对愚者所能发挥的影响力。就你们而言，身为一个家庭所信赖的人，父亲有其焦虑，母亲有其隐忧，女儿有其难处，儿子有其愚行。

---

1 本杰明·乔伊特（Benjamin Jowett，1817—1893），英国学者、神学家、翻译家，牛津大学教授，译有《柏拉图著作集》（6卷），以翻译出版柏拉图最完整作品的权威英文版而闻名于世。

你们的所作所为，至少有三分之一别人会记在簿子里。勇气与喜悦不仅可以让你们走过生命的荒野，而且能使你们为软弱的心带来慰藉与力量，并在你们如同托比叔叔（Uncle Toby）[1] "跟无法克服的横逆搏斗时"，宽解你们的悲伤。

你们将会学到的第三门功课，也是最困难的一课——高于生命的法则若要得以俱足，唯有依靠爱，亦即仁慈。有不少医师，每日的工作只知道计较每日的获利，对于同业，他们的所言无非恶言，所想无非恶想；像这样对待同业者的不仁，其实是在作茧自缚。说到行医，个人的因素占很大的比重，疏忽与错误很难避免，许多人往往对此幸灾乐祸，毒言、谎话、造谣乃倾巢而出。要避免这种非理性的倾轧与排挤，有两条极简单的规则：其一是，同业间的流言不听不闻；其次，万一无法避免，那么就在纷争、口舌初起之际，当下开诚布公，落日之前就将事情说清楚讲明白，如此一来，定会让你得着一个朋友。但这事说起来容易，其实却不然；当伤害已经造成，偏偏某夫人又在伤口上撒盐，说是某先生言之凿凿地告诉她，说是你把事情搞砸的，碰到这种情况，恐怕你就只会诅咒他去下地狱了，想要和解，那当然是门儿都没有的事。在这里，我已将话讲在前头，等到有一天试炼来了，希望你们还能记着我的话。

最后，我要向听众里面的年轻医师讲几句话。按照这所学院、这个城市，以及这个国家的发展来看，来日方长的年轻医师，前途一定大好。你们今天坐享其成的，是一份高贵的遗产，是多少个世代的人，为人类的病痛做出无私的奉献才累积得到的。其中，成果固然丰硕，有待继续努力的也很多；而道路已经开出来了，放眼望去，医学科学的发展，其可能性乃是无限的。身为医师，医疗以外的事情固然与你们无关，但你们却有一项更崇高、更神圣的责任。心里不要老想着，要在别

1　英国小说家劳伦斯·斯特恩（Laurence Sterne，1713—1768）的巨著《项狄传》里的人物。

人面前点一盏灯，好让他们看见你的好行为；相反地，你们全都是属于那支默默工作的大军。医师与牧师，修女与护士，在这个世界上，都是不争竞、不喧嚷，街上也没有人听见他声音的人，他们的天职就是抚伤、救穷、治病。如同普鲁塔克心目中的理想妻子[1]，最好的医师也是最不为人所知的；但时至今日，在照在壁炉上的强光里，让我们能够将工作做到尽善尽美的平静生活，已经越来越不可得。对你们这一群默默工作者来说，无论是在偏远的农村、大都会的贫民窟、矿区与工业城镇，或是在富人的华屋、穷人的陋室，你们的天职都是一样的，亦即以希波克拉底的标准，用知识、能力、爱心与正直去承担最艰难的工作。说到知识，你们可以将所学发挥到最高，并不断充实所学以增强能力，不分人等，不分地域，在需要你们的时候随时伸出援手。说到爱心，是在日常生活中对弱者表现关怀与亲切，对伤病心怀悲悯，对所有的人给予仁慈。说到正直，则是不论在什么情况下，都能够诚实地对待自己，对待你们的使命，以及你们的同业。

---

1 普鲁塔克写过一篇《给新郎和新娘的忠告》（*Advice to Bride and Groom*），其中有对理想妻子的论说，这篇文章收录在有˝西方论语˝之称的《道德论》（*Moralia*）中。

定期退休[1]
The Fixed Period

所失去的虽多，可等待的也多。

——阿尔弗雷德·丁尼生《尤利西斯》（*Ulysses*）

1　1905年2月22日，奥斯勒在约翰·霍普金斯大学医学院毕业典礼上的演讲。

一

　　今天，是我身为这所大学一分子的最后一次公开露面。对于这个难得的机会，我衷心欢喜地接受，并借此表达发自内心的两种情绪——感激与惆怅。感激的是，16年来大家所带给我的美好时光；惆怅的是，今后我将不能再跟大家同甘共苦。这些年来，既不曾在心理上受过沉重的打击，也未曾在身体上罹患严重的疾病，各位或许会在心中纳闷，究竟是什么样的动机，竟让我舍得放弃如此优渥而受人看重的职位，离开如此优秀的同事，丢下这样努力的伙伴与学生，甚至抛开如此宠我爱我超过我所应得的一个国家。我看各位最好还是继续纳闷下去，真正了解别人动机的，毕竟有谁能够呢？倒是我现在所要讲的，绝不是借口，全都是我心里的话。一个经过了多年奋斗的人，有那么一天，精力开始衰退，兴起了需要多一点休息的感觉，但那个曾经造就他，使他成为社会有用之才的环境，对他的要求却有增无减；当东方的召唤以不同的方式对你我响起，听在耳里，年岁越高，声响也就越大，而且有如以利亚[1]

1　此处为奥斯勒口误，应为以利沙。以利亚、以利沙是师徒关系，见本书第049、082页注释1。

所听到的诏命，不是劳苦一天就算了，而是要抛下生活、朋友、亲人甚至父母，远走他方，到新的天地去做新的工作。当然，如果是像吉卜林小说里的普兰·达斯（Puran Das）那样，新的召唤并不是要你去赴新的劳苦，而是一种"幽静、沉静、平静、恬静"的生活，那又另当别论了。

随着我的离开，有几个跟大学生活有关的问题倒是值得一谈。第一个要问的是，在教授这个群体里面，新陈代谢是否够活跃，变化是否够大？失去一位教授难道不会给一所大学带来良性的刺激？在这所大学里，我们所失去的不是很多——因为这不是一所让人舍得离开的大学——但是，翻开它的历史，有哪个人的离开，后来被证明是一种严重打击的，我还真的没有看到过。说起来挺奇怪的是，在一个大体系里，个人总是那样无足轻重。一个人，或许一手创立了一个学系，栽培了不少后进，或许更有过之，道德学养俱为一时之冠，多少人都受他的影响，他的离去也许会留下一道伤口，甚至是发炎的伤口，但终究不会长久。对于这种过程，我们都习以为常了，也都知道，作为一个整体的有机体，对于这种分分离离的感受，就跟苔藓虫剥落了一小块菌落，或一个蜂巢飞走了一群蜜蜂差不多——非但不是什么灾难，反而是一种解脱。当然，的确有少数人，一旦失去，确实令人感到沉重；像那些将我们大部分人紧紧绑在一起，在工作上又让我们受惠良多的人，一旦失去了，下面两行诗句中的苦楚，有些人就体会得到了：

> 啊！我们全体对他的爱，如果
> 没有我们的悲伤，也就不成其爱了。[1]

但是，对教授本人来说，离去乃是他的生涯选择。就像马修·阿诺

---

[1] 出自英国著名诗人雪莱悼念另一位大诗人济慈的诗篇《阿多奈斯》（*Adonais: An Elegy on the Death of John Keats*）。

德诗中的主角就明白，"天长地久之爱"的那颗心，根本就从未成形。无常乃是存在的本质——每年都会有一批新的学生，每隔几年也会有一批新的助理、新的同事，取代那些被召唤到别处去的人。任何有活力的部门不会有恒常，在人类的天地中也不会有静止。但也正因为如此，惆怅乃不可免。有一个人走进了你的生活，几年过去，你跟他形影不离，读他的东西，沾他的福气，或许就此建立了深厚的情谊，甚至如同子女般爱他，然后，他却走了——留给你的，是一颗受伤的心。

有个问题或许可以问——当教授的，在一个地方待多久才算久？不论多么好的人——即使是在每一方面都受到敬爱与尊重——能够有那种能耐，在同一个地方一待就是25年的，我还真找不出来！一个人如果有一颗活跃的心，在一所学院里窝得太久，很容易变得目中无人、眼界狭小、夜郎自大，不自觉地就早衰落伍了。这所学院之所以有非凡的成就，始终得力于一群轻蹄健马的知识人，他们专心投入，不拘于一时一地，所作为大开大阖，他们所效忠的不是一国一族，但不论你将他们放到哪个领域，他们一定忠心耿耿竭尽所能。这正是一个有自觉的教授所应有的态度。圣保罗所中意的传道人，就绝不会是那种无法割舍的人，唯其如此，才能放心地去闯荡。因此，基于高等教育的整体利益，一个大学的校长就应该在教师群中培养一种来去自如的游牧精神，尽管有时候难免会是一种损失。一个健全的董事会，应该能够安排一个教师轮调的制度，这将会刺激整个学校都活起来。在同一块牧场上待得太久，我们很容易就会变得懒散，变得心志薄弱。转换到新的草原上去，新的环境、新的同事，一个人就可以获得新的刺激，又可以维持个好几年。交换教师，国内或国际，正是一项最有效的方法。特恩布尔讲座（Turnbull Lectures）岂不是最好的例子！大学协会（University Association）最近正在此间集会，若能着手安排教师交换，那将是大功一件。甚至偶尔来个大学校长"洗牌"，对财务可能也是好事一桩。我们今年准备把耶拿（Jena）的柯根教授（Friedrich Wilhelm Edudrd Keutgen）交换过来开史学讲座，整个计划都已经详细做了说明，其价值乃是毋庸置疑的。这项工作可以成立一个国际性的组织来推动，到时候，又可以回到中世纪那样，看到教授们纵其所愿游走于欧洲，或者回到古希腊教师们的翠鸟时代，一如恩培多克勒[1]所吟唱的：

何等美好的巴门尼德[2]岁月，

那时，我等年少轻狂，呼朋引伴，

于意大利的各城市相知相惜；

那时，我等兴高采烈加入你们的行列

奔驰于太阳神的真理之路上。

对于年轻的朋友，我特别要奉劝你们的，就是趁早把握机会，投身去过一种逍遥学派[3]的生活。你们当永远心存改变，离开保姆，剪断跟老师的脐带，到新的环境去寻找奶水，唯其如此，才能够得到某种程度的自由与独立。职务低、学生多、研究的机会少得可怜，可能正是培养天才的最佳土壤——也许默默无闻——却可以让你们在一个恶劣的处境中为人之所不能为，而这种挑战往往是养尊处优所得不到的。在年轻人的为学生涯中，有两种极为可怕的疾病，只有精神与肉体都能像猫一样的灵动才足以避免。肉体方面有一种很特别的情况，叫作幼稚症（发育停顿症），亦即青少年时期无法按时到来，或者延至20岁或之后才开始发育，但也不完全，因此仍然保持儿童的心智与体型。至于我们中间更为常见的，则是精神上的幼稚症。这种广为人知的幼稚症，就跟营养

---

1 恩培多克勒（Empedocles），古希腊哲学家，认为万物由火、水、土、气四种元素构成，再由爱与冲突聚合、离散。

2 巴门尼德（Parmenides），古希腊哲学家，爱利亚学派创始人，色诺芬的学生，芝诺的老师，认为一切事物的多样性和变化只是一个幻觉，整个宇宙只有一个"存在"，并且永恒不变、不可分割，他称之为"一"。

3 逍遥学派（Peripatetic），古希腊亚里士多德哲学流派的别称，以其游走式教学得名。

不良导致身体发育失调一样，是因为精神长期停顿于一个阶段，吸收的又是同一种养分，以至于心智涣散，停留于婴儿的状态。还有比这种更糟的，虽然罕见，却更为严重，亦即身体的早老症（progeria），仿佛被邪灵的魔棒点过似的，小孩子并不是停留在婴儿期，而是快速地通过青少年期、成熟期与成年期，很快地进入衰老，十一二岁，看起来却有如小型的提托诺斯[1]，"破旧不堪"，皱成一团，活像玩具堆中的小老头儿。精神生活须对应于肉体的成长，这是每个人都应该特别留意的。心智能够达到青少年的已经不多，达到成熟期的更是少之又少。说起来真是可悲——这种司空见惯的精神幼稚症，全是因为不良的精神食粮才导致的。早老症在大学里面尤其常见，教师中间总有一两个这种病例；致病的原因无他，就跟瑞士谷地中某些人因为饮水所导致的呆小症一样，是精神食粮偏差所造成的。我就看过有个学校，所有的教师都患了这种疾病。精神早老症的人，看起来也许体面，相处起来也许和善，问题是他们全都缺乏想象力，精神水平低落，完全无法吸收新的思想。

跟许多其他的疾病一样，这种病也是预防胜于治疗。先天的或后天的，人都有幼稚症与衰老症的倾向，预防的最佳利器就是及早改变环境与饮食。早期阶段，纾解之道在于延长求学的时程，到柏林或莱比锡去洗个大学浴，或在适当的时候把美式或英式饮食改换成高卢的或条顿的食谱。问题其实不在于人而在于制度。由于威权的观念作祟，每个州政府在教育上都独断独行，大学的幼稚症才一发不可收拾。要解决这个问题，最有效、最快速的办法，莫过于把各个州立大学充实起来，给它们更自由的空气与更营养的饮食。

追求改变，不仅是老师应有的想法，技术学院的学生也应该及早开始游学生涯，不要等拿到硕士、博士学位后才去做。在一所学校一待就是四年，很容易养成偏见与心智的散光，不出几年，想要矫正都有所不

---

1 在古希腊神话中，黎明女神厄俄斯（Eos）爱上了特洛伊王子提托诺斯（Tithonus），恳求宙斯让提托诺斯永远不死，最后提托诺斯变得又老又丑。

能了。最大的问题则在于各校的课程不一致，但如今已有所修正，一旦展开，比较优秀的学生大可花一年甚至两年的时间，负笈别的学校，再回到原校毕业。

接下来要谈的问题相当敏感，但却是大学生活中极为重要的，也是一个在这个国家尚未受到重视的问题。我指的是，为教师定一个服务年资或年龄的固定期限。据我所知，除了某些私立学校，没有一所大学有时间的限制，譬如说服务满20年，或几年一聘之类，伦敦有些医院就是如此。一般而言，正如老话所说的，都是"只要不犯错，吃他一辈子"。以至于在我们一些历史较浅的大学里，同一时期，所有的教授都是老年人，这样的问题不可谓不严重。在某些地方，甚至只有发生了瘟疫，才会出现年资与年龄的限制。熟识我的朋友都了解，我非常坚持两个想法，都跟这个重要的问题有着直接的关联，对他们虽然无害，却弄得他们很不是滋味。其一是，人过了40岁，相对来说也就比较没有什么用了。听起来相当震撼，但不妨去读读世界历史，就可知道绝非危言耸听。讲到人类在功业、学术、艺术与文学上的成就——如果将年过四十之人的那一部分抽掉，尽管其中不乏宝藏，甚至无价的至宝，但不可讳言，并无损于我们今天所能够达到的水平。一个阳光已经照到背上的人，还能够在心智上为世界带来影响深远的伟大成就，这种人可说是寥寥无几。人间各种有用的、动人的、不朽的创作，几乎全都成于25岁至40岁之间——这15年的黄金岁月，正是新陈代谢最旺盛的时期，心智的银行运作均衡，信用绝对可靠。以医学来说，不论是学术或技术，突破性的进展全都出自年轻人或相对来说还算年轻的人，像维萨里、哈维、约翰·亨特、比沙[1]、雷奈克、菲尔绍、李斯特[2]、科赫这些

---

1 马利·弗朗索瓦·泽维尔·比沙（Marie François Xavier Bichat，1771—1802），法国解剖学家、病理学家，近代组织学的奠基人。

2 约瑟夫·李斯特（Joseph Lister，1827—1912），英国医师，外科消毒法的创始人和推广者。

大师，当他们划时代的研究问世时，全都是在青丝翠绿之年。有一句老话，不妨换个方式来说：作为一个人，三十立于德，四十富于学，五十成于智，过此不得则一事无成。年轻人应该多给予鼓励，尽量给他们机会，让他们知道自己的潜力。这所大学的教授，最值得庆幸的事，莫过于年轻同人的体谅与情谊。系里面，尤其是我所在的系，吃重的工作真的还多亏了他们。至于已经过了"更年期"，创造力不再的老师，主要的价值则类似苏格拉底之于泰阿泰德（Theaetetus），扮演好接生婆的角色，帮助学生，确定他们的想法是虚假的想象还是具有价值的，能做到这一点也就足够了。

我所坚持的第二个想法是，年过六十之人百无一用，正因为如此，无论在商界、政界或医界，到了这个年纪如果不再管事，那还真是善莫大焉。约翰·多恩在他的《论暴死》中岂不说过，按照智慧的标准，六旬之人大可丢下桥去；在古罗马时代，到了这个年纪就失去了投票资格，不准上桥前往元老院，因此被称为"不准过桥的人"。另外在安东尼·特罗洛普（Anthony Trollope）那本迷人的小说《定期退休》（*The Fixed Period*）中，他也认为，如果让现代生活回到这种古代的风俗，未尝不是好事，而情节中最扣人心弦的则是，那位60岁从大学退休的先生，在沉思了一年之后，用氯仿平静地结束了一生。一个像我这样接近此岁数的人，如果仔细估量年至70、80会有的灾难，再想想自己如此苟活着还会不自觉地造多少孽，到时候也依样画葫芦自我了结，岂不也是功德一件？我们大可以这样说，伟大的进步都是来自40岁以下的人，而翻开世界历史，绝大部分的坏事还真可以都算在六旬之人的头上，君不见，几乎所有重大错误的政治与社会政策、全部的坏诗、多数的烂画、大部分的糟小说，以及不少不入流的布道与讲演莫不都是如此。不可否认地，偶尔也有六旬之人，如西塞罗所说的，精神超越了肉体的朽坏。不过话又说回来，真要是有这样的人，那他一定懂得赫尔米普斯（Hermippus）的养生秘诀，这位古罗马人，发现自己的银腰带松弛了，马上跟同年龄的人断绝往来，加入年轻人，一同读书游戏，借着男童的气息重获生机与活力，活到153岁。这些虽然只是说故事，但却有其真理在，因为，唯有跟年轻人一同生活，才能在面对世界的新问题时有新的想法。一般教书的，生活可以分成三个时期，念书到25岁，研究到40岁，教书到60岁，到了这个年纪，他如果愿意走路，要我拿出双份的退休俸我都愿意。至于特罗洛普的建议是否可行，由于我自己也是来日不多，看来还是置疑的好（为了替社会大众着想，关于女人，我倒有完全不同的看法，因为女人过了60岁，对其他女性的影响才是真有帮助，特别是有那些小饰物——一顶帽子、一条披肩——助阵的话）。

二

在医学上，"约翰·霍普金斯基金会"过去的种种成就以及未来还能做些什么贡献，恐怕才是今天这个场合最适合谈的题目。这一所医院的成立，时机上可以说是千载难逢，当时，医界对自己的责任正有如大梦初醒，几家重要的大学已开始真正地将医学教育当一回事，而对于疾病的科学研究，以及医师之于社会的价值，民间也多少有了正确的认知。像这样大型的机构，运作起来要说不犯大错，那可不是一件容易的事，刚开始的时候，白花力气的情形的确是不乏其例；但在教育机构的历史上，像约翰·霍普金斯这样有成就的大学，恐怕还很难举出第二所。在医学上，它不仅止于一个种苗园，还是一个名副其实的培育中心，从这里分枝、嫁接、分苗、分种出去的，让整个国家都享受到了好处。校董会与吉尔曼[1]先生25年来的贡献，大家都有目共睹，在这里毋庸赘言；但是，当年筹建这家医院时，能够断然破除成见，不是只为可怜的病人盖一间城市救济院，而是让它与一所大学结合成为

---

1 丹尼尔·科伊特·吉尔曼（Daniel Coit Gilman，1831—1908），美国教育家，约翰·霍普金斯大学第一任校长。

一体，对于做出这样明智决策的人，我就不得不致上由衷的敬意了。医院应该附属于医学院，除了是一个治疗疾病的机构外，同时也应具备研究的功能，霍普金斯先生之有此遗愿，是谁居功最大，我并不是十分清楚。此一想法或许根本就是来自创办人本人，但我总觉得，弗朗西斯·金（Francis Thompson King）才是最重要的关键，对于此一概念，他始终深具信心，而且将自己一生最后的几年奉献出来，促使理想一一实现。作为医院的董事长，身负决策之重任，但他始终不改热情与谦虚，善纳雅言，至今每每思及，仍有如沐春风之感。令人感伤的是，不数年间，首届董事会的各位先生都先后凋零，硕果仅存的乔治·科纳先生（George Washington Corner）坚守岗位至最后一刻，也在数周前辞世，他们对本市的贡献必将传诸久远！回想医学院草创之初，百事待举，幸有乔治·多宾（George Washington Dobbin）与詹姆斯·托马斯（James Carey Thomas）不懈的投入，他们的奉献至今仍然令人动容。还有长期担任董事会顾问的毕林斯，始终是帮我们解决问题的智多星，影响之深远非同小可。在基础医学课程的设计上，以及各门学科前置作业的安排上，纽威尔·马丁（Henry Newell Martin）、雷姆森（Ira Remsen）与约翰·亨利·韦尔奇（William Henry Welch）居功厥伟，今天这一套医学入门的课程，从经典著作、专业科目到文献资料无所不备，全都出自他们的心血。

为了医院的开始运作，弗朗西斯·金先生、毕林斯医师、韦尔奇医师加上我本人，曾经开过多次会议，一转眼，已经是16年前的往事了。我是在那一年的1月1日受聘，但当时人还滞留在费城。毫无例外地，一个庞大的组织成立，最后的步骤反而最为繁杂，由于我的身不由己，所有的事情都落在吉尔曼先生的身上，他肩负起代理院长的角色，不出几个月，一切就绪，医院也在5月7日开业。回顾与他共事的那段日子，真是点滴在心，身受教诲与启发不说，像他这样不厌其烦、一心以解决困难为乐的人，更属我生平仅见。总之，值得回忆的往事只能点到为止了，再讲下去，我已经着手在写的医院早期回忆，恐怕都要曝光了。

医院草建之初，国内医界有两个大问题：其一是如何正确地教导学生，换句话说，就是如何才能够让他们在修养上、学识上与技术上无损于此一行业的尊严；其次则是，如何才能够使这个富强的国家在医学上做出具体的贡献。

医学院在1893年首度招生，入学的条件在美国医学史上堪称史无前例。当时已经有不少不错的医学院，如果一切都依循旧章，入学考试只要具备一般的程度即可，事情也就单纯得多；但是，葛莱特小姐[1]送给我们一份大礼，让我们有勇气说"不"，放弃以量取胜，不接受素质平平的学生，宁愿精挑细选，录取学生的条件是：在学科上已经具备基本的医学知识，在理念上已经有成为一个现代医师的认知。那简直可以说是一项实验，依我们的期望，至少在未来的8~10年内，每年所收的学生不会超过25~30人。尽管如此，这个国家为我们所做的准备，毕竟超过了我们的预期，录取人数之多接近饱和。今天，我们对于进入医学院所设定的高要求，哈佛已经跟进，哥伦比亚也准备比照办理。此一制度虽然不是每所医学院非学不可，但入学考试在全国各地均转趋严格却是不争的事实。在我们进行医学教育改革之前，国内早已经有人走在前面，许多地方都已经以实验教学取代了课堂教学，生理学、病理学与药理学都已经有了应用的课程，但我们不可忘记，这所大学的第一位生理学教授纽威尔·马丁也适时地引进了生物学与生理学的实验教学。由于医学院的快速成长，生理学、药理学与生理化学必须各有分馆也就势在必行，这些学科与解剖学所需的设备因此也已粲然大备，至于病理学、卫生学与应用病理学，当然更是不在话下。总而言之，在医疗技术各门

---

1 玛丽·伊丽莎白·葛莱特（Mary Elizabeth Garett, 1854—1915），美国女权主义者、慈善家，1893年为筹建中遇到资金困难的约翰·霍普金斯大学医学院捐款30万美元，条件是该医学院必须接收女学生，并在医学院建造一栋"妇女基金会纪念馆"（Women's Fund Memorial Building）。

基础学科上，这所学院绝对是第一流的。

医学院的科学教学快速提升到一个极高的水平，的确可说是过去20年来最显著的教育特色；在细菌学、病理学，有时候甚至在比较困难的科目如应用病理学上，即使是经费有限的学院，照样铆足了全力要开出课来，但为了应付这方面的需求，对私立学院却也形成了极大的负担。新的教学所费不赀，光是实验之所需就耗尽了全部的学费，其结果是，旧有的私立学院再也无利可图，但也由于这样而因祸得福，开始与大学进行合并。

但是，在学生的教育上，真正的困难在于第三部分，亦即医术的养成。在过去，年轻人一旦出师成为一个普通医师，一技在身，很容易在社会上立足，因此也造就了不少独当一面而又能呼风唤雨的人物。但是，随着医学院的增加与竞争的加剧，两年制的学制开始出现，半个世纪以来，对医界无异于一场灾难，不仅延滞了进步的脚步，也使医界充斥着半吊子，徒然让坊间的庸医、郎中与密医更有胡作非为的空间。直到30年前，医界总算是觉醒了，时至今日，几乎没有一所医学院不是四年制，而且全都力图振衰起敝，剑及履及，走上科学医学的教学之路。问题是，医学生的教导之难，特别难在医术的养成。举例来说，肺炎这种疾病为何好发于冬季与春季？其致命性如何？其病菌的特性如何？以及对肺脏与心脏所造成的变化，等等，所有这些，要让学生了解并不困难，对于这种疾病他可能一清二楚，但是，当你将他放到一个病人旁边时，他却可能不知道是哪一个肺出了问题，也不知道如何去找出问题，就算找出来了，却又可能举棋不定，不知道在受到感染的那一边该敷上冰袋还是涂抹药膏，该放血还是给予鸦片，该每个小时给药还是完全不需要，甚至连病情是不利还是有利都没有一点概念。医师在医术上可能也会有相同的问题。对于腕部的骨骼，他可能完全了解，事实上，在他的口袋里可能就有一副，它的每个面、每个纽、每个结，他都了如指掌，也可能解剖过十几条手臂，问题是他却可能连克雷氏骨折（Colle's fracture）与波特氏骨折（Pott's fracture）都无法区别，至于说要他有样学样地把它接起来，他更是毫无头绪，因为他根本就不曾看过这样的病例。又或他被召去处理一桩紧急的家庭事故——流产或胎位不正之类的，亟须临场的经验与纯熟的技巧，还有就是胆识——那种因为有十足把握而具备的胆识；但是，如果他从未进过产房，从未受过接生的训练，从未有机会享受过每个医科学生应有的权利，在那个紧要关头，他就很有可能使一个或两个生命变成无知的祭品，而那种无知却不是他的错。至少到目前为止，约翰·霍普金斯大学医学院展现在美国医界与国人面前最了不起的成就，就是医科学生的医术养成教育。我之所以将它摆在第一位，因为它是最有必要的一课，它也为举一反三做了最佳的示范；更因为它，医科学生生活与工作都在医院里面才会成为医疗机制的一部分，成为病房作业的核心，而这在美国乃是史无前例的。我这样说，绝不是有意看低其他地方的同业，若真有此意，老天不容。但是，如果不让医科学生亲自动手去做医院的工作，而代之以看台式教室的临床讲演、病房与门诊的讲课，那就根本是本末倒置。坐在看台式教室的长凳上，学生并不是在诊视肺炎的病例，但若能让他每天每时都盯着它，按时按刻追踪它，眼里看的、心里想的，都是同一种疾病，疾病本身也就成了最好的导师。他乃能从活生生的病人身上了解疾病的各种方面与变化，并在专家的指导下学会何时该进、何时该退，在心领神会间掌握治疗的原则，因此就能避免医师最要命的诅咒——"投机取巧"的心态。在其他地方，医术之于医师也有着同样的好处；因为自己拥有第一手的知识，如果又有心，往往可以成为同事的救星。所有这些，不是因为别的，完全是因为医院成为学院的一部分，亦即医院成为高年级学生的学院才有可能实现。学生之于医院绝非不速之客，进出只能走边门；相反地，他们是重要的助手，少了他们，医院工作的效率将会大打折扣，因此应该受到应有的尊重。医科学生的实习教育，对社会大众而言，具有重大的意义，一个学养、医术俱佳的医师不仅是社会极有价值的资产，更是医院与医学院可贵的资源。就我个人来说，一生中最感到骄傲的事，就是将约翰·霍普金斯医院的临床体系与学院的实习教学结合起来。我的墓志铭——虽然不急于一时——不要别的，只要说我在病房中教导学生即可，因为，到目前为止，在我的心目中，这乃是自己做过最有用、最重要的事。

现在来谈第二个问题：如何使这个国家对医学做出具体的贡献。这个问题更为棘手，因为这个国家相对来说还很年轻，在成长与发展上，不免有着难以克服的障碍。多少年以来，在世界的科学市场上，美国一直是最大的贷方，在医学科学上尤其如此。为了要学得世界上最好的东西，我们的年轻人不得不负笈海外；我们的生理与病理实验室也只有寥寥几处，因陋就简作为教学之用。无疑地，最近20年来的变化很大，到了今天，只要在比较大的城市，几乎都有人才济济的医学系，美国也正在世界的舞台上崭露头角，这只要看最近几年问世的医学期刊就不难知其一二；而我们这所学院更是以龙头的地位积极参与其事，这从同人们所发表的重要论文就可以充分证明。这些论文的价值，医院董事会很早就已经注意到了，也透过公报与各项报道广为发布，已经使医院成为世界知名的医学中心。但我们却必须有自知之明，这不过是刚起步而已。就拿穷一生之力研究疾病原因的病理学家来说，这个国家如果有一个，德国至少就有25个；在德国，每一个病理学家，平均可以分到的一流实验室更可以多达12个。问题不只是缺乏经费而已，更要紧的是，没能做到人在其位。如果能够做到适才适所，美国的科学很快就可以迎头赶上。让我为各位举一个实在的例子。在医学里面，解剖学是一门很基本的学科，只要有医学院，哪怕是在林间乡野，都一定有解剖室；即使如此，在美国的大学里，开得出像样的解剖学课程的却没有几家。教这门课的人倒是不少，但问到形态学与胚胎学的问题，以及许多相关课题的科学研究时，能够说得出究竟的不仅寥寥可数，而且多是一知半解。如此一来，年轻人想要找一所设备齐全的现代化研究所，就非得负笈海外不可。今天，这所大学总算是拥有了一所拿到哪里都绝不逊色的解剖学院，摩尔（Franklin Paine Mall）医师在这上面的杰出表现充分说明，只要把对的人放在对的地方，就一定会有成绩出来。

在疾病的研究方面，能够看到专门的学术机构纷纷成立，诸如纽约洛克菲勒研究所（Rockefeller Institute）、芝加哥麦考密克研究所（McCormick Institute）与费城菲普斯研究所（Phipps Institute），象征着未来大有可为，对于这个国家向来偏弱的高等研究，必将产生极大的动力。但反观我们的德国同业，他们更能够尽情地放手表现，不免又让我们黯然失色而心生嫉妒。就拿人类疾病史上最令人不忍的篇章——精神疾病——来说，今天已经成为文明生活最大的诅咒。在美国，对于这类病患的照顾，绝大部分仍然止于研究的阶段，说到成绩，谢巴德医院（Shepard Hospital）的表现虽然可圈可点，也引起了广泛的注意，但跟德国近年来的发展比较起来，却又不免相形见绌了。在德国，每所大学都附设有精神疾病诊所，针对早期的可疑个案进行有系统的研究与治疗。慕尼黑大学为了成立精神病学系，不惜斥资50万美元，未来25年之内还要再成立四个新的部门，其中之一是精神病医院，专门收容急性与可治愈的个案。再来则是儿童疾病的临床治疗。在我们这里，已经有布克医师（William David Booker）主持的门诊部，在婴儿夭折方面下过不少功夫，也澄清了一些难解的谜题，但要像凯利医师（Howard Atwood Kelly）那样，在妇科方面做出一些举世瞩目的成绩来，显然仍有所欠缺，亟须有一栋建筑，拥有完善的病房与检验室。第三个重要的部分则是梅毒与皮肤科，同样也需要拥有独立的建筑。在这些专门科目上，布朗医师（Thomas Richardson Brown）、吉尔克里斯特医师（Thomas Caspar Gilchrist）与汉普顿·杨医师（Hugh Hampton Young）的成就已经为医院带来极大的声誉。最后则是耳、鼻、喉科的门诊，同样应予独立，并在设备上加以充实。

对于大学与医院的深切感激，我们是说不完的，接受两位首长的领导更是我们的福气，他们的宽厚激励了我们，他们的善意则将各个部门间因摩擦而导致的损害降到了最低，无疑地，在一个学院中，这种损害是不可避免的。难得的是，来自八方的各色人等在此汇聚一堂，和平相处，各安其所，营造了深厚的同事情谊，而我们与本市居民的关系可说又是另外一种福气，对于我们为这个城市与国家所做的努力，他们不仅报之以鼓励，而且尽可能地给予我们资源，大学之能开创一个新的时代，正是有赖于此。身为医学院的一员，尤其要感谢医界对医院与学院的肯定与支持，本市与本州的医师对我们固然爱护有加，全国的同业，特别是南方各州，对我们同样给予充分的信任。正是这种信任，使未来充满希望，过去16年来的努力也不致白费。但过去的成果只是未来的张本；追随我们足迹的，必将踏出新的脚步，并超越我们。我们只不过是为一个起点而存在，现在也已经见到了这个起点。有幸能够参与这样一项崇高的任务，并与如此高贵的一群人结合成为一体，感念之情必将长在我心！

送别[1]
L' envoi

凡我所遇之人，我都成了他的一部分。

——阿尔弗雷德·丁尼生《尤利西斯》

---

1 1905年5月2日，奥斯勒从约翰·霍普金斯大学医学院退休，来自美国、加拿大的医界
   领袖约500人参加其欢送宴会，本文是奥斯勒在宴会之后发表的演说。

此时此刻，发自我的肺腑，几乎令我难以承受的感情，深信各位定是感同身受。你们给予我的爱护与关照已经太多，而这一次尤胜于往昔，为了祝我新生涯一帆风顺，许多人克服重重困难，不远千里而来，盛情如此，确实令我铭感五内。蒙田曾经叮咛过，除非是为自己辩护，否则少谈自己。尽管如此，如果我谈自己的话，还请各位多多包涵。快乐之于吾人，各有各的门径，但我却可以自豪地说，像我这样能够在多方面都得着快乐的人，恐怕还不多见。你们若问我原因，我虽然说不上来，但却知道，并不是我应该得的比别人多，而是我所得到的，全都是别人赐给我的。尤其是得自朋友的最多，多到我忍不住要赞叹。在自己所选择的行业中，我也感到无比的愉快，这则是因为有你们的缘故。我所追求的成功，如果照某些人说的，就是得到了你想要的并且懂得满足，那么，在自我的期许上，以及在我事业的人际关系上，我确实都得到了，而且也感到满足。因为工作需要所接触的人，我们相处得也很愉快——在自己的家乡加拿大如此，在这个接纳了我的国家亦复如此。在这里，我从同业的身上可说是品足了人格的高贵与优美，但若非如此，我怎么会不舍离去呢？除了友谊的体谅与宽容使得生活大感惬意之外，病人回报我的温暖信任，想起来更令人倍觉温馨。

至于最大的快乐，自是来自我的家人，这你们许多人都是知道的，就不需要多说了。

我想要多讲一些的是，我如何来到这个国家的始末。事情是费城的两位先生——塞缪尔·格罗斯与艾萨克·米尼斯·海斯（Isaac Minis Hays）起的头。在《医学新闻》（*Medical News*）的办公室里忙着编务时，他们叫詹姆斯·泰森（James Tyson）写封信问我，是否愿意来应征宾州大学临床医学教授一职。收到信时，我正在莱比锡[1]，信则是我的朋友谢泼德（Francis John Shepherd）从蒙特利尔转来的。由于我自己常喜欢跟朋友恶作剧，收到信时，直觉的反应就是：又来了。找我去接佩珀医师[2]的位子？这种事可是我想都不敢想的。心中不免盘算，谢泼德大概为了要把玩笑弄得跟真的一样，不知道从哪里摸来一张宾大的信笺，也正因为这样，拖了好几个星期，我才壮着胆子回了一封信。没想到米切尔医师[3]真的回了我一封电报，约我在伦敦面谈，由他与他那位高贵的夫人来"考考我"，特别是在人品方面。米切尔医师说，一个人的教养是否适合这样一个位子，是否适合费城这样一个城市，测验的方法只有一个——给他一块樱桃馅饼，看他如何将果核剔除——这种把戏我以前刚好读到过，于是潇潇洒洒地将樱桃核挑放在汤匙里——就这样，我得到了那个讲座！

我跟这个国家的医界联系极广，相契也最深。在宾大，我对所遇到的人，很快地就折服于他们的人格与能力，对他们真是既爱又敬，

---

1 奥斯勒当时（1884年）在德国莱比锡的孔海姆病理研究所深造。

2 威廉·佩珀（William Pepper, 1843—1898），美国医师，1881—1894年担任宾夕法尼亚大学教务长，1891年创建费城第一家免费公共图书馆（Free Library of Philadelphia），奥斯勒曾为其作传。

3 塞拉斯·韦尔·米切尔（Silas Weir Mitchell, 1829—1914），美国医师、精神病学家、小说家和诗人，曾担任美国神经病学协会（American Neurological Association）首任会长、宾大医学院院长。他率先把精神病学应用于医学，其学说影响了弗洛伊德的精神分析学理论。著有小说《一个江湖医生的自白》等。

每每想到那些已经作古的先生——佩珀、莱迪、沃姆利（Theodore George Wormley）、艾格纽（David Hayes Agnew）、阿舒尔斯特（John Ashhurst）——便庆幸自己能够在他们长眠之前就先亲近了他们，而今天，在为我所设的这个场子里，能够与好友如泰森与伍德共聚一堂，更是令我感到格外欢喜。

在约翰·霍普金斯，友情之温暖与同事之无间，可以说同样暖心，其愉快与美好，足可回味一世。

至于在医学社团当中——美国医学学会、美国医师协会，以及儿科、精神科、生理学等协会——我跟工作同人之间打成一片，20年来，我自己固然始终如一，更要衷心感谢他们对我的包容与体谅。

而与国内的一般科医师之间，我们也一直维持着一种格外亲密的关系。在这个国家，像我这样游历得那么辽阔，到那么多地方去拜访过那么多医师的，今天已经不多见了。对于这些不吝在投票时支持我的好朋友，他们的鼓励与爱护，我是难以表达谢意于万一的。

最后，则是我与学生之间的关系——今天也有不少在座——我们一直都是亦师亦友。他们不仅在工作上激发我，我甚至可以说，在生活上对我也颇有启示。

说到我的抱负，从医一生，只有区区两项：其一，培养自己成为一个优秀的临床医师，使自己可以无愧于这个国家医界的前贤，以拿丹·雷诺·史密斯、以利沙·巴特利特、詹姆斯·杰克逊（James Jackson）、亨利·雅各布·毕格罗（Henry Jacob Bigelow）、阿隆佐·克拉克、塞缪尔·莱瑟·梅特卡夫（Samuel Lyther Metcalfe）、威廉·伍德·格哈德（William Wood Gerhard）、德雷帕（William H. Draper）、佩珀·达科斯塔（Jacob Mendez DaCosta）等人为模范，能够跟他们一样，成为一个在临床医学上做出重大贡献的临床医师，于愿足矣。

第二个抱负则是建立一套条顿式的完整临床系统，有别于此间与英国过去的模式，而是在欧洲大陆经证明相当有效能的系统，德国的医疗就是因此而名列世界前茅。对于临床医学的成长，若说我曾经出过什么力，那也就是在这一方面了，亦即打造一个大型的临床系统，其中包括一个组织健全的助理与住院医师制度，以及完善的检验室，处理我们在内科医疗上所面对的复杂问题。我非常感谢约翰·霍普金斯大学给我机会，放手让我实现这些理想，成功与否，虽然仍有待观察，但我可以确定的是，这个国家最迫切需要的改革，就是医院体系与医学院之间的关系。这方面的问题，雅各比医师（Abraham Jacobi）曾经提出来，但却没有受到太多的关注。依我的看法，如果医界能够秉持自我牺牲的信条，在医院的管理上只用一两个人而不要求到半打之多，那么，在每个居民五万的城镇，也就可以像德国较小的城市那样，建立完善的临床系统。只要有了充足的助理与设备，又有了完善的临床与病理检验室，我们在临床上的工作也就可以不输给德国了。

再来，说到个人的理想，则有三个。第一，做好当天的事情，不去忧虑明天。这个理想，听起来不怎么样，但绝对有其大用，当学生的若能够身体力行，所带来的好处远远超过其他的法门。若说我有什么成就，全是拜这个习惯所赐，也就是说，将全副精神放在今天的工作上，尽自己最大的能力将它做好，至于未来，一切顺其自然罢了。

第二个理想则是，在自己能力所及之处，对医界的同人与分派给自己的病人，身体力行黄金律（Golden Rule，即你们愿意人怎样待你们，你们也要怎样待人）。

第三个理想则是培养宁静，使自己能够在顺境中懂得谦卑，待人以诚而不傲慢，并为逆境做好准备，能够勇敢面对。

未来为我准备了什么，我一无所知——你们也一无所知，但我一点也不在乎这些，伴我随行的，唯你们过去所赐给我的回忆，这是谁都抢不走的。

我曾犯过错误，但犯错的是脑而不是心。在我与各位相处的这些日子里，我可以无愧地说：

我不曾耽溺于黑暗，

不曾篡改真理，

不曾助长谎言，

也不曾屈服于恐惧。

人类的救赎[1]

Man's Redemption of Man

人类拥有三种福祉——灵魂的、财产的与肉体的。这些福祉随着人类的增长而增长，以千百种方式，在各个不同的时代，在这个世界上宣扬、推广，所代表的正是人类不停拓展思想的目的。

第一种福祉谈的是人与无形力量的关系；这种福祉所带来的，有时候是希望，但多数是绝望。从一个宽广的角度来看，想要建立这种关系，其效应有一时的与永久的，譬如说那一件大事，跟孔子所讲的道理就大为扞格。孔子深知，宗教之为物，乃是一大拘束，故有敬鬼神而远之的教示。但是，活在20世纪的自然繁衍之中，渴望永生，可能还是人类命运最迫切的希望吧！

财产的福祉——人与人的关系——则是用血写在史书的每一页里。理论上来说，尽管使邦国高举的公义——永恒的正义原则——已经无声而缓慢地赢得了普遍的共识，但无论国家或个人，我们要使之付诸实现，显然仍遥遥无期。

至于第三种福祉，肉体的福祉，是关于人与自然的关系——是一种真正的福祉，在一波辉煌的征服浪潮中，其他的一切都沉没于无足轻重

1　1910年7月3日，全英肺结核预防协会（National Association for the Prevention of Tuberculosis）在英国爱丁堡举办会议，本文是奥斯勒应邀参加这次会议期间的演讲。

之中——此乃对自然的最后征服，人类的救赎在其中，这也是我迫不及待要唤起你们注意的。

不容否认的是，在生存的挣扎中，所有的生命都瑟缩于病痛的阴影下。一切受造之物一同叹息、劳苦，而齿牙深红，爪似深谷，换句话说，在野蛮的状态下，没有一只动物是自然死亡，至于人类的历史，不过是大屠杀的故事罢了——天灾、瘟疫、饥荒、战争与谋杀，罪恶无可言喻，残暴难以想象，人对人所加诸的不人道，远远超过看似是自然对人类的暴行。尘世的这种苦难，有如令人难解的奥秘，对此，约翰·亨利·纽曼在《顺从的原理》中有一段很有意思的文字，讲的是我们命中注定的种种身心苦难，他说："不仅看不到造物主的影子，连不怀好意的自然似乎也把我们玩弄于股掌之间。不妨这样说吧，此时此刻，在地球上有数以亿计的人；但是，这一代的人从生到死，已受将受之痛苦，有谁能够称其重，度其长？再把过去到未来世代代人已受将受之痛苦全部加起来，可以把在我们与上帝之间的那道鸿沟填满吗？"像这样一幅悲惨的众生相，总是挥之不去，难怪欧里庇得斯（Euripides）会有这样的想法："最好，是不要出生，次好则是趁早死了。"

你们有些人可能记得，埃德温·马卡姆（Edwin Markham）那一首灵感来自米勒（Jean-Francois Millet）名画的诗《荷锄的人》（*The Man with the Hoe*）：

> 被多少个世纪的重量压驼，倚着
>
> 锄柄　他凝视大地，
>
> 岁月的空洞写在脸上，
>
> 而背上驮的是世界的重担。
>
> 谁可以让他死于大喜与大悲，
>
> 没有遗憾也没有指望，
>
> 浑浑噩噩，如一头老牛？

这可是开天辟地以来的老故事了。人一呱呱落地，战栗的心，昏聩的眼，束手无策，"你的性命必悬悬无定；你昼夜恐惧，自料性命难保。你因心里所恐惧的，眼中所看见的，早晨必说，巴不得到晚上才好；晚上必说，巴不得到早晨才好。"

再看看绝望巨人（Giant Despair）[1] 处置"好青年"与"基督徒"的情形，"黑暗的地牢，使他们的灵魂脏污恶臭"，身无寸缕地被叮咬，痛苦得简直生不如死。这岂不正是多少个世纪以来人世间活生生的写照！无助地躺在黑暗与死亡的阴影中，如囚犯一般，徒然唱着盼望的诗歌，徒然祈祷着忍耐的力量，但斯时斯刻，却跟约翰·班扬笔下的基督徒一样，心里拥着一把叫作应许（Promise）的钥匙，却打不开地牢的牢门。直到有一天，如托马斯·布朗爵士所说的，在"存在之前的黑夜"与不可知的未来之间，摸索于前前后后的一片漆黑中，人类终于发现了自己，才用这一把钥匙打开了自然的奥秘，找到一条解救肉体的道路。

此一人类的救赎，乃是希腊思想的大胜利。现代科学的主根就深植在古希腊的土壤中，其中涵养着丰富的养分，正如亨利·梅因爵士（Henry James Sumner Maine）所说："小小的一个民族……上天却赐予创造进步的原则。这个民族就是希腊。除了大自然盲目的力量以外，这个世界上的动能，无一不是以希腊人为其源头。"我们的艺术、文学、哲学连同科学，其基本要素全都存在于希腊文化中，只不过平常感觉不到而已。直到今天，我们在某一个层面的所思所想，仍然少不了柏拉图的启发，在这所大学的每间讲堂中，训练有素的耳朵还是可以听到吕刻昂[2]的回响。在《希腊史诗之兴起》（*Rise of the Greek Epic*）的导言中，吉尔伯特·默里教授（George Gilbert Aimé Murray）说，希腊人总是怀着一种强烈的愿望，要将现实生活营造得更为美好，有助于服务人

1　绝望巨人，约翰·班扬《天路历程》中的人物。

2　吕刻昂（Lyceum），这里指亚里士多德所建的吕刻昂学园。

群，而这种想法就如同大气般笼罩着希腊人的生活。从荷马到琉善一再重复的就是：身体之美是整体的，并深信"吾人的灵魂是与身体交融于一体的"，肉体与灵魂相辅相成，希腊人唱歌乃是"为使肉体欢愉"。美好的灵魂与美好的身体相互调和，既是柏拉图的理想也是亚里士多德的教育目的。《理想国》第三卷中所描绘的画面何等美好：有朝一日，"我们的年轻孩子生活在健康的天地中，耳聪目明，领受一切的良善，流入眼中耳里的尽皆如纯美之地吹来的和风，从最早的阶段起就潜移默化灵魂，使之进入与理性之美调同音合的境界。"正如柏拉图告诉我们的，哲学始于好奇；当人类在美索不达米亚平原上睁开眼睛看着星空时，就已经踏出了观察自然的第一步，引领他展开漫长的一生。但第二步的踏出往往是缓慢的，亦即哈维所说的，如何透过实验，探询并找出自然的秘密，则不是一蹴可几的。发明日晷仪并预知日食的迦勒底人（Chaldeans）有了一个好的开始；尽管毕达哥拉斯（Pythagoras）曾经做过一个很基本的实验，确认音高决定于震动的波长，但善于观察之外，希腊人似乎还没有学到太多。当时的希腊思想家们仅靠着观察与高明的归纳，在他们的著述中，还找不到一丁点儿预示现代发现的迹象。一个人在追求大原则的过程中，步履蹒跚总是难免的。观察与思考的作用虽然不小，但若仅止于此，想要揭开自然之秘，那就有所不能了。希腊人如果当时就能够更进一步，柏拉图与亚里士多德如果能够了解"实验"在人类知识进步上的价值，欧洲的历史大概就要改写了。

　　在当时，这种思考工具（organon）尚不存在，在医疗方面，纵有天才如希波克拉底，也还是仅止善于观察，以及将疾病视为一自然过程而已。到了伟大的盖仑，开始踏出了一小步；盖仑了解，就利用实验做疾病的科学研究来说，单纯的事实只不过是前提而已，还需要大量搜集材料，才能导出原理原则。古代世界黑暗的地平线上，希腊的黎明曙光亮了起来，心智的解放似乎找到了出路。然而，却有事情发生了——为什么会发生，天知道！火光摇曳欲灭，中古时代的大黑暗降临，希腊竟也就此死去，连着好几个世纪，人类被套上了枷锁，进步的道路更加显得漫长而崎岖。然后，知识的复兴恍如大梦初醒，先是怀疑，继之以确认，深知若要获得解放，唯有重返希腊的往圣先贤，因为正是他们，早已经将人类的双脚放在了正确的道路上，于是，在化学的研究方面，在哥白尼、开普勒与伽利略的发明上，现代科学找回了它的源头。实验方法的成长改变了人类的眼界，直接导致物理与生物科学的发展，进而将世界转型进入现代。

缓慢而痛苦的前进，花了三个世纪，科学从一个点爬到另一个点，其间多少的错误与挫折，人类的努力可以说是斑斑在目，但人类心智最具革命性与最大幅度的进步也终于达成了。重大的改变会对人与世界的关系造成重大的影响，但是，由于我们太过于贴近事件的发生，反而往往看不真切；倒是在这些改变当中，有些最重要的，却在人们有生之年的记忆中就起了重大的作用，其中有三件是最了不起的。

我们这一代的人，从小就被教导，"人类在最初的状态，在受造物中是非常高贵而与众不同的，被放在这个世界最顶端的主人位置，其他所有的受造物都位于其下。人类心智的力量与机制则是无与伦比与完美的。"但无可讳言，达尔文一出，整个情况转了个一百八十度，人再也不会依依不舍地回顾一个失落的乐园，相反地，他觉得自己已经重回乐园的门墙了。

其二是，化学与物理学终于让人掌控了四大元素，并驯服了自然的力量。正如吉卜林在《四天使》（*The Four Angels*）这首诗中所触及的核心问题，天使先后将火、气、地、水赐给亚当，他快快乐乐地在园子里，看着苹果树发芽、长叶、开花，然后结果，丝毫不管它们；但有一天，苹果树被砍倒了，他必须到伊甸园的墙外去工作，于是——

> 拜可怕的灾难所赐
>
> 他起来做了主人
>
> 掌管了地与水、气与火。

而此一主人的地位，我们今天也赢得了，使荷锄的人可以抬头挺胸了。

说到第三件，也是最了不起的一件成就，则是医治万民的科学之树的叶子。在知识上，教育在成长与普及；在物质上，有各种机器用于生活；在道德上，国与国之间的伦理标准提升。但是，跟人类受病痛折磨的减少比起来，所有这些进步都黯然失色了。《诗篇》虽然说，没有人可以救赎自己的弟兄，但这种每个人自己身体的救赎却实现了，而这全都是许多人透过研究与实验，从自然的过程中发掘出来的。这些人默默工作，不求闻达，护着科学圣坛上的那一炷香火，推开了知识之门，才让我们今天得以一探健康与疾病的法则。由于时间的关系，有关人类身体的救赎，我只能举其荦荦大者了。

在我们的有生之年，地球上发生了一件奇妙的大事——这件事，不曾有先知预言，不曾有预言家梦到；只有圣约翰在描述新天与新地的篇章里约略提到过：到那时候，以前的事都将过去，一切的眼泪将被擦去，不再有悲哀、哭号。1846年10月16日，在波士顿麻省总医院的阶梯手术室，一个新的普罗米修斯[1]送来了一份跟火一样贵重的大礼，堪称是有史以来最大的礼物，可以为人类解除痛苦——不再有疼痛的预言实现了；人类采用新的麻醉法，进行了一项大胆的实验，一项亘古的奥秘就此解开。正如韦尔·米切尔在《疼痛之死》（*The Death of Pain*）一诗中所说：

> 不论还有什么胜利盘踞心中，
>
> 不论还有什么礼物让人富足，
>
> 啊！看呐，此时此刻将垂诸永久，

---

1 普罗米修斯（Prometheus）是古希腊神话中的神，他盗取火种给人类带来文明，奥斯勒在此用"一个新的普罗米修斯"代指第一个施行麻醉外科手术的美国牙科医师威廉·托马斯·格林·莫顿（William Thomas Green Morton，1819—1868）。

其甘甜无与伦比；怀着希望、怀疑与恐惧

全都陷入一片静默，目睹一个

如神般热切的头脑判决疼痛之死。

　　夏娃的诅咒，亦即代表亘古以来神所降的痛中之痛，就此一举解除。刀子不再可怕，医院不再是制造惊恐悲剧的场所。今天手术室中的安静，我们视为当然，但能够达到这种极乐世界（Elysium）的境地，先是经过了漫长的努力，首度取得关键的化学药物，还要有极大的勇气，在实验中冒名誉甚至人命的风险，才能克服人们长久以来的怀疑。

　　另外，更为广被四方、惠泽全人类与所有社会阶层的福祉，则是痛楚的纾缓与疾病的预防。在这方面，由于现代卫生学的发达，在人类的历史上可说是创下了空前的胜利。关于这个众所关心的问题，可以从三个方面来谈。

　　今天在苏格兰，你们所启用的伤口治疗方法，不仅功德无量，而且改变了现代外科的整个面貌。像我这样年纪的人，在前李斯特（pre-Listerian）时代[1]，都在一般医院当过包扎员，经常会碰到伤口化脓甚至严重的脓毒症与败血病，外科医师甚至连简单的切除都不敢做。但是，在爱丁堡皇家医院（Edinburgh Royal Infirmary）与格拉斯哥皇家医院（Glasgow Royal Infirmary），李斯特针对伤口治疗所做的实验，不仅使伤口的复原大为改善，而且使手术所受的痛苦大为减轻，对每个意外受伤或需要动手术的人，都具有划时代的意义。过去的时代，化脓的伤口一定要经过包扎，换药变成每天最大的折磨与痛苦，对小孩来说尤其如此。时至今日，即使是在最大的手术之后，伤口仅需要简单包扎，术后疼痛也可以减至最低。说到麻醉法与无菌法在医院生活中造成了什么样的革命，我们这些老一辈的人总算开了眼界；我问皇家医院的护理长，昨

1　前李斯特时代，指英国医师约瑟夫·李斯特（见本书第155页注释2）推广无菌外科手术之前。

天晚上在病房里有多少人喊痛，她只说，8点的时候有一个，其他人都没事。

但是，说到最了不起的人类救赎，还是要推大规模疾病的消除与预防。我们所谓的热病或急性感染，能够获得控制，可以说是医学科学的至高成就，而你们的国家在这方面实行之彻底，在全世界更是首屈一指。你们听起来也许是老生常谈了，但我还是要提醒你们，由于采取了直接预防与防范传染病扩散的措施，50年来，这个城市已经保全了四五千人的性命。今天仍然健在的亨利·小约翰爵士（Sir Henry Duncan Littlejohn）为爱丁堡所做的第一次卫生调查发现，在高街（High Street）以南人口密集的地区，死亡率高达40‰，当时居然没有人会感到惊讶。反观今天，各位却生活在一个全欧洲死亡率最低的城市——去年为15.3‰——这全是因为彻底实施有效措施所致。当我们获知，去年一年没有人死于天花与斑疹伤寒，因传染性热病死亡的也只有21人，我们真的不敢相信，这一切居然在我们有生之年成为事实了。天花、斑疹伤寒与伤寒的绝迹，若说它改变了医院的医疗性质，这绝非夸大之词。在这个国家，伤寒已经被逼到死角了，虽然还有比它更棘手的敌人要对付，但我们有信心，要不了多久也都会销声匿迹。

在这里，却有一种最可怕的恶性传染病，我要多花一点时间来谈。这种病的控制，多亏詹纳[1]做出了大贡献。但最近却有大量的文章在散播，企图在天花疫苗接种的价值上混淆视听。我敢说，任何一个像我一样曾经身历其境，熟悉其历史，有能力做出清楚判断的人，都绝不会怀疑预防接种的价值。几个月前，反疫苗接种联盟（Anti-Vaccination League）的刊物编辑还消遣我，说我对这个问题保持沉默大违常情。既然如此，我倒是希望下一份迦密山式（Mount Carmel-like）的战书，挑战那些反接种的巴力神（Baal）先知，在下一次大流行时，由我挑

---

1 爱德华·詹纳（Edward Jenner, 1749—1823），英国医师，被称为免疫学之父，以研究及推广牛痘疫苗、防止天花而闻名。

10个接种过的人,他们则选10个未接种的(如果找得到),3个国会议员、3个反接种的医师,以及4个鼓吹反接种的宣传人士。我保证,当他们得病时,我不仅不幸灾乐祸,还会像照顾兄弟一样照顾他们;万一有人不幸死去,他们的身后事也包在我身上,我一定给他们办一场隆重的反接种丧礼。

摸索了好长一段时间,直到三四十年前,靠着许多流行疾病病因的发现,预防医学总算成了一门有系统的知识。你们若想要了解这门学问,我推荐你们去读勒内·瓦莱里·拉多的《巴斯德的一生》(*Life of Pasteur*)[1];这本书读来很有一点读爱情小说的味道。人类未来的救赎是否能实现,跟世界上的大传染病大有关系。为什么说未来呢?因为我们现在只碰到这个问题的边而已。整整一个世代的努力,我们都没有当一回事。教我们如何控制霍乱的罗伯特·科赫,不久前却过世了。如果你们想要了解医学面对考验时所发挥的力量,不妨去读读黄热病在哈瓦那与巴西的历史;其成果在人类的历史上可说是空前的。而今天,卫生学上一项最了不起的考验也正在我们的眼前进行。众所周知,巴拿马运河的开凿,工人的健康是一个极大的问题。四个世纪以来,巴拿马地峡一直是白人的坟墓,管理运河的法国人,死亡率一度高达170‰。即使是在最恶劣的环境,这个数字也算是相当高的。每个月我都会读《报道》(*Reports*),这本月刊堪称当前最佳的卫生学读物。根据该刊报道,于3月份时,在5.4万名员工中(其中白人约1.3万人),死亡率已经降到8.9‰,如此低的千分比,我相信,甚至低于美国的任何一个城市。之所以有这样的成果,大部分要归功于疟疾寄生虫生命史的研究,当然还要加上消灭这些寄生虫的有效措施。这又可以说是人类历史上一项无与伦比的纪录。但我们不可忘记,凡此都在说明,现代的组织力量

---

1 勒内·瓦莱里·拉多(René Vallery-Radot, 1853—1933),法国作家,著名微生物学家路易·巴斯德(见本书第034页注释4)的女婿,《巴德斯的一生》是他为巴德斯写的传记。

是能够创造出各种可能性的，也是卫生学的一大功德。今天，将这些功德带到热带地区去，乃是白种人责无旁贷的责任；责任重到什么程度，只要看看英属印度刚公布的惊人数字，你们就会明白了。以1908年来说，在2.26亿人口中，因热病与霍乱死亡的人数居然高达500万；在整个画面中，唯一的光亮是，传染病的死亡率降低了——与1907年比较，死亡的病例减少了将近100万。

在人类的救赎上，这些都可以看成是大有进展的指标，并在疾病的对抗上让我们紧紧地团结在一起。肺结核如今仍是世界上重大的传染病之一，确定其致病的原因则是我们这一代的重大成果。由于卫生条件的改善，这种传染病的死亡率已在降低，1850年以来，累积降低超过了40%；但其杀伤力仍然是最大的，1908年，英国与爱尔兰就有6万人死于该病，在本市，也多达589人，约占全部死亡人口的10%~11%。摆在我们眼前的问题再清楚不过。关于这个疾病，其致病原因、扩散方式、如何加以预防、如何可以治愈等，我们全都了解，如何将我们的所知加以有效地运用，正是今天举行这项会议的主旨。这乃是一项为社会大众所发起的运动，过去的历史则告诉我们，这项运动大有成功的希望。彻底消除这种疾病的办法，纸上作业虽然简单，但要落实却不免牵动整个社会的筋脉，有其千丝万缕的难处，然而绝非无法克服，更何况问题已在逐渐消失当中。基于此一理由，我呼吁大家拿出热诚，齐心投入这一支十字军，但也千万记住，唯有长时间的和衷共济，可能要经过好几个世代的努力，才可望将这种疾病纳入伤寒、斑疹伤寒与天花之列。

在人生的悲喜剧当中，跟科学的黎明时期一样，人性并没有改变，其反应也大同小异，但知识毕竟已经大开，风景的光与影也已经随时移而势易，景象光明了许多。罪与病一如夜与昼之相互关联，这种想法的时代已经一去不回；该是我们正视新的标准、重新评估生命价值的时候了！现代人的有些观点，古人固然闻所未闻，我们的父祖辈可能听过，但也只是模模糊糊的，至于其意义何在，却少有人说得出个道理。我们活着的那一颗人心，就好像用普洛斯彼罗[1]之杖点过。当挥之不去的恐惧与不安笼罩人心，当黑夜有瘟疫潜伏，白昼有疾病来袭，大英帝国的子民又如何？希腊的光荣、罗马的辉煌，甚至福音的讯息又有何用？至于新的科学的社会主义，有其既定的使命，与卡尔·马克思（Karl Marx）、斐迪南·拉塞尔（Ferdinand Lassalle）或亨利·乔治（Henry George）等人的理论关系不大，跟柏拉图或托马斯·莫尔爵士（Sir Thomas More）的梦想可能更不相干——尽管他们的思想有助于让人了解什么是公民的福祉。在我们竭尽所能为这个世界设想时，不用担心会耗尽其资源，只要我们的用心是在于厚生，生命所依恃的便是永恒不变的原则——道德的热忱、自由与公义。

玛丽与约翰、珍妮与汤姆所代表的世界，展望从来未有像今天这样好过，没有绝望与失望的空间。至于那些心情与脾气都不好的人，宛如高栖树上无所事事的乌鸦，应该让他们到竞技场上去，用血肉去挑战那些代表坏空气与破房子、饮酒与疾病、没有必要的痛苦，以及每年平白丧失宝贵生命的执政者与掌权者，让他们去为人命贵于黄金的日子奋斗。啊，生命廉价岂不正是现今每日上演的悲剧！

记得希腊哲学家普罗狄库斯（Prodicus）说过："凡有益于人类生命的就是神。"从这句话中，我们看到了一条索带，将我们同那些眼里只有知识的顶尖人物联系在一起，在他们的手中，自然是一本敞开的书，是一条道路，可以通往雪莱所歌颂的美好时代：

> 幸福
> 与科学于地上破晓虽迟；
> 平安抚其心，健康活其形；
> 疾病与欢乐不再相混，

1　普洛斯彼罗（Prospero）是莎士比亚戏剧《暴风雨》中的人物，会使用魔法。

理性与感性不再冲突，
心智自由翱翔于大地，广布
无限的能量于至广的领域。

观念与历史

柏拉图笔下的医疗与医师[1]
Physic and Physicians as Depicted in Plato

小小的一个民族……上天却赐予创造进步的原则。这个民族就是希腊。除了大自然盲目的力量以外，这个世界上的动能，无一不是以希腊人为其源头。

——亨利·梅因《乡村社会》(*Village Communities*)

在一个了无生趣的停滞世界——埃及、叙利亚、冰封的塞西亚（Scythia）——毫无目的的社群组合之外，别无他物，遑论有意识的个人以及其能力与权利。但也是从这个世界，希腊人昂首阔步而前，有如童话中的王子，让一切都动了起来。

——沃尔特·佩特[2]《柏拉图与柏拉图主义》

1　1892年12月14日，奥斯勒在约翰·霍普金斯大学医学院历史学会的演讲。

2　沃尔特·佩特（Walter Pater，1839—1894），英国著名文艺批评家、作家，他是提倡"为艺术而艺术"的英国唯美主义运动的代表人物，著有《文艺复兴：艺术与诗的研究》《柏拉图与柏拉图主义》等。

希腊医学这个主题，历史学会去年冬天就已经在筹划，先是针对阿斯克勒庇俄斯神庙发表过一些东西，加上还有韦尔奇医师的献词，接着我们又对希波克拉底的作品做了有系统的研究，排出顺序，分别是内科学、卫生学、外科学与妇科学。经过我们的爬梳与整理，我们发现，其中最发人兴味的是，即使在希波克拉底之前，在几乎没有解剖学与生理学基础的情况下，希腊的医学已经有了长足的进步。不少追根究底、心思敏锐、思考独立的人，已经在研究自然与人的问题，在前苏格拉底时代的哲学家中，已经不乏杰出的医师，其中又以毕达哥拉斯、恩培多克勒与德谟克利特（Democritus）最享盛名。遗憾的是，他们的观点，甚至他们写过些什么医学方面的东西，我们全都知之甚少。第欧根尼·拉尔修[1]倒是保存了一份德谟克利特医学作品的清单，但这徒然令我们为这些伟大作品的失佚更增惋惜之情，其中一篇的标题为"论愈后饱受咳嗽之苦的人"，单看题目就显示他对疾病观察之入微，难怪查尔斯·维克多·达伦伯格（Charles Victor Daremberg）不认为那是出自前希波克拉底一个哲学医学家之手了。

我们又一同研究了希腊的黄金时代，当时的医疗跟今天一样，与科学、运动及神道都扯得上关系。我们不难想象，远在公元前4世纪的时候，雅典的一个父亲，眼看着正在发育的儿子健康日衰，咳嗽不止，不免心急如焚，于是跑去求教希波克拉底，要不然就是将孩子送到陶里亚斯（Taureas）技击道场，接受有系统的体魄训练，再不就如苏格拉底所建议的，"当人事已尽"，就只有求助于神明，上埃皮达鲁斯（Epidaurus）的神庙，或到就近的神坛去，将儿子交给"杏林大师"阿斯克勒庇俄斯。若是在19世纪的今天，希腊人碰到了这种父母之忧，固然会去检查诊断并寻求理性的治疗，但也可能大老远去求访米库斯（Miccus）那样道行极高的体能"师傅"，以及到类似我们这边的基督科学会（Christian Science），寻求信心疗法，取代传统上对阿斯克勒庇俄斯的虔诚祈求。

　　希波克拉底以降，希腊史上最辉煌时期的医疗状况，我们的所知可说极为贫乏，有关医师个人与生活的文字虽然不少，但多属稗闻野史。在一个文明社会的日常生活中，有关疾病与健康的问题非常之多，每个时代的伟大作家必然会有所着墨，所述不仅及于某些人对这类问题的看法，而且经常论及不同专科特殊知识的发展情况。因此，莎士比亚的文学作品中就有着大量的医学知识，从当时的医师、药剂师，到16世纪末期可能已经集中管理的疯人，等等。同样地，莫里哀（Molière）的讽刺虽然恶毒，却也为我们保存了17世纪医疗生活的许多方面，而这些都是我们无法在同时代的医学著作中读到的；至于我们这个时代的作家，例如乔治·艾略特，用一个像利德盖特那样的人物，把19世纪医界人物平平凡凡的挣扎与抱负表现出来，点点滴滴告诉未来世代的人知道，这在《柳叶刀》（Lancet）杂志的档案中，我们可是找不到的。

　　值得庆幸的是，有两位希腊最著名的哲学家所写的东西总算是保存了下来——伟大的理想主义者柏拉图，他"纵横时空、经纬万端的思路"，洞察力之深邃，可谓前无古人后无来者；以及伟大的现实主义者亚里士多德，只要提起他，不论是哪一个学门的，无不肃然起敬，其一代宗师的风范垂22个世纪不坠。这两位大师的作品中，有关希腊医术与医师的材料极为丰富，但在这篇文章里，我打算只把自己局限在柏拉图《对话录》[1]的范围内。我首先要谈的，是柏拉图在生理学与病理学方面的推论；接下去，我将提到许多饶富趣味的典故与比喻，都是跟医疗与医师有关的；最后，我试着根据《对话录》评估希腊医师的社会地位，并从别的角度谈谈当时医界的概况。文章中所引柏拉图的文句，全都取材自本杰明·乔伊特教授1892年第3版的译本。[2]

一

就我们来说，柏拉图的解剖学与生理学都相当粗糙而且不完美，比起希波克拉底，大约不相上下，甚至还有所不及。在《蒂迈欧篇》（*Timaeus*）中，他认为组成身体的基本物质是三角形的，各种不同的三角体结合起来，可以说明恩培多克勒四种基本元素——火、水、土、气——的存在。基本元素之不同，在于组成它们的基本三角体大小与安排各异，而这些三角体，一如原子论的原子，是小到无法用肉眼看见的。最基本的三角体是髓质，骨骼、肌肉与身体的其他结构均是由此构成。"神将这些基本三角体弄成连续而平滑的，以完美的形式形成火、水、土、气；这些元素，依我的看法，是由神将它们分门别类，依适当的比例予以混合，再制造出髓质，作为整个人类共同的种子，然后又将灵魂种入髓质之中，并以髓质加以包覆，在开始分配的时候，每个人所

1 柏拉图的著作大多以对话录形式呈现，因此《对话录》可以看作是柏拉图主要著作的总称。本书提到的《蒂迈欧篇》《斐德罗篇》《泰阿泰德篇》《法律篇》《卡尔米德篇》《高尔吉亚篇》《欧蒂德谟篇》《政治家篇》，以及《理想国》（又译作《国家篇》）、《会饮篇》（又译作《飨宴篇》），都属于柏拉图《对话录》中的名篇。

2 本杰明·乔伊特译《柏拉图对话录》（*The Dialogues of Plato*），1871年第1版、1892年第3版。

接受的髓质，在数量与形状上都是各不相同的。好比一块田地接受神的种子，神是面面俱到的，按照他的意思，称为脑的那一部分髓质，在一个动物打造完成时，装这些物质的容器就是头颅，至于其余会朽坏的部分，他就立刻分配给形体并加以拉长，所有这些，他都名之为'髓质'；而这些又有如锚，是与整个灵魂的铰链扣在一起的，然后他又继续加工，形塑我们身体的整个架构，最重要的就是为髓质建构一个完整的骨骼包覆。"

对于骨骼与肌肉的建构，以及呼吸、消化与循环的功能，柏拉图所做的说明，以我们现代的观点来看，可以说是完全无法理解。他知道血液一直在运动，但讲到吸气与呼气，以及这种交互穿透身体的火网时，他说："当呼吸作用吸入呼出时，火很快地混入其内，随之前前后后，进入腹内，及于所吃进去的食物与饮水，将它们分解成为细小的部分，随气之所至而行，并如喷泉般泵入血管，犹如通过渠道，随血管流遍周身。"柏拉图虽然不知道这种流动是完整的循环，却完全了解血液是养分的来源——"这种我们称为血液的液体，滋养肌肉与整个身体，于是所有各部分都受到了滋润，空隙也都被填满。"幼年时期，三角体或现代用语所说的原子是新鲜的，有如船只刚出厂的龙骨，各个三角体之间彼此牢牢锁合，但却形成柔软而致密的块状，全都是由髓质新组合而成的，并接受母乳的滋养。消化的过程，照柏拉图的讲法，是食物与饮水所合成的三角体跟身体结构之间的一场冲突；当三角体老化、衰弱，身体的新三角体便将之切碎，借着大量这类微粒的滋养，动物乃因此而长大。三角体始终不断地在起伏、变化，正如在《会饮篇》（Symposium）中，苏格拉底借狄奥提玛（Diotima）之口所说的："每一个人，都说始终都是一样的，但每一刹那其实都有生老的变化；在每个刹那，又说每个动物都有生命，有自我，但实际上，他却是处于一个丧失与补充的过程当中——毛发、肌肉、骨骼与整个身体一直都在改变。"

有关衰老、自然死与死亡的描述也值得引述："随着时光的流逝，三角体经历了许多冲突，根基开始松动，不再能够切碎或吸收进来的食物与饮水，反而本身很容易就被外来物质所分裂。每个动物都因此而一蹶不振，这种情况就是所谓的衰老。到了最后，使髓质三角体结合起来的铰链再也无法彼此维系，并因生存的压力而松脱，终至与灵魂解离，灵魂乃自然释出，欢喜飞离。这如果是出之于自然，那就是解脱，但若是违反自然的，便是痛苦。因此，死亡若是肇因于疾病或受伤，就是痛苦的横死；但若是因老年而死，偿清了自然的债，那就是善终，随之而来的，是喜乐而非痛苦。"

疾病的起源与本质，在《蒂迈欧篇》中所谈到的，同样是粗糙与漏洞百出。身体之所以致病，肇因于四元素中任何一种元素失常，导致血液、肌腱、肌肉无法正常运作；各种不同胆汁的影响尤其重大。柏拉图认为，最严重的疾病是脊髓出了问题，因为身体全部的通路都保存于其中。呼吸失常的疾病，例如浓痰，"是因为里面有气泡阻塞"；这如果与黑胆汁混合并扩散到头部的通路，就造成羊痫风。柏拉图说，羊痫风如果是在睡眠中发作，那就还不严重，但若是在清醒时攻击，就很难予以驱离，"因为这种病受到神灵的感应，是名副其实神性的"。他又谈到其他的失常，火元素过旺，会导致连续不断的发热；气的过旺，是每日热；水由于不像火与气那样活跃，一旦过旺，只会造成间日热（tertian fever）；至于土，是四元素中最迟钝的，要花四倍的时间才会发作出来，因此是四日热。

不同于解剖学与生理学，柏拉图的心理学颇有一点现代的味道，他把心智分成理性、性情与欲望，与今之学者所认知的三种心理形态若符合节。理性是灵魂不朽的根源，"黄金的理智纽带"居于脑中，"即使我们是一株植物，也不是尘世而是上天所生养的，理性将我们提升，与天庭的诸神同等。"会朽坏的灵魂分成两个部分，其一是人有"所爱所饥所渴，并受到其他欲望的鼓动"，这一部分位在横膈膜与肚脐周边之间；另一则是情绪或性情，位在横膈膜与颈项之间的胸部，"当欲望一意孤行不再服从城堡发出来的命令时，性情或能在理性的规范下，与理性携手约束、管制欲望。"

理性与欲望的冲突，描写得最生动的，莫过于《斐德罗篇》（*Phaedrus*）中车夫驾驭的两匹飞马，一匹有高贵的教养，另一匹则是教养低劣，因此，"驾驭起来必然为他带来极大的困扰"。

在《泰阿泰德篇》中，柏拉图则将人的心智比作一块蜡，"每个人各不相同，有的硬些，有的软些，有的比较纯，有的比较杂"，而在柏拉图的心目中，最令人愉快的是"介于中庸性质的"。这块蜡是缪斯女神的母亲——记忆女神——所赐的礼物，"当我们想要在心中回忆看过、听过、想过的事情时，只要手捧蜡块，凝神默思，蜡块上便浮现影像，就像戒指盖在蜡封上；若是我们记得的与知道的，影像便会保留不去；但影像若消失或根本没有出现，那就是我们忘记了的与不知道的。"

另外一个比喻，心智是一个鸟笼，里面有各种鸟，逐渐增加，每只鸟代表一种知识。童年时，鸟笼之中空无一物，渐渐长大，便"抓来"了不同的知识。

至于心理疾病，柏拉图在《蒂迈欧篇》中谈到两种，分别是发疯与无知。他的观念足可媲美当今先进的心理学家，他认为，堕落肇因于身体的缺陷，是出于非自愿的，"没有人愿意坏；但之所以变坏，是因为身体的缺陷与教养的不良，大家都讨厌的事竟然会发生在一个人身上，那绝不是他的本意。"在原本并未纳入《对话录》的《阿尔西比亚德斯2》（*Alcibiades II*）中，他谈到发疯与缺乏智识，也是一样的道理。对智能缺乏有这样一段极为生动的描写：

苏格拉底：同样的道理，谈到缺乏智识，因人而异。心智极端失常的人，我们称之为"疯子"，但那些没有那么严重的人，我们叫作"傻子"或"白痴"，或文雅一点，说是"天真"或"单纯"，要不然就是"无知""无识"或"愚鲁"，只要你想得出来，叫他们什么都可以。但他们之所以缺乏智能，全都是自己造成的。对我们来说，他们之各不相同正如各个行业、各种疾病之互异。

在《理想国》中，有一段话说得极为精辟："天赋最雄厚的人，如果教养失当，往往成为怙恶不悛之徒。大奸大恶与心肠歹毒者，绝非平庸之辈，反而是禀赋丰厚之人，被教养给糟蹋了有以致之，一个禀赋薄弱之人，既不足以大好也不至于大坏。"

在《斐德罗篇》中，提到一种疯狂："是天赐的礼物，是给人类最可贵的祝福。"这种疯狂有四：预言、灵感、诗与爱情。真诗人之不同于附庸风雅的骚客，之所以为百艺之首，有其难以捉摸的特性："凡灵魂不及于缪斯的痴狂，不足以入堂奥之深，依我看，其诗难登大雅也是必然的。既痴且狂，相形之下，心智清明的人不免黯然失色，只有退避三舍了。"某些罪行也被认定是疯狂所致，在《法律篇》（*Laws*）中，谈到无可救药的罪行，是这样说的："啊！先生，你说你有忍不住要去抢神庙的冲动，那可就不是正常人的毛病了，当然更不会是天意，而是自古以来人类无药可治的一种疯狂。"《法律篇》还谈到多种疯狂，有些是病，有些则是起于性情的暴烈与偏激，且因教养的不良而变本加厉。至于对待疯子，应该给予合乎人道的治疗，不应放任他们在城中行动，亲人应将他们留置于家中，否则就要受到处罚。

保持身心的平衡最有助于祛病。"健康还是生病，正直还是堕落，没有比灵魂与肉体的平衡或失衡来得更重要。"人既活着，就少不了灵魂与肉体，在两者的结合中，灵魂的稳定更重于肉体。"依我看，在人的内在本质里，灵魂总是骚动不已；求知学艺想要速成，固然欲速不达，无论公的私的教学或讨论，当顾虑与争辩一起，也会使人的整合失控，产生有害的黏液；这种现象的本质，连许多杏林的饱学之士也不明其理，常背离了真正的症结。"……身心同样都应运动以避免失衡，"不用心则身不动，不用身则心不动。正因如此，两者应互为呵护，才能维持健康，维持平衡。"柏拉图鼓励数学家要运动，而运动家则要培养音乐与哲学的素养。[1]

关于治疗，柏拉图的意见其实很简单，事实上，他对医疗显然没有什么信心。本杰明·乔伊特的评论值得在此引述："对于医师的治疗，始终抱着敌意，除非情况特别严重，任何人够理性的话，都不应予采信。紧接着他就一针见血地说：'疾病，是任何生命都与生俱来的，只要受到刺激就会发作出来。'照他的意思，最好是顺其自然，大有看医生不过是徒劳而已（参看《法律篇》第六章，柏拉图说，温水浴对年长的庄稼人，比寻常医师所开的处方有效得多）。他如此之排斥医疗，特别强调饮食与运动的重要，跟我们这个时代的医师倒是所见略同；今天最好的医师几乎都会告诉病人，药物其实并无价值。以我们自己来说，岂不也对医疗大有疑虑，极不情愿将自己交到医师的手上。我们都说，在天文学与物理学上，柏拉图是现代观念的先行者，在医学上难道就不是吗？在《卡尔米德篇》（*Charmides*）中，他告诉我们，不顾到灵魂，肉体是无法单独治愈的；同样地，在《蒂迈欧篇》中，他强调灵魂与肉体的协调，任何一方面的缺陷都会导致另一方面的失序与失衡。无不说明，身心互相依赖，彼此相互影响；这种观念，即使我们今天不当回事，在未来的医学上，肯定会受到充分的认知。"

柏拉图之所以如此排斥医疗效果，或许可以从下面的一段话中看出端倪："一个人自愿到诊所去看病，难道他不明白，多日之后，他的身体将会处于一种状态，令他宁死也不愿意这样活到长命百岁？"

值得注意的是，对于阿斯克勒庇俄斯神庙的治疗，在《对话录》中居然只字未提，有关医疗与医师的评论，也完全与这一方面无涉。在雅典，希波克拉底与其他的执业者或许只是业余悬壶，但正如路易斯·戴尔[2]所说："尽管医师与阿斯克勒庇俄斯之间泾渭分明，神庙的祭师却

---

1 本段中的引文出自柏拉图的《蒂迈欧篇》。

2 路易斯·戴尔（Louis Dyer, 1851—1908），美国教育家、作家，曾执教于哈佛大学、牛津大学、康奈尔大学，著有《希腊问答》《希腊诸神研究》等。

不排斥这类尘世的知识，因为他们自己也受惠于大夫。"

二

有关身体的结构与功能，柏拉图的概念已如上述。如果仅止于此的话，那么，人类最辉煌时期最伟大心灵有关这方面的思想，顶多也只是有趣而已；但事实上，在他的作品中，神来之笔俯拾皆是，身体这部机器一旦发生故障，我们也就不难看出他对人类本质认识之深刻，堪称是最为高明的。此外，除了耐人玩味的医学比喻外，还有不少精辟的见解，其中与现代观点若符合节的不在少数。高贵的领航人与有智慧的医师，这两种人正如涅斯托耳（Nestor）所说："胜过千军万马。"这在《对话录》某些最有力的说明中扮演了重要的角色。

讲到医疗的定位，我挑了一个最合我心的说法，放在扉页，以为我的教科书增色，它是这样说的："这是一门照顾病人身体的艺术，对于每个个案，所作所为都有其根据，有其道理。"另外还有一个说法则是："医疗是一种专门知识，是要为健康把关，不分现在、过去与未来，任何时候都一样。"

现代医学的源头，有别于阿斯克勒庇俄斯神庙的治疗，柏拉图有一段令人击节的叙述：

> 但是，我说，求助于医疗，并不是因为有伤要治疗，或者是碰到了疫病，而是如我们刚才说的，是因为年少之时以及一种生活习惯，人把自己弄得充满了水与气，身体有如一片沼泽，阿斯克勒庇俄斯的徒子徒孙不得不搞出更多疾病的名称，例如胃肠胀气、黏膜炎之类的，这难道不是荒唐的事吗？
>
> 的确，他说，他们确实搞了一些奇奇怪怪的新病名出来。
>
> 没错，我说，我可不相信在阿斯克勒庇俄斯的时代就有这一类的疾病；依当时的环境来看，《荷马史诗》里面那个英雄欧律皮洛

斯（Eurypylus）受伤之后，喝下普拉姆尼（Pramnian）酒奶，再撒上一些大麦粉与碎干酪，虽然引起了发炎，但在特洛伊战争的现场，阿斯克勒庇俄斯的那一帮人，对给他喝酒奶的少女却没有任何指责，也没有非难治疗他的帕特洛克罗斯（Patroclus）。

但是，他说，一个人在那种情况下，给他喝那种东西，确实很怪。

一点都不怪，我回答说，如果你还记得，在很早以前，大家都说，赫罗狄库斯[1]之前，阿斯克勒庇俄斯那一帮人还不懂我们今天的医疗，他们的一套可以说是在调养疾病；但是，赫罗狄库斯身为一个教导者，自己体弱多病，却能寓学于医，他走的那一条路子，是先自己吃苦再及于其他的人。

怎么会那样呢？他说。

是他差一点死掉发明出来的；他有一种致命的疾病，一辈子如影随形，要痊愈是没有指望了，只好苟延残喘一生；除了照料自己，他什么事都不能做，任何时候，只要放松约束自己，痛苦折磨就随之而来，如此这般的要死不活，靠着自己发展出来的专门知识，总算活到高寿。

真是难得，他的工夫总算有了回报。

柏拉图继续谈到，阿斯克勒庇俄斯并没有教导弟子痼疾之术，因为他知道，在治理良好的国家里，有工作的人根本没有时间生病。一个木匠若是病了，跑去要求郎中"随便给他现成的治疗——一剂催吐剂，或一剂泻药，或一帖烧灼剂，或来上一刀——这些就是他的药方"。不管是谁，开给他的如果是营养食谱，叫他用布巾将头包覆起来，或诸如此类的事情，"他却认为，为了调养疾病而荒废了日常的劳动，这种生活是不划算的；因此，他也就不理会这种医师，继续他的老习惯，或许就

---

1 赫罗狄库斯（Herodicus），古希腊医师，做过希波克拉底的老师。

此痊愈了，照样做自己的营生，或者身体就此垮掉，一命呜呼，再也没有烦恼了。"

在另外一个地方[1]谈到医疗与运动的关系，柏拉图显得更为正经："灵魂与肉体为二，对于二者，各有对应的策略：灵魂有政治在招呼，至于身体，另有照顾的法门，而就我所知，并非什么特别的东西，它可以分成两个部分，一是运动，一是医疗。在政治方面，立法相当于运动，司法则相当于医疗；两个部分相互影响，司法与立法所相关的主体是同一个，医疗与运动所相关的主体也是同一个，但是，却有一个区别……烹饪是会僭越医疗的，自以为知道什么食品对肉体是最好的；如果让医师跟厨师竞争，由小孩子或知识不比小孩高多少的大人做裁判，由于他们对食品的好坏都十分在行，医师显然只有饿死一途。"

在同一篇对话中，号称当时唯一真正的政治家苏格拉底，讲话绝不讨好当权者，而是句句为着国家设想，偏偏他又绝不肯在言辞上有所保留——如此一来，他在法庭上也就成了一个坏蛋。我们且听听他是怎么说的，他说："我将受到的审判，就像医师遭到厨师控告，并在由小男孩组成的法庭中受审。在这样的情况下，医师还有什么好说的；厨师这样指控他说：'啊，我的小朋友们，这位先生对你们可以说是坏事干尽了；他可是你们的死神，特别是你们当中比较年幼的，他割你们、烧你们、饿你们、闷你们，不弄得你们精疲力竭绝不罢手；他给你们最苦的药，强迫你们挨饿、禁食，对不对？哪里像我，各式各样的肉食与甜点，让你们尽情地享受。'各位不妨想想，发现自己处于这样不利的情况，医师还能说什么呢？如果讲实话，他顶多只能说：'孩子们，我所做的坏事，全都是为了你们的健康呀！'这样一来，岂不正好把陪审团给掀了起来？不当场闹成一团才怪！"

古代的医疗视身体为一个宇宙，是不可分割的整体，治疗身体有其

---

1 指柏拉图的《高尔吉亚篇》（Gorgias）。

195

持续性、一致性的原则。关于这一点，在《对话录》中可以找到好几处令人印象深刻的例子。譬如苏格拉底就提出过这样的问题："你认为不需要了解整体的本质，就能够清楚了解灵魂的本质吗？"斐德罗的回答是："希波克拉底，这位阿斯克勒庇俄斯的信徒曾经说过，即使只是要了解身体的本质，也必须从了解整体着手。"[1]治疗的是整体而非局部，这一点非常重要，是必须要坚持到底的。如果有一个眼睛不好的人来看病，他们会说："要治好他的眼睛，不能光治眼睛，得先治他的头才行。"又说："光是治头而不处理身体的其他部分，同样也属缘木求鱼。"[2]

卡尔米德抱怨头痛，克里提亚（Critias）请苏格拉底出面说服他，说他能够治好他。苏格拉底说他有一套咒语，是他服役时跟色雷斯（Thracian）国王扎尔莫西斯（Zalmoxis）的御医学的。这位医师告诉苏格拉底，局部的治疗如果不从整体下手是不会有结果的，同样地，肉体的治疗如果不考虑到灵魂也不会有结果。"因此，若要头与身体都安然无恙，就得先治好灵魂；这可是首要之务……教我治疗与咒语的人还特别提醒我：'一个只要你头痛医头而不肯先将灵魂交给你治疗的人，你大可不必治疗他。'他还说：'当今之治疗身体，之所以大错特错，正是因为医师把灵魂与肉体分开了。'"至于苏格拉底所说的咒语，其实只是一些好让灵魂有所安顿的格言。

虽然是同时代的人，《对话录》中提到希波克拉底，顶多不过两次，其中一次说到——年轻的希波克拉底，阿波罗多洛斯（Apollodorus）之子，拜在苏格拉底所说的"全知全能智者"普罗泰戈拉[3]的门下，学习有关人类生命的科学知识。苏格拉底问他："如果你

1　出自柏拉图《斐德罗篇》。

2　出自柏拉图《卡尔米德篇》。

3　普罗泰戈拉（Protagoras，约前483—约前414），古希腊哲学家，智者学派（又称"诡辩学派"）代表人物，提出"人是万物的尺度"。

去找科斯的希波克拉底，那个阿斯克勒庇俄斯的信徒，并打算付钱给他，这时有人对你说：'你要给钱的人只是跟你同名的希波克拉底，噢，希波克拉底；告诉我，他是干什么的，你居然要付钱给他？'这个问题，你会怎么回答？"他回答道："我会说，他是医师我才付钱给他。""那你又能把他造就成什么呢？""一个医师。"他说——这一段叙述显示，按照当时的风俗，希波克拉底也开班授徒，教导他们医术；在《欧蒂德谟篇》（*Euthydemus*）中，苏格拉底谈到医师的养成，说："他会将弟子送到精于此道的人那儿去，即使收费也照样送去，而他自己也教，只要有心来学，任何人他都收。"[1]

我们且来看看诊断的方法，从亲身的观察得到确切的结论，可能正是伟大的希波克拉底的亲身体会，那些有关肺部疾病的重要知识，我们用来诊断肺结核的症状，杵状指以及气胸所生之振荡——希波克拉底手指与希波克拉底振荡声——全都是拜希波克拉底的亲身经验所赐。"假设有个人来问自己的健康或别人的身体状况，他会先审视他的脸和指尖，然后说：'露出胸背，让我看清楚一点。'"接着，苏格拉底又对普罗泰戈拉说："露出你的心灵，揭开你的心思，等等。"[2]

在谈到医疗时，有一段最为脍炙人口；对那些劳心的男人，苏格拉底号称可以用接生术诊断他们的灵魂，看出他们怀的是真理还是"小聪明"。这一段相当长，但值得引述。话说苏格拉底碰到了一点"小困难"，想要认识心仪已久的饱学之士泰阿泰德；泰阿泰德虽然年轻，但在学问之道上却是一路平顺——"有如油川之无声淌过"——苏格拉底问，什么是知识？他当场就被困住，无法摆脱自己的焦虑。

泰：老实跟你说，苏格拉底，你问的问题，我经常在思索；但我既

---

1 此处引文并非出自《欧蒂德谟篇》，应是出自《美诺篇》（*Meno*）。

2 出自柏拉图《普罗泰戈拉篇》。

不能确定自己能给你什么答案，也不知道要是去问别人，他会怎么回答。总之，我无法摆脱自己的焦虑。

苏：亲爱的泰阿泰德，这是你的劳心在发作阵痛；看来你里面有些东西，是你生来就怀着的。

泰：我不懂你的意思，苏格拉底；我只是讲出我的感受而已。

苏：傻瓜，你没有听说过，我的先人是接生妇，那个很果断、很强壮，名叫菲娜瑞特（Phaenarete）[1]的？

泰：有，我听说过。

苏：我自己也接生，你听说过吗？

泰：没有，从来没有。

苏：朋友，让我把我的想法告诉你吧！但你绝不可泄露秘密，因为世界上还没有人知道，因此，他们一讲到我，都说我是个大怪物，老是弄得别人不知所措。这你听人说吗？

泰：是的。

苏：要我告诉你原因吗？

泰：求之不得。

苏：接生妇做些什么事，你心里先要有个底，这样你才能更明白我的意思。你大概有注意到，凡是还能怀孕生育的女人，都不会加入这一行，只有过了生育期的才会。

泰：是的，我知道。

苏：说到这一点，据说是阿尔忒弥斯（Artemis）——生育女神——自己是一个处女，所以特别尊重那些跟她一样的女性；但她不准没有生育过的女人接生，是因为以人的本质来说，自己没有经历过的事，个中的巧妙是无法知道的。因此，她就把这个任务分派给年纪太大而不能生育的人。

---

1 菲娜瑞特是苏格拉底的母亲。

泰：我敢说确实是这样。

苏：好，那我也敢说，甚至完全确定，哪个人怀孕了，哪个人没有，接生妇比谁都要清楚。

泰：确实没错。

苏：而且利用药物与咒语，接生妇能够引起阵痛并随意使之缓和；她们也能够让不孕的人怀孕，只要认为应该，也可以使之胎死腹中。

泰：她们的确可以做到。

苏：她们还是最高明的媒婆，什么样的搭配可以生出好的后代，她们可是一清二楚，这你可曾留意过？

泰：没有，从来没有。

苏：那就让我来告诉你吧！这才是她们最了不起的本事，比起来，割断脐带只是小事一桩罢了。如果你仔细想想就会发现，正如种植、采收地上果实的道理一样，由此最能够知道哪些植物或种子应该种在哪种土壤里。

泰：对，言之成理。

苏：那么对女人来说，你是否认为应该另当别论呢？

泰：我不认为如此。

苏：确实没错；接生妇都是值得敬重的妇人，但人格上却不免有缺失，干她们这一行的，一定要小心避免，免得人家说她们是在拉皮条；只有非法胡乱撮合男人与女人的才叫作老鸨，真正的接生妇可是真正的也是唯一的媒婆。

泰：确实是的。

苏：接生妇就是这样，她们的工作非常重要，但还没有我的重要；因为女人不可能今天生一个真的小孩，明天又仿造一个跟先前那个一模一样的孩子，如果她们做得到这一点，那么分辨真假血统身世也就会是接生术最了不起的成就了——你同意吗？

泰：我当然同意。

苏：那么，我的接生术大体上跟她们的是一样的，不同的是，我伺候的是男人而非女人，我照顾的是他们劳心的灵魂，而不是他们的肉体；至于我这一套本领最得意的地方，则是检验年轻人的心灵所生出来的思想，看看它是冒牌的偶像还是一种高贵真实的禀赋。我跟接生妇一样，也是不孕的，老问别人问题，自己却没有智慧生出答案，骂我的人总是有的；之所以如此，是因为神逼着我做个接生妇，却不准我生孩子。因此，我自己一点也不聪明，也拿不出什么从我灵魂里面创生出来的东西，但跟我对话的人自会得到益处。有些人初看似是迟钝，但到了后来，我们混熟了，如果神又中意他们，他们的进步会是很惊人的；不但别人感觉得出来，他们自己也心知肚明。很明显，他们并没有从我这里学到什么，那许多他们所抓住的美妙发现，全是他们自己的功劳。但是，他们却欠我和神一份情。不过话又说回来，许多人因为无知，或是出于自负而瞧不起我，或是受了别人不好的影响，要不了多久就都躲得远远的；结果我先前为他们接生的孩子因为养育不当而夭折，要不就是劣质的讯息在他们里面把他们给窒息了，以至于只爱谎言与赝品而不爱真理；到了末了，不仅在他们自己的眼里，在别人的眼里，他们都成了傻瓜。利西马科斯（Lysimachus）之子阿里斯提德（Aristeides）就是其中之一。当然还有许多其他的人。逃学的学生通常会回头来找我，求我再收留他们——叫他们爬着来都愿意——如果我念旧，这种情形并不多见，接纳了他们，他们又开始进步。我用我的那一套办法，可以引起阵痛也可以予以缓解，但阵痛发作起来时可是难受得很，白天夜里，他们困惑、恍惚，就跟女人分娩时一样，甚至尤有过之。来的人，大多如此；但有些来找我的，很显然的根本就是个空心大佬官，我也清楚他们不需要我的这套东西，于是我就力劝他们找个对象结婚，托天之福，我总算还弄得清楚什么人对他们是有所帮助的。有许多人，我将他们送到普罗狄库斯那里，有的则交给其他的良师。泰阿泰德，我的朋友，我之所以长篇大论跟你讲那么多，实在是因为我看你太过于劳心，正如你自己所感受到的，苦思却不得其果。到我这里来吧，我是接生妇的孩子，自己也接生，我会问你一些问题，你不妨试着回答。据我的观察，你的观念都只是一些虚幻的影子，假使我能帮你生下第一胎，你可要跟那些生下第一个孩子的女人一样，不要跟我为此争辩；因为我实在知道，在我帮他们去掉小聪明的时候，哪些人是会反咬我一口的；他们不晓得我是出于善意，也不明白神对人是没有敌意的——只因为在他们的观念里根本没有过这样的念头；同样地，我也不是他们的敌人，但我若纵容虚假或窒息真理，那就大错特错了。泰阿泰德，我再问你一次："什么是知识？"别说你不知道，但求处身行事像个男子汉，托天之佑，你定然是会知道的。[1]

对于泰阿泰德所怀的理念宝宝，苏格拉底持续加以评估，以确定是个"翼卵"（Wind-egg）[2]还是个如假包换的胎儿。"这一次，看来是一个孩子了，总之，八九不离十；要把他给生下来，你跟我都有得忙的，如今眼看要临盆了，我们得为他准备一个家，看看他是否值得养育，或者只是一个翼卵、赝品。无论如何都要把他生下来？还是你不想要他，也不是意气用事，由我将你的第一胎拿掉？"结论是："你所怀的只是一股气，你的头脑的后代不值得养大。"对话结束前，又谈到接生妇："我这个接生妇的任务跟我母亲的一样，是天神授予的；我母亲为女人接生，我则为男人助产；但他们必得是年轻、高尚、清白的。"

---

1 奥斯勒引的这部分对话，出自柏拉图《泰阿泰德篇》。

2 翼卵，即以翼覆卵，此处意指没有受精的卵。

三

在柏拉图的作品中，有关当时医师的社会地位，可以说俯拾皆是。证据显示，早在希波克拉底之前，医术就已经有了长足的进步与发展，我们称希波克拉底为医学之父，虽然并不过分，却也不免有误。从苏格拉底与欧蒂德谟之间的小插曲来看，种种迹象显示，医学方面的文献已经不在少数，苏格拉底就说过："当然，你们拥有那样多的书籍，大可好好准备当个大夫。"接着又说："你们知道的，医学方面的书籍极多。"诚如路易斯·戴尔所言，不论这些书籍的质量如何，单就数量来说应该已经相当可观。

从柏拉图作品所搜罗到的资料，很明显可以看出，在雅典，医师可以分成两类（江湖郎中与阿斯克勒庇俄斯术士不在此列）：私人的开业者与国家级医师。后者在数量上虽然少得多，但显然属于最顶尖的阶层。从对话录的一个篇章（《高尔吉亚篇》）可以得知，国家级医师是由公民大会选举产生的——"召开大会是为选出一名医师"。其任期应该是一年，因为在《政治家篇》（*Statesman*）中有这样的说法，"一年任期届满，领航人与医师都要出席听证会"，对各项指控提出答辩。在同一篇对话中，还出现过这样的意见："在私人领域，如果有任何人具备这种技能，能够向公家医师提出建言，难道就不能称为医师吗？"很明显地，一个医师必须执业过一段时间，并获致相当的声望，才有资格出任国家级医师。"如果你和我都是医师，我们彼此切磋请益，使我们互有长进，足以争取到国家级医师的身份，难道我不得请教你，你也不得找我商量？但苏格拉底他自己呢？他的身体很好吗？不管是奴隶还是自由人，他又治好过谁了？"

在《理想国》中，也提到这两类医师："现在你明白了，病人若是不需要医疗，只要用食物调养即可，那么差一点的医务人员也就足够了；但一旦施予治疗，就不能随便抓个大夫了。"

在此之前，国家级医师的职位就已经存在，而且足足要早上两个世代，德谟西底斯[1]在雅典担任这项职务，时在公元前6世纪的后半叶，俸给相当于406镑，而且跟今天的大学教授一样，有人挖角，萨摩斯（Samos）的僭主波吕克拉底（Polycrates）就用高薪把他给挖走了。另外，从《法律篇》的记载可知，医师都有助理，后者多半为奴隶出身：

> 说到医师，我倒是要提醒你，在治疗的方式上，有的人比较温和，有的人则比较粗暴；小孩子看病，无不希望医师温和一点，这就好像我们触法了，也会要求法官从宽。我之所以讲到这些，主要的意思是，除了大夫之外，还有大夫的扈从，他们也是所谓的大夫。
>
> 克利尼亚斯（Cle.）：这倒是事实。
>
> 雅典来客（Ath.）：这些所谓的大夫，不管他是奴隶还是自由人都无关宏旨，重要的是，他跟着主子，言听计从，有样学样，以此而获得了医疗的知识；他们的学习纯粹是靠经验，而不是像自由人所采取的方式，是循正规的教育，有系统地训练自己，并有系统地传授给徒弟。这两种大夫，你有概念吧？
>
> 克利尼亚斯：那是当然。
>
> 雅典来客：那么你可曾留意到，病人也分成两种，奴隶与自由人；奴隶大夫忙着为奴隶治病，或是在药房里等着他们上门——这一种医师，从来不跟他的病人个别谈话，也就是说，他根本不让病人有机会详细谈自己的不舒服。奴隶大夫全凭经验开处方，仿佛他无所不通；交代病人事情，态度也活像个暴君，有别的仆人病了，他赶去应付一下，同样还是一副趾高气扬；因此，照顾久病住院的奴隶，也全都由他一手包了下来，他的主子却乐得轻松。但另外一种大夫是自由人，看的病人也是自由人；他问病情问得极为

1　德谟西底斯（Democedes），古希腊医师，生活于公元前6世纪，比希波克拉底早大约100年。

深入，直探失常的本源，跟病人交谈就像跟朋友聊天，病人所讲的，他很快就能抓住重点，并尽可能详细吩咐应该注意的事情，而且一定要等到病人对他产生了信心，才会开出处方；最后，他让病人心服口服了，把他带上了复原之路，才算是真正完成了治疗。那么，医师也好，教师也好，采取哪一种方式比较好呢？以双方互动的方式完成任务好呢，还是一意孤行、粗鲁、随便好呢？

透过说理的方式以取得病人的信任，这个理念也见于《高尔吉亚篇》，而且在当时为数甚多的演说家中，有几个人的地位之所以屹立不摇，一般认为也是得力于此。对于说话的艺术，高尔吉亚简直捧上了天，宣称说话艺术可以补医术之不足，他说："让我告诉你一个活生生的例子，有好几次，我随同我的兄弟赫罗狄库斯或其他的医师去看病人，病人说什么也不让医师给他吃药，或动刀，或灸灼，我却把他给说服了，他不让医师给他做的，全都容许我给他做，凭的就只是说话的艺术而已。我还要讲的是，如果有一个演说家和一个医师，不管到哪个城邦去角逐国家医师的职位，在公民大会上展开辩论，医师注定要败下阵来，至于能言善道的人，只要他愿意，定可无往不利。"在另一个地方（《法律篇》），柏拉图却嘲笑这种心态："正因为如此，你几乎可以确定，如果有一个靠经验半路出家的医师，碰到上流的医师跟上流的病人一本正经在谈话——先谈发病的源头，又详述身体的整个本质，他一定会笑翻掉——会说，那些所谓的大夫，怎么大多数都是这样掏心掏肺地滔滔不绝？他会说，笨蛋，你们根本不是在医治病人，而是在教育他；但他可不想成为一个医师，只是想把病治好而已。"

至于成为一个医师的资格，柏拉图谈得并不多，但在《理想国》中，却有一个相当独特、我们却难以苟同的观点："总之，医术最高明的医师，打从年少时开始，就把医术知识与疾病经验结合了起来；他们最好是没有一副强健的体魄，甚至应该是百病丛生。依我的看法，他们之治疗疾病，靠的不是他们的身体，如果是这样的话，我们无论如何都不能让他们生病了；但是，还好他们是用心智在治疗身体，假使他们的心智病了，那还治什么病！"

在《斐德罗篇》中，谈到灵魂与生命在天界的本质，在这段神秘的叙述中，颇可以看出柏拉图对医师的评价："我们只是有生命的糟粕，是灵魂的残余；灵魂在天界已经具有真理的视界，但由于在下界的善忘与堕落，这种双重负担使人沉沦。人的存在可以分成九等，都只是灵魂的过渡，哲学家或艺术家居首，暴君居末，医师则排在第四。"

在他的玄想当中，柏拉图虽然只将医师排在中上的地位，但在现实社会中，却将之归入最优选的贵族阶层。《会饮篇》里面，在阿伽颂（Agathon）主办的那场欢乐盛宴中，柏拉图将厄律克西马库（Eryximachus）医师排在致辞者的首位，毫不保留地说："我要以医学作为今天的开场，好让我沾些光彩。"谈到饮酒节制，我们可以看到他说："头脑衰弱如我的亚里士多德、斐德罗以及其他不胜酒力的人，很庆幸地发现，强者绝不滥饮（我没有把苏格拉底算在内，他可喝可不喝，不论我们做什么，他全不在乎）。既然大伙都不打算多喝，请容我说，身为医师，豪饮可不是什么好事，我是不会奉陪的，要是我帮得上忙，那一定是劝人节制，至少是对那些仍然饱受宿醉之苦的人。"厄律克西马库为打嗝所开的药方，也使当时的场景栩栩如在眼前。轮到阿里斯托芬上场，由于吃得太多，打嗝不止，于是对厄律克西马库说："你得停止我的打嗝，要不然就得替我上场。"厄律克西马库建议他深呼吸，如果还不行，就含一小口水，若仍然打嗝不停，就拿东西清清鼻子，打几个喷嚏，并说："喷嚏一打，再严重的打嗝也没了。"

苏格拉底狱中饮毒之后，有关症状描述的那一幕，在文学上无与伦比，我在这里就不再赘述；倒是为了对这位伟大医疗之神的代表人物表达敬意，有一段值得一提。话说苏格拉底要求一樽祭酒，但遭到了否决（狱卒厉声道，只有毒药一杯）。咽气之前，苏格拉底的最后一句话是："克里托（Crito），我们都欠阿斯克勒庇俄斯一只公鸡。"这句话，据路易斯·戴尔的解读："苏格拉底临别一笑，神色庄严，仿佛在说，阿斯克勒庇俄斯以一神之尊，为人开药处方，常见神效，多亏这一剂具有奇效的毒芹（hemlock），他总算可以解脱痛苦与恐惧，用死亡治好他的此生，从此可以得到荣耀。为了感谢阿斯克勒庇俄斯赐给他重获真实生命的恩典，苏格拉底以一只公鸡献祭，旨在彰显阿斯克勒庇俄斯能让死者得以永生的大德。"

乔伊特教授有一段颂词，于大师名至实归，于他对后世的影响相得益彰，我在这里拿来作为这篇长文的结语：

　　大师回归阿波罗与缪斯的故乡，去今已经2200余年，但他所讲的话依然在人类的耳际回响，因为，在所有的哲学家中，他的声音最为优美。他是天赐不朽的先知与师表，形之于外的一如其内在美好的灵魂；在他的思想中，既可以看到前贤的回光返照，也可以看到后人的亦步亦趋。其他的哲学大师而今安在？短短几个世纪，俱都化为尘土；只有他依然清新、盛放，在人类的心智中播撒种子。其他人只是片面的、抽象的，只有他的智慧面面俱到。他也有不一致的地方，因为他总是与日俱进，深知学问无涯而言词有尽，真理高于一切，又岂在于前后一致。心怀最高敬意亲近他的人，将可丰收他的智慧果实；循前人的亮光阅读他的人，将可尽得他的精髓。

　　我们可以神驰于柏拉图学园（Academy）的林中，或伊利索斯河（Ilissus）畔，或雅典的街道上，与苏格拉底同在、同行，分享自当时起就已经成为人类共有资产的思想。我们将他比拟为隐身于宙斯或阿波罗神殿中的雕像，俨然神祇，不复属于红尘；要不就想象他追随前贤于天庭，放眼都是老成（《斐德罗篇》，248），如此这般，"虽然略显唐突，却不失其庄重"（《会饮篇》，197，E）。我们乃可以漫游于已经成为过往的记忆（《斐德罗篇》，250，C）。

（蒙昧、摸索的年岁）拖得够久了，该是追求冷静思考的时候了。如果科学获得稳健的环境，不再迷失于幻想的迷阵中空转，有系统的研究才能有所进展。正是科斯医学校[1]的光荣传统，在这个领域开启了崭新的契机，对人类的整个心智生活造成了最有利的影响。这所学校首次向自然哲学的盲目与匮乏宣战时，高举的口号就是："虚构的靠右！真实的靠左！"这种斗士角色，没有人比医师更适合了。身为医师，由于崇高的使命感，使他每日每时都要与自然紧密沟通，而在他的活动中，理论上的错误在实务上所造成的结果则是无可挽回的，因此无论在哪个时代，对于事实最真实不移的本质，医师都必须扮演保姆的角色。最好的医师必定是最好的观察者，纵使眼明耳聪，所有的感官生就敏锐，还是要靠不断的练习才能加以磨砺并精益求精，空想或梦想是无济于事的。[2]

---

1 科斯岛是希波克拉底的出生地，科斯医学校即指希波克拉底医学校。

2 这一段出自奥地利哲学家、古典语言学家西奥多·贡贝尔茨（Theodor Gomperz，1832—1912）的著作《希腊思想家》（*Greek Thinkers*）。

科学的酵母[1]
The Leaven of Science

知识迎面而来，但智慧踟蹰不前。

——阿尔弗雷德·丁尼生《洛克斯利大厅》

谁不热爱知识？谁会诋毁

她的美？但愿她能与

人类和繁荣合而为一！谁来立她为

支柱？让她的成果得胜。

——阿尔弗雷德·丁尼生《怀念A. H. H.》

---

[1] 1894年5月21日，奥斯勒在宾夕法尼亚大学维斯塔解剖与生物研究所（Wistar Institute of Anatomy and Biology）揭幕典礼上的演讲。

一

　　一个人或一个国家能够与过去的光荣保持联系，方能够获致弥足珍贵的启发；这种启发，其本身是如此之可贵，与之联结是如此之重要，今天如果减弱了，难道不是因为个人凌驾了一切，民主太过于突显，才使得我们失落了这种延续感？翻开古罗马史，读到纪念先人与抚孤恤弱的庆典，即使只是民间的活动如丰年祭（Ambarvalia）也不忘慎终追远，今天看在我们的眼里，仍然不免动容，这种延续感在后继者的生活中能够持续不断，乃是一种提升的力量，透过冰冷的仪式，从"往昔高贵质地的神圣接触"，承接能量的光与热。在我们今天的生活里，已经找不到这种感受了，这种源远流长的认知，甘美而充满感恩之情，在努马[1]所建立的宗教传统中，曾经如此受到珍惜，却被我们视为一文不值。有人抚今追昔，强调我们之所以能有今日，得之于过去的甚多，我们非但嗤之以鼻，而且以为今日之展望与未来之发展全都操之在我。年复一年，奠基者逐渐从人们的记忆中消失，遗忘的阴影垂落，一点一点地扩散笼罩，

1　努马·庞皮里乌斯（Numa Pompilius，前715—前673），罗马王政时代（古罗马先后经历罗马王政时代、罗马共和国、罗马帝国三个阶段）的第二任国王。

最后只剩下一幅画像或一个名字。遗忘似属不可避免，但难免令人忧心三千师生的日常生活就此将前人的劳苦功高尽付东流；当此堂堂迈入崭新阶段之际，"先贤"不免悲从中来，垂眉低目，但见在各项庆典中自己连个位子都没有，在各种集会中再也没有人记得他们、怀念他们。但是，损失的其实是我们自己，因为对我们来说，典型在夙昔，前人筚路蓝缕，在殖民时期为学院奠定基础的记忆，正是我们今天最需要的。

今天，承蒙维斯塔将军（General Wistar）[1]的慷慨解囊，我们在这里为这所大学已故的重量级教授卡斯帕·维斯塔[2]树立一座纪念碑。这幢使校园大为增色的堂皇建筑，已经用行动表达了我们崇高的敬意，至于言词上的赞颂由我来担纲，实是至高的荣宠。

但是，这毕竟是一所解剖研究所，我们今天所谈的，为了求其详尽，以彰显那些递火传薪的前辈，不得不有所节制，以追述解剖学教授的事迹为优先，谈到学院早期的教席，也以解剖学为中心，以生理学、化学与卫材药物学居其左，实务、外科学与产科学居其右。随着解剖学的振兴，为治疗的技术带来了更大的活力与空间，从16、17到18世纪，执医界之牛耳的，除少数一二人外，均为解剖学家的天下，宾州大学尤为一时之重镇，在一又四分之一个世纪中，至莱迪逝世为止，在这一门学科中，教师阵容中拥有教授头衔的多达六人，但其中多尔西（John Syng Dorsey）仅教了导论，而且年事已高罹患重病，命在旦夕。次年，临时将外科学讲座教授费希克带着助理霍纳（William Edmonds Horner）一同借调过来应急。因此，事实上自医学院成立以来，解剖学的讲座教授只有四位，费希克仍以列在外科为宜。何以会有那样的调动，我们并不清楚，但可以大胆

---

1 维斯塔将军，指艾萨克·琼斯·维斯塔（Isaac Jones Wistar, 1827—1905），美国律师、作家，曾在美国南北战争期间服役，他是卡斯帕·维斯塔的侄子。

2 卡斯帕·维斯塔（Caspar Wistar, 1761—1818），美国医师、解剖学家，宾夕法尼亚大学解剖学教授，曾任美国哲学学会会长、美国废奴协会主席，著有美国第一本解剖学教科书《解剖学系统》（A System of Anatomy）2卷。1892年，他的侄子艾萨克·琼斯·维斯塔为了纪念他，在宾夕法尼亚大学创建维斯塔解剖与生物研究所。

推测，当时的外科，由于有马里兰大学来的强手吉布森（William Gibson）竞争，霍纳当时年仅26岁，争取外科讲座的机会显然相对略逊一筹。

我们这所大学的解剖学教授，平均任期相当长，一个接一个，间隔极久，这大有助益于素质的提升。虽说老王卖瓜不免自卖自夸，但放眼国内，又有哪一所学院拿得出这样一份名单：希本[1]，全国第一位解剖学教授；维斯塔，第一本解剖学教科书的作者；霍纳，国内首屈一指的人体解剖学者；莱迪，当代最伟大的比较解剖学家之一。较之于欧洲同一时期的医学院，只有爱丁堡大学可以相提并论，也是仅有四人担任此讲座。三位门罗（Monros）[2]的长寿与有始有终可是出了名的，一个接着一个，主持解剖学讲座长达126年。该校医学院成立不久，中门罗继承父亲的衣钵，一教就是50年；其子小门罗踵其遗业，时间几乎一样长，接下来的才是约翰·古德希尔（John Goodsir），然后就是现任的威廉·特纳爵士（Sir William Turner）。

谈到我们这所学校的解剖学，有一个特色，我必须话说从头。希本是约翰·亨特的入室弟子，两人亦师亦友。费希克更不止于此，后来在圣乔治医院（St. George's Hospital）还是亨特的主治医师。在成为我们这一行的一员之前，亨特可说就已经是亚里士多德以来最了不起的自然观察家，拥有深厚的科学概念，尤其具备悲天悯人的胸怀，对于疾病，他的基本观念直到今天才成为主流，希本及费希克与之相交，受益匪浅。很显然，两位年轻人受到他的启发极大，其中一人自英格兰回来之后，率先在殖民地开设了解剖学的课程；另一人则展其多彩多姿的生涯，赢得美国外科医学之父[3]的令誉。这所学校的解剖学如此之强，

<hr>

1　威廉·希本（William Shippen，1736—1808），美国医师，解剖学先驱，1762年在费城学院（宾夕法尼亚大学前身）开设产科及解剖课程，1791年，出任宾大解剖学及产科学教授。卡斯帕·维斯塔就是在1808年希本去世后，接任宾大解剖学教授的。

2　三位门罗指老门罗（Alexander Monro，primus，1697—1767）、中门罗（Alexander Monro，secundus，1733—1817）、小门罗（Alexander Monro，tertius，1773—1859）三位英国医师，他们祖孙三代，都曾担任爱丁堡大学解剖学教授。

3　指菲利普·辛格·费希克（Philip Syng Physick，1768—1837）。

全是因为直接受到亨特的影响，再加上那股重视标本的狂热，至有维斯塔——霍纳陈列馆的收藏之丰，只要想到这里，就不禁令人肃然起敬。

较为年轻的希本，更与约翰·摩根携手，共同制定了费城的医学教育体制。在英求学期间，两人就曾讨论过这方面的计划，或许是摩根能言善道，受到了董事会的信任，提出了他著名的企划书"刍议"并于1765年5月发表。直至同一年秋天，希本才向董事会表明意愿，接受解剖学与外科学教授的职位。我在前面谈过，希本与亨特亦师亦友，但他同时也拜在亨特大名鼎鼎的兄弟威廉（William Hunter）的门下。当时跟他一道的，还有威廉·休森（William Hewson），后来也成为著名的解剖学家与生理学家，是白细胞的发现人，其后代在本市也是医界的佼佼者。希本于1762年回到费城，时年26岁，立即展开解剖学的教学，同年11月16日在市政厅开始讲导论。踏出这一步，并将亨特的方法与精神带来，对这所学校产生了长远的影响，他可以说是居功厥伟。对于他讲课与示范的技巧，以及积40年教学经验所达致的精确，维斯塔大为推崇。教职之外，1777至1781年间，他也曾服务于军医院，担任院长，并曾出任医师学会第二任会长。

在美国的医学史上，卡斯帕·维斯塔拥有一个特殊的地位。他是医学界的阿维森纳[1]、理查德·米德[2]、福瑟吉尔[3]，堪称医师的典范，

---

1 阿维森纳（Avicenna），即伊本·西那（Ibn Sīnā，980—1073），阿拉伯医师、哲学家，素有"中东医圣""阿拉伯医中之王"之美誉，与希波克拉底、盖仑并称为"西方传统医学三巨匠"。著述颇丰，涵盖逻辑学、伦理学、形而上学、医学、神学等诸多领域。其代表作《医典》《治疗论》被世界医学界奉为医学经典，奥斯勒评价《医典》"被当作医学圣经的时间比其他任何著作都要长"。

2 理查德·米德（Richard Mead，1673—1754），英国医师、收藏家，做过乔治二世、牛顿、波普等著名人物的私人医师。他试图将牛顿引力的最新思想应用于医学占星理论，对预防医学的贡献卓著。

3 约翰·福瑟吉尔（John Fothergill，1712—1780），英国医师、植物学家，英国皇家学会会员，他的著作《溃疡性咽喉炎》（*Account of the Sore Throat attended with Ulcers*）包含了英语中对链球菌性咽喉炎的最初描述之一，被翻译成多种语言。

套句他自己在爱丁堡毕业论文中引用阿姆斯特朗（John Armstrong）的话："混在熙攘的人群中，寻找流连忘返的快乐鬼魂。"[1]从助理到教授，他在这所学校教了26年的书，跟他同时的人，凡我们认识的，无不说他是个好得不能再好的老师，是"学生心目中的偶像"。美国第一本解剖学教科书出自他的手笔，风行极久，数度再版，单这一点就足以名留青史。但在这门学科上，他所关心的绝不止于"刀子和叉子"，因为他早年曾是一个哺乳动物古生物学者，这一方面，在他的继任人当中，倒是有一个后来居上，成了重要的推手。不过维斯塔最为人所津津乐道的还不是他的著作，而是他影响至今不衰的解剖学教学方法。与他过从甚密且担任过他助理的霍纳，在1818年2月1日的一封信里说道："反复回想他指导学生的方式，很难说得出哪一样才是他的专长，不论谁来请教于他，他无不发自内心地倾囊相授，因此很少有人空手而回，总是满载而归。但话又说回来，他上课还是有其与众不同的地方，例如人体组织微小的部分，他都是用放大许多的模型来做说明；此外，将整个班分成多个小组，分给每个小组一箱骨骼，务使他们透彻了解人类骨骼的建构，众所周知，这正是解剖学最基本的功夫。这种教学模式，早在15年前就已经在做了。"希本在标本搜集方面所下的功夫如何，我们不得而知，但很难想象在约翰·亨特的熏陶之下，他会对标本的搜集无动于衷。无论如何，作为这所医学院极为重要的一个部门，标本陈列馆的建立全都归功于维斯塔，今天各位所看到的那一系列珍藏，其核心部分都是维斯塔的心血。因为维斯塔的这份遗赠，校董会一致同意将陈列馆以他的大名命名，如今，26年过去了，在这所以他为名的研究所中，这批珍藏找到了一个新家。

但是，他还有更令人怀念的地方。他的亲和力极强，凭着超人一等的心灵和头脑，他的人缘非常好，查尔斯·卡德威尔就说他是"一大群

---

1 奥斯勒在此想要引用的应是威廉·考珀的长诗《任务》中的诗句："流连忘返的快乐鬼魂，挥舞着斧头。"

朋友的感情交流站"。在我们这一行里面，就算是搜尽枯肠，大概也想不起还有哪个人像他那样好相处，那样令人如沐春风。直到今天，在费城，讲起维斯塔，都还是社交精神的同义词。年复一年，至今仍然是费城冬季重要活动的"维斯塔聚会"，邀请卡上始终还是印着他的相片，传达着他的名言："走，去找流连忘返的快乐鬼魂去。"

接下去教这门课的，那位年轻的解剖助理可就大异其趣了。霍纳生性内向、谦逊，终其一生，纠结人类心灵的疑惑与痛楚，始终在他心中萦绕不去。内在的挣扎、外在的恐惧，折磨着他温和而敏感的灵魂，死生大事，何其沉重，对他来说，四件最后的大事却比他每天工作所面对的材料更为真实。他留给我们一本跟艾米尔[1]一样的《内心日记》，在那里面，他发现自己是某种病胎子，"在一层安全的保护罩里，却随时可以听到所有有关命运与未来的疑问，悲伤、自责与忏悔的声音，以及灵魂企求内在平和的呐喊。"我们且听听他是怎么说的："凌晨即起，守夜人的最后一更还没喊过，处于平静的孤独之中，全心都交托在造我的主，衷心祈祷我能够免于因妄想而犯错，免于因亲密的情谊而受诱惑，免于教育的偏见，在神的恩典影响下，能够真实得到启发与成就。"何等熟悉的呐喊；一个坚强的灵魂，拼命努力，却怀疑自己无法得胜而发出来的喊叫！但是，霍纳毕竟是神所眷顾的人。面对心魔，他放下了，并达到了他所企求的平安。尽管体弱多病，忧郁不时来袭，却仍然能够以极大的热忱献身于解剖学，其研究、著作都展现了原创性，为大学带来了极大的荣誉，特别是在筹备陈列馆的工作上贡献极大，他的名字也将永远与维斯塔并列。

至于莱迪，多年来始终孜孜矻矻，任令科学的酵母在他里面拼命发酵，我又该怎么来谈他呢？根据现存的资料，我们大可以说，像他那样多元而又广博的博物学者，确实不可多得，但其人其事竟是如此少为人

---

1 亨利·弗雷德里克·艾米尔（Henri Frédéric Amiel，1821—1881），瑞士诗人、评论家、道德哲学家，以其《内心日记》（*Journal Intime*）而知名。

知。耐心十足、温柔敦厚、锲而不舍，这样的人品再也难得一见，徒留怀思而已。对于他的一生，总会有人做出肯定的回响，我也就不在这里献丑，倒是利用这个机会谈谈他的另一个特点，借以说明一种引起极大注意与争议的科学影响。尽管他是一个唯感官是问的人，但却没有一丁点儿皮浪主义[1]的调调，而是彻头彻尾的极端理性，绝不是那个怀疑大师[2]的忠实门徒。但老实说，在他的内心世界里，却有着皮浪主义者独有的特色，一种泰然自若的"冷静"。在这方面，莱迪与达尔文倒是极为相似。这两个本世纪跟自然打交道打得最密切的人，居然能够在研究与家庭生活中都得到极大的满足，实在足堪玩味。在儿子弗朗西斯为达尔文编写的传记里[3]，摆在我们眼前的达尔文，就是一个伟大博物学家内在思想自然流露出来的坦然，我们发现，在超感官的事情上，莱迪同样也达到了冷静沉着的境界，借用托马斯·布朗爵士有趣的比喻，可以不用把脑脊软膜绷得紧紧的。在科学上，达尔文虽然承认怀疑主义是合理的，但他却说，他自己并非凡事都抱持着怀疑的态度。这两位先生不仅在这一点上是相同的，而且明显具有亚里士多德那样的心智，但达尔文却更重视大量事实的累积——这正是他最大的优势——一种从大量事实当中归纳出通则的伟大力量。莱迪所缺乏的正是这种优点，另一方面，他也未曾感受过"因高度美感的失落而产生的好奇与怅然"，达尔文却曾为此而郁郁寡欢，这或许是他长期健康不佳的部分原因，却也是他倾全力搜集事实，以支持他伟大理论不可或缺的动力。

每当我想到莱迪单纯的人生，想到他献身于自然的研究，想到他穷

---

1 皮浪主义（Pyrrhonism），以古希腊哲学家、怀疑论的鼻祖皮浪（Pyrrho）的名字命名的哲学流派，又叫作怀疑主义，它以经验论为基础，对感觉之外的存在持怀疑态度。

2 指皮浪。皮浪的怀疑论以怀疑为目的，连自己的怀疑也要怀疑，这是彻底的怀疑主义。

3 弗朗西斯·达尔文（Francis Darwin，1848—1925），英国植物学家，达尔文的第三个儿子，这里说到的达尔文传记，是指他编著的《达尔文的生平与书信》（Life and Letters of Charles Darwin）一书。

年累月与自然密切的沟通，脑海中便浮现这样的诗句：

> 他是自然打造出来的，听呐——
> 他的声音存在于她的音乐里，发自
> 远雷的低吼，与夜莺的歌声相合；
> 他之存在可以被感知
> 于黑暗与光明，自草木与岩石，
> 随力所到之处扩散

二

　　接下来，让我们从人转到事，从过去转到现在，来看看人体解剖与生物学的发展。俗话说，真理是时间的女儿。即使是解剖学这门讲求事实的科学，其观点也是一代随着一代在改变。罗伯特·克里斯蒂森（Robert Christison）爵士曾谈起本世纪初期重要的解剖学家约翰·巴克莱（John Barclay），很可以拿来说明一般的解剖学教师仍旧是抱持着老旧的心态。巴克莱跟他的学生讲过这样一段话："各位先生，当你们在解剖室中作业的时候，千万留意你们解剖时的发现，并赶紧将它记录下来。我们的前辈留给我们的发现并不多，你们也许会碰到一条多出来的肌肉或肌腱，一小节岔掉的或多出来的动脉，一小支分岔的神经——一切可能因此而改观。但也千万注意，一定要把事实公布出来，因为它很可能是早就被人发现过的。解剖很可以拿田里的收割来做比喻。最先来的是收割的人，一切原封未动，他们四面八方把谷物大收了一遍，这就好比现代欧洲早期的解剖学家，譬如维萨里、法洛皮奥[1]、

1　加布里埃尔·法洛皮奥（Gabriel Fallopius，1523—1562），意大利医师、解剖学家，输卵管的发现者，第一个描述避孕套和阴蒂的人，命名了耳蜗、阴道等人体器官。

马尔比基[1]及哈维。接着来的是拾穗的人，他们所捡拾的谷穗，集起来只能做几条面包。这一类的就好比上一个世纪的解剖学家，诸如瓦尔萨尔瓦（Antonio Maria Valsalva）、科图尼乌斯（Domenico Cotunnius）、冯·哈勒、温斯洛（Jacob Benignus Winsløw）、维克-达吉尔（Félix Vicq-d'Azyr）、坎珀（Petrus Camper）、约翰·亨特与两位门罗。最后来捡拾剩余的是鹅，它们拼命在残梗间啄食少得可怜的谷粒，天黑了才摇摇摆摆地回家，可怜的家伙，还聒噪不休自以为得意哩！各位先生，我们就是那群鹅！"没错，他们都是鹅，在残梗间捡拾残屑，但生物学那片广大的田亩却敞开在他们的面前。在那一段岁月里，解剖学指的仅是一门人体结构的知识；但拜约翰·亨特之赐，通往更大视野的一条道路已经打开，他全面掌握了生命各种正常与不正常的现象，为解剖学者定下了正确的研究主题。

眼光从结构的确定转移到功能的发现，乃是进步的基础。问题不在于要他"随跑随读"，求快往往只是不清不楚而已；要想求得正确的生理学知识，必须先详详细细了解其形式与关系。所有医学的重大发展与研究方法相对应的改进，无不说明了巴克莱用"鹅"来提醒我们的深意。且让我们随便拿一门与实务有关的知识，譬如说神经系统的解剖学与生理学来做说明。在霍纳1825年编的维斯塔《解剖学系统》第3版中，谈到脑的盘回状态，这是今天医科、外科、人类学的学生都耳熟能详的，其功能则是生理学与心理学研究的标的；整个情况是这样的："脑的表面类似一团小一号的肠子，亦即一团盘绕的圆柱状管子；因此，我们才说它是盘回的。盘回之间的裂隙并未深入脑质的内部。"这样一幅简单几笔的结构图，与其相关联的功能，或许用莎士比亚的话最能表达清楚："当脑停止运作，人也就死了。"本世纪前两代的学者费尽心力将结构建立了起来，不仅造成了医学的革命，而且使心理学家

1　马尔切洛·马尔比基（Marcello Malpighi, 1628—1694），意大利解剖学家，显微解剖学的创立者，第一个看到毛细血管的人，对组织学与胚胎学的贡献卓著。

几乎将形而上的东西全都予以扫地出门。尤其值得注意的是，在许多知识范畴，精确的解剖学知识都是不可或缺的。新的脑解剖知识，特别是脑表面的研究，维斯塔虽然只是简单几笔带过，却为朱利叶斯·爱德华·希齐格（Julius Eduard Hitzig）与古斯塔夫·西奥多·弗里奇（Gustav Theodor Fritsch）开出了一条小路，对脑部病变的个案做精细的研究，也才为约翰·休林斯·杰克逊（John Hughlings Jackson）辟出了一条大道；然后逐渐地，一种以科学为基础的脑理学（phrenology）乃应运而生，取代了弗兰茨·约瑟夫·加尔与施普尔茨海姆的观念[1]；就这样一点一滴地，到了今天这一代，才建立起一套可靠的解剖学架构，将许多脑部的功能予以定位。由内或由外，在那块神奇表面的某一部位，小小碰触一下，我的嘴唇就会动起来，但不一定是表达清楚的思想，同样地，我也会看，却不一定能够阅读眼前的书报；这里碰一下，所看就不见了，那里碰一下，所听也不闻了。在这些主控肌肉的中枢上，碰它一下，它们就有可能单独地或整个地丧失功能，即使意识没有丧失，所有这些功能也会消失。那薄薄一层的养分，在时光的指尖轻触之下，智能缓缓向后倒退，退回到孩子的简单、婴儿的无知与子宫的混沌。

随着结构知识的不断增加，新的脑生理学也不断发展，加上疾病个案研究所做出来的贡献，在神经系统的诊断上，今天已经达到高度精准的地步。这种不同科目间知识的相互影响、相互串联，在我们这个领域里，表现得最为淋漓尽致，是其他领域所看不到的。在研究室中，我们用动物做实验，而自然在我们身上所做的疾病实验，我们也拿来研究，经过许许多多人在许许多多地方一点一滴的努力，解剖学所累积的事实，已经将50年前的混沌导入了井然有序的境地。在一个实事求是的年代，当我们面对健康违和或所谓的生病时，此一影响深远的改变使我

---

1 加尔与他的学生施普尔茨海姆的颅相学说，见本书第068页注释1。

们有所应对，不仅知道什么是该做的，也明白什么是不该动的。把大脑表面的各个中枢予以定位，才可能更为精准地诊断因中枢而导致的局部病变，威廉·麦克尤恩（William Macewen）与维克多·霍斯利（Victor Alexander Haden Horsley）也才能用新的脑脊椎手术为脑生理学及病理学注入新血，可惜的是，他们的这项成就并未引起太大的重视。

除了视觉、听觉、言语与自发性行为等各个中枢的定位之外，对于心理现象的身体根源，我们也逐渐有所认识。智能与大脑重量的关系、心理禀赋与大脑表面盘回增加的关系，所有这些，甚至巴克莱所说的"拾穗者"就已经有所认知；但在过去25年间，最小的器官解剖，就已经有人用最精细的方法在做广泛的研究，因而揭露了其复杂的机制。在解剖学上，脑灰白质的锥体细胞是构成思想的根本，随着这些心理细胞的发展、结合以及复杂的互动，恰如我们所说的，心理功能乃为之整合起来。这些机械性的概念又是如何产生的呢？或许是来自（英国）皇学会的克鲁尼讲座（Croonian Lecture）；最近在这个讲座，拉蒙·卡哈尔（Santiago Ramón y Cajal）指出，智能的活动、等级与发展，其基础在于复杂的细胞机能与细胞的结合。即使是情绪性的疯狂，其身体的根源也有迹可循。对于大脑皮质更为细致的结构，经过研究之后发现，痴呆、心理障碍与各种精神疾病，都只是锥体细胞处于错乱状态所发生的病征，与一个难以言喻的实体——心灵——的疾病脱离不了关系。尤有进者，有一派人类学家，试图将道德的错乱跟身体的失常——尤其是脑部的——搭上关系，大肆鼓吹一种犯罪型的精神变态，落入这种情状的人，"其为大奸大恶乃属必然，其为愚笨乃属天定，其为混混、为小偷、为人师，则定于球体的支配。"有关于脑部的知识，之所以有这种革命性的认知，全都得归功于巴克莱的"鹅"，是他们在神经系统的解剖上苦心研究所致。以法莲所捡拾的葡萄确实强过亚比以谢（Abiezer）所摘取的葡萄。

结构研究之为解剖学的主要课题，虽然是生命现象研究的基础，但在探讨生命成长、发展与活动法则的生物学中，却只是一个小部分。约翰·亨特，希本与费希克的业师，堪称是第一个现代的大生物学家，不仅因为他的观察独到而全面，更因为，将生命视为一个整体的，他是第一个，他所研究的是生命的整体，包括正常的与失常的、健康的与生病的。用巴克尔[1]的话来说，是他最先"把自然视为一个在不同时间、以不同面貌呈现的整体，在每一个变化当中，都保持着一个不变的原则：秩序井然、始终如一、不容切割、动静有方，事事皆有规律可循，只不过，在凡夫俗子的眼中，到处都是乱成一团而已"。我们身在医界，循着这位伟人的足迹前进必不至于缺乏，但我们切不可以此自满；巨人如理查德·欧文、赫胥黎与莱迪固然不在话下，许许多多生物学者，只要懂得谦卑与勤奋，也都跻身于医师的行列了。从约翰·亨特到查尔斯·达尔文，动物学与植物学的各个方面都在突飞猛进，不仅与结构相关的事实大量累积，有关功能的知识也大量增加，对生命现象的认识乃为之大开。如今，随着《物种起源》的问世，我们恍如大梦初醒，进化论不但改变了生物学的整个局面，并在人类思想的各个层面都掀起了革命。

理论甚至已经跑到前头去了；我们的生物学已经是十年前的东西，对我们这些人来说，新的观念不免令人困惑。近年来的文献所显示出来的活力，旺盛到了极点。围绕着细胞的本质，打得最凶的一场争夺战，正是结构的知识迫切地想要找回生命现象的解释权。这一方面的变化之大，使得新而复杂的术语层出不穷，本来简单到再也无法切割的原形质，今天却分成了胞体（cytosome）、胞淋巴（cytolymph）、核体（caryosome）、染色体，还要加上它们各自的原浆小粒与初浆粒。生命的单位，研究到了这样精细的地步，甚至使得血统的理论都做了实质

---

1 亨利·托马斯·巴克尔（Henry Thomas Buckle, 1821—1862），英国历史学家，实证主义史学之父，以其未完成的著作《英国文明史》（*History of Civilization in England*）闻名于世。

的修正。魏斯曼[1]的观点，特别是单细胞生物与较高等生殖细胞的不会死亡，以及后天的特质是否会遗传的理论，全都是从细胞结构与细胞分裂的研究直接衍生出来的。

其结果是，生物科学之应用到社会问题上，对人类思想所造成的分歧，从来没有这样巨大过。随着时间的流逝，在生命渐进的演化过程中，有一个目的是从来没有终止过的；进步来自永无休止的竞争，永无休止的天择与淘汰；一言以蔽之，演化是支配所有生物的一大法则，"天意之所为乃万物之所趋"，这种观念正是生物学送给19世纪最厚重的大礼。在《社会进化论》（*Social Evolution*）一书中，基德[2]岂不就这样说过："再清楚不过的是，未来的社会现象研究必然会以生物科学的研究为依归；双亲后天所获得的特质，是否会遗传给后代？生物学家今天针对这个问题所展开的论战一旦有了定论，必将在社会与政治哲学的整个领域中产生无与伦比的效应。如果旧的观点是对的，也就是说风俗与教育的成效是可以遗传的，那么毫无疑问，过去那种乌托邦哲学的梦想就是可能实现的。先人所受的教育，以及他们的精神与道德素养，如果我们都能够继承下来，我们也就可以大胆地预言，未来的社会将不至于变坏，而是持续地进步下去，就连生存的斗争都将终止，人口会控制得恰到好处，个人与社会组织之间的对抗也会为之消弭。但是，如果魏斯曼那一派的观点才是对的，如果进步取决于累积优质的先天选项并将劣质的排除掉，如果没有这种持续存在的天择压力，高等形式的生命就一定会反转倒退，那么，整个人类就只有陷入一开始就不断在进行的

---

1 奥古斯特·魏斯曼（August Weismann，1834—1914），德国生物学家，提出"种质论"，认为生物体在质上由种质和体质构成，只有发生在种质（存在于染色质中）的变化是可遗传的，而由外界环境后天影响获得的体质性状的变化是不能遗传的。

2 本杰明·基德（Benjamin Kidd，1858—1916），英国社会学家，以其所著《社会进化论》知名，他在达尔文"进化论"的影响下，试图建立人类社会进化与生物进化之间的类比。

斗争与对抗之中。如此一来，继续不停地为生存而竞争乃是必然的，纵使在某些方面仍然不失其人性，但终究是无法扭转也无可避免的。于是，人类所有的生活现象，个人的、社会的、政治的与宗教的，全都将被视为此一普世过程的个别方面，由于事关重大，才透过科学加以研究与了解。"

生物学之于生命的问题，可说是无所不在，我们甚至可以说，其他的科学，无论是在广度或深度上，在这方面都是有所不及的。深入观照生物学与人类日常生活的关系，其价值绝不可等闲视之。在这个忙忙碌碌的世界上，训练精准的观察与正确的推理，拥有清晰的观点与健康的心态，研究生物学所能得到的，不仅其他的科学望尘莫及，甚至人文学科也无法比拟。年轻人来到这所生命原理基本知识的殿堂，年复一年，必不至于空手而回。

对医师来说，这门科学的训练更是一项弥足珍贵的礼物，足以使整个生命发酵起来，培养慎思明辨的习惯与能力，唯其如此，在诊疗时面对变化多端的病情，才能够对症下药。一个医师如果未曾充分接受这种酵母的培养孕育，也就无法掌握科学与我们这一行业之间的关系，对于两者都有其限度，不是一无所知就是满不在乎，那么，等在前面的就是沉沦了！

今天是来恭贺宾大拥有了这所研究所，但请容我站在高处说几句话。在这个国家的大学里，当前最需要的就是有思想且肯付出的人，也就是：有理想有抱负、痛饮过神酒仙酿、精力不愿消耗在课堂里那副磨子上的人。在研究室里，大学所能做的事情应该更崇高。我们周遭的世界正在迅速改变，在那些较为古老的国度，实用之学已经不再是检验的标准，各个部门都在大幅提升知识的价值，在这方面，德国足堪作为我们的模范。德国的大学之所以伟大，在于有一大群追求纯粹科学的人，他们夙夜匪懈、无私忘我，充满着崇高的理想，别无其他的动机分散他们的心思，"你的工作能够带来什么实际的用途"，在研究室的深处，永远听不到这样的呼声，俗世或神界的偏见也不得其门而入，他们只知道珍惜"毫无蒙蔽且无瑕疵的真相——可以化解一知半解之毒的究竟事实"（亥姆霍兹[1]）。

科学的酵母使人养成凡事精确的习惯，培养扩大心灵视野的思考模式，强化——用埃庇卡摩斯[2]的话——"领悟力的肌腱"。但是，只有这些吗？这件诸神赐给人类的最后一样礼物，难道没有为人类全体带来希望的讯息？除了使个人在生命的暴风中得以宁静，在困惑中不失清明之外，就没有别的作用了吗？"地上温驯的子民终将在万古不易的法则中悠然入眠"，这样的承诺又在哪里呢？满怀梦想的人，从柏拉图到孔德，在人的国度里寻寻觅觅的，无非法则、秩序与上帝之城，难道这些都只是空幻的希望、虚妄的想象？

其实，为千千万万凡夫俗子纾解痛苦，科学已经成就了许多，未来更无可限量，在缓解疾病的恐惧上，尤其功德无量；但我们总是轻易地就忘了，在科学支配的范围之外，另外有一种沛然的力量，始终在摇撼着人类的心灵。出自理性，科学不分人我，但若感情用事，科学又将如何呢？感情之于科学，既无任何关系，也不会放在心上。科学或能研究、分析、说明感情，却控制不了它，它也不能证明科学的正当性。当年创办这所大学的那位大哲[3]，用链子拴住了闪电，但谁又拴得住人心呢？人心，多么怪异的综合体，前一阵还裹在福报的狂喜中，一转眼却又陷入了邪恶的泥淖；任何酵母，地下的或天上的，都不可能一劳永逸地改变人心。有一个人描写过人心，我们且来听听他是怎么说的："任何时代，在这个世界上，理性都只有任由暴力摆布的份儿，法治云云，不过是昙花一现，只要人性依然故我，谁又奈何得了它？个人的智

---

1 赫尔曼·冯·亥姆霍兹（Hermann Ludwig Ferdinand von Helmholtz，1821—1894），德国生理学家、物理学家，他在心理学、光学、声学、热力学、数学、哲学等领域均有重大贡献。

2 埃庇卡摩斯（Epicharmus），古希腊喜剧作家、哲学家、漫画诗人、医师。

3 指美国政治家、外交家、发明家富兰克林（Benjamin Franklin，1706—1790）。

慧，或国家民族的集体智慧，在人类的斗争中，全都一样在劫难逃，没错，总有一天智慧又会活过来，但照样又将沦为剑底亡魂。放眼四方，纵观古今，何处不见感情将挡在它前面的思想扫开，当然，还有信念、理性。激情不属于脑，不属于手，只属于心。爱、恨、野心、贪婪，全都把才智当奴隶在使唤，用暴力痛击理性软弱的反抗，理由？不需要，然后用铁腕将之碎尸万段。"（克劳福德[1]）

还记得我在前面讲过，那个"随跑随读"的人，他所读的古卷，正是理性竖立在人类动物园外的警告牌示："用链子拴住了，但尚未驯服。"然而，作用于个人身上的科学酵母，终究还是可以使整个社会多少起一点发酵的作用，这一点应该是没有人会怀疑的。理性毕竟已经自由了，或差不多是这样，宗教教条的桎梏已经除去，而信仰本身，也已经脱离了那一桩门不当户不对的联姻，自在在走自己的路去了。

"欢乐哲学家"[2]有不少饶富意味的古怪想法，其中之一倒有先见之明，跟一个现代才有的观念若符合节。他是说，环境的影响之于我们，那些偶像、观念以及传承加诸我们的，对于我们是好是坏，是大有关系的——的确，环境对我们的幸福太重要了，甚至我们的人品，哪一样不受外在环境的影响？在这方面，科学思想的趋势，例如原子理论，岂不可以远远追溯到阿布德拉（Abdera）的那位前贤；外在环境既然是这样重要，教育中最最重要的一点，恐怕就非"传承"莫属了。从解剖学中，现代医学思想汲取了丰富的灵感，这幢庄严堂皇的建筑配上这门科学，真可以说是相得益彰，也使得这所大学原本就已经充满活力的环境更臻于完美。由于校长与大家的努力，这里终于汇集了所有传承的大好环境，建立了使这个共同体可长可久的高等学术。什么是教育，说

---

1 弗朗西斯·马里恩·克劳福德（Francis Marion Crawford，1854—1909），美国小说家。

2 指古希腊哲学家、"原子论"创始人德谟克利特，在伦理观上，他主张道德的标准就是快乐和幸福。后面"阿布德拉的前贤"指的也是德谟克利特（色雷斯的阿布德拉是德谟克利特的出生地）。

到究竟，只不过是环境影响对我们的潜移默化；每个时代的伟大心灵所留下来的文字资产、自然与艺术所赐给我们的谐美氛围，以及我们的同人所营造的生活——所有这些都在教育我们，塑造我们成长的心智。在这片校园里，这些影响将带领一代又一代的年轻学子，从大学升到研究生，领受美、真与善的陶冶。美，是最高的境界，唯有不懈地追求完美才能够达到，"燃烧，无论烈焰或微光，如镜之反映火的实像，是众所向往的"；真，是冰冷的逻辑，使得心智独立自由，免于自欺与不求甚解的荼毒；善，我们学医，若要无愧所学，就必须与善同生，同行，同在。

25年之后[1]
After Twenty-Five Years

我们所爱、最爱与最美好的

由他所酿造的陈年老酒已经备妥，

未及饮过一或二巡，他们

却已逐一葡萄沉沉安息。

———奥玛·海亚姆《鲁拜集》

1　1899年9月21日，奥斯勒在麦吉尔大学医学院的演讲。奥斯勒于1874年开始在麦吉尔大学医学院执教，10年后离开麦吉尔，前往宾夕法尼亚大学任教，25年后，他发表了这篇演讲。

一

展望我们的人生，有两个观点可以得到宽广而满意的视野。其一，是在清晨灿烂的晨曦中，青春的露水犹未拂去，站在山脚下，迫不及待等着动身启程；另一个，或许并不十分满意，但更加开阔，则是我们站在山顶上，凝视着落日拉长的影子。至于在我们向上攀登的过程中，想要看到同样宽广的视野，那可是完全不可能了，小径陡峭崎岖，连个立足的方寸都没有，遑论得一开阔的视野。记得但丁在攀登炼狱大山（Mountain of Purgatory）时，一番奋力的跋涉之后，来到一块群山环抱的坪顶，朝东坐下，对向导说："回顾来时路，真有无限的欢喜。"同样地，今天在这个场合，站在四分之一个世纪的平台上，我也因回顾而欢喜，为自己还能够跟大家聊聊未来的远景而欣慰。

25年前，多少有点冒险，学院居然启用了一个毫无经验的人在医学系开课。多亏那些在学校服务多年的先生宽宏大度，说什么时代不同了，把原来大可以占着不放的位子挪出来，让给一个后生，只因为他对所教课程有学士后研究的优势。前辈们的大胆，加上我自己的拼命、天生用不完的精力，以及对工作的热爱，倒也可说是不负所托。那一段快乐的时光，尽管我努力地到记忆中去搜寻，却再也唤不回太多的东西，

227

往事如烟如尘，蒙遮了细节，甚至连大轮廓，都不免有部分变得模糊了。遗忘乃是一种福气，但往往因人而异。有些人，譬如我们那位杰出的同人约翰·贝蒂·克罗泽尔，记性可是一流，将他的经验与心情，一章接着一章，全都化作了生花妙笔的文字。我们虽属同时，年岁相仿，我的记忆却有如俄底修斯到了冥府，魔圈罩顶，形成一层阴影，却又找不到忒瑞西阿斯帮忙揭掉那层蒙蔽了过往的纱幕。但是，尽管回忆如幻似影——

过去种种
仍然是吾人今日一切的光源，
是吾人得以所见的一盏主灯。

所有的点点滴滴，全都跟每个接纳我的人有所关联，因此也就特别地珍惜，可惜的是，如今所记得的，竟只有零星残余了。对于他们——他们的影响、典范，以及他们对我的鼓励——我的感激是永远铭记在心的。那一段岁月，日子虽然平淡，同人们莫不兢兢业业，全力以赴，前辈之于后辈，生活行事，处处都是身教，让我们明白自己的责任重大，整个环境的氛围充满着激励与活力。所有的一切，教化自在其中，特别是两位院长，乔治·坎贝尔医师与帕尔默·霍华德医师，在他们的领导下，更是如沐春风。学院为了纪念他们，用两位的大名成立讲座，可说是益增华彩，抚今追昔，倍感温馨！

唯独有一件事，可以说记忆犹新——今日的此情此景，反倒使得它历历如在眼前。记得第一次站上讲台，内心的不安与惶恐真是到了极点。从来没有讲过课的我，拿着预先准备好的讲义，在众人面前照本宣科，整个心脏仿佛要跳出来，所幸在场的同人体谅，并未当场发难，加上一进讲堂时学生给我的热烈欢迎，让我安心不少；但总无例外地，只要想到即将上场，每一次的煎熬都是最强烈的。我永远记得，整整一个学期，几乎要准备100堂课的讲义，那真是苦不堪言。才上了10~12堂课，已经是精疲力竭，但还有该学期剩下来的课必须全力应付，而我偏偏又出于愚蠢的好胜，前一任老师德雷克（Joseph Morley Drake）医师好心留给我的讲义，说什么都不愿意去碰。到了1月，眼看是到了山穷水尽的地步，救星却也从天而降。一天，邮差送来了一本生理学的大作，是一位德国教授新出炉的作品，使我如获至宝，剩下来的半个学期也就因此迎刃而解。讲课的内容明显获得改善，而且学生受益，自己能迅速有此能力，全得力于能将德文翻译过来。

离学期结束还有一段时间，我已经深深了解到，这项职务的托付是何等的重大，乃积极设法改进教学的方法。在应用生理学方面，在伦敦的大学学院（University College），我曾经修习过第一次为组织学（histology）所开的课程，包括有系统的讲课与实物教学，受益匪浅。第一个学期，我们仅有一台显微镜，只能让学生观看血液循环、纤毛运动等。但幸运的是，当我接受蒙特利尔总医院的指定，出任天花科医师，便多了一份收入，因而有余钱订购一打的哈奈克（Hartnack）显微镜，以及少数简单的仪器。老旧的天花科病房带给我的还不止这些，令我心怀感激的是，我的第一篇临床论文也是在这儿产生。到了第二学期，我有一系列的实物教学，另外还私下开了一门应用组织学；印象特别深刻的是，选修与利用额外时间来上课的学生都表示感激。有好几年的时间，我都不得不在物力维艰的情况下工作，冬天擅入化学实验室，夏天则利用楼下的衣帽间上组织学。1880年，学院终于将一间讲堂改装为生理实验室，并筹集了一笔资金改善设备，令我喜出望外。同时，我总算有时间开始思考自己的方向了。我在医学院的课，开的是生理学与病理学，当时有个行之已久的习惯，后者必须要讲满20堂，我在蒙特利尔总医院的一位同事，将验尸间交给我自由支配，没有多久，我就发现自己的主要兴趣是在病理方面。事实上，在应用生理学上，我的技术并非十分在行，器械仿佛总是在跟我作对，更何况，即使是准备最简单的实验，我也连个帮忙的助理都没有。啊！我花钱买的那些器械（通常都是自掏腰包，那还得庆幸自己有钱，但有时候则是朋友的，那就表示我已经是个穷措大了），我就从来没能够把它们摆平，经常弄得彻夜未眠，而那些新生还以为我是在做什么了不起的研究哩！此外，要搞懂血液循环、纤毛波动、纤维蛋白消化，相信谁都能够做得到，但我却不认为，学生连续上了我教的十堂课，就能够了解淋巴腺、脾脏或胎盘循环的结构。对于这些结构，我到今天还是打从心底恨得牙痒痒的，但是，只要有一项新的研究清楚说明了它们的构造，一解我之前心中的懵懂，我一定欢喜得很。对于任何事情，我这个人绝不会强不知以为知。学生时代起，我就明白，非如此不足以做个好学生，我也随时准备好对学生说："我不懂。"在学院任职四年之后，蒙特利尔总医院主管选出我担任主治医师，对一个年轻人来说，那真是连做梦都不敢想的事！就在同一天，我跟我最要好的朋友乔治·罗斯联袂启程前往伦敦，一同在临床医学上度过了一段美好时光，也就此告别了我初恋的情人[1]。从此以后，几乎全心专注于病理学与实用医学，并在我的课程中加开了一门病理解剖学，一门病理组织学，另外还开了一门临床医学的暑期班，把自己弄成了一个贪多务得的四不像，10年下来，连自己专精的是哪一科都讲不清楚了，倒觉得自己活像那位阿尔西比亚德斯；说到这位先生，有诗如下：

　　所学无所不涉；
　　但却门门不通。

　　临床医学这块牧场，新鲜却范围狭窄，但我还是照样软弱，抗拒不了放牧的诱惑。

　　经过10年的打拼，我告别这个城市，富有了，但不是富在俗世的资财，这方面，我的运气并不好——或许反而算是运气好吧——虽然两

---

1 奥斯勒在这里说的"初恋情人"应是指生理学。

袖清风，但在不会锈坏、不受虫咬的资财上却是富有的——富在友谊与同事之情，富在乐于工作、心灵活跃，富在因此而得到的丰富知识与多方历练。所有赐我这些财富的人，全都常在我心。多少个日子以来，我心系此城，常常思念暌违的朋友、同事、师长、哥们儿、把臂相交的人们，只因两地相隔，心弦也拉得紧紧的。

二

25年前，这所学院的成员由史称的七范畴（septenary）[1]组成，外加一位实验教学老师。今天我发现，学院登记的教师已经多达52位。这场革命一直在缓慢而无声地进行着，其间最大的差别在于，阶梯式的讲堂里，师生各据一方遥遥相对，纯理论的教学，以及实验室里摩肩接踵人挤人的状况，大都已经成了明日黄花。这种变化对学院、老师与学生都造成了深远的影响。

我初来任教时，学院的财务极为单纯，单纯到不过几年光景就可以交给我这个外行人来管理。如今，学院的一切开销，除了学生交纳的学费外，还有政府的补助，为了因应系里的支用，每个教授还得负责在系上收费，光是花在实验室上的经费，就比1874年学院全部的收入还多。为因应教学上的需求，设备势必大幅扩充，这方面尤其有赖于市民的捐赠，无论是自动捐输的，或是响应呼吁的，其表现出来的慷慨与热心，相信大家都了然于胸，毋庸我再多言；如果不是因为这样，以现代化的成长需求而言，麦吉尔是赶不上那样快速的脚步的。一所一流的学院，有一个很重要的特点，我要在这里多讲几句。今天所谓的专业化，指的是一群经过高度训练的科学家，在各自的领域内，全心全力投入一个主题；要能够做到这一点，需要投入的时间与金钱都是极为庞大

---

1 七范畴，指早期医学教学的七种课程：解剖学、生理学、化学、卫材药物学、实务学、外科学、产科学。

的。此外，这些人通常都是水平很高的杰出学者，他们将一生投注于科学，其实可以说是一种牺牲；当然，他们自己或许并不这样想，因为他们努力所获得的成就，快乐自在其中。但是，我还是希望，全国的教育当局、校董会、医界与每个身在其中的人，都能够深切地认知，对于这些人，我们亏欠得太多，他们播种而我们收割，他们劳苦而我们坐享其成，那么，我们又该如何予以回报呢？微薄的待遇，单调辛苦的教学，是常会把人的进取心消耗掉的。无论在美国还是加拿大，教授这个阶层，在大学里教书维生，所得与所付出的实在不成比例。有财力成立设备完善的实验室的医学院已经寥寥可数，所给的薪水能够对得起所付出的心力的，那更是少之又少了。我充分明白，荷包的事情并不是每个老师最在意的，而且是早就应该要做的事，我之所以会提出来，实在是因为我也充分了解到，有些收入甚丰的学校近来颇有一种倾向——不惜削减老师的待遇，拿去填华尔街的指数。此外，我所要呼吁的，还不止于减轻荷包的压力而已。在加拿大，教学方面的业务太过于繁重。一个良好的助理制度得之不易，要养得起更是难上加难。教授的待遇只请得起一个助理，这种情形可谓司空见惯。当实验室的主力全放在教学、研究上，同样重要的一个功能也就遭到了伤害。因此，成立特种基金以充实科学人力，不仅是永续的，更是迫在眉睫的。欣闻医学院最近得到了这样一笔捐赠，但我也不讳言，据我所知，还没有一个学系因此而受惠。为了提供学生基础教育的条件，有些看似不必要的钱，医学院却不得不花。一个学生，没有良好的化学基础训练，就没资格在医学院注册；因此，纵使不是分内的事，而且不免分掉了医药化学的资源，普通化学仍有必要纳入课程，同样地，生物学也应该同等看待。

但是，这所学院的实验部门却不是在自己的直接管辖之下。过去，虽然没有科学的实验室，今天，蒙特利尔总医院与大学产科医院虽然也只是从事医疗工作的部门，麦吉尔照样产生了优秀的医师。充足的临床资源与健全的教学体系，使得这所学院的名声更胜于50年前。之所以如此，学院在科学方面的成长与时俱进固居其半，另一半则应归功于实务方面的日新月异。讲到这里，不得不感谢那些加拿大的贵族，他们目光如炬，慨然捐建皇家维多利亚医院，使学院的临床设备倍增不说，更让蒙特利尔总医院多了一个良性竞争的对手，刺激它精益求精。在这25年来诸多的变化当中，我认为这乃是最值得大书特书的，因为如此一来，麦吉尔作为一所实用医学的学院，才得以不断地有所长进。

学院之为一个组织，变化固然极大，同样地，老师身在其中，也深深感受到了医学教育环境的改变，我们当中有不少人，在教学上不免有不知如何下手的困惑。身处转型的时期，最难把握的就是方向。在某些方面还算是幸运的，唯一的难处就是教些什么。由于每个科目的内容都已经大幅增加，科学的医学颇有趋于琐细之势，要使一、二年级的学生懂得筛去粗糠，取其易于消化的精麦，全在于能否得一良师。在教学上要跟得上最新的进展，不二法门在于全心全力专注于一个科目，并随时吸收新知。但此事说来容易，要得一正确的判断却非易事。说到好为人师，正如艾萨克·沃尔顿（Izaak Walton）之论垂钓："此乃人之天性，我是说，人皆有此倾向。"对许多人来说，教学之难莫过于打好初学者的基础。距莎士比亚的时代不远，埃文河畔斯特拉特福郡（Stratford-on-Avon）的教区牧师约翰·华德，曾经为医师做了一个分类，虽然颇有贬义，但却流传至今——"第一类，能说不能行；第二类，能行不能说；第三类，能说又能行；第四类，不能说也不能行——而赚得最多的正是此类。"教授也可以做如是的分类。第一类，能思考却不善言，也没有技能，这种老师对一般学生或许没有大用，却可能是教师中间的酵母，是大学的桂冠；第二类，留声机式的教授，一本讲义穷年累月到底；第三类是有技能却不善言也不能思；第四类则属极少数，思、言、行均能胜任。在一个教学的团队中，这四种类型各有各的本事，充其量只是在说明老师这种人的多样性，院长倒是可以一笑置之。

但在今天，困扰老师的问题大多不在于教些什么，而在于如何教。

尤其特别的是，到什么时候、在什么课题上，实地教学就应该取代课堂教学。大家都同意的是，医科学生的学习，有极大的比例是在实验室与医院中进行。过去那种老式的讲堂辩论，用词遣字中规中矩，今天几乎都已经取消了。我的看法是，要弄出一套固定的规则是行不通的，应该尽量让老师有自由裁量的空间。由于许多学院都已经采取大班制，取消课堂教学势必要调整整个课程乃至教师的安排。实地教学之取代课堂教学，已经是一个普遍的趋势，虽然进行缓慢，却是不可避免的，但依我之见，课堂上的理论教学在学院中永远有其地位。接下来的十年，更大幅的缩减似是必然的，我们甚至可能走得更远，但总有一些人，针对某一个主题，比起一本书，一定能够讲得更详细也更精彩。威廉·盖尔纳爵士（Sir William Tennant Gairdner）不是说过，老师的容貌与音声之所以比一本书更具有说服力，关键在于他给人的信心是活生生的。数年前，查尔斯·默奇森（Charles Murchison）——大不列颠最好的医学教师恐怕非他莫属——将医学的课堂教学做了一个限制，只有碰到罕见病例、一群特征显著的个案，以及无法在病床边讨论的问题时，才搬到课堂里去琢磨。在过去的四年，我在教学上做过一项实验，周考仅出一组题目，全都是在病房、门诊室与临床实验室中的实务作业；同时，每周也在阶梯教室中讨论一次，针对的则是当季的急性疾病。我采取的是小班制，结果相当令我满意，但对象若是一大群学生，恐怕就窒碍难行了。

比起30年前的我们，今天的学生快乐得多。对此，我只有羡慕，当然谈不上同情。不仅菜单更为吸引人，菜色也更为多样化，手艺也高明了许多。今天，普通化学与植物学这种奶汁，已经不再混到医学院的正餐里了，填鸭式的教学当然也就出局了。无疑地，学生想要的，当然是越多越好，而我们做老师的，则唯恐教得不够多，但两者都可能是枉费心机。之所以如此，关键在于老师与学生都忽略了柏拉图所定下的基本原则，这个伟大的原则是：教育是一个终身的过程，学生在学院中所学的不过是启蒙而已。制度使然，在有限的时间内，我们要求于学生的太多，想要在四年内涵盖全部的医学领域，根本是不可能的任务。我们所能做的，只是教以原理原则，引导学生走上正途，给他方法，教他如何学习，及早知道分辨什么是重要的、什么是次要的。对学生与老师来说，取消考试才是最大的快活。对一个真正的学生来说，考试不过是惹人反感的绊脚石罢了。乍看之下，这根本就是乌托邦式的空想，其实却未必。在考试的前十天，你问任何一个解剖学的实验教师，哪些人可以过关，他一定可以给你一份名单。只要对学生有深入的认识，一个用心的解剖学实验教师，就能够做到这一点，推而广之，所有其他科目亦然，大可以放心地让学生过关，换句话说，更彻底地了解学生的程度，可能比我们现行的考试要管用得多。依我看，省或国家的执照考试说什么是免不掉的，但也只能测出一个人是否是个合格的执业者，照当今常见的情形来看，要测出一个人对整个医学领域的了解，那可是万万不能的。

三

这所学院的种种，已经跟大家介绍了那么多，但最要紧的还在后头，因为，如果我仅止于谈些课程的问题，而不聊聊你们这些刚要展开人生严肃功课的年轻人，那么我今天也就白来了。就我个人来说，约翰·阿伯内西[1]经常挂在嘴上的那种情绪，我是不太苟同的；我相信，今天要是他见到你们这样一大班子的医学生，一定会大叫道："我的老天，少爷们！你们还有什么搞头？"我的看法大不相同，你们既然选择了这个行业，几乎可以保证，你们每个人都会拥有一个快乐、满足、有意义的生活。无论是谁应该都不会否认这一点。你们之所以做了这样的选择，有许多人是在家里受到医师亲朋的影响，要不就是受到你们所认

---

1 约翰·阿伯内西（John Abernethy, 1764—1831），英国外科医师，解剖学和外科学教授，曾师从"现代外科手术之父"约翰·亨特，以教学能力强、讲课精彩而知名。

识的地方开业医师的感召，他们崇高的人格典范，以及他们在社会中所享有的独特地位，想来都是让你们心向往之的。只要你们有心，总有一天，也能够让自己成为这样的一个榜样，但我却要提醒你们，你们应该一开始仅止于做个值得敬重的一般科医师。正是这样的医师——心胸宽阔，头脑均衡冷静——虽然不是事事都讲求科学，却满是从病房中而非从实验室里学来的智慧。这所学院最该引以为傲的，不是昂贵的设备，而是从这里毕业的学生散播到了这片大陆的各个角落，正是他们，证明了这所学院力量之所在。

日前读约翰·洛克的一封书信，受益匪浅。彼得伯勒伯爵（Henry Mordaunt）为了教育儿子的事请教洛克，洛克在信中强调，教育的关键在于让孩子"尝到知识的滋味"，说"这可以赋予他生命"。越早养成这种品位，头脑清楚，心灵敏锐，自能乐在其中，烦闷、无趣也就无由产生。但也千万不可沉迷其中，以至于不问外界世事。做个成功的医师必先做个成功的人。同学之间要能打成一片，玩在一块儿，乐在一块儿。后面的这个建议，你们可能会认为我是在说着玩的，其实不然。在今天这个时代，医学生玩的花样甚至成为一种时尚，早在阔台路的时代，"入门晚餐"就已经是巴库斯式的狂欢（Bacchanalian orgie），如今也已成为惯例，连校长与院长都不能置身事外。在医师的本职上，你应当谨守分际，但也应当放眼于狭小的工作圈之外，唯其如此，才有能力面对繁重辛苦的工作。许多的孩子在求学期间，甚少得到家人的关心，我就常劝教育圈内的朋友，应该多多关切学生的社交生活。

谈起你们念书的方法，我只有一点小小的建议，但说到它的威力，我却是出以极大的信心，拿我自己身体力行的成绩来做见证，那就是不要为明天忧虑。既不要活在过去，也不要活在未来，而是全心全力活在每一天的工作中，做好每一天想要完成的事情。克伦威尔（Oliver Cromwell）给贝利弗（Pierre de Bellièvre）的答案，可以说是聪明绝顶——"不知道下一步在哪里的人，反而爬得最高。"真是至理名言。

一个学生，担心自己的将来，忧虑考试，怀疑无法成为一个好医师；另一个，不知道自己的下一步在哪里，只在乎眼前该做好的功课，其他的一概不问，两相比较起来，后者的表现一定强得多。

行医将是你们未来的事业，或者是一种使命，也不妨当它是一种副业——带几分心智消遣的意思，借此优游于艺术、科学与文学的世界。单纯的事业以外，立即着手去培养一些兴趣，唯一的难处在于选择什么兴趣，但大可按照自己的品位与专长做决定。总之，有一项业余的嗜好是很重要的。对一个用功的医学生来说，最简单的莫过于培养一份文学的兴趣。一年之中，正课之余，拨出相当的时间读一个作家的作品。解剖学搞得烦了，不妨转而读读奥利弗·温德尔·霍姆斯，调剂一下心情；担心生理学时，找个伟大的理想主义者，譬如雪莱、济慈，大可以抒发一下；当化学让你焦躁不堪，莎士比亚绝对是最好的镇静剂；而当药理学的繁杂令你难以承受时，花个十分钟，蒙田将可减轻你的负担。至于前辈医师的作品，当然也值得密切留意；在我们这一行里，很幸运地，医学与文学的密切结合不乏其例，但在医师作家中，首屈一指的非托马斯·布朗爵士莫属。《医者的信仰》被列为英文经典文献，绝对当之无愧，每个学生都应人手一册，随身——随心——携带。今天，我要在这里宣布，对我一生影响最为深远的莫过于此书，我的第一位恩师，三一学院中学的创办人兼校长约翰逊神父，将这本书介绍给我时，书页中那些奇诡而迷人的文字，甫一接触，欢喜不已，至今记忆犹新。也正是这本书，让我兴起学医、行医的念头，珍藏至今——我所买的第二本——它陪我走过了30个寒暑，成为人生道路与生命的伴侣。我引塞涅卡（Lucius Annaeus Seneca）所说的，虽属老调却是至理——"若你爱书，生命必不致空虚，你将不致在夜里叹息，不致为白日烦忧——也不致觉得自己无趣或别人无益。"

最后，每个医科学生都当牢记，你们求学的目的不是要成为一个化学家、生理学家或解剖学家，而是要学会去了解并治疗疾病，成为一个悬壶济世的医师。20年前的夏季学期，我在蒙特利尔总医院上第一堂临床医学，在为学生准备的笔记本首页，我录下了下面的一段文字，你们将会发现，行医的阿尔法与欧米伽（Alpha and Omega）[1]尽在其中，非此不足以言教育的本旨：

可以为人所用的知识才是真知识，真知识之中自有生命与成长，并可转化成为实用的力量，其余的皆有如灰尘之悬于脑际，或如雨点之干于岩石。[2]

---

1 在希腊字母中，阿尔法（α）是第一个字母，欧米伽（ω）是最后一个字母，从阿尔法到欧米伽，有"从头到尾、全部"之意。

2 出自英国历史学家詹姆斯·安东尼·弗劳德（James Anthony Froude，1818—1894）的《大题小议》（Short Studies on Great Subjects）。

医界的沙文主义[1]
Chauvinism in Medicine

胡作非为者眼中不见是非

老迈昏聩者亦如是。

——莎士比亚《李尔王》（*King Lear*）

由于你的右手持有温良的平和，

嫉妒的舌头乃为之静默。

——莎士比亚《亨利八世》（*King Henry VIII*）

---

1 1902年，奥斯勒在加拿大医学学会（Canadian Medical Association）的演讲。

善独的艺术（the Art of Detachment）是一种极为珍贵的禀赋。一个人有了这种禀赋，自然能够与环境保持一定的距离，对于自己的行住坐卧，能够全面性地观照，如此一来，乃能够将自己从柏拉图的洞穴[1]中解放出来，有足够的时间去看清楚真实之所以为真，以及影子之所以为幻。身为医师，如果能够达到这种境界，自然就会发现，在自己所从事的行业中有一个课题，既需要运用高度的叙述与想象能力，也需要具备深度的哲学洞察。限于聪明智慧有如洞穴中的囚犯，以我的格局与才能均不足以言此一境界，顶多只能就这个主题略抒己见，希望你们用心体会，至于我首先要谈的，则是我们这一行业某些与众不同的特质。

一、医疗行业的四大特质

高贵的世系——当今世上垂诸久远的良善事务，无一不是希腊人的智慧产物，现代医疗自不例外，也是源自一群创造了实证或理性科学的

---

1 柏拉图在《理想国》中有一个著名的˝洞穴之喻˝：一群囚犯在一个洞穴中手脚被缚，他们自始至终背对洞口，只能看到壁上的影子，久而久之，他们以为影子就是真实的世界。

杰出人士，其中居功厥伟的医师，正如贡贝尔茨教授在《希腊思想家》中所说的，很早就已经具备了批判的精神，针对生活中独断与迷信的观点提出针砭。科学所要求的既然是"稳定与精确，而不是漫无头绪的幻想迷阵，就必须诉诸有系统的研究"。"而此一源自科斯医学校的不朽传统，主导了医疗行业的理念，并对人类的整个知性生活产生了最有益的影响。虚构的靠右！真实的靠左！正是科斯医学校所喊出来的战斗口号，用以对抗自然哲学的过与不及。"希波克拉底医学校的批判意识与怀疑精神，为现代医学奠定了坚实的基础，从那里面，我们所得到的包括：第一，将医疗从神道与特权的枷锁中解放出来；第二，医疗之为一种技术，是以精确的观察为根本，作为一种学问，则是将人与自然的知识加以整合；第三，崇高的道德理想，表现于一项"人类颠扑不破的文件"，亦即希波克拉底誓言之中；第四，则是一种认知：行医乃是学养俱佳的人才能从事的行业。这种一脉相承的道统与理念，别的行业可说是难以相提并论的。我们能够拥有这样的师承，或许真的是值得骄傲的事。多少学校与体系曾经盛极一时却都成了明日黄花，一代接着一代，那些曾经支配医界思想的学校与体系，如今已经不复存在，唯有其创立者仍然不死；一个时代的谠论[1]，到了下一个时代可能变成谬论，而昨日之愚蠢却可能是明日之智慧；经年累月，我们学习得何其缓慢，而遗忘得又何其快速——但在25个世纪的变化与机缘之中，在医疗界里面，直追希腊理想的从来不乏其人，这些人包括盖仑、阿莱泰乌斯、亚历山大与拜占庭的医学校前辈、阿拉伯人里的佼佼者、文艺复兴时期的前辈，以及我们这个时代的同业。

第二个与众不同的特质是，医界是浑然一体的。其他的行业，没有一个像医界这样可以普遍性地适用于这种说法；天主教教会容或可以适用，但拿来形容医界恐怕更为恰当。之所以说浑然一体，并不是

---

1 谠（dǎng）论，意为正直的言论，直言。

因为疾病无所不在，也不是因为每个地方都有那样一群特别的人在治疗疾病，而是因为在整个文明的世界里，我们的志向，我们的方法，以及我们的工作全都是一致的。跟大自然缠斗，以破解每个时代哲学家都有的困惑，追踪疾病的起因直至发现其症结，将多方面的知识结合起来，以便快速而有效地预防与治疗疾病——这，就是我们的志向。仔细观察生命各方面的现象，正常的与异常的，务使所有技术中这项最为困难的技术做到完美无缺，诉诸实验科学的协助，培养高超的推理能力，力求做到明辨真假——这，就是我们的方法。预防疾病，减少痛苦并予以治愈——这，就是我们的工作。我们这个行业，说起来根本就是一个志同道合的同人会，其中的每个成员，在世界上任何一个角落，都会闻声救苦，并发现我们的同人就在身边，使用的语言和方法是相同的，目标也是一致的。

第三，医疗是与时俱进的——医疗立基于科学，科学进步医疗随之，并参与它的成长，因此，在科学大觉醒的19世纪，医界所受到的加速度推力也是有史以来最强大的，机械科学之外，医学领域改变的幅度之大，超过人类知识的任何其他领域——只因为我们身在其中跟着成长，竟浑然不觉其改变。这种改变，不仅在破解疾病原因、改善预防方法以及大幅减轻痛苦上有了可观的成绩，而且更能够摆脱陈规，以科学精神取代僵化的教条，使我们对更大的进步与更美好的未来满怀着信心。

最后，大不同于其他行业的是，医疗是纯粹造福的。医疗所怀的悲心有如约夫（Jovian）[1]与上帝，只要放手去做，有如普罗米修斯送给人类的礼物。在我看来，自从这位伟大的泰坦人（Titan）在天上盗取火种以来，人类又得到了三项最为可贵的大礼。翻遍人类丰功伟绩的档

1　在古罗马神话中，与宙斯对应的神叫约夫（Jove），为了表示尊重，古罗马人又称其为朱庇特（Jupiter），意为"诸神之父Jove"。英文Jovian即从Jove而来，形容"像朱庇特似的"，或有"威风凛凛"之意。

案，你再也找不到足堪与之比拟的成就了。麻醉法、卫生法，及其相关的措施，加上消毒法，短短半个世纪内，对人类认为永远无解的疼痛问题做出了重大的贡献。在这方面，几乎是我们的专利，是受人们信托的，没有其他人可以跟我们竞争，同样身在医界，纵使饱览群书但却依循旧法的人，也绝不是我们的对手。每隔几年，我们就可以看到某些困难被克服了，我们信心满满。拉韦朗[1]所领导的六人团队，已经将废地变成沃土，使荒野盛开玫瑰；西班牙的黄热病大流行，在沃尔特·里德[2]与同僚的努力之下，可望跟我们的斑疹伤寒一样变成罕见疾病。放眼未来，科学医学的可能性是无限的，慈善家正寄予厚望，哲学家也远远瞧着，预期将有一门学问或许如西拉之子，预言"平安将降临到整个地上"。

医疗的前景从未有如今天这样的光明，无论在哪里，医师所受的训练、所拥有的资源，都比25年前强过许多。对于疾病，了解更为透彻，研究更为深入，治疗的技术更是不可同日而语。人类的痛苦指数大为降低，连天使也为之欢喜。我们父祖辈习以为常的疾病销声匿迹了，疾病的死亡率下降了，公共卫生造福了无数的生灵，免除了不知多少灾难。尽管还有人杞人忧天，不免操心那些心志软弱的人惶惶不可终日，但对照于过去50年来的进步，他们到底是多虑了。

然而，随着医界活动的广泛开展，原来生理上各自不相干的东西都混了进来，结果闹出了病理上的问题，某些部分开始坏死、变形，有些

---

1 拉韦朗（Charles Louis Alphonse Laveran，1845—1922），法国医师、病理学家，疟原虫（一种原生动物）的发现者，一生从事疟疾研究，因发现原生动物的致病作用，获得1907年的诺贝尔生理学或医学奖。

2 沃尔特·里德（Walter Reed，1851—1902），美国军医，证实了黄热病通过埃及伊蚊传播的理论。位于美国华盛顿、隶属于美国国防部的沃尔特·里德陆军医疗中心（Walter Reed Army Medical Center）即以他的名字命名。2011年，沃尔特·里德陆军医疗中心与国家海军医疗中心合并，成立沃尔特·里德国家军事医疗中心，该中心是美国现任总统的定点医疗机构。

则超出了正常的范围，在医界这个身体上长出了异常的、危险的副产物。这些危及医界和谐的坏成分，都不是外来的而是从里面发出来的，而且情况更甚于其他行业，又由于环境使然，完全成了器质性整合的问题。这许多的妨害，会在什么时候以什么方式发作，我说不准，却不得不提醒大家，以免为时已晚。

其中最容易让我们犯的毛病就属因自满而生出的优越感。说起来，骄傲这个坏毛病还算其次，更常见的是一种心态，也就是站在自己的观点与地位，或心怀偏见，或自命不凡，以至一点都容不下不同于我们的方式与想法。想要免除这种缺点招致的羞辱，寻常人还不容易做到；我们全都浸染其中，有的染得浅些，有的已经浸到骨头里去了。有了这种不容异己的褊狭，虽不至于满心的妒忌、怨恨、恶意，但它们却会一点一点地掩盖上来。民族也好，个人也罢，查莱特、韦尔内[1]这些人精心绘制的场景，或许完全无害，甚至还赏心悦目，但是，那个名叫沙文（Chauvin）的狂热士兵，因他的名字而造出来的沙文主义（chauvinism）一词，代表的却是偏执与自大。而这个词今天更被扩大了，相当于某种形式的民族主义、一种狭隘的地域主义，或小鼻子小眼睛的门户主义，它们所代表的不再是那种堂而皇之的、盲目的爱国主义（Jingoism），那还只是嚷嚷的成分居多，而是一种心理状态，一种人格，更为微妙也更为危险。盲目的爱国主义通常像瘟疫似的流行于无知的大众，沙文主义却好发于有教养的阶级——"庞大的乌合之众，把他们打散，就都是上帝的理性子民，但只要混在一块儿，就成了一只巨兽，其庞大犹胜过海德拉[2]"（《医者的信仰》）。不论在何处出现，以何种方式出现，沙文主义在单位里面都是进步、和谐与安定的大敌。

---

1 尼古拉-图森·查莱特（Nicolas-Toussaint Charlet, 1792—1845）、埃米尔·让-霍勒斯·韦尔内（Émile Jean-Horace Vernet, 1789—1863）都是法国画家，擅画军事题材。

2 海德拉（Hydra），古希腊神话中的九头蛇。

我没有时间，就算有，也没有办法一一道尽这头巨魔的各种变体，只能就民族的、地域的以及门户的方面点到为止。

二、民族主义在医界

民族主义始终都是人类最大的诅咒。无知之魔（Demon of Ignorance）以民族主义的形式出现时，其丑怪最为骇人；若是为它着魔起来，我们甚至连自己都可以舍掉。当屠杀了千万可怜人的屠夫去崇拜民族主义的摩洛时，赞美神的呼声岂不响彻云霄？嗜血的恶癖横行于人间，于今尤甚，宗教的戒律、民主的法制，有谁放在心上呢？改变是毫无希望的；宗教哑口，媒体煽风，文学迎合，人民爱死了它。民族主义也不全都是坏的。有一人呼吸于其中，灵魂僵死，因此，跟他流着相同血液的人做了些什么，他绝不会过问，他的国家将会变成什么模样，他也绝不会痛苦。谁不以自己的国土与家园为荣，只要得体，可以表达的方式太多太多了。我所要大力谴责的，乃是那颗孕于猜忌、长于无知、不容异己的心；这样的一颗心，对任何非我族类的人或事都怀着敌意，甚至视为寇雠[1]，推而广之，更及于整个种族与国家，完全忘记了神的明训：天下本是一家。

无论走到哪里，医疗都不免沾染民族的色彩——基于共同的血脉与社稷的利益——这在医界也是司空见惯的，我要说的是，尽管我们无法完全免除，却应该尽量远离这种邪恶所衍生的危害。但我也不得不承认，这种民族的沙文主义，我们是很难摆脱的。身为法国、英国、德国医师，或是一个美国医师，谁敢说自己生来就是天下一家，与民族没有丝毫瓜葛？对待法国人、德国人，我们能够像对待英国人、美国人那样真诚与友善吗？不论何时何地，我们都能够不心怀偏见，不自满且自觉

---

1 寇雠（chóu），亦作寇仇，指仇敌、有极端不和谐见解的人。

高人一等吗？近年来，透过国际医学大会以及国际性的专业会议，不同国家的医界结合得更为紧密；但光是这样并不足够，因为敌对的心态仍然没有消除。其症结则在于无知。做医师的看不起其他国家同业的工作与表现，做老师的告诉你们外国的老师一无是处，这种人，诚如阿拉伯的谚语所说——他是个笨蛋，离他远一点！要扫除这种无知的迷障，只有从充分了解去下手，出国去旅行，或是去欣赏异国的文学。趁着心灵还年轻还有弹性的时候，到不同的国度去，亲身跟人们做第一手的接触，乃是对这种疾病免疫的最佳法门。一个人如果曾经在菲尔绍的脚边坐过，或是亲耳听过特劳伯[1]、亥姆霍兹或孔海姆[2]的课，对德国人或德国的制度也就不至于投以异样的眼光了。曾经受教于皮埃尔·路易斯[3]或沙可[4]的英、美学生，凡是认识他们的，谁不对法国的医学竖起大拇指？纵使这还不足以让你喜欢法国这个国家，但对于它能够产生这样的大师，至少也应该心怀敬意吧？鼓励年轻人出国，特别是立志要从事教职的；他们出国以后或许会发现，国内的实验室与医院在设备上并不见得逊色，但在自己已经知道、想要追求的东西之外，却还可以找到别的——开阔的心胸、高远的理想，以及"普世文化"（Welt-cultur）之类的东西，足以让他一辈子都对民族主义的恶疾有最好的免疫。

除了本身应该具备的人文知识，多涉猎不同国家的医学文献，也有助于对抗褊狭与沙文主义。跟我们关系密切的医学巨作，尽管多达三四

---

1 路德维希·特劳伯（Ludwig Traube，1818—1876），德国医师、病理学家。

2 朱利叶斯·弗里德里希·孔海姆（Julius Friedrich Cohnheim，1839—1884），德国病理学家。

3 皮埃尔·查尔斯·亚历山大·路易斯（Pierre Charles Alexandre Louis，1787—1872），法国医师，统计学家，医学统计学、临床流行病学的先驱，率先运用单纯的观察法和统计分析研究肺结核、伤寒和肺炎等疾病。

4 让-马丁·沙可（Jean-Martin Charcot，1825—1893），法国医师，神经学家，现代神经病学的奠基人，被称为神经病学之父。他曾是精神分析学创始人、著名心理学家弗洛伊德的老师。

种语言，却也不至于多到我们无法去搞懂它。我们不妨想一想，19世纪的前半叶，医界的动能岂不都是来自法国？而到了下半叶，我们就多亏了德国的成就，至于卫生与消毒这些实用的功课，又有哪一样不是拜英国之赐呢？身在医界，我们最引以为傲，也可以说是这一行最与众不同的特质，就是一本著作只要是有价值的，不论它诞生于世界的哪个角落，我们很快就会拿来运用。谈到新大陆医界的去民族主义，贡献最大的莫过于两个方面：其一，总有那么一些好人，他们毫不犹豫地接受了旧大陆的那些国家，将它们的命运跟我们的结成了一体；其次则是我们的年轻子弟，他们从欧洲带回来的东西，除了专业知识外还有同理心，其影响也是正面的。在我们当中，乐于择善兼收而又不问来自何处的人不在少数，这表示我们的未来是大好的。何况做个有分寸的英雄崇拜者，其实是大有好处的，医学大师的生平可以给我们极大的启发，可以激励我们的志向，也可以增长我们的同情心。一个年轻人，如果连对比沙与雷奈克这些大师的人生与功业都无动于衷，也不能因此对法国与法国人产生好感，那他一定是一个麻木不仁的纨绔子弟。读约翰·亨特与詹纳的生平时，我们整个人都融入他的人与他的成就，谁还会想到他是哪国的人呢？在文艺复兴那个太平的岁月（Halcyon Days），医界哪来的民族主义？有的只是一种优雅开放的风气，欧洲各个国家各自在国内就培育了像维萨里、欧斯塔基奥[1]与斯坦森[2]这一类的伟大导师。今天，这种情形不可能发生了，因为任何国家有一个伟大的老师，在我们的期刊文献中，就会在世界各地收到私淑的学生，这种医学的普世化真可说是功莫大焉。

---

1 欧斯塔基奥（Bartolomeo Eustachio，1510？—1574），意大利医师，解剖学家。他研究有关肾脏和耳朵的知识，首次描述了肾上腺，以发现连接耳朵与咽喉的欧氏管（咽鼓管）、心脏中的欧式瓣而闻名。

2 尼尔斯·斯坦森（Niels Stensen，1638—1686），丹麦解剖学家、地质学家，以发现腮腺导管而闻名。

三、地域主义在医界

正因为这种更为宽阔的文化面，以及不断增加的学术交流，在医学界，民族主义最糟的一面总算是偃旗息鼓了，我们在庆幸之余，却仍然要面对另一种令人不堪的变体；此一始终在英语国家大行其道的变体，可称之为地域主义或在地主义。就某种程度来说，在这块大陆上，医界的包容性相当的高。一个年轻人，可以在路易斯安那州准备学医的功课，然后到麦吉尔去念书，也可以来自俄勒冈州，而进的却是哈利法克斯（Halifax）的戴尔豪斯学院（Dalhousie College），不论是哪一种情况，他一旦熟悉了环境，很快就能融为一体，不至于受到排挤。另外，在校际生活中，老师与教授的交流也极为频繁。为了不让脑力钝化，学者游走各校已属司空见惯——哈佛、麦吉尔、耶鲁、约翰·霍普金斯——多能来去自如。同样地，美、加两国的医学团体，大体上对医界的同业都是开放的。美国医师协会的现任主席詹姆斯·史都华（James A. Stewart）医师就是住在本市，去年还曾获选为另外两个专业团体的主席。至于主要的期刊，那更是各方人马无所不包。总之，在英语世界，不仅是北美洲甚至包括整个世界，医学界的包容性可说是非常之大。尽管如此，由于这片大陆的幅员辽阔，各个生活圈自成一体，在地主义——一种以部分重于整体的感觉与想法——应运而生；这种意识虽然已有淡化的趋势，全国性的社团也发挥了整合的功能，加强了和谐与兄弟的情谊，但是，地域主义却有抬头之势，对我们造成了不小的伤害。说到地域主义的发生，乃起源于各地方孤立无援时不得不自求多福的心态。我刚才还说，这个洲（Continent）的医界包容性极大，盛赞各个单位之间的团结，但一旦碰到地域主义，那可正是最极端的分化。圈起来的民主跟专制仅是一线之隔。何况弥尔顿早就说过，喊自由喊得最大声的人，可能正是最大的囤积者（奴隶主）。[1]工会、选任的委托人，以及不负责任的媒体，一旦专制起来，

1　出自约翰·弥尔顿《论出版自由》。

加之于人民头上的，可能正是最极端的独裁。命运说起来还真讽刺！标榜民主的省与州审查委员会，不到几年的时间，加在我们脖子上的枷锁，竟比大不列颠花了好多个世代才打造完成的颈轭还来得沉重。

前面曾经提到过的那种自由沟通，既广泛又无私，但只限于知识与社交生活，至于在现实方面，既缺少那种友善与和睦，地域的栅栏也竖立了起来，有如中国的万里长城般将各自的地盘保护得密不透风。在加拿大的统治下，进入医界得通过8道关卡，美国各州堪称半斤八两，而联合王国（英国）更多达19关，只不过这张执照一旦到手，以后也就可以在王国之内通行无阻。至于半球的这一边，圈起来的民主已经糟到不能再糟的地步，其严重的程度，远远胜过大不列颠好几个世代以来对这一行的捆绑。省与州的委员会，其发轫与成长，我就不多谈了。最初的构想无非是将业界组织起来，选出自己的代表，授权管理有关执照的全部事宜。就形式上来说，这种依照民主原理所建立的鉴别制度有一个主要的目的，亦即借以提升医学教育的水平，此所以绝大多数的州都规定修业期限至少四年，并必须通过州的考试才能取得执业执照。所有这些的确都有其必要。但是，加拿大自治领8个委员会与美国20多个委员会，行事扭曲，今天确实是应该拿出来检讨的时候了。以美国来说，纵有不公平的情形或许情有可原，但说到加拿大，委员会的存在由来已久，医学课程的全国一致性也早已确立，然而陋规依旧，那就值得非议了。这么多个年头都已经过去了，但是，一个在多伦多毕业并在安大略注册执业的年轻人，想要回到故乡魁北克省开业，居然不被准许，一经查获，精神与荷包少不了都要受到处罚的折磨；同样地，一个在蒙特利尔毕业并在该省注册的医师，除非额外付出费用并科以罚金，也不准在自己的故乡曼尼托巴省（Manitoba）行医。凡此种种可谓蛮横已极，地域主义到了这种程度，是可忍孰不可忍。但这正是整个加拿大自治领与美国许多州的现实写照，岂不也正是我们所说的民主的专制？而那些成天将自由挂在嘴上的人，岂不也正是大奴隶主一般？

要矫正这种恶意的垄断，就只有诉诸自治领法案（Dominion Bills）

与州委员会的改革，借以凸显地域主义的为害之深。解决之道看起来再简单不过，特别是在加拿大，教学体制与修业年限都已经是统一的。但是，真正的关键却在于用一颗宽厚开明的心去看待法令，以消除因无知与私心所导致的敌意，唯其如此，才有利于整合各个省份的医界，也唯有这种在水面上运行的灵，才能让险恶的怒涛立刻平息。站在各省医师的立场，将心比心，问题自然迎刃而解。只要出之以善意，看似坚硬的难题也会融化；出之以沙文主义的心态，以为自己的省份高人一等，迟早会因反弹或联邦的立法而瓦解。现行的制度不但过时而且不受欢迎，有朝一日，更年轻、更有活力的一代总会将它扫地出门。

这个问题是我再熟悉不过的，今天若再不提出来，必将于心不安——早在我求学的时代，帕尔默·霍华德医师着眼于大局，就已经点出了问题之所在，足见其眼光心胸之远大与开阔；同样不吐不快的是，在整合自治领分崩离析的医界上，罗迪克博士（Thomas George Roddick）曾经不屈不挠地大力推动，而问题迄今仍未解决，令人遗憾。关于州与州之间、省与省之间的注册问题，我的看法是——任何人，只要拿得出合格的学历证明与考试证书，不论是在哪里注册，都应该在任何国家享受到公平的待遇，缴纳一般的注册费用即可。在瑞士、法国与意大利，英国医师所受到的歧视，以及今天在这块大陆上所发生的相互倾轧，无不说明，一个本质上应该是宽大为怀的行业，一旦沙文主义作祟，其情操与理想照样是不堪一击。

另外，有关于州的委员会，虽然与这个问题没有太大的关系，我还是觉得有必要一谈——我的看法是，在这方面，整个制度的功能遭到了误解。对于有心投身医疗行业的人，医界的要求无非是良好的品行，加上有效施行医疗技术的能力。关于后者，任何条件合格的人，只要有适当的场所与设备，在相关的实务测验上都不难过关。问题是，许多委员会的成员显然赶不上时代的脚步，所出的题目往往无法配合最新的进展。这种现象之所以无法避免，关键在于典试委员的任命浮滥，并未能选任真正的专家，州委员会的组织与体制不论多么健全，其结果却是无法测出各个科目的真正程度。对于这州的医学教育，省与州的委员会自有其不可磨灭的贡献，但当务之急应该是尽快废止所有的理论考试，将执照测验限定于严格的实务检验上，包括内科、外科与产科，并应涵盖所有的细节。

四、门户主义在医界

谈到沙文主义中的门户主义及其比较个人的一面，我不免有点犹豫了；因为我们每个人，常常是不自觉地成为活生生的样板。无论在城市或乡村，在学校或机关，我们的环境就让我们有了表现门户主义的最大自由，生活于其间，我们还真是如鱼得水。尤利西斯很笃定地说过："凡我到过的地方，我都成了它的一部分。"[1]由此可见环境对我们的影响；但这并不是全部，因为一个地方的大小，代表接触点的多或少，比起人类的心理结构来，又未免太微不足道了。越是处于困厄之中，阻难重重，障碍处处，越是能够激发生命的活力与情操，尽管有石墙铁栏的禁锢，纯净的心灵自有海阔天空的自由；另一方面，我们不妨看看医界的演变，那些最不自在而又狭隘的人，浑身上下沙文主义的恶臭，老师也好医师也罢，又有哪个不是处身于大都市与医学中心？如此说来，只要心安其位，不离不失，自然就能够让一个人超越环境。

听起来不免得罪人，但我绝对没有冒犯的意思。一个人的优越感，有许多是发乎自然的。举例来说，对于我们的老师、就读的学校，以及实习的医院，我们都会引以为傲，这岂不是再正常不过的事？一个人如果连这种感情都没有，那就真是个"可怜虫"了。但是，这种正常的忠诚是很容易变质的，一不留心就会变成一种不容异己的傲慢，瞧不起其他的学校或行事不同于自己的人。理直气壮是一回事，骄傲又是另一回事，两者的结果适得其反。学校与学校、医院与医院，大可以良性竞

1　出自阿尔弗雷德·丁尼生《尤利西斯》。

争，提到某个人的名字时，只有盲目的沙文主义才会浮现敌意与偏见。对于一个机构或是人，人云亦云的称赞足以引起反效果。各位校友与朋友，你们应该都还记得，那个不识字的雅典人，只因为老是听到别人把阿里斯提德叫作"公正者"，感觉厌烦得不得了，于是欣然拿起贝壳，要求自己并不认识的阿里斯提德在上面写下"阿里斯提德"，就这样，阿里斯提德遭到了放逐。[1]

在学校里面，最常见的沙文主义在于人事任用上的偏执。教授的职位可以说是学校的主力部队，任用应该唯适才适所是问，绝对不容许掺入同乡或同学的情谊。近亲交配之不利于学校，一如对牛只之害。人事的更替，特别是对年轻人，最具有刺激的作用。教授的职位，大部分的大学今天都已经完全开放，医学院实在有必要跟进。今天既然已经能够将德国的医学列为重点教学，那么教授的职位予以开放又有何不可呢？重点在于只问专业，而不在于国籍。坐在科学的位子上，我们都知道分寸，也总能严守分际，但脑筋一动到别的位子上时，门户主义就开始作祟，甚至一点也不知避讳。

学院里面还有另外一种惹人反感的沙文主义，往往是科学圈子里激烈的竞争所造成的。对于别的地方的成就，非但不能抱持乐观其成的欣赏态度，反而吹毛求疵，甚至违背了科学的精神也在所不惜。更糟的是所谓的"锁门"研究，满脑子对别人的怀疑与不信任，就怕有人窥探自己的研究，偷走自己的成果。感谢老天！这种要不得的心态总算不是那么常见了，但也还是阴魂不散，我在这里要规劝年轻人，在研究室里，万一不幸发觉了这种诡异的气氛，趁早走人，免得坏影响钻进你的灵魂里去。

在个人诊所，也就是一般的开业者，沙文主义表现得更为活络，影响也更大。关于家庭医师过去的种种，不论是从书上读来的，还是从别

---

1 阿里斯提德（Aristides，前530？—前468），古希腊时期的雅典政治家、军事家。阿里斯提德因不识字的雅典人被放逐的故事，出自普鲁塔克的《希腊罗马名人传》。

人那儿听来的，都可说是饶富兴味。在我们的历史上，那一段时期真可以说是家庭医师的黄金时代，其重要性固然不在话下，说到财富前途，以及在社会上的影响力，全都让人另眼相看，在一般人的心目中，甚至成了偶像！看病开方之余，他还身兼顾问、专家，谈问题、写东西都少不了他，当然，那可都是要收费的。我的意思是说，借着那一份工作，忙碌的例行业务使医师登堂入室，进入了地方上的每一个家庭，不仅成为有事可以讨教的对象，也成了一个可靠的朋友。他的尺，就是我们的标准，他怎么做，我们就怎么学；由于他在社会大众心目中的地位，行医这一行也随着水涨船高。相对于其他人来说，一个训练有素、善体人意的医师，成了社会上最有价值的资产之一，今天如此，荷马时代亦然。身为老师，教出一个好医师就是我们最大的愿望；身在医界，让他们不至于变质则是我们时时刻刻都该留意的责任。褊狭的沙文主义，既不利于我们，也有害于其本身。在这里，请容我再谈谈最容易犯的几方面。

身为一个医师，在各种生活的关系里面，因为心胸褊狭，最常见的毛病，莫过于对待自己都不免显得刻薄。我这里要讲的，不是散漫的生活习惯，也不是做事情没有条理，或不把行医的业务当一回事——虽然这些都是极为寻常的毛病——我所要强调的是他忽略掉了两件事情：第一，是个人终身持续进修的必要性，以及第二，在执业的压力中，把自己最可贵的资产——心智的独立——给牺牲掉了。行医是一种最不容易修成正果的修炼。学校所能做的，不过是把基本原理教给学生，以科学的事实为基础，让他拥有好的方法去完成工作。所有这些都只是给他一个正确的方向，却不可能让他成为一个好医师——这完全要靠他自己。想要精通医术，需要极大的努力，有如鸟雀之欲腾空飞起，需得靠双翅不停地鼓动才行；但是，极大的努力并非轻易可以做得到，多少人岂不都是半途而废！更重要的是，对于疾病的研究，绝不是一蹴可几的，而是一种渐进的学习过程。自己每天的功课、自己过去经过验证的经验，以及同业的成果，将三者有系统地整合起来，再加上不间断地努力，才能够得到临床智慧。以今天来说，一个训练有素的医师，只要能够清楚地认知，自己所从事的工作绝不可能闭门造车，有了这层了解，要掌握科学上最新的进展绝非难事。但是，凡事都讲求科学，那又大可不必；因为就某一方面来说，一个好的医师，可能有好的医术却能不拘泥于理论，他，是个艺术家而非科学家。对于精密仪器的使用保持高度的熟悉，大有助于医术；花在临床研究室的时间，至少应该跟花在门诊室的一样多，这是我完全同意的。难就难在年复一年的蹉跎，徒然带来无可逃避的枷锁，一个年轻人不免就此退化，因为对于实务性的技术不熟悉，自信心是无从建立的。因此，我深切地希望，年长的医师务必记得，多鼓励年轻人，给他们机会，对他们来说，这是极为重要的。每次都要看那么多的病人，其中总有十几个或更多的个案，在诊断上需要相当熟练的技术给予协助，这时候适时伸出援手，让自己帮得上忙，这乃是一种责任，舍此不为，只会让自己乃至整个医界都显得刻薄、无情罢了。当然，年长的人所能做的绝不止于此，如果他的大脑皮质里的动脉还是柔软的，一定可以从年轻人那儿捡到一些新的东西，问题是，在每一个地盘里面，许多漂浮的临床智慧都已经随着老一辈的医师糟蹋、流失掉了，只因为他跟年轻人从来就不曾打过交道。

身在医界，为了不至于沦为鱼目混珠的庸医，我们必须时时保护自己，而关键在于诊断而非在于用药。对于疾病的辨识，系统训练不足将导致处方不当，处方不当则导致治疗无效，治疗无效又拖长疗程，直接的结果就是人们对我们的医术信心尽失，在他们的眼中，我们也就无异于江湖郎中与庸医了。

说到对自己刻薄，没有几个人赶得上家庭医师，但也正因如此，他整个人都被工作吸干，不知闲暇为何物；他没有时间吃，没有时间睡，正如德拉蒙[1]医师在诗里所说的："他，如我之了解自己，是唯一没有

---

1 威廉·亨利·德拉蒙（William Henry Drummond，1854—1907），爱尔兰裔加拿大诗人、医师，其幽默的方言诗使他成为"加拿大被阅读最多和最受喜爱的诗人之一"。

假日的人。"这种陀螺转个不停的日子，失去的又何止健康、时间与休息，更大的危机在于失掉了心智的独立。他的孤独，远胜过大多数人，因内在的孤独而产生的悲怆一如马修·阿诺德的诗句所言："我们虽然成千上万，却都孤单地活着。"即使是在人来人往的场所，行医这条孤单的道路，一径蜿蜒入山，一不留神就会迷失，永远无法抵达喜乐山，除非他能够及早碰到班扬讲的那位牧羊人，用学问、历练、胆识与热忱为他指点明路。生活的环境将他打造成为一个有专业、有自信、有主见的人，但随着这些最好的特质，最严重的缺陷也跟着出现。他不再为自己设想，变成了一台机器，宛如贩卖机的投币口，把自己弄成一个药房的伙计，什么病给什么药，从小恙到大病，照单全收。唯一还能够让生命得着生机的，就是保持法官的那种怀疑态度，当然，绝不是找碴儿、无的放矢，而是头脑清醒的合理怀疑，一如西西里那个老精明埃庇卡摩斯的格言："学问之道无他，慎思明辨而已。"

保持这种怀疑主义的态度，还有另外一个大优点，如历史学家约翰·理查德·格林[1]所说的："一旦发现自己的对手是正确的时候，可以不至于太过惊讶与愤怒。"唯其如此，乃可以免于自欺，免于坠入许多人已经沉入的昏睡，状态有如伊拉斯谟所谴责的神学昏睡，虽然昏睡，依然写信、饮食、醉酒，甚至赚钱——昏睡之沉，纵使泰山崩于前也唤他不醒。

在专业的独立性上，医师有一个大敌，要摆脱这个大敌的魔掌，就必须杜绝我们那些盟友的蛊惑，他们的宣传品不但为害极大，而且数量有增无减，其包装精美足以乱人耳目，其傲慢大胆可说目中无人。今天，我们受惠于药学的极多，未来，我们更寄希望于制药的技术；但是，今天的制药界，其危害于无形绝不下于那些地下药厂。过去，制药业是我们望弥撒的良伴，今天却已经不值得尊敬，并变成了一只巨大的

---

1 约翰·理查德·格林（John Richard Green, 1837—1883），英国历史学家，著有《英国人民简史》等。

寄生虫，正蚕食着医界的生命力。我们都非常清楚，这一类有如潮水般的邮寄宣传品，无一不是以假乱真，每一张都讲得天花乱坠，煞有其事，殊不知做贼的心虚，越是无知，话就讲得越是堂皇。其中绝大多数都是偏方的广告，无非是要蒙混医界，欺负心无定见的一般科医师，其行径与庸医之猎食愚夫愚妇可以说是如出一辙。对于一般科医师的雄性心理，药厂的"旅行推销员"尤其是个危险的杀手。这些人当中，固然有许多是能干精明之士，却也不乏口若悬河如卡西欧、目中无人如奥托吕科斯[1]、阴险无情如卡利班[2]者，只见他口沫横飞地告诉你，尾骨腺的萃取物能够促进松果体的新陈代谢，甚至连医学大师都仍然持疑的问题，他也能够出口成章，说出一番大道理来。这一类的人，我们当然不会上他们的当，但这也充分地说明，最大的无知正是强不知以为知；总之，制药业与伪药杂方的死灰复燃的确是个很大的问题，所以我在讲演要结束前跟大家谈一下。

倒是我们有许多人不用脑筋，不知不觉就忘了，"人活着不是单靠食物"，以至于还牺牲了另外一件重要的事情。一个人不能光是在看诊，也不能早上看，晚上也看，我们当中偏偏就有许多这样的人，说得好听，是不希望自己无所事事，免得受到不好的影响。但把整副精神全都放在一件事情上，无论多么有趣，却也不免将心灵拴死在狭隘的方寸里了。身为医师，需要的不只是知识，同样也需要文化的修养。我们在书里就曾读到过一个古早时期的医师，这个希腊的君子，正是学养俱优的典范。一个年轻人，不论是住在舍布鲁克街（Sherbrooke Street）的华屋，还是窝在卡纳瓦加（Caughnawaga）的贫民窟，或是散居在广阔的乡村里，我认为这都不重要，重要的是，他不可以没有时间读书。文化修养之于一个行医的人，其重要性胜过任何其他的行业，医

---

1 奥托吕科斯（Autolycus），古希腊神话中著名的窃贼和骗子，英雄奥德修斯的外祖父。

2 卡利班（Caliban），莎士比亚戏剧《暴风雨》中的人物，是一个相貌丑陋、内心邪恶的仆人。

256

师之需要文化修养尤其有其必要性。一个医师所要面对的人，形形色色不说，每个人的情况也不尽相同，除了他的治疗能力使他们身受其惠，还有些东西，他们虽然无法领会，无形中却也有着极大的影响。以前的时代里，做个悬壶之人，要像约翰逊博士的朋友罗伯特·莱维特（Robert Levet）先生一样，"小有智慧，大有仁心"，那种日子已经过去了。今天，学养越是丰厚才越是一个好医师，特别是在那些社会地位较高的人当中，像厄律克西马库那种有文化教养的君子，打打气或是说几句安慰的话，效果可能更胜于药丸药粉。当然，你们不免会问，像莱维特先生或"费塞特老大夫"（Ole Doctuer Fiset）那样的医师，本来就是奔走于小道僻巷，不是悬壶于大都会的贫民区，就是在工业城镇或广大的农村里行医，他们要文化又有何用？我的答案是，大有作用！就跟二氯化物一样，可以避免感染，可以让一个人在恶劣的环境中保持愉快与健康，文化修养也有着相同的作用。文化修养之于行医，直接的价值或许不大，但是，如同染匠的手，免不了要向它搅和的漆低头，医师只顾忙着看诊就难免堕落，这时候，文化修养的作用就出来了。一个人若能不出卖灵魂，不拿自己的名分去跟别人换取一碗浓汤，就算以实玛利人拿棍棒侵扰我们的边界，用强力胁迫我们的人身，只要我们守住了自己的身份，不论去到哪里行医，都是亚里士多德的真君子（托马斯·布朗）。

因为工作上的关系与人相处，出之以君子的风度还是褊狭的心态，固然与个人的性情有关，但也跟所受的教养大有干系。如果仅止于相互间的应对，问题还不大，我们却也不得不承认，在医疗上跟我们人类打交道，还真是一件恼人的差事。有时候你已经尽了人事，也有的时候不免因疏忽犯了错误，更常见的是，你明明已经设身处地全力施为了，但就是得不到病人与亲友的谅解，甚至误解你不怀好意，那才真是令人忍无可忍，义愤填膺。不过，说到最难应付的，莫过于女人，既是我们最好的朋友，也是最大的敌人；一旦对我们不满，数落起我们的毛病与缺点来，她们可是什么样的形容词都端得出来，欣赏我们的，则将我们捧在手心里，什么赞美的话都讲得出口。"女人是医师的号角。"这句老话讲得再真切不过。像这一类的溢美之词，是否对我们有害，虽然很难定论，想要加以抗拒倒还真是无能为力。完全相反的情形是，加之于我们的恶意谎言与毁谤，我们是无法加以阻止的；没听到当然耳根清净，但这几乎是不可能的事，除了沉默以对，恐怕也没有更好的武器了。但是，当明明没有的事情讲到大家都信以为真，又事关一个人的名誉时，这才是做医师的最大折磨——而且还得怪自己！这时候最好是隐忍不发，开诚布公地找人谈谈，或许还能够找到个把相知的同人。无论是在大团体或小单位，能够看到同事之间和谐相处，毕竟才是最惬意的事。将黄金律当成伦理的信条，虽然是我们该做却往往做不到的事，但我们许多人都有过这样的经验，年轻时候放在心里的怨恨与敌意，如今回忆起来，岂不都已经是云淡风轻。由此可见，我们到底是一个可以善待别人的人。

做我们这一行的，都希望有个前辈可以带路，因此，在小镇里或乡下地区，身为前辈的人千万记得，务必关心附近的年轻同业，经常给一些意见，而不是视为竞争的对手，如此一来，除了多交个朋友，或许还可以得着一个兄弟。讲到同业间的和谐，很难不说些陈腔老调，我们大可不必管那些老古板，但他们对年轻人的体恤与鼓励却总是温暖的，对于我们所热爱的行业，他们的行止也是极有启发的。在这里，我就拿奥古斯丁来给大家做个榜样，《黄金传奇》（*The Golden Legend: Readings on the Saints*）里谈到他，说：他在自己的桌上写下这样的句子：

Quisquis amat dictis absentum rodere vitam,

Hanc mensam indignam noverit esse sibi.[1]

---

1 佛拉金在《黄金传奇》中引用古罗马帝国时期天主教著名思想家、神学家圣奥古斯丁的话。雅各·德·佛拉金（Jacobus de Voragine，1228—1298），意大利作家，热那亚的第八代大主教，其所著基督圣徒列传《黄金传奇》在中世纪的欧洲广为传诵。

意思是说，凡喜欢在背后议论别人的人，此桌概不欢迎。

以我们这一行的历史、传统、成就与愿景来看，沙文主义在医界根本没有立足的空间。开放的心灵、自由的科学精神、随时准备接受别人优点的态度、对于新观念的理性接纳而非抵制、不同民族与不同派别间的包容与友善、可以远溯到老祖宗的天下一家的情操，以及一个在人类进步过程中发展出来的济世行业——所有这一切，对于我们习染得还不是很深的倾向，都是可以发挥中和作用的。

一开始我就谈到善独的艺术，强调这种品德的可贵，对一个愿意将医界视为一个整体的人乃是不可或缺的。从另一个角度与另一层意义来说，这门艺术的价值更见可贵。就我们每个个人而言，只要愿意，都可以达到一种心智独立的更高的境界，也就是说，彻底扫除我们多数人习以为常的因循，如实地观照自我以及我们的人际关系，能够做到这一点，自然可以免除自欺，看清自我，以及自己的与别人的行为，对自己的脆弱生出怜悯，并对别人待之以爱与同情，从而不会再对自己的弟兄疾言厉色。但是，托马斯·布朗爵士——这个心地宽厚、医术不凡的人——说得漂亮极了："思想之为物，止于思想而已。"这句话倒是可以提醒大家，做人务求实际，与其坐而言，还是起而行吧！

医院即学院[1]
The Hospital as a College

培养一个阿斯克勒庇俄斯的门徒，医院是唯一适当的学府。

——阿伯内西（出处不详）

就我的了解，学生所获得的教导，最精华的部分并非来自课堂而是临床。在那儿，什么都无所遁形，疾病的节奏可以经由一再的重复加以掌握；其难以预知的发展自会留下无法抹去的痕迹。老师对于疾病的处理，学生看在眼里，耳濡目染，症状、病因乃至症结，尽学于不知不觉之间，所知不下于师长。

——奥利弗·温德尔·霍姆斯《杏林走笔》（*Medical Essays*）

---

1 1903年，奥斯勒在美国纽约医学研究院（New York Academy of Medicine）的演讲。

一

在19世纪的最后25年，发生了许多重大的变革，其中影响最深远的，当推医疗知识与技术的教育改革或革命。教授们有的或许有如大梦初醒，不免怅然；这些改变，也或许只是我们之所以能够拥有今天的整个大运动的一环，这个我们都暂且不谈。让我们直接来看看改变的本身。基本上，整个改变有三大方向：要求学生接受更全面的教育、延长专业学习的年限，以及以实习取代讲堂——亦即以实务教学取代理论教学。身为老师，摆在我们眼前的问题，简单地说就是：让学生接受一种能够使他成为一个好医师的教育——这也正是他们绝大多数人的命运。我们所有的资源、多样的实验设备、复杂的课程设计，甚至华美的建筑，无非都是为了这个目的而存在。在四年的学程中，妥善划分基础科学教学与实习教学；前者在学院中进行，后者则在医院中；同时，外科学的分量也应该跟胚胎学等量齐观。过去的25年，医学院的发展方向特别着重于应用科学的教学；不论在哪里，课堂教学都已经被实习课程取代，或者成为辅助性的教学；过去的实习，独重解剖学，如今则已经有生理学、生化学、病理学、药理学与保健卫生。这些课程不仅更生动有趣，也更能够获得有用的知识，此外，学生更可以学会精确地使用检查工具、获得可贵的大脑训练，甚至可以体验某种程度的科学精神。它的整个重点则是，学生不再只是在课堂中吸收理论知识，而是亲身体验实际的状况。他们不仅要仔细分析交感神经系统，建立描波记录，进行血压观察，亲自研究毛地黄[1]、氯仿与醚的作用，也要在实验中自己准备细菌培养基，种植由病人取得的检体，培养出细菌来。这些三年级的年轻朋友，今天交到我们的手上时，都已经是受过良好训练的成人，在大型的公、私立实验室里工作过，也经历了尝试与错误的历练。

有人不免会问，三、四年级的课程，应该如何安排才能像一、二年级那样可行呢？我认为，这一点都不成问题。答案不过就是将学生从课堂、阶梯教室带到门诊部与病房，但是，这并不是指在门诊与病房做有系统的讲课，也不是示范性的临床，甚至不是到病房里面去上课——虽然所有这些都有其价值——而是全面改变高年级学生与医院的关系。一、二年级时，学生泡在实验室里，可以说是固定在一个地方，静态地在导师的指导与督促下学习，到了三、四年级，这种情形就必须有所改变。第一，是有关内科与外科技术的教学应该如何着手。我坚决相信，一个学生到了三年级时，他的生涯之路就应该立即展开。我们去问任何一个当了20年医师的人，他之所以能够成为一个专业医师，是如何造成的，他的回答一定是，经常与疾病保持接触；他也还会告诉你，他在学校里学的医学完全不同于在病床边所学到的。25年前，医学院的毕业生走出去，几乎没有什么实用的知识，只有随着实际执业经验的增加，实用知识才逐渐累积起来。我们所谓的自然教学则不是这样，学生的学习由病人开始，自病人引申，于病人完成，书本与讲义只是工具，是前往终点的渡船。事实上，当学生以一个执业者、一个故障机器的观察者起步时，对于机器的结构与正常功能，他都已经了然于胸，我们只

1　毛地黄，著名的药用有毒植物，为重要的强心药，是提炼心脏病常用药品地高辛的来源，主治慢性充血性心力衰竭，对心脏性水肿有显著利尿消肿作用，故又名"心脏草"，因其花序、花形好看，亦作园林观赏用。

要教他如何观察，给他丰富的事实去做观察，他所要学的功课自然就在事实里面。教三年级学生的内科学与外科学，有一条法则保证可靠，就是不教没有病人的课，最好的教学都是病人所教。正如一句古老的座右铭所说，医疗的整个技术端在于观察，但是，望闻问切教起来是很花时间的，如何开始，如何让一个人走上正途，正是我们责无旁贷的。对于学生，我们的期望都很高，想教他们的东西很多，但最重要的，是给他们好的方法，给他们正确的观点，随着他们的经验增加，其他的自然水到渠成。

第二，是改革的最重要部分，也就是医院的本身。如果要让医科学生、医界与社会大众都蒙其利，我们就必须要求医院当局提供比目前更充足的人力与设备，这至少是国内绝大部分医学院学生的期望，好让三、四年级的功课能够完全搬出学校，转移到医院去。正如阿伯内西所说，对医科学生而言，医院才是最适当的学府，至少在最后一年是如此。但是，这件事情也还是有困难的地方。在有些机构，学生简直就是特权，几乎有求必应；在另一些地方，学生要到医院设有圆形阶梯的观摩手术室去，只准走边门；更有不少医院，说是要维护病人的权益，学生根本就不得其门而入。一家医院如果没有教学制度，很难成为第一流的医院。医院的医师尽管收入丰厚、用心治病、生活忙得不可开交，如果没有助理与学生可教并借此教学相长，不可避免地会流于怠惰。我敢大胆地说，病房里有学生的医院，病人所受到的照顾会更仔细，对疾病的研究会更深入，所犯的错误则会更少。至于扩大利用医院借以推动内科与外科知识的扩充，这个问题又更大些，在此我就不谈了。

令我相当羡慕的是，护士每天都能够跟病人打成一片，至少在这个国家是如此，比起医科学生，她们显然更受医院当局的重视。

说病人不喜欢学生进入病房，这种反对理由纯属无稽，依我个人的经验，事实正好相反。关于这一点，以我25年医院医师的经历，加上现在又在病房里教导学生，在这里绝对可以打包票。只要做事谨慎小心，对病人出之以亲切的态度，可说一点问题都没有。以当前的医疗状况来说，一家一流的医院如果没有学生的协助，工作的进行就不免捉襟见肘。我们曾经问过许多住院医师，他们的人员编制与急速增加的工作量根本就不成比例，如果有高年级的学生在场，许多例行的工作就都可以迎刃而解。

二

至于要如何才能够付诸实施，让我们先来谈谈三年级的学生。将一个有100名学生的班分成10个组，每个组就是一个临床小组，由一位老师带领。让我们来看看这样一个小组每天的功课。周一、周三与周五的上午9点，是理学诊断的基本教学；10~12点，到门诊部实习，这一部分包括例行看诊、按指示记录病历，以及熟悉疾病的一般症状；到12点时，由一名资深教师与小组的四五个学生开会，更有系统地讨论特殊个案。整个下午，至少两三个小时，也都花在门诊部。全部学程不得少于6周，在这段时间内，每个小组照例都要在资深人员的督导下在门诊看病。用不了多久，学生就能够记录病历，学会如何检查病人，门诊的经历随之逐渐累积。当然，所有这些都需要有丰富的门诊资源、足够的门诊教学空间、充分的设备与仪器，以及能胜任而且愿意担任这项工作的年轻人。

其他的日子，周二、周四与周六，临床小组则是在外科门诊，观察小手术，学习包扎、麻醉，以及协助外科的配方工作。另外，由三到四个小组合成一个大组，由病理解剖实务教师带领解剖遗体，每个人都要做，并在一周里面找一天，所有的小组集合，由病理解剖教授示范病理解剖。依我的估计，按照这种进度，学生应可在第二年完成病理组织学，比较先进的医学院皆是如此。

三年级的其他时间则用来教产科、医疗器材的使用、治疗与临床显微检查。到学期结束时，一所健全的医学院，三年级的学生应该都已经具备了良好的基本素养，足以分辨波特氏骨疽与波特氏骨折，能够准确摸出肿大的脾脏，清楚沙可氏晶体与沙可氏关节的区别。

四年级，我主张仍然维持以10人为单位的临床小组，只不过工作从门诊部转移到了病房。每个人在内科与外科所待的时间尽可能一样长，各分到四五张病床。三年级时的经验已经足够让学生独当一面记录病历，当然，仍然要接受住院医师或负责医师的指导与监督。在住院医师的指导下，所有与自己有关的病例，学生都要亲自动手，包括尿液分析等，并记录巡诊医师口述的日志。此外，一或两个临床小组由一位老师带领，每周三四次，每次巡房两个小时，讨论病例，让学生提出问题，使小组成员都得以熟悉病情的进展。如此一来，学生可以清楚认识疾病，获得临床方法与临床治疗的知识。同样地，以同一模式运用于外科病房与产科、妇科，也可以收到相同的效果。

还有一个方法，是内科与外科都可以教的，说起来并不是别的，就是在进行治疗时，医师应该时时做的自我教育。此外，在这个国家，还有一个当务之急，亦即临床实习学生与外科助理制度的引进，在病房这个单位里面，这两者的角色并不下于护士与住院医师。

谈到病例的来源，绝不稀少，相反地，多得不得了。想想看，在这个城市里面，绝大多数的多血症病人，医科学生从来都没有看过，更不用说接触过。还有就是成百上千的伤寒病人，他们每天的病情发展，我们的学生也从来没有诊视过、研究过。再想想看，未来三个月将会有数以百计的肺炎个案涌进医院，我们四年级的学生又有几个会在病房中看到他们？他们到医学院来念书，固然要学肝脏生理学或髋关节解剖学，但这些却也应该学，甚至要更用心去学。

但你们一定会问，这一套计划真的行得通吗？按照我长久以来的经验，我的答案是，绝对没有问题。约翰·霍普金斯医学院就是采行这套做法，按照我们学院创办人的愿望，医院就是医学院的核心部分。我们的资源并不很特别，我们的病房也不比其他一流医院来得更好，但是，为了教学与疾病研究，我们所提供的比较多，这就是我们最大的特色。至于事情该怎么做，我不妨做个简单说明。以下是三年级学生的医学教育：

第一，有系统的理学诊断课程，由内科学副教授威廉·西德尼·塞耶（William Sydney Thayer）与托马斯·巴恩斯·法杰（Thomas Barnes Futcher）共同主持，地点则在紧邻门诊部的房间内。学生接受病历记录的训练后，下半年开始诊视门诊病人。

第二，一周中有三天，门诊时间结束后，全班在邻室集合，由老师讲解如何检查与诊视病人。值得注意的是，以这种方式上课，可以发现许多有趣的问题。每个学生都可以就手中的个案提出报告，除了持续追踪，还会被问到相关的病情进展。利用这个机会，可以教导学生如何从要报告的个案中去找出与病人有关的问题，并学会如何在文献中去查明疑问。用这种方式带一个50人的班，非常轻松愉快。

第三，临床显微检查课程。临床检验室是医院的设施之一，由一名住院医师担任资深助理来负责，属于医院职员的一员。房间分为两层，可容纳大约100名学生，每个学生都有自己的工作桌、置物柜，以及一处可以放置标本并可加班工作的地方。这门课属常态性质，整个学期都上，每周两次，从两小时到两个半小时，例行的内容包括血液、分泌物、胃内物质、尿液等的检查方法。这门课程的最大价值，在于让学生一、二年级的显微检查课程不致中断，进而能够熟悉一件价值不菲的仪器，使之成为临床的工具而不只是一件玩具而已。医学院的临床实验室则应该与医院结合起来。今天，病房里面有关显微检查、细菌与化学的工作，要求的标准都很高，住院医师与学生都需要有临床化学与细菌学专家的协助，因此，他们也应该是医院人员中不可或缺的一部分。

第四，内科临床研讨会（the General Medical Clinic）。每周有一天在圆形阶梯，集合三、四年级学生，举行临床讲习，提出病房中较为有趣的个案，尽可能以当季的疾病为主，譬如秋天特别注意疟疾与伤寒，冬天则是肺炎。对于肺炎与伤寒的并发症，每个个案都要提出报告。虽然并非系统性的讲课，但在理学诊断课上，仍有整套的讲解，同时，在我称之为门诊观察的课中，也经常针对正在研究的疾病提出整体性的说明。

第四年的病房实习——全班分成三个大组（一在内科、一在外科、一在产科与妇科），担任临床实习生与外科助理。在内科，每个学生分到五或六张病床，照顾新住院的病人，做尿液与血液的工作，并协助住院医师做全面性的病人照顾。9~11点的巡房，临床实习学生随行并接受有系统的教导，过程中诊视特殊的病例，探讨新的病例，也可针对症状、病因与治疗提出问题。我所要强调的是，这种教学方式绝不是在病房中上课，不是将一群学生带到病房，弄一两个病案看看了事，而是一种病房工作，是学生要亲自参与医院的医疗工作，如同主治医师、实习医师与护士一样。此外，这也不是偶一为之，三个月的病房实习，而是主修课程，每天上午从9~12点，加上下午的一个小时，临床见习生都要在资深助理与住院医师的指导下处理一些特殊的问题。

讲解课——由于一般的课堂讲课是为了要确定所有的医学课题都有系统地教给学生，每周一次的讲解课，就是针对预先设定好的科目而设。

每周临床研讨会在圆形阶梯讲堂举行，以临床实习学生为主角，在报告各人的病例之后，学生发表自己的分析与意见，供全班讨论参考。在这堂课里面，经常地提出重要的医疗问题，如此周复一周，伤寒的临床情况常被讨论，有趣的病例时被提出，病人的并发也是有系统地被列出。肺炎这种常见的疾病，有肺炎小组处理所有的临床表征，黑板上列有一份病例的名单，一个学期下来，学生报告的个案多达五六十件，其中绝大部分是他们在门诊看过的，只不过临床实习学生还可以利用在病房的机会，每天做深入的研究。

对学生与资历尚浅的教师来说，这一套制度运作起来必将受益匪浅。缺点容或不可避免，但我敢说，问题绝非出在制度。毫无疑问，对于某些课题，在有关理论上的理解，许多学生或许会觉得有所不足，但就我个人来说，我始终反对从考试的角度来教育学生，那才是最有害的制度，即使是最愚鲁的人，对如何检查病人、如何熟悉严重疾病的症状变化，透过经常性的实地接触，都是可以学会的。当学生经手过足够多的病例，在技术上获得了某种程度的进展时，他自然会保有一种认知，亦即，在医院里面，他不是要来学会所有已知的东西，而是要来学会如何诊断疾病、如何治疗疾病，或者说，学会如何照顾病人。

三

第三种改革则是医学院的重组。在这一方面，头两年所完成的，是大幅增加实验室的分量，为因应此一改变，师资的增加固然有其必要，更有必要的是，生理学与病理学这类科目，在教学上采取一种全新的观念。第三与第四年的教学当然也必须进行相应的改革。今天，掌握充足的临床师资，跟拥有设备完善的大型实验室一样重要，这一点如果做不到，临床的能力就会远远跟不上学科的教育。说到内科部门，我的看法是，一个规模最大的医学院，好比说有800名学生，就需要拥有3~4个设备齐全的内科临床单位，各有50~75张病床，还要加上由各科主任负责门诊部门。在未来的25年之内，国内规模比较大的大学都将拥有自己的医学院，对于疾病这种所谓自然问题的研究，其彻底通盘都将不输于地质学或梵文。但以现况来说，可以做的事情仍然很多。想要学医的学生成百上千，病人也是成千上万，更有不少资优而有心投入医学教育的年轻老师。正如大家都了解的，我们的现况是"嗷嗷待哺的羊群翘首，却得不到喂食"。学生要的是在病房学习的"饼"，但他们却得到讲堂上课的"石头"。学生与病人的隔离正是理论教学制度的贻害，幸好这在一、二年级时还不至于构成问题而已。

对三、四年级的学生来说，医院即学院；三年级生在门诊部门，四年级生则是在病房。学生必须留在医院，成为医院的一部分，而且是核心部分，非如此不可能学到最好的学问。唯有留在医院，学生所学到的医术与教训，在将来执业时才真正有用处。一所医院如果有学生，对社会的好处将是加倍的。住院医师的孤军奋斗迟早会造成临床上的怠惰，有了学生的刺激，这种惰性将可以得到中和，这对医界与社会大众可说是两蒙其利。对年轻人施以实习教育，将来他们所到之处，良好的医术将随之而来，医疗机构的成就也将因而扩大；医界所招募的新兵，都是知道如何自行思考与观察的人，是科学医学新学院里能独立行医的医师——他们了解，知识有其限度，但那只会加强而非削弱他们对自己医术的信心。今天，我在这里主张的并不是什么新的东西，全都是前人走过的老路子，布尔哈夫[1]走过，爱丁堡学院的卢瑟福[2]走过，本市、波士顿与费城那些曾经追随过约翰·亨特、卢瑟福与桑德斯[3]的老前辈也走过。这一条道路使医院成为学院，学生在里面担任临床实习学生与外科助理，在医疗先进的指导下，一步一步地靠自己去认识疾病的现象；这样的学习方法才是正路，因为这才是自然的道路，这也是一个医师开始执业后临床智慧得以成长的唯一道路——其他的都是旁门左道。

1　赫尔曼·布尔哈夫（Herman Boerhaave，1668—1738），荷兰著名医学家、植物学家、化学家、人文主义者，享誉欧洲的医师，曾任教于荷兰著名的莱顿大学（Leiden University）。莱顿大学曾培养过笛卡尔、伦勃朗、斯宾诺莎、爱因斯坦、丘吉尔、曼德拉，以及现任荷兰首相马克·吕特等著名人物。布尔哈夫提高了莱顿大学尤其是莱顿医学院的声誉，被视为临床教学和现代学术医院的奠基人。著名的布尔哈夫博物馆——荷兰国家科学史与医学史博物馆，即以他的名字命名。

2　约翰·卢瑟福（John Rutherford，1695—1779），英国医师，爱丁堡大学医学院教授，率先将临床教学引进爱丁堡大学。

3　理查德·胡克·桑德斯（Richard Huck Saunders，1720—1785），英国军医，后成为伦敦圣托马斯医院（St. Thomas' Hospital）的医师。圣托马斯医院与盖伊医院、国王学院医院，同为伦敦国王学院（King's College London，伦敦大学的创校学院之一）医学院的教学医院。

托马斯·布朗爵士[1]
Sir Thomas Browne

社会上一般人常有特定的好恶，于我却毫无感觉；民族的偏见动不了我，法兰西、意大利、西班牙与荷兰，我一视同仁；只要他的行为跟我们的同胞没有冲突，我一样地尊重他们，爱他们，拥抱他们。我出身卑微，但似乎无所不适，无处不自在；有些植物，一出了花园就发育不良，我不属于那一类，任何地方，有土地，有空气，就可以是我的家园；我身在英格兰，但也在任何地方，在任何子午线之下。

——托马斯·布朗《医者的信仰》

1　1905年10月12日，奥斯勒在伦敦盖伊医院医学学会的演讲。

说起来，我非常幸运，孩提时期就受到一位教区神父的熏陶；这位先生颇有吉尔伯特·怀特之风，对自然之热衷绝不下于对宗教之虔敬，广泛涉猎科学领域而深入物理与医疗之学。朋友口中的约翰逊神父，是多伦多三一学院中学的创办人兼校监，这种情形处处说明——借用科顿·马瑟的说法——医学与神学的天使结合（angelical conjunction），在16、17世纪比在19世纪普遍得多。由于约翰逊神父极度倾心于托马斯·布朗爵士，特别是《医者的信仰》一书，他经常为我们朗读其中的一些片段，以见英文之美，有时候则拿作者的一些古怪说法娱乐我们，譬如亚当是没有肚脐的男人，或女人是男人的肋骨与附属的部分，等等。这本书，我所拥有的版本（J. T, Field，1962年版），从学生时代陪伴我至今，一直是我藏书中的珍本。我之所以拉里拉杂谈到这些，无非是要说明，自己热爱此书已经成痴，今晚特地将大师的作品全集带来，更是要让你们知道，在医界那些正常人的眼中，此公简直可说是嗜书成狂。

一、其人

小托马斯1605年10月19日出生，随即进入一个快乐的童年。经多方相传，他曾经举手向天说，他是正直的父母所生，随他"同一个卵子一起来到世界上的，还有谦卑、温顺、耐心与诚实"。他的生父，为一伦敦商人，其他则别无所知。今天在德文郡（Devonshire）议会，保留有一帧家庭照，已经可以看出他的体面，架势颇不输给未来的哲学家，虽然他当时年仅三四岁，人还坐在母亲的膝上。母亲再嫁之后，继父托马斯·达顿爵士（Sir Thomas Dutton）颇富财势，让他接受了良好的教育，并资助其出国深造。他在温彻斯特（Winchester）的学童时期，宽门堂（Broadgate Hall）——今之牛津大学彭布罗克学院（Pembroke College）——的求学生涯，以及影响他走上学医之途的原因，我们都所知有限。比较可能的是，后来出任彭布罗克学院院长，当时在宽门堂担任钦定医学讲座教授的老克莱顿（elder Thomas Clayton），在这方面给了他相当大的启发。念大学部时，第一年结束，他被选为寄宿学生代表，在彭布罗克学院开学典礼上致辞，其表现之优异，于此可见一斑。1626年间修读学士学位，1629年开始攻读硕士学位，这中间他有可能已经接触医学。对于托马斯·布朗的生平，最熟悉的莫过于诺维奇[1]的查尔斯·威廉姆斯[2]，他就不认为布朗是在出国以后才开始学医的。在彭布罗克学院的那几年间，他至少已经"开始接触医疗的行业"，可能也在修读医学士了。对当时尚年少的他而言，牛津的科学复兴运动（the revival of science）还言之过早，但即使是在运动发生之后，也还有西德纳姆其人大肆抨击自己的母校（Alma Mater），说什么培养一个学生学医还不如培养一个鞋匠。当然，以当时的情况而言，从坊间的医

1　诺维奇（Norwich），英国英格兰东部城市，诺福克郡首府。诺维奇是英格兰历史上著名的古城，11世纪时曾是全英国第二大城市，仅次于伦敦。

2　查尔斯·威廉姆斯（Charles Williams，1827—1907），英国医师、学者，托马斯·布朗研究专家，著有《托马斯·布朗爵士的头骨测量》（The Measurements of the Skull of Sir Thomas Browne，1895）、《托马斯·布朗爵士的谱系》（The pedigree of Sir Thomas Browne，1902）、《托马斯·布朗爵士的纪念品》（Souvenir of Sir Thomas Browne，1905）等。

生或药草园（Physic Garden）仍然可以学到一些医疗的知识，何况还有钦定医学讲座教授的课可以听，据我们所知，后生晚辈小克莱顿虽然更为杰出，老克莱顿当时的情况却没有那样糟，小克莱顿见血即昏，到后来甚至不得不将解剖学的讲座交给助理。

可以想象得到，克莱顿的研究内容相当驳杂，在那个时代，许多专攻神学的学者，对自然哲学也都极为留心，而医学正是其中极为重要的一部分。克莱顿当时的一篇演说，谈的是心灵与肉体的相互关系，罗伯特·伯顿在《忧郁的解剖》一书中就谈到过。1621年问世的《忧郁的解剖》，对当时的牛津人来说，显然是一道相当能够挑起食欲的开胃小菜；我可以想象得到，该书1624年增修再版时，像布朗那样求知若渴的彭布罗克学生，一定是迫不及待地先睹为快。搞不好他跟伯顿还是朋友，当这位小德谟克利特倚在桥栏上嘲笑那些互骂的驳船船夫时，他也是混在一群大学生当中的旁观者之一。也不知道是谁说过，在牛津，布朗还悬壶过一段时间呢！

随同继父出访爱尔兰之后，布朗展开了欧陆之旅，先后在法国、意大利与荷兰深造两年。关于这一趟大陆之行，我们所知相当有限。他先是去了当时仍然相当有名的蒙彼利埃（Montpellier），但并没有什么结果，很可能去上过拉扎尔·里维埃尔（Lazare Rivière）的课；在欧洲，里维埃尔的《实践医学与理论》（*Praxis Medica Cum Theoria*）多年来一直是主要的教科书。接下来，他前往帕多瓦（Padua）；《静态医学》（*Medicina Statica*, 1614）的作者，鼎鼎大名的桑克托留斯[1]曾在那里任教。最后，他到了莱顿（大学）并表现卓越，据说是在1633年取得了医学学位，不过此说却查无实据。数年前，我曾经去过那所著名的大学，翻遍注册档案，并未找到他的大名。布朗待在欧陆的后两年，或许财务上已经出现了困难，而莱顿的学费又昂贵，正如与布朗同时代的斯

---

1 桑克托留斯（Sanctorius, 1561—1636），意大利医师、生理学家，意大利帕多瓦大学医学教授。他在伽利略的启发下，发明了体温计。

特拉特福的那个老怪物约翰·华德牧师（在日记中）所告诉我们的：
"伯内特先生（Mr. Burnet）来信谈到低地国[1]修读医学学位的费用，莱顿大约要16英镑，还不包括宴请教授；在法国的昂热（Angers）则不到9英镑，更不需要宴请教授。"总之，我们这位年轻的英国人接受了当时最好的教育，按照《医者的信仰》的叙述，他在那儿还培养了极为宽广的文化视野，而且得到了依惯例只有本地人才能享受到的奖学金。他穿透了民族主义的坚壳，与当地人打成一片，大有如鱼得水之乐："碰到十字架，我可以脱帽，至于救世主什么的，却没放在心上。"

布朗倒是充分把握了大好的机会，说自己学会了六种语言，话虽然说得满，却也不失谦虚。

1634年，布朗回到英国，落脚在哈利法克斯附近的希普登谷（Shibden Dale），据查尔斯·威廉姆斯指出，他并未行医，而是调理因船难受创的身体兼治旧疾。也就是在这里，托马斯·布朗写成了让他名留青史的《医者的信仰》。无疑地，在滞留国外期间，对人，他做了深入的观察，对事，则搜罗了许多有用的资料。他显然下定了决心——几乎是迫不及待——要趁着自己还年轻，赶紧将书写成。他说："我若能活到30岁，可说是一项奇迹。""我连土星绕太阳一圈都还没看到。"

"我的脉搏还没有跳足30年。"的确，他似乎相信柏拉图所讲的，人过了这个年龄之后，人生的脚步就会迟缓下来；此外，在他的言谈之中，总是带着一种哀伤的调调，说基本体液本来足够供应活个70年，"有些人的却是连30年都不够用"，他还说，在这个年纪死掉的人也就算不上是夭寿了。在约克郡这个宁静的山谷中，"闲日漫漫，大可以做自己的事，做到尽兴为止"，手稿就这样完成了，"唯一不方便的"，照他的说法，"从一落笔开始，（我就发愁）没有一本好书可以帮忙"。"跟一本好书商量，对许多人来说可是很平常的事。"全书完

---

1 即低地国家，是对欧洲西北沿海地区的称呼，一般指荷兰、比利时、卢森堡三个国家。

稿7年之后，1642年，终于草草付梓。

1637年，在朋友的力邀之下，布朗搬到诺维奇，据我们所知，他过去跟这个城市没有丝毫瓜葛。那个时代，在医学上，此一东盎格鲁（East Anglian）的首府还名不见经传，虽然曾有凯乌斯[1]这一号人物在这里执业过，但为时极短，似乎没有留下任何重大的影响。过去两个半世纪中，得使诺维奇成为英国一方重镇的，不乏一长串名重一时的人物，而托马斯·布朗爵士可以说是第一个。在这里一住45年，生活平静却不单调，他一边执业一边充实自己，求知若渴，家人、朋友、病人与书籍，全都不放过，拼命吸收知识。日子过得恬淡写意，最适深思。1641年，娶多萝西·麦伦（Dorothy Mileham，1621—1685）为妻，"跟她身价不凡的先生，这位女士倒是绝配，可说是天造地设的一对。"在《医者的信仰》中，布朗曾经说过女性的一些重话，强烈反对自然生殖。跟弥尔顿一样，他认为这个世界上的住民应该"没有女性"，两人几乎异口同声，都希望能够有更简单、更文明的方法繁衍人类。多萝西却证明自己是个好妻子，枝繁实累，生育了10个孩子。从她给儿子与女婿的信中，我们不难看到一幅和乐的景象，每封信都是用皮特曼音标[2]写成。她的单纯虔诚与温柔慈爱，尽见于圣彼得·曼克罗夫特教堂（St. Peter Mancroft Church）的墓志铭。从这些家书上，不仅可以一窥其家庭生活，一个有教养的英国家庭，其间的亮丽与阴暗也跃然纸上。两个男孩都没有让做父亲的失望。长子爱德华[3]成就不凡，不仅承续父

1　约翰·凯乌斯（John Caius，1510—1573），英国医师、学者，生于英格兰诺福克郡的诺维奇，在意大利的帕多瓦大学，他是安德烈·维萨里（见本书第137页注释2）的室友。后来，他成为爱德华六世、玛丽一世、伊丽莎白女王一世的御医。凯乌斯也是在诺维奇施行外科手术的第一位医师。

2　艾萨克·皮特曼（Isaac Pitman，1813—1879），英国教师，皮特曼速记法的发明者。

3　爱德华·布朗（Edward Browne，1644—1708），英国医师、旅行家，托马斯·布朗爵士的长子，曾为国王查理二世的御医。

托马斯·布朗爵士及其夫人多萝西，琼·卡莱尔（Joan Carlile，1606—1679），油画，约1641—1650

亲的志业，而且荣膺（英国）皇家医学院[1]院长之职。从父子俩来往的信中可知，父亲的品位全传给了儿子，爱德华热爱博物学与考古学，在其脍炙人口的《旅行》（*Travels*）一书中表现无遗。很幸运地，我也拥有一本，还有他的亲笔签名。

爱德华的儿子，亦即信中的"汤米"（Tommy）[2]，继承祖父的遗绪，也成为一名医师，随父悬壶，不幸于1710年在一次意外中丧生，

---

1 英国皇家医学院，即伦敦皇家内科医师学院（Royal College of Physicians of London），是一所成立于1518年的内科医学院（见本书第134页注释2）。

2 托马斯·布朗（Thomas Browne，1673—1710），英国医师，托马斯·布朗爵士之孙，爱德华·布朗的长子，37岁因醉酒坠马而亡。

托马斯·布朗爵士的香火也就从此而绝。至于小儿子[1]，家书中浮现的是一张乐观的脸庞，是一个颇有乃父之风的海军健儿，在荷兰战役（Dutch Wars）[2]中，表现英勇却不幸殉职。长女[3]下嫁亨利·费尔法克斯（Henry Fairfax），其女则嫁给巴肯伯爵（Earl of Buchan）；时至今日，托马斯爵士的血脉，也仅存于巴肯与厄斯金家族（Erskines）之中了。

内战（Civil Wars）[4]的风暴几乎没有波及宁静的诺维奇。布朗是个死硬的保皇派；1643年，为了收复纽卡斯尔（Newcastle），有人发起募款，他就悍然予以拒绝。国家多难，想来他应该是忧急不已，令人讶异的是，在他写的东西里却极少触及。在《医者的信仰》一书的序言中倒是有所发挥，对于媒体普遍的一面倒、国王陛下的污名化、国会的堕落，以及双方言论的不择手段、争先恐后、造谣抹黑，深感痛心疾首。在一封信里，谈到查理二世（Charles II）之遭到处决，他称之为"令人发指的谋杀"；另一封信则直指克伦威尔为叛国贼。内战期间，医师受害最轻；由于双方都需要这方面的能手，就拿我们的主人翁来说，尽管内心难免杌陧[5]，只要紧闭双唇，做好分内的事，总能化险为夷。在一生最活跃的30年中，他有三部作品问世，照道理讲，应该会谈到内战，至少对于共和（Commonwealth）之所作所为会有所回应，但他却跟

---

1 托马斯·布朗（Thomas Browne, 1647—1667），托马斯·布朗爵士的次子，为英国海军少尉，20岁殉职。

2 指17世纪至18世纪，英国与荷兰为争夺海上贸易权爆发的四次英荷战争。

3 安妮·布朗（Anne Browne, 1647? —1698），托马斯·布朗爵士的长女，嫁给亨利·费尔法克斯，所生长女弗朗西斯·费尔法克斯（Frances Fairfax, 1663? —1719）嫁给第九代巴肯伯爵大卫·厄斯金爵士（Sir David Erskine, 1672—1745）。

4 即英国内战，1642年至1651年发生在英国议会派与保皇派之间的一系列武装冲突及政治斗争。

5 杌陧（wù niè），意为不安定。

乔治·福克斯[1]一样，作品中只见一片静默，所思所感全都隐忍不发。倒是在给儿子的信中，他道出了自己的生活原则："时代是个乱世，但你却有一技之长，踏实无争足以处世，一切谨言慎行为上。"

忙碌于事业工作，醉心于博物、考古与文学，与科学界的朋友时相往返、通信，鱼雁之间，不难窥见布朗生活之惬意。对于孩子的教育，他自有一套计划，早早送他们出国，督促他们养成独立的习惯。次子托马斯，14岁就独自前往法国；在一封家书中，他对儿子说道："到了法国，不学点东西，也就等于白走一趟。"给孩子的家书中，他随处不忘提醒求好、务实。一封信里如此写道："切勿作下里巴人状，穿着必求光鲜得体。"他甚至把女儿也送往法国。在查尔斯·威廉姆斯所制作的爵士纪念品上，绘有布朗的故邸，一幢典雅的老屋，可惜数年前已经拆除，只有那座漂亮的壁炉架保存了下来。

约翰·伊夫林[2]曾在1673年探访爵士，为当时留下了吉光片羽：

> 整座宅邸可说是一个奇珍异物的大宝库，琳琅满目，尽皆极品，特别是徽章、书籍、草木与自然事物，其中更有各种禽鸟之卵，都是爵士自乡间，特别是诺福克四野搜集得来，据他说，有几种还是极为珍稀的，例如鹤、鹅、鹰以及多种野禽，均仅在附近活动而已。

爱德华·布朗在伦敦立定脚跟之后，父子间来往的书信显示，对于儿子日常的工作，爵士极为关注，谈到爱德华在丘拉吉柯堂（Chirurgical Hall）的解剖学讲座，他提醒除了听之外，更应该多观察；由于讲座是使用拉丁文，第一天过后，"有兴趣来听讲的也就不会太多"。对

1　乔治·福克斯（George Fox, 1624—1691），英国宗教运动领袖，贵格会创始人。

2　约翰·伊夫林（John Evelyn, 1620—1706），英国作家，其代表作《日记》（*Diary*, 1818）是英语日记文学中的巨著。

于儿子的进步，他显然备极关切，不时提到文献上的新观点，给他建议，例如某处可见重要的医疗个案，某处又有治疗方法的评论，等等，不一而足。蛮值得注意的是，提到疟疾热的流行，即使是严重的出血型，他提到自己采用金鸡纳树的树皮。在另一封信里，提到一个相当特别的气胸个案，他这样写道："一位年轻的妇人，胸口嘶嘶有声，起伏极为剧烈，连站在一旁的人都听得到声音。"至为明显的是，他行医的足迹遍及东部各郡，当地的医师得之于他的甚多，对于他的医术推崇备至；有一妇人，E. S. 夫人，群医束手，经他治疗之后痊愈，有诗为证：

> 他来，他看，他治愈！凯撒不过如此；
> 盖仑、希波克拉底、伦敦著名学院
>
> 衮衮诸公
> ……若得闻其名读其文，
> 见其治疗此一半死之骷髅，
> 但见其谦卑的眼神寻寻觅觅，
> 诊断而非看病。

给儿子的家书始终不断，直到过世为止。但只有少数披露在西蒙·威尔金[1]的《生活》（*Life*）一书中，目前尚存的部分，多值得刊行于世。

1671年，查理二世授予托马斯·布朗爵位。布朗成为皇家医学院荣誉院士，则是在1664年，此后并透过儿子与学院维持极为密切的关

---

1 西蒙·威尔金（Simon Wilkin, 1790—1862），英国出版商．博物学家，他用13年时间编辑出版了《托马斯·布朗作品集》，一度被视为布朗作品的"最佳英文版"。

系。虽然从未名列英国皇家学会[1]，但以学会的精神与宗旨，想必他是能够体谅的。爵士也曾与当时许多首屈一指的人物通信，包括约翰·伊夫林、奥巴迪亚·格鲁[2]、埃利亚斯·阿什莫尔[3]、威廉·达格代尔[4]、罗伯特·帕斯顿[5]、约翰·奥布里[6]等，所谈无所不包，博物学、植物学、化学，乃至巫术与考古。《伪真理之害》（*Pseudodoxia Epidemica*，1646）更使他誉重整个士林，同当代艺术界的大师结为至交。托马斯·博德利[7]现存一封书信，出自宫廷文人亨利·贝茨（Henry Bates）之手，不妨引述一段，好让你们明白，他写的东西是何等受推崇：

爵士阁下：拜读大作《医者的信仰》，真知灼见源自巨识宏观，俱见无可比拟之创意与明断，于此不揣浅陋，略抒己思以附骥

---

1 英国皇家学会（Royal Society），成立于1660年，全称"伦敦皇家自然知识促进学会"（Royal Society of London for Improving Natural Knowledge），是英国最高级别的科学学术机构，也是世界上历史最悠久而又从未中断过的科学学会，它在英国起着国家科学院的作用，在国内及国际上代表英国科学界。爱因斯坦、达尔文、牛顿、霍金都曾是英国皇家学会的知名院士。

2 奥巴迪亚·格鲁（Obadiah Grew，1607—1689），英国作家。

3 埃利亚斯·阿什莫尔（Elias Ashmole，1617—1692），英国古物收藏家、占星师、炼金术士，皇家学会的创始成员，以其名字命名的（牛津大学）阿什莫尔博物馆，是英国第一个大学博物馆。

4 威廉·达格代尔（William Dugdale，1605—1686），英国古物收藏家、学者。

5 罗伯特·帕斯顿（Robert Paston，1631—1683），英国科学家，皇家学会会员。

6 约翰·奥布里（John Aubrey，1626—1697），英国文物研究者、博物学家、传记作家，皇家学会会员，其最有影响力的作品《简明生活》（*Brief Lives*，中文版译为《名人小传》），包含了培根、波义耳、乔叟、笛卡尔、伊拉斯谟、约翰·弥尔顿、莎士比亚等200多位名人的简短传记。

7 托马斯·博德利（Thomas Bodley，1545—1613），英国学者、外交官，牛津大学博德利图书馆（Bodleian Library）创始人。博德利图书馆是英国最古老的图书馆，也是仅次于大英图书馆（又译作不列颠图书馆、英国国家图书馆）的英国第二大图书馆。

尾。自从有幸得识您的宗教[1]，我对您也就怀着宗教般的敬仰，心怀您的密涅瓦，爱不释手……始终认为大作仅次于圣书……虽然偶尔有人眼高于顶，自以为是，实则是心虚怯懦，吹毛求疵，于那种无的放矢，虽使我极不耐烦，却无损于我的热情，只是更发现彼等的无知，徒然见其寡陋，实是因为无灯而迷途。

布朗虽然倾心投入医学研究，与当时医界知名人士却不甚亲近，例如威廉·哈维、托马斯·西德纳姆或弗朗西斯·格里森[2]，他都仅止于提到并表示尊敬。对孩子与朋友，他倒是既体贴又大方，捐钱给幼年就读的温彻斯特母校，重建剑桥大学三一学院（Trinity College, Cambridge）图书馆，整修牛津大学基督教堂学院（Christ Church, Oxford），慷慨捐输向来不后于人。在生活上，他则力求平静、充实、自在，总是从容不迫，乐在朋友、家人与工作，务期达到内在与外在的和谐，而在《医者的信仰》与《基督徒的德行》中，对于这种人生的境界，更是不惜笔墨，谆谆诲之，字字珠玑。

他的好友约翰·怀特富特牧师（Rev. John Whitefoot）[3]谈到他的印象，值得加以引述：

> 欢不逾矩，悲不过度，无论何种情状，他总是保持一颗怡然的心，极少形之于色；尤其罕见他打趣说笑，纵使偶一为之，竟然也会为自己的轻浮而感到局促。他这个人，纯然天成，绝无造作。

---

1 托马斯·布朗的《医者的信仰》，又译作《医师的宗教》。

2 弗朗西斯·格里森（Francis Glisson, 1597—1677），英国医师、解剖学家，他与英国医师丹尼尔·惠斯勒（Daniel Whistler, 1619—1684）最早描述了佝偻病。

3 约翰·怀特富特（1610—1699），英国牧师、作家，托马斯·布朗的至交，著有《托马斯·布朗的一生》（*Some Minutes for the Life of Sir Thomas Browne*）。

休止符的谱下，倒是完全出乎意料，一阵突如其来的腹绞痛，就结束了77年的人生，时间是1682年10月19日，这一天也正是他的生日。这种巧合，在一封给朋友的信中，他似乎早已预见：

> 但以多活了好多岁的人来说，每一年都有365天可以定其生死——第一天就该当作是最后一天，只要时候到了，蛇的尾巴就该回到它的嘴里，所有的日子都要在出生的那一日终结——的确，这种大巧合，占星术或可不幸言中，但预言其发生则不可儿戏。

托马斯·布朗爵士画像（局部），油画，伦敦·维尔康姆图书馆（Wellcome Library）

托马斯·布朗爵士画像（局部），油画，英国皇家医学院（伦敦皇家内科医师学院）

　　托马斯爵士的画像，有三幅堪称精品，一幅在伦敦（皇家内科）医师学院，是最有名的一幅，也是最常被复制的。格林希尔版的《医者的信仰》[1]，扉页所采用的就是这一幅。第二幅存于博德利图书馆，也常被人复印。第三幅则在诺维奇圣彼得·曼克罗夫特教堂的祈祷室；三幅中以这一幅最为动人，画中的布朗看上去较为年轻，比较贴近《医者的信仰》写作年代。另外还有第四幅，亦即《伪真理之害》第五版扉页的那一幅，但这一幅与其他三幅相去甚远，我相当怀疑那会是爵士本人，如果真是，那一定是画家给画走了样，正如弥尔顿1645年《诗集》（*Poems*）扉页的画像，可说是一大败笔；只不过弥尔顿曾经为此痛痛快快地报了一箭之仇，布朗却轻轻放过了。

1　威廉·亚历山大·格林希尔（William Alexander Greenhill，1814—1894），英国医师、作家。他是托马斯·布朗的狂热爱好者，由他担任编者的《医者的信仰》一度成为该书的标准版本。

二、其书

说到《医者的信仰》，还真有一段不平凡的故事。"闲日漫漫，尽情做自己想做的事，"如此这般写出来的东西，就以手稿在朋友之间流传，"不断转手的抄录以致破损不堪，原稿付梓时已不成形。"[1]1642年，安德鲁·克鲁克[2]印了两刷，还不敢大张旗鼓，都只是小8开的版本，卷首的版画出自威廉·马歇尔[3]之手，画的是一个男子从崖上（大地）坠入永恒之海，但被云中伸出的一只手抓住，典出神话故事"从天而来的解救"（à coelo salus）。塞缪尔·约翰逊认为，克鲁克的设计稿，作者本人不可能不知道，但为了能够出版，也就将就了——"是一个急着出名的作者的权宜之计，生怕错失了机会，不免虚荣作祟，故作谦逊而已。"[4]

《医者的信仰》现存手稿最少有六份，全都有着细微的出入，正如作者所说，是因为转录所造成的手误。现存卡索博物馆（Castle Museum），西蒙·威尔金所收藏的才是真迹。当时布朗如果知道有这种无心之误，也不至于在一年之内就让克鲁克二刷——还不只是二刷而已，大小与页数不同，内文也有少许出入。授权版则是在隔年问世，同一家出版社，同样的卷首页，仅在图版下方增列一段文字："前未经公开发行且非完整之《医者的信仰》的正宗版本。"未标明作者，署名A. B.的序言

1　出自托马斯·布朗《医者的信仰·致读者》。

2　安德鲁·克鲁克（Andrew Crooke，？—1674），英国17世纪中叶伦敦的出版商，出版过托马斯·布朗《医者的信仰》的各种版本。

3　威廉·马歇尔（William Marshall，1617—1649），英国版画家、雕刻师，一位多产的插画师，曾为约翰·弥尔顿、莎士比亚等人画过肖像。

4　出自塞缪尔·约翰逊所著托马斯·布朗的传记：《托马斯·布朗爵士的〈基督徒的德行〉及作者的一生》（*Sir Thomas Browne's Christian Morals - With the Life of the Author*）。

威廉·马歇尔为1642年初版《医者的信仰》（安德鲁·克鲁克版）所绘版画

则说："针对之前有所疏漏的版本，所做的通盘修正。"这一次，一件奇妙的事情却将两个人拉到了一块儿，两个人可说是当时知识界的两个典型，都是学者与神秘主义者，一个是不动声色的自然观察家、古物收藏家，也是一个医师；另外一个则是精力充沛、雄心勃勃的冒险家，一个哲学家兼业余医师。肯奈姆·迪格比爵士[1]当时被国会派（Parliamentarians）软禁在温彻斯特市政厅，听到多塞特伯爵（Earl of Dorset）[2]提及《医者的信仰》，大感兴趣，当日虽然时候已晚，"那股吸引力已经势不可当，恨不得马上把书弄到手"，便立刻差人到圣保罗教堂去取，待书送来，人已就寝。

　　这个了不起的人物，我轻易就将自己说服，让他陪在我的卧榻上，结果竟令我睡意全无，欲罢不能，津津有味地汲取精彩的文字，与作者对谈起来，直到我让自己饱餐（至少是逐字细读）了崭新书页间的全部宝藏，简直无法合眼。[3]

肯奈姆就这样在床上不停地阅读，不仅读完了全书，而且还在同一个晚上以给朋友写信的方式做了评注，篇幅相当于《医者的信仰》的四分之三。"如此这般地做出回应，岂止是一封信而已，根本就是一本书了。"末了，他写下的日期是"1642年12月22日"（我认为应该是23日，因为当时已经是凌晨了）。塞缪尔·约翰逊指出，值得大书特书的是，这篇长文是在24小时之内完成的，其中除了阅读花掉一部分时间，另外的时间则是将布朗的大作化为己有。肯奈姆爵士确实算得上是个人物，但若谈到他这个人，不免令人联想到，在时人当中，他的名

1　肯奈姆·迪格比（Kenelm Digby, 1603—1665），英国自然哲学家、占星师、外交官，著有《评注〈医者的信仰〉》（Observations upon Religio Medici）。

2　指第五代多塞特伯爵理查德·萨克维尔（Richard Sackville, 1622—1677）。

3　出自肯奈姆·迪格比《评注〈医者的信仰〉》。

声却令人不敢恭维，斯塔布斯（Stubbs）就说他是"我们这个时代的骗子普林尼（Pliny）"[1]。不过话又说回来，他对这本书的批评倒是不失中肯，大有可取之处，也正因为如此，这本小册子也就顺着文学之流而下，间或附在《医者的信仰》上露脸，反倒是他那些分量大得多的大部头，却都沉入河底化作了淤泥。

《医者的信仰》很快就洛阳纸贵，正如约翰逊博士所说："全书辩证之新奇、情操之高尚、意象转换之流畅、用典引喻之深奥、申论之细腻，以及遣词之有力，立刻引起了高度的关注。"[2]剑桥学者约翰·梅里威瑟（John Merryweather），当时正旅居欧陆，将之译成拉丁文，并由（荷兰）莱顿（Leiden）的哈齐亚斯（Petrus Hackius）于1644年出版；同年，以莱顿版为底本，另外一版也在巴黎问世。欧陆学者们反应多少有些困惑，对于该书的正统性不免质疑。在一封蛮有趣的信中，梅里威瑟说，在莱顿，他连要找一家出版社都不容易；他说，书商哈耶（Haye）就对萨尔马修斯[3]直言不讳："全书虽然颇有可观之处，但也有不少偏激的宗教观念，可能是美中不足的地方，尤其可能引起教会中人的不悦。"拒绝出版的，另外还有两家。而欧陆方面最有意思的批评却是来自医界，相当杰出的巴黎医学院教授盖伊·帕丁[4]，1644年

1　斯塔布斯，可能是指亨利·斯塔布斯（Henry Stubbs, 1632—1676），英国医师、作家。普林尼，指老普林尼（Pliny the Elder）盖乌斯·普林尼·塞孔都斯（Gaius Plinius Secundus，前23/24—79），古罗马学者、作家，以其百科全书式巨著，37卷本《自然史》（Naturalis Historia）著称，但17世纪以来，随着近现代科学的发展，《自然史》中的诸多错误被逐渐披露。

2　出自塞缪尔·约翰逊《托马斯·布朗爵士的〈基督徒的德行〉及作者的一生》。

3　萨尔马修斯（拉丁文：Claudius Salmasius，法文：Claude de Saumaise, 1588—1653），法国古典学者、作家、文学评论家。

4　盖伊·帕丁（Guy Patin，或Gui Patin, 1601—1672），法国医师、文人，曾任巴黎医学院院长。法兰西医学院教授，因写有大量书信而知名，其信件后来成为重要的医学文献，奥斯勒很喜欢读他的书信。

10月21日自巴黎写信给里昂的查尔斯·史彭（Charles Spon），说他收到一本书，名叫《医者的信仰》，是一个英国人写的，是一本"神秘色彩浓厚的书，充满着怪异过时的想法"。另外在1645年的一封信中，却说："此书在此间颇得好评；作者有头脑，书中不乏好东西。想法幽默，颇讨人喜，但依我的看法，他想要寻找一个宗教大师，只怕是白忙一场。"他还认为作者的情况相当不妙，如果活着，有可能更糟，但要改善，机会还是有的。总之，《医者的信仰》后来竟成了他喜爱的一本书，分别在1650、1653、1657年于信中提到其他的版本。很特别的是，作者的大名，他从来不提；倒是后来爱德华·布朗到巴黎深造时，帕丁还客气地请他代向父亲致意。

在欧陆方面，受到较多讨论的，是《医者的信仰》的正统性。有人说作者是天主教徒，但这种说法几乎没有人认同，直斥其为异教徒的倒是大有人在，教友会（Society of Friends）就有人认为，他极有可能改信别的宗教。在英国，这本书被列入"索引"[1]，反而是迪格比的《评注〈医者的信仰〉》，对该书并没有反面的批评，却未遭到禁止。倒是南安普顿（Southampton）那位古怪的老校长亚历山大·罗斯（Alexander Ross，1590—1645），没事专门唱反调，写了一篇评论，题目就叫《治疗医师：给〈医者的信仰〉一剂温和的处方》（Medicus Medicatus: or the Physician's Religion cured, by a Lenitive or Gentle Potion）。

在英国，《医者的信仰》于1645年两次印刷，又分别在1656、1659、1669、1672年，以及布朗去世的1682年再版。与早期的比较，所有的再版，卷首页都是重印1643年的插画，变化并不大。此外，《伪真理之害》也开始再版（1659年3版）。《医者的信仰》拉丁文版

---

1 索引，指罗马教廷的《禁书目录》（拉丁文：Index librorum prohibitorum，英文：List of Prohibited Books），所列书目及作者，基于政治、宗教、性、社会等原因，被认为有害于天主教的信仰和道德。《禁书目录》定期更新，自1559年至1948年共更新32版，1966年被教皇保罗六世废止。

1656年版《医者的信仰》（克鲁克版）书影

倒是一版接一版地出，我已经讲过，最早是1644年在莱顿，同一年，当地与巴黎就再版了。在这些版本中，最重要的是1652年的斯特拉斯堡（Strasbourg）版，其中附有莫尔特吉斯（Moltkius）[1]的注释，但是，盖伊·帕丁却指为"迂腐不堪"，说注释者根本一窍不通。1655年，荷兰文版本发行，1668年，法文本问世，总加起来，在作者有生之年，各种版本至少就有20种之多。

17世纪结束之前，所有的版本加起来一共是22种，到了18世纪，英文版又增加4种，另加上德文版与拉丁文版各一。然后间隔了77年，到了1831年，埃克塞特学院（Exeter College）的一个年轻人托马斯·查普曼（Thomas Chapman），编了一个简明版，我所拥有的就是这个版

---

1 《医者的信仰》1652年拉丁文版序言中的署名为L. N. M. E. M.，英文版注解为Levinius Nicolas Moltkius Eques Misniensis，或疑为Levinius Nicolaus Moltkenius（莱文纽斯·尼古拉斯·莫尔特肯纽斯），其生平不详。

本，因为有柯勒律治[1]的眉批而越显珍贵；在研究托马斯·布朗的学者当中，柯勒律治算是最早也是最认真的。同年，美国的第一个版本发行，编者是波士顿的教士亚历山大·杨（Rev. Alexander Young）。另外，身为"旅行家、语言学家、作家及编辑"的圣约翰（James Augustus St. John），1838年也编了一个漂亮的版本。1844年，朗文（Longman）版发行，由布里斯托（Bristol）市立图书馆馆员约翰·皮斯（John Peace）主编；这个版本后来由费城的L&B（Lea & Blanchard）在美国重印；依我看，这是《医者的信仰》唯一由医学出版公司发行的一次。1845年，皮克林（Pickering）版问世；这个漂亮的版本由教士亨利·加德纳（Rev. Henry Gardiner）所编，附有许多原注，在许多方面都称得上是19世纪的首选。1862年，波士顿的著名学者兼出版商詹姆斯·蒂克纳（James Ticknor）[2]出了一个精装版，堪称此书史上的第一个豪华版。1869年，由威利-邦德（John William Willis-Bund）主编的桑普森罗公司（Sampson Low & Co.）版问世，1878年则有史密斯（Walter Percy Smith）的利文顿（Rivington）版。接下来是1881年，可以说是永久的标准版了，亦即格林豪[3]医师主编的黄金珍藏系列（Golden Treasury Series），麦克米伦公司（Macmillan & Co.）后来又予以重印。格林豪医师所下的功夫，不仅表达了他对托马斯·布朗爵士的最高敬意，也充分展现了他敬业认真的学者本色。1881年以来，另外又出现过十几个

1　塞缪尔·泰勒·柯勒律治（Samuel Taylor Coleridge, 1772—1834），英国诗人、文学评论家，湖畔派代表诗人，英国浪漫主义文学的奠基人之一。他一生与鸦片相伴，中年弃诗从哲，精研以康德、谢林为代表的德国唯心主义哲学并致力于将其引入英语世界的文化之中，贡献卓著。代表作有《古舟子咏》《忽必烈》《文学传记》等。

2　詹姆斯·蒂克纳是波士顿蒂克纳和菲尔兹（Ticknor and Fields）出版公司的负责人，作为诗人和编辑的詹姆斯·托马斯·菲尔兹（James Thomas Fields, 1817—1881）是该出版公司的合伙人，也是《医者的信仰》1862年波士顿精装版真正的编者。

3　爱德华·海德兰姆·格林豪（Edward Headlam Greenhow, 1814—1888），英国医师、流行病学家、卫生学家，英国皇家医学院院士、皇家学会会员。

版本，值得一提的只有曼彻斯特的劳埃德·罗伯茨[1]医师的版本。结束这一段单调的出版简史之前，我要特别提醒一点，从1642年粗糙的羊皮封面版本到维尔出版社（Vale Press）的豪华对开本，包括那些收在全集中的，全部加起来，版本多达50余种。布朗曾经说过，该书也曾被译成高地荷兰文（High Dutch）及意大利文，但我却找不到相关的记录。另外，罗伯特·瓦特（Robert Watt）提到过1680年的德文译本，也同样未见其踪迹。

由于篇幅有限，布朗的其他作品只能简略交代一下。《伪真理之害：世俗普遍接受的信条或真理之探究》（*Pseudodoxia Epidemica: or, Enquiries into very many received Tenents and commonly presumed Truths*）1646年出版，小型对开。就某种程度来说，这本书是布朗作品中最不扎实的一本。书中广泛搜集市井相传的故事与人类各种知识的通俗真理，然后站在当时的科学立场加以审视，其目的无非是要厘清一般的迷信与似是而非的道理，主张应观察并记录本质以求其精准。沃尔特·佩特就留意到，布朗所谈到的谬误，其来源与培根的偶像理论——导致人之堕落与信仰的谬误——有着惊人的相似之处。布朗在书中力陈怀疑之用，但正如佩特所说："陶醉于洞穴偶像，他自己就是一个活生生的例子，而且如同波义耳（Robert Boyle）与迪格比之类的人，他也无法摆脱炼金术的桎梏，将气力耗在所谓的炼金术（the philosopher's stone）上。"这本书相当受欢迎，作者也就因而声名远播。老实说，1642年《医者的信仰》首度问世，布朗并未因而出名，当时的各种版本上，甚至连他的大名都没有。《伪真理之害》多次重印，1672年就出到第6版，并在法国与荷兰以法文发行。

论分量，《医者的信仰》当然摆在第一位，但某些人却也同样喜爱布朗的另一篇大作，散文《瓮葬：漫谈诺福克近期出土之骨瓮》

---

1 大卫·劳埃德·罗伯茨（David Lloyd Roberts，1835—1920），英国妇产科医师，藏书家。

（*Hydriotaphia Urne-Buriall: or A Discourse of the Sepulchrall Urnes lately found in Norfolk*，1658），同这篇文章一起结集出版的还有《居鲁士的花园》（*The Garden of Cyrus*），纵横古今，畅论各种庭园之美。沃尔辛厄姆（Walsingham）大量出土的骨瓮，自然引起了郡内首屈一指的古物学者布朗的高度关注，但他却未仔细考究他们的年代——认为他们是罗马人，实际上却是撒克逊人（Saxon）——虽然精确度量了那些骨骸并做出分类，却未予以深究，而是当作上了一堂课，文思泉涌，写成了一篇文情并茂的散文诗。吾生也有涯，古往今来多少民族的哀悼仪式，经过他对各种葬仪的描述，配上丰富的考古与历史知识，栩栩如在眼前。整篇文章缕缕细数等在吾人前面的悲惨命运，不过都是"冥冥之中，无常必将信手抛撒的罂粟"，"对于在世为人，绝大多数人应该都是宁可不曾活过"。在文章的字里行间，思绪所到之处，无不气势庄严，且看下面这一段：

> 大限临近，若能泰然处之，则苍苍白发自有其乐，齿牙动摇又何足为忧。然而，以生命为习常乃使我们患死，而贪婪则使我们成为死亡的玩物，正因如此，虽为大卫也变得残忍，虽为所罗门也不再成其为最智慧之人。但总有许多人未老先衰，未亡已死。挫折使我们的白日加长，而悲苦则让夜晚有如阿尔克墨涅[1]的长夜，时间也为之展翅难飞。

在神韵上跟《瓮葬》颇为相近的，是一本薄薄的对开小书：《致友人书：慰一位失去挚友的朋友》（*A Letter to a Friend: Upon Occasion of the Death of His Intimate Friend*），1690年出版，系布朗死后才问世的遗作，也是他所有作品中最难得一见的。这本小书谈死亡，谈临终，遣词

---

1 阿尔克墨涅（Alcmene），古希腊神话中的人物，宙斯化身为她丈夫（底比斯王安菲特律翁）的形象，并让夜晚变成平时的三倍长，与她结合，生下大力神赫拉克勒斯。

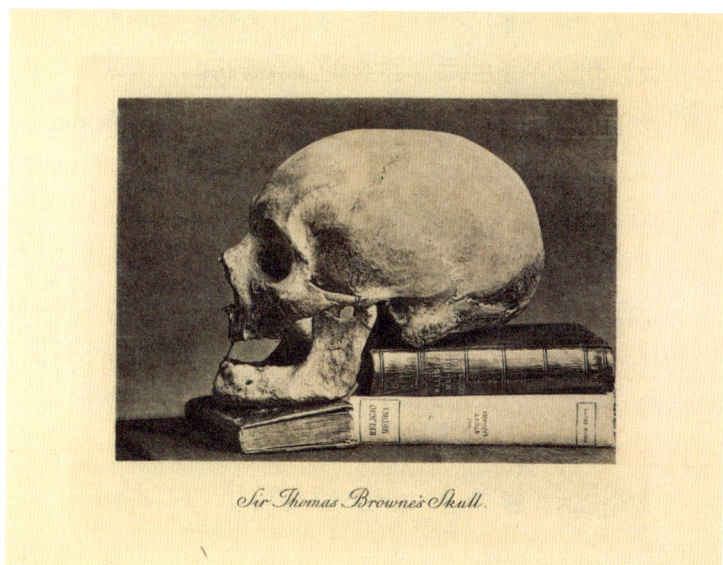

Sir Thomas Browne's Skull.

托马斯·布朗爵士的头骨，现葬于英国诺福克郡首府诺维奇的圣彼得·曼克罗夫特教堂

用字典雅，论人生一步一步走向坟墓的徒劳，有其独到的见解，也最能表现其文笔的生动与独树一格，文字魔力一至如此，某些评论家甚至誉为他的巅峰之作。谈到这本小书与《瓮葬》时，沃尔特·佩特以发自内心的赞叹写道："由此可以证明，布朗的文学造诣绝非浪得虚名。"

对于人类孤骸遗骨，著文反思，流露深切的同情，他自己却未能受到这样的待遇。他曾经这样问过："谁能知道自己尸骨的命运，谁又知道自己会被埋葬几回？"1840年，工人整修圣彼得·曼克罗夫特教堂的圣坛，意外地打开了托马斯爵士的棺木，其中一个工人拿走了头骨，后来辗转落到爱德华·拉伯克医师（Dr. Edward Lubbock）的手上，保存在诺福克与诺维奇医院博物馆（the Museum of the Norfolk and Norwich Infirmary）[1]。1827年，我初次见到这副头骨时，上面附一签条，上有

1　1922年，托马斯·布朗爵士的头骨重新葬回于圣彼得·曼克罗夫特教堂。

引自《瓮葬》中的句子："遭人盗墓，头骨沦为酒碗，胫骨沦为笛子，仇敌以之取欢作乐，下场如此，还不如火葬来得干净。"查尔斯·威廉姆斯曾经仔细描绘过这颗头骨，他肯出借照片，尤其令我铭感于心。

除《致友人书》之外，托马斯·布朗另有三本遗作：大主教托马斯·丹尼生（Thomas Tenison）编辑的《杂文集》（*Certain Miscellany Tracts*，1684），以古物研究为主要题材的《遗作》（*Posthumous Works*，1712），以及同年（1712）由诺维奇的副主教约翰·杰弗里（John Jeffrey）编辑的《基督徒的德行》，此书是从布朗遗稿中寻获，可能为晚年之作，笔力端凝稳重，是一系列有关道德伦理的散文，足可与希伯来的诗篇相比拟，常与《医者的信仰》合编，互为参照。

布朗作品的合集，1686年出现第一个版本，为一精装对开本。1836年，诺维奇人西蒙·威尔金基于对老乡亲的崇敬，并以极为严谨的学者态度编辑了一套全集。为此，所有研究托马斯·布朗爵士的人都应当心怀感激；更令人感念的是，他的夫人，西德茅斯（Sidmouth）的威尔金夫人，用心良苦，在诺维奇的卡索博物馆成立了托马斯·布朗爵士图书馆，威尔金所编的全集亦陈列其中。

三、评价

从塞缪尔·约翰逊到沃尔特·佩特，评论家给予布朗的评价均极高，并置于文学家之列。在各家的品鉴中，尤以佩特最为出色。查尔斯·兰姆与柯勒律治也对这位诺维奇的医师爱不释手，于其作品中，两人均大有灵犀相通之慨。在美国的新英格兰作家中，乔治·蒂克纳（George Ticknor）、詹姆斯·托马斯·菲尔兹、奥利弗·温德尔·霍姆斯与J. R. 洛威尔也都是布朗迷，洛威尔尤其喜欢引用他的句子，誉为"莎士比亚以来最有想象力的心灵"。但是，对于布朗独到之风格，法国评论家丹纳（Hippolyte Adolphe Taine）之评语最为扼要清楚，无人能出其右：

且让我们想象，一种神似莎士比亚的神韵，但却是学者的、观察者的，而非演员的、诗人的，是以诠释代替创作，但又跟莎士比亚一样，能够通达人情事理，深入其节理，融会其规矩，并将最细微处内化于自身，剑及履及，一丝不苟；另一方面，又能够透彻推悟客观世界，领会现象背后那个朦胧超然的世界，对于我们这个小世界所悬浮于其上的混沌深渊则心怀敬畏。这样的一个人，就是托马斯·布朗爵士，一个博物学家、哲学家、学者、医师，一个道德家，是产生杰里米·泰勒（Jeremy Taylor）与莎士比亚那个时代的最后一人。对于那个充满奇想与创意的时代，没有一个思想家所作的论证比他更有力；对于北英地区既灿烂又阴沉的想象力，没有一个作家表现得比他更丰盈；也没有一个人能够像他那样，以如此深挚的感情谈死亡，谈无边的忘乡之夜，谈人类贪婪的虚荣，企图借生前的浮名或死后的碑铭追求永恒；更没有一个人，能够以如此炽烈纯粹的笔法展现整个时代如诗般流动的心灵。

　　布朗的作品历久而弥新，他的地位也越加屹立不摇，纵使一般人并非如此认为，但在文学薪火相传的长河中，这却是大家都认同的。身为他的同行，我们确实与有荣焉。在医师或是医界传道授业的领域中，足堪与文学的诸王与诸后并列的，或许只有拉伯雷[1]一人，至于还有哪些人够资格厕身亲王之列，尽管见仁见智，托马斯·布朗爵士、奥利弗·温德尔·霍姆斯与爱丁堡的约翰·布朗[2]绝对当之无愧。三人当中，有两个终身悬壶，奥利弗·温德尔·霍姆斯虽仅在早年执业，却也

1　弗朗索瓦·拉伯雷（François Rabelais，1483/1494—1553），法国著名作家，文艺复兴时期的文学巨匠，也是精通医学的知名医师，以长篇小说《巨人传》享誉世界文坛。

2　约翰·布朗（John Brown，1735—1788），英国医师，布鲁诺尼亚医学体系（Brunonian system of medicine）创始人，其代表作《医学要素》（Elementa Medicinae）阐述了该体系的理论，该理论将疾病解释为兴奋度的失衡，认为所有疾病的产生都是因为过度刺激或刺激不足。

教了40年的解剖学。这三位大师跟我们的关系，其紧密的程度都超过奥利弗·哥德史密斯（Oliver Goldsmith）、托比亚斯·乔治·斯摩莱特（Tobias George Smollett）或济慈；因为，后三者之于医学，虽有其名却无其实。

罗伯特·伯顿、托马斯·布朗与托马斯·富勒可说是非常相似，三人都是难得一见的奇才，见识不同于俗流，凡事见微知著。跟蒙田一样——伯顿尤其如此——布朗学富五车却平易近人，如他自己所强调的，他最好的东西并不是从书本上得来的，而是自己脑中的"莠草野稗"所孕育出来的。以风格来说，他没有现代人所谓的技巧，但可喜的是，一切都顺着他的思路，潺潺有如溪流之律动，丝毫不见堆砌斧凿的匠气。

众所周知，《医者的信仰》是项艺高人胆大的尝试，想要将大胆的怀疑精神与基督教的谦卑信赖结合起来。托马斯·布朗爵士承认自己"生来就是热心肠的性子，很容易受到误导而迷信"，"只要听到教堂的钟声，便油然而生庄严崇高的感觉"。对于信仰，他不持任何偏见，虽然认定自己是英国国教的忠实子民，却不讳言地说："总之，圣经无言之处，教会就是我的经文，而圣经所讲的则是我的脚注。当二者俱皆无言，我既不取法于罗马也不拘泥于日内瓦[1]，而是唯自己的理性是问。"又说，在宗教上，"没有一个人是真理唯一的斗士，对于事实的真相，谁也不应该自以为是。"虽然绝不沾染异教的"浊色与异味"，却也不乏异教徒的想法，诸如希望乃是人类的终极救赎，以及将祈祷回向给死者。圣经的叙述若有不合理之处，他也照样不假辞色。旅居异乡的经验使他胸怀万邦，免于陷入民族的一偏之见。

> 我发现，大家都嫌恶的，我却无动于衷，民族的好恶于我并不存在，法国人、意大利人、西班牙人或荷兰人，我都不存偏见；但

---

1 意大利的罗马是天主教的中心，瑞士的日内瓦，16世纪时是加尔文新教的中心，故被称为"新教的罗马"。这里布朗用"罗马"和"日内瓦"代指天主教和新教。——译注

是，若见他们并不亚于自己的同胞，我就同样地尊敬、友爱、拥抱。我虽出生于第八气候带（the eighth climate），却将自己定位于天下。我不是一棵只能在一块田地里茁壮的植物，只要有土地与空气，就可以给我一个国家；我人虽在英格兰，但我也可以无所不在，可以生活在任何经度。

他唯一瞧不起的，就是仗着人多势众的"愚蠢群众"，"庞大的乌合之众，把他们打散，就都是上帝的理性子民，但只要混在一块儿，就成了一只巨兽，其庞大犹胜过海德拉"。对于别人的悲伤，他最能感同身受，虽然身为医师，他祈祷时，从不忘天下苍生与风调雨顺。对待病人，我们也都怀抱着同样的心情，但没有人比他说得更好了："病人的病痛，若是自己未尝身受过的，恨不得生病的人就是自己；只要能够治好他的病，宁愿牺牲自己都可以；若是未能改善他的病情，连收取费用都会于心不安，虽然我也承认，那只是我们尽了一己之力之后应得的报酬。"

他足迹遍历多国，用心于各国的风土人情与政治生态；他精通解剖学与植物学，更娴熟于各家的哲学，却从不以为足。人生在世，劳劳碌碌，所追求的无非名利，而死亡不费吹灰之力就说明了一切，因此，成就之于他，绝不用以骄人，虽然他懂得的语文多达六国，另外还加上好几个省份的方言。

虽然身为科学人，布朗却未跻身当时科学界的名人行列。他有着极为敏锐的观察力，从《伪真理之害》与他的书信当中，可以充分看出他在博物学方面的才能，尸蜡[1]这种特别的物质，就是他最先发现并加以描述的。另外他也不乏一些精确的观察，例如狂犬病从一种动物传至另一物种时，其病毒就会弱化。但是，像同时代人哈维那了不起的成就所揭露的科学真理，我们却没有在他身上发现。关键应在于他全心

---

1 尸蜡（adipocere），人死后，在特殊环境下，尸体皮下脂肪组织形成的蜡样物质，它能抑制细菌生长，使尸体得以保存。1658年，布朗在《瓮葬》中首次描述了这种物质。

倾注于悬壶济世，长于观察而疏于实验，尽管如此，他还是这样提醒我们："对于病情的诊断，感觉之外更要加上理解与实验，唯有这样，才能在生命的混沌中见其事实与真相于萌发阶段。"对于哈维，他可以说是推崇备至，誉之为划时代的成就："他之发现血液循环，足可与哥伦布相提并论。"他认为，在观察上，应该以希腊老祖宗为师，想要有所进步，就必须要取法于他们。对于解剖学的价值，较诸西德纳姆，他的观念更为清楚；他就曾告诉一位年轻朋友，哈利法克斯的亨利·鲍尔（Henry Power），劝他要将解剖的尸体当成知心的阿卡忒斯[1]。

他之相信巫术，以及1664年出庭做证而使两名可怜的妇女定罪，被认为是他人格上的污点；但是，论断一个人，其所处的时代与环境，还是应该列入考量。他当时的失察，固然令人遗憾，但千万切记，以16及17世纪来说，不相信巫术实在有其困难，说到其困难的程度，就好比今天要人全盘接受旧约圣经，像雷金纳德·司各特[2]与约翰内斯·维耶尔[3]这一类的人，当时就能够以今天的眼光看问题，简直可以说是异数，他们所提出的看法，尽管合乎理性，对当时的影响却是微乎其微的。

对于医科学生，托马斯·布朗爵士的大作极为可贵，不仅崇高的思想有其魅力，文字之典雅尤能令读者得到文学之乐趣，但这些都还是其次，就如"马可·奥勒留的思想"（Thoughts of Marcus Aurelius）与

---

1 阿卡忒斯（Achates），古希腊神话中的人物，特洛伊英雄埃涅阿斯（Aeneas）的朋友，在古罗马诗人维吉尔的史诗《埃涅阿斯纪》中，他跟随埃涅阿斯，与他一起并肩作战，一起喜怒哀乐，阿卡忒斯成为˙忠实的伙伴˙˙形影不离的朋友˙的代名词。

2 雷金纳德·司各特（Reginald Scot, 1538—1599），英国作家，极力反对巫师，其代表作《巫术的发现》（The Discoverie of Witchcraft）被认为是第一本关于魔术的教科书。

3 约翰内斯·维耶尔（Johannes Wier, 1515—1588），荷兰医师、神秘学家、鬼神学家，最早反对迫害女巫的人，其代表作《恶魔的诀窍》（De praestigiis daemonum），认为巫师是患有精神疾病的人，他们无法自我控制情绪，不应把他们的行为视作巫术而对其进行惩罚。

托马斯·布朗版画，罗伯特·怀特（Robert White，1645—1673），1686，伦敦·维尔康姆图书馆

"爱比克泰德的手册"（Enchiridion of Epictetus）[1]，《医者的信仰》可以说是暮鼓晨钟，却又不失其为人处世的通达与权变，只要下功夫去研读，心领神会，于人格的稳定与气质的变化，都将获益匪浅。这一类的作家，学生最好及早吸收消化，当作人生旅程的良伴，以彼之所思为己思，以彼之所行为己行。自我鞭策，献身责任，以利益厚生之心待人，所有这些功课，你们都当随时放在心上，而这些功课，在生活中与托马斯·布朗爵士的作品中都可说是俯拾皆是。

---

1 指古罗马斯多葛学派哲学家马可·奥勒留和爱比克泰德的作品，它们和托马斯·布朗的《医者的信仰》在奥斯勒给医科学生的推荐书单"10种医学生枕边书"（见本书第072页注释1）中，分别排在第五、六、七位。

旧人文与新科学[1]
The Old Humanities and The New Science

一

16世纪初，文学界流传一则笑话，整个欧洲知识界笑不可抑。《匿名书信》（*Epistolae Obscurorum Virorum*）这本集子其实还真不可小觑，我的理由有二：其一，按照它的标准，我的学问不过尔尔；其二，书信的主要收件人，亦即科隆（Cologne）的那位奥图纳斯·葛拉提亚（Ortuinus Gratius），应邀加入那个了不起的埃尔福特帮（Erfurt Circle）时，根本不当它一回事，绝不像我，受邀主持这个英国的学术团体，却是受宠若惊。一直以来，我又是写又是讲，总以为自己懂得一丁点拉丁文与希腊文，殊不知都只能充充门面而已。所幸几年下来，总算弄明白了，出任会长一职，只要热心于教育与文学也就足够应付，因此才敢欣然放胆接受这个位子，但只要一想到，今天讲话所面对的都是硕儒专家，仍然不免有班门弄斧的不安。以牛津来说，孜孜矻矻于古文的往事，读过书的人莫不依稀记得，像我这一辈的老朋友们，十年苦读的经验，大概就属汤姆·胡德（Tom Hood）说得最为真切：

---

1 1919年，奥斯勒在他人生的最后一年，荣膺牛津古典学会（Classical Association）会长一职，这是他在5月16日发表的就职演讲。

300

背而记之苦不堪言！

茫茫书页相对泪眼！

最是无奈一无所成！

　　教书执业了一辈子，只不过是个捡拾学问残屑的人而已，因此却更明白，人文知识的价值之于科学，绝不下于一般的文化。

　　弄个医学教授坐到这个位子上来，不免让这个牛津的聚会带了几分文艺复兴的——或说中古时期的——味道。遥想当年，或许有人会遗憾，若是1519年5月的那一场讲演该有多好。那一场的主讲人[1]，才真算得上是货真价实的牛津学者医师！这位老师，早年在这所大学教授希腊文，后来成了皇家医学院的创建人，两本大作《文法入门》（*Rudimenta Grammatices*）与《论拉丁语文的正确结构》（*De Emendata Structura Latini Sermonis*），其影响足有一个世代，至少在欧陆如此，堪称是英国的学术之光。还有这些墙壁，也都是听众——最最忠实的听众——满是林纳克声音的回忆，伊拉斯谟才思敏捷的底子，大有可能还是跟他打交道才磨出来的哩。那段美好的时光，认识了希波克拉底与盖仑也就认识了疾病，并得以跻身医师之列；对于林纳克、凯乌斯与拉伯雷这些医界的人文先进，回首我自己的医师生涯，孺慕之情也就油然而生。说到纯粹的科学，我不敢说自己能够讲出个什么名堂，倒是早年的因缘际会，多少还留下一些货色，加上这一生都有心与医学这门学科结缘，我即将要跟大家报告的，是这门学科仅有的——老实说也是主要的——一些进展。

　　今天的时代，在人类历史上只有两个时期[2]可堪比拟，我们一同度过了漫长的奋斗，也见证了最后的胜利（以我自己来说，我深信，因此

1　指奥斯勒非常尊崇的英国医师、人文主义学者、皇家医学院首任院长托马斯·林纳克。

2　指古典时期（古希腊、古罗马时期）和文艺复兴时期。

而长的智慧，足以明白其重大意义）——所有这些都可以说是极大的恩典。我们超越了人与自然的老旧学理，目睹了西方从人类思想纠缠不清的纺锤中与东方分离，生活在一个崭新的世界——包括我们那个刺激而又辉煌的维多利亚时代。在童年与青年的时候，阿里斯塔克[1]以来的争论回响不绝，接着是哥白尼，直到达尔文为止，微观宇宙与宏观宇宙连成了一气，伊甸的黄金时代被卢克莱修[2]的艰难世界取代。想象一下，我们这一代如何点亮一条道路，从辛梅里安人（Cimmerian）的幽暗世界中走出来！描绘一幅景象，画出那种能够制造肚脐的社会心灵状态——亦即想要解开大地之结的企图心！我还曾经听过一群神职人员的热烈讨论，说化石之被深藏在地层里面，是要考验人类是否相信摩西的创世说，而我们的自然神论教授（Professor of Natural Theology）[3]还是一本正经地加以讲授！在那些日子里，知识上的混乱，许多都是裹在"不可知的神圣云雾"之中，也正是打着这种论调，修士赫普（Brother Herp）[4]才能高举中世纪的神秘主义，乐此不疲；对一个年轻人来说，就这样活下去也不见得是什么坏事，虽然熏染日深，通常还是能够让人了解，心灵之为物，各有其貌甚至怀有敌意，只不过却少了宽容之心。

既有驯服自然之志，紧接着便是进取时代（Age of Force）的来临，发电机取代了蒸汽引擎，放射性能揭开了物质之秘，大地的统驭继之以天空与海洋的征服。事实上，又岂止是一个进取的时代而已。人类为自己的同胞所造就的福祉，可以说是史无前例，了解自然所获得的成

1　阿里斯塔克（Aristarchus，前310？—前230？），古希腊天文学家、数学家，历史上最早提出日心说的人，比哥白尼早了1800年。

2　卢克莱修（Titus Lucretius Carus，前96？—前55？），古罗马诗人、哲学家，以阐述伊壁鸠鲁主义的哲理长诗《物性论》（De Rerum Natura）著称于世。

3　指加拿大医师、多伦多三一学院自然神论教授詹姆斯·鲍威尔，是奥斯勒的恩师。

4　亨德里克·赫普（Hendrik Herp，1400？—1478？），荷兰神秘主义作家，著有《完美之镜》（Spiegel der vollkommenheit）等。

果，意味着更大的平安，瘟疫可以阻之于未发，穷人可以放声呐喊，人溺己溺成为一种光荣的责任。我们真可以说是充满了今生的骄傲！1910年，我在爱丁堡演讲，题为《人类的救赎》，结尾引的就是雪莱著名的起首诗句：幸福与科学于地上破晓虽迟。而时至今日，历史上最惨烈的战争结束了，也取得了重大的胜利，就等着清除中世纪余孽的残骸，以免卡利班的恶势力死灰复燃，放眼未来，将是要在这一片碧绿的美地上重建耶路撒冷。

在漫长的演进过程中，人类从未如此认识到自己的力量。光荣的牺牲，先人谆谆叮咛过，我们自己也心里有数；但是，在过去的四年当中，人类仍然把所有努力的成果都消耗殆尽。[1]一如往常，各个民族的沉重负担，全都落在筋疲力尽的泰坦人身上，祖国

> 宽阔的肩膀担起
> 阿特拉斯[2]般的重负，
> 难以承受之重的
> 是社稷命运所寄的权柄。

祖国既是战斗力量的泉源，也是绝不屈服的精神支柱。

无疑地，战斗已经全力以赴，是为理想而战的英勇抗争，是以痛苦与牺牲的烈火清除民族的渣滓，是以一个伟大的目标重铸涣散的人心。纵使最有良知的人如蒙田，岂不也说这乃是"人类最名正言顺的高贵行为"，军容壮盛、正义之师的伟大战争同样令人动容。但是，身为医师与护士，像我们这一类的人，有些事情明明无法回避，是必须要去面对的，为什么还是会感到恐怖，而且挥之不去？追根究底，实在是因为战

---

1 过去的四年，指第一次世界大战的四年（1914—1918）。

2 阿特拉斯（Atlas）是古希腊神话中的擎天神，属于泰坦神族，是创造人类并为人类盗取火种的普罗米修斯的兄弟，被宙斯降罪用双手支撑天空。

金枝，透纳，油画，1834，伦敦·泰特美术馆

争摧毁了灵魂；在这场重大的冲突中，文明束手无策，宗教无能为力，根本阻止不了横冲直撞的野蛮，优良的人文精神整个为之瘫痪。翻开斑斑史页，所见无非暗无天日，深沉而漫长的苦难，超过了人类所能忍受的极限。维多利亚的子民，一向自矜而嘴硬，好不容易开始相信大爱乃是万物的终极法则，在这场危疑震撼之中，却也忘记了埃及与巴比伦原是我们的镜子，昨天的种种，岂不早已记录在穴居人的洞壁与骸骨上。在金枝（Gold Bough）[1]的神秘阴影中，我们感染了祖先的凶残，面对原始激情所揭露的人性不变本质，震慑于其深沉与野蛮。

1　在古希腊神话中，持金枝可进入冥府。古罗马诗人维吉尔的史诗《埃涅阿斯纪》，就描写了埃涅阿斯在一位女神指引下折取金枝前往冥府的故事。英国著名风景画家透纳的油画《金枝》，就取材于《埃涅阿斯纪》。古罗马时期，还有一个关于金枝的地方习俗：在一片丛林中，有一座神庙，那里的祭司由逃亡的奴隶担任，并被冠以"森林之王"的称号，其他逃奴只要能折取现任祭司日夜守护的一棵圣树的树枝，就有资格与他决斗，如果杀死他则可取而代之，以前的所有罪责也都一笔勾销，决定祭司命运的树枝就被叫作"金枝"。英国作家弗雷泽（James George Frazer，1854—1941）的社会人类学名著《金枝：巫术与宗教研究》（The Golden Bough: A Study in Magic and Religion），便缘起于对这个古老习俗的质疑和研究。

当柏拉图梦中的野兽在现实中醒来，仇恨之心席卷整个国家，随之而来的冷漠，竟然更甚于铁蹄之下的法国与比利时，那种伤痛，以及更为严重的，死硬的心肠与说谎的灵魂，甚至比《理想国》中所描述的犹有过之，推动着我们干下天谴的勾当，还理直气壮地加以捍卫！我之所以这样说，因为我们的罪行摊在光下，该当受到诅咒。我们难辞其咎。虽然我们也置身于风暴之中，但我们仍然要为我们所选择的行径感到不齿。前几天，美国总统威尔逊[1]在都灵（Turin）的《知识的志同道合》（*The Comradeship of Letters*）演讲中说："这场战争，最令人感到心痛的是，轴心国的大学居然运用科学思想毁灭人类；这些国家的大学，有责任反省这种科学的滥用，让人道的脉搏重新在教室里跳动起来，在那儿，不仅要找寻死亡的秘密，也要找寻生命的秘密。"何等虔诚与崇高的愿望！但是，一旦进入战争，国家就动员起全部的力量，若有人说，把科学拿来作为杀人的利器有损科学的本意，便被斥为不懂事情的轻重。于是，殚精竭虑，上天入地，到处寻找屠夫，而为了达到这个目的，法拉第（Michael Faraday）与道尔顿（John Dalton）[2]的发现乃被充分地利用，科学人在国家的放任下，虽然未必心甘情愿，却也为所欲为起来。科学所导致的这种心态，唯物主义到了极点，真可说是大错而特错！科学人，民间的或公家的，并不会比他们的同胞更为残忍，他们的发现被用之于战争，固然应该受到谴责，但我们这些欣然予以采用的人尤为难辞其咎。

1915年，第一次使用毒气之后，那种令人惊骇莫名的经验，对人心所造成的影响可谓难以磨灭！受害者所受到的创伤，其惊恐之深重是过去的战争从所未见的，这种野蛮的行径，我们绝不容许沉沦于其

1　托马斯·伍德罗·威尔逊（Thomas Woodrow Wilson，1856—1924），美国第28任总统（1913—1921），美国历史上唯一一位拥有哲学博士学位的总统。

2　法拉第与道尔顿都是英国著名的化学家、物理学家，法拉第被称为"电学之父"，道尔顿是近代原子论的提出者。

毒气战，约翰·辛格·萨金特，油画，1919，伦敦·帝国战争博物馆

中！[1]你的仆人是一条狗吗？但是，基于战术上的权宜，同盟国却也有样学样，很快就被迫动用化学武器，而我们的敌人更是变本加厉；停战之前，在技术上与毁灭力上，这种武器都得到了长足的发展，看来最高兴的人，当属那个率先发明空中"机械，用以荼毒百姓"的尼斯洛（Nisroch）了。当时一群医界人士，分别来自英国各主要大学与医疗

1　1915年，德国在第一次世界大战中首次使用毒气。奥斯勒原注："在这一年（1919）的学院展中，观萨金特的绘画作品《毒气战》（Gassed），心有戚戚，如挥之不去的噩梦。"油画《毒气战》由美国画家约翰·辛格·萨金特（John Singer Sargent, 1856—1925）于1919年3月创作完成，同年在英国伦敦的皇家艺术学院（Royal Academy of Arts）首次展出，奥斯勒观看了这场展览。

团体，强烈主张，像这样歹毒的武器——"使受害者长期折磨致死"，其发展又属无限可能的毒气——应该永久予以废止。但报章居然这样评论，指为想法天真，"是钻在理论与专业故纸堆中的愚蠢行为"，完全无视"连市井小民都懂得的战争教训"；另一方面，有人则提醒我们，介入此事，在时机上显然大为不当。所幸的是，和平会议（Peace Congress）到底接纳了该项主张，令人感到欣慰。

在一无掩护的城市里，无辜的妇孺遭到轰炸，这等屠戮何等令人发指！说到这种下流血腥的勾当，最在行的莫过于奥克西德拉人（Oxydracians），但是，相较之下，他们的光弩（Levinbolts）与雷炮（Thunders），其恐怖与凶残的程度不免大为逊色，其杀伤力与破坏力尤属小巫见大巫，纵使雷炮百门，所杀害的生灵，所灼伤的器官，所毁坏的门墙，恐怕还不及轰炸于万一。

反对报复的心理，总算有人首开其端了。1916年，我也曾在《泰晤士报》撰文：

> 高喊报复，徒然显示内心阴狠，只会让战争将人类变得更为激情。我并不是一个和平主义者，而是一个"最后的壕兵"，但我绝不认为，一个国家饱受踩躏，就可以容许我们双手沾满无辜者的鲜血。在这件事情上，我们应当避免犯下血腥的罪行，使德国人遗臭万年的人道谴责，绝不容许落在我们身上。

两年下来，我们自己也变得跟一个野蛮人一般无二。英国空军所杀害的平民，至今没有公布过详细的数目，但我相信，总数绝不少于德国人所造的杀孽。在停战之前的一个星期，如果能够对轰炸柏林的正当性做一次民意调查，毫无疑问，对于发动这项攻击的人，民意一定会发出怒吼。尼尼微（Nineveh）这座大城中，有12万无法分辨左手右手的人，约拿（Jonah）尚且不忍，对一个比尼尼微更大的城市居然毫不留情，一定会有许多的约拿很不以为然。对于某个大人物的所作所为，我们当然有理由予以挞伐并感到痛心：

> 然而公众的意见只是——
> 彰显复仇的荣耀与庄严
> ……迫使我如今
> 干下连自己都深恶痛绝的恶事。

但是，我们仍然认为自己是"最优秀的基督徒，是精挑细选出来的"，教堂依旧开放，祈祷传入了天庭，直达耶和华，许许多多修士——甚至主教——也都身穿卡其，舍己为人，因此而壮烈捐躯！战争就这样将我们的精英掷入了充满矛盾的地狱！

谈到救国，学问无论新旧，似乎百无一用，但若讲的是科学，譬如说细胞膜或是硫酸之类的，却都成了最佳的文明堡垒。莱特森（John Coakley Lettsom）在他的《医学起源史》（*History of the Origin of Medicine*，1778）中说，人类之免于毁灭，火器发明之功大过于其他的任何发现。他又说："古谚云，力量胜过智慧。但发明与心智的辨识能力却推翻了此说。"认为只要有科学，就可以避免埃及、巴比伦、希腊与罗马的旧事重演。但是，如此说法未免大言不惭，我们所带给这个世界的，就连相当于罗马盛世（Pax Romana）的承平都不如。啊！这又不免令人向往起普鲁塔克的那个时代，自足而快乐，何等美好的景象！那一段世界上唯一真正承平的岁月，为时约200年，人们无忧无虑地生活，确实是令人羡慕。他是这样写的："没有外患，没有内乱，没有暴政，没有虫害，也没有天灾，希腊的人口繁盛，更没有流行疫疾，不需要寻医求药。"（普鲁塔克）身为德尔斐（神庙）的祭司，倒是有一首哀怨的歌诗，道尽了女祭司皮提亚（Pythia）的百无聊赖。想来他那个圈子里的彬彬君子们一定都会觉得，此生大可终老于斯土矣。时至今日，科学真的已经发展到能够控制自然，使我们的文明得以免于以弗所人[1]的律则（the law of the Ephesian）——万物皆流变（panta rei）——的制约了吗？即便是这样，今天的物质文明遍及世界，成为快速变迁的动能，强大到足以居于创造的核心地位，但仍有可能只是一时的风潮，并将转而趋缓。面对当前的危机，这也是我们所期望的。无论如何，在自由民主的社会中，老百姓（Demos）大可放胆地说"我即国家"（L'État c'est moi），但是，科学已经发展成为一种体制的力量，其统治是否会造成败坏仍是重大的关键。有两种情形倒是非常清楚。其一，会出现一种迥然不同的文明，或者是弄到毫无文明可言；其二则是，不论结合旧信仰与旧学，或是将二者与新科学结合起来，都无法保证一个

---

1 指古希腊哲学家赫拉克利特，他生于以弗所，也是以弗所学派的创始人。

民族不走向自我毁灭之途。最明显的例子就是这场战争，德国继自杀行为之后，爆发成为一种民族的自大狂。而这又只是因为它的宗教信仰——听在各位的耳里或许会大感惊讶！我所指的，其实是它的民族，而非它的文学家或思想家，也正是这个民族，路德（Martin Luther）因之而生，胡斯（John Huss）因之而死。在我的记忆中，虔诚的宗教仪典，印象最深刻的有两次。其中一次就是在柏林的圆顶教堂，当时"没有大人物也没有动人的布道，而是满坑满谷的群众"，高唱路德的大赞美歌。德国的人文传统从未中断过，在学校与大学里，研读希腊文与拉丁文的学生，比例之高，大过任何其他国家。学者的古典研究著作汗牛充栋，这一点，各位比我更了解。有关科学与医学的古典知识，在德国已经自成一个领域，在别的国家，这方面的学者若是有一个，德国起码就有十几个，相关题材的历史研究甚至还有专门的期刊。它的科学也极为发达，实验室产品应用到日常生活，商业的、艺术的、军事的，全都居于世界的领先地位。

此外，有如耶书仑（Jeshurun）[1]，德国人发福了；骄傲继之以败坏！说起来，这还真是一场悲剧，菲尔绍、特劳伯、亥姆霍兹与西奥多·比尔罗斯[2]的后继者不得不以二等国民自居！正是："百合腐败，其臭更甚于野草。"

二

摆在我们眼前的，有太多该做的事，要应付已经改变的现实环境，就要满怀着希望，却也得毅然而然地面对失望。

古典学会成立的宗旨为何？我们所钻研的这些旧学又代表了些什

---

1 耶书仑，是对以色列的诗意和亲密的称呼。

2 西奥多·比尔罗斯（Christian Albert Theodor Billroth, 1829—1894），奥地利外科医师、音乐家，被认为是腹部手术的奠基人，他也是著名作曲家勃拉姆斯的密友和知己。

么？不妨拿一个大家都熟悉的比方来谈谈。各位都知道，恩培多克勒略施小计，让梅尼普斯（Menippus）待在月亮上——一次难忘之旅的第一站——清清楚楚将地上的情形看了个够，只见人类各个族群有如蚂蚁窝一般，翻翻滚滚，来来去去，忙着各自的生计。在我们这个有如蚂蚁的社群中，大家都很杰出，而且各司其职，各有功能，这自是不待言的。各位既非战士，也非奴隶，更非阉人，全都生活得安全无虞，免于敌人的侵犯，受到极为良好的照顾。我的意思当然不是说各位都有如蚂蚁的幼虫，但是，就我们的现状来说，确实还真是窝在哺育阶段（trophidium stage），却干着了不起的大事业。且容我说得更明白一些。博物学家很早就知道，蚂蚁之对待幼虫，又是喂又是舐的，无微不至，看起来完全是利他的，所表现出来的那种行为，只能用施旺麦丹（Jan Swammerdam）所用的"非常亲情"（Storgê）来形容；当蚁巢遭到破坏时，成蚁的首要之务就是将幼虫移到安全的地方。在我们这个多足纲的社会——恕我用这个生物学的字眼儿——所给予各位的，也正是这样的呵护。这种无微不至的照顾，要表达其中的爱惜之意，也只有用"亲情"一词，很难再找到其他相当的字眼儿了。倒是吉尔伯特·怀特来得干脆，索性将这个希腊字当成英文来用。然而，实际上并非完全如此。事实显示，这种哺育机制——或本能——其实是长幼互哺的（trophallactic）。以蚂蚁来说，保姆把幼虫放在自己的背上，宽阔的腹侧则有如食槽，供应容易消化的食物。在昆虫的生活中，这种令人着迷的付出方式，伦理学家无不大力提倡，殊不知这只是上半场，还有续篇呢！幼虫生有一对饱满的蜜囊，类似唾液腺，源源流出美液，供保姆舐食，而保姆也视此为应得的报酬。同样地，黄蜂的志愿救护队（Voluntary Aid Detachment）分配食物给幼虫，幼虫则拼命从蜂房中伸出头来，并以自己蜜囊中的甘露相报；黄蜂若是得不到回报，就以蜂颚将幼虫塞回蜂房，逼它非反馈不可。这种把戏，那些好吃懒做的男人最会，更过分的是，甚至窃取更多的甘露却不回报以补品。

整个社会对各位如此之呵护，岂不对各位也有所期待？当然，从各位的古典蜜囊中源源分泌出伊甸之蜜露与乳汁，我们才得以在各位的训诂、考据、评注、史料、翻译与文章中大快朵颐。作为学院里的幼虫，几个世纪以来，巢中几乎不分彼此的养分，各位吸饱食足，理所当然地，你们所分泌的精华自当有益于劳动者之所需。各位的人数虽然不多，这个团体却拥有巨大的能量值，有如内分泌系统之于人体。人的身体也是一个蜂群忙忙碌碌的蜂房，各司其职，置于大脑与心脏的中央控制之下，全都依赖名之为激素（hormones）的物质（由极为微小甚至不怎么重要的结构分泌），润滑生命的转轮。举例来说，如果割掉喉结下方的甲状腺，也就等于拿掉了使思想引擎得以运转的润滑剂——其情况类似切断其汽车的供油——一个人的心智储存便会逐渐丧失作用，数年之内陷入痴呆，皮肤的正常程序也将停顿，身体发肿，好好的一副躯体变得不成人形。这些润滑剂，今天多数都已知道其重要性，统称之为激素，从字源上来看，各位就可以知道它是多么贴切了。

各位所分泌出来的东西，对整个社会而言，正是甲状腺的分泌之于人体。古典学术则是激素。我们的好朋友艾伦（Percy Stafford Allen），曾在学会发表过一篇最具有启发性的论文，探讨 Humanism（古典学术）一字的演变。对于这个魅力无穷的字眼儿，我总觉得它涵盖了整个古典世界的学问——包括人对自然的了解与人对自己的认识。且让我们来看看，这所大学所谓的"人文学科"（Literae Humaniores）所指究竟为何。不妨拿过去十年间精挑细选的"大论文"（Greats' papers）来研究一下，倒是蛮有趣的，科目虽然是同一个，实际上却是包罗万象。但是，如果拿1918年的教材跟1831年第一批付梓的典籍做个比较，出人意料地，居然是相同的。换句话说，87年如一日，完全没有改变！再拿这些课程跟1773年约翰·内普尔顿（John Napleton）的《思考》（*Considerations on the Public Exercises for the First and Second Degrees in the University of Oxford*）做比较，同样也是没变！又承蒙拉什道尔（Hastings Rashdall）的协助，追溯人文学科的演变直到1267年，结果居然发现，其间容或有名称上的不同，几个世纪以来，基本上却如出一辙——不出希腊与拉丁作家、逻辑学、修辞学、文法，以及哲学、博物学、伦理学与形而上学——正如各位所知道的，这七种学问浩瀚如海，全都写在博德利楼（Bodley's building）的门楣上，可说堂奥尽在其中。在一个变动不居的世界，何以这一切却能万古常新？说起它的原因来，如此之神奇，却又因为人人都视之为当然反而变得平淡无奇了；众所周知，我们的文化深深根植于希腊与罗马的土壤中——我们独沽一味的信仰、几乎全部的哲学，我们的文学典范、民主自由的理念、科学的基础以及法律的根本，绝大部分都是如此。古典学科让学子得以接触大师的心灵，从而获得这些财富，也因而得以与虽死犹生的哲人同在，与那些"不活在今日或昨天而属于永恒的"不朽者神交。即使在今天，就如同在公元前5世纪，Hellas（希腊）这个名称就已经不再是代表一个民族，而是代表知识，或者如亨利·梅因所说："除了大自然无可预测的力量之外，推动这个世界的，没有一样不是源自希腊。"西方之所以能够自东方文明的神秘色彩中向上提升，肇因于"理性之光照亮一切"，阿那克萨哥拉（Anaxagoras）的这句名言，已经充分表达了我们今天对生命的观点。

古典学问遭到批评的地方，有两个方面。有人说，旧学太过于受到重视，阻碍了其他知识与实用之学的发展；也有人说，旧学的教学方法太过传统，不符合现代的需要。牛津的学术可以说是独尊旧学，分析1919年的资料，23个学院的257名院长与教席（Heads and Fellows）中，只有51人是研究科学的，这还包括数学家在内。

如果说，在一所现代的大学里，这类传播者与诠释者大可不必占有那么高的比例，或许还真是大不敬。何其美好的是：

> 遥想当年，才子们各领风骚，
> 岁月流金，闪耀如泰晤士河。

那段美好的日子，总让人觉得，天下知识已经尽在古代硕儒的胸腹之中，可以让人享受的别无他物，无非伊西多尔（Isidore of Seville）、拉巴努斯·莫鲁斯（Rabanus Maurus）与博韦的樊尚（Vincent of Beauvais）这些学富五车的学者皓首穷经所丰收之美物，以及巨匠如艾尔伯图斯·麦格努斯（Albertus Magnus）[1]与圣托马斯·阿奎那（St. Thomas Aquinas）所精心烹调的珍馐——八方佳味冶于一炉，恐怕也只有像阿皮基乌斯[2]的那种品位能力，才分得出其间纷呈的风味，哪一味是希腊的、教会的或阿拉伯的。

古典学程之所以遭到非议，并不是因为它的优势，而在于它的优势是不对等的。至于教学的方法——凭他们的果实你们就当认得。"大论文"之产生，在此毋庸赘述。许多人认为，心灵结构之发现不可能光看表面就能做得到，一篇"第一等的大论文"，想要一眼就能看出，当然也是缘木求鱼！那样所能够看到的，无非只是表面的堂皇，自以为达到了生命的目标，就像祭司长盖斯福德（Thomas Gaisford）圣诞布道词中发酸的句子，自以为了不起，"不仅要显出自己的高人一等，还孜孜于高位与俸禄"。"有魔棒者其数甚众，通灵者则寥寥可数。"[3]任何体制所做的裁判都不能有例外，为了锻铸少数精英的心灵，体制绝不应该手软，每一年，我们都必须准备好，给大学部的学生来一次惨烈的"屠杀"，为每个世代产生一个英格拉姆·拜沃特[4]型的学者。这是自然的法则——煎一条鲑鱼，用掉好几千颗蛋，岂不是天经地义吗？

---

1 艾尔伯图斯·麦格努斯，通常被称为"大阿尔伯特"，13世纪德国天主教多名我会主教，著名哲学家、神学家，存世著作38卷，涉及哲学、神学、逻辑学、天文学、动物学、颅相学、占星学、化学、音乐、文学、法学等多个领域。意大利著名神学家、哲学家圣托马斯·阿奎那曾经是他的学生。

2 阿皮基乌斯（Marcus Gavius Apicius），古罗马提比略统治时期的著名美食家。

3 出自柏拉图《斐德罗篇》。

4 英格拉姆·拜沃特（Ingram Bywater，1840—1914），英国古典学者，亚里士多德《诗学》权威英译本译者，出版有多种关于古希腊哲学的著作。

但是，如此一来，一般不是学者料子的人，就不免对学校或学院心怀怨怼了。除了锻铸心灵外，古代语文的价值还在于给学生一把学问的钥匙。不过话又说回来，我们让年轻人花了十年甚至十几年的时间，研读希腊文与拉丁文，到头来语文之美仍然是雾里看花，之所以会如此，问题全出在教学方法的错误上。据我的了解，蒙田、弥尔顿与洛克的高明之处，直到今天都遭到了忽视。研习语文要如练习乐器，娴熟自然就能生巧，更要明白，在"测验"与"大论文"方面，除了少数人外，了解乐器的结构或神经肌肉的机制，其实是多余的。令人欣慰的是，希腊文课程委员会已经表示："获致真正有价值的希腊知识，能够明白晓畅地读懂最重要的希腊文献，其实是可以在比较短的时间内做到的。"我敢说，老师们如果能以蒙田为师，把自己养得胖胖的，好对付那个发明了文法而又赚饱了束脩的老浑蛋普罗泰戈拉，并步武利文斯通（Richard Winn Livingstone），在他那两大卷的巨作中，除了文法以外，每一章都深深吸引我，不免让我又羡又嫉。跟各位谈了那么多，难免有班门弄斧之嫌，但我并不是冲着"大论文"的写手来的，而是为了一般的平常人；平常人若能感染到古典人文的精神，那才是受教育所能得到的最贵重礼物。至于对各位这样的一时之选，只能算是虚有其表，不过班门弄斧而已。但我总觉得，毕竟还有一些东西值得一谈。马克·吐温终日与古代硕儒为友，每天必读普鲁塔克，或者应该说是蒙田批注过的普鲁塔克；他批评说，所谓的人文学者都对科学不甚了了，而科学却严重欠缺古典人文素养。这种本来不应该发生的分道扬镳，在弗雷德里克·乔治·凯尼恩爵士（Sir Frederic George Kenyon）所提出的报告中却是铁证如山，学界为之震动，乃不得不严肃面对。令人鼓舞的是，来自各界的代表齐聚一堂，共商振衰起敝的大计，一致认为要解决此一学术上迫在眉睫的问题，以公立学校或有历史的大学之现有条件均不足以成事，特效药如果光是有资金也还不够，更关键的是，能够在这两个知识领域中产生足够改变的酵母。

三

知识需要广度与多样性，人文学院点出了问题，同时也强调了古代典范的价值是无可取代的。令人惊讶的是，却没有人说得出个所以然来，问题也就不了了之。

虽然偶尔还是有人提醒、呼吁、肯定，但是，对于推动现代世界形成的那股力量，基本上却还是懵懂无知。其实那并不是别的，全都是古希腊的，是不折不扣的古典人文，是教育中的基本要件。人文与科学本是一根枝条上的两粒果实，但时至今日，两者的互补已经严重遭到破坏。在今天的学术界，科学的地位之所以大为走样，或许是教会透过传道系统传播古典知识，其间有所过滤甚至保留所致。关于这一点，有一个很好的指标，那就是圣奥古斯丁所提出来的问题居然一直延续到了18世纪的末期。打造基督教文化的人，基本上并不重视科学，而希腊精神又在中世纪的氛围中遭到了窒息。正如阿克顿伯爵（Lord Acton）[1]所说，中世纪"充斥着谎言，人活在虚拟的昏昧中与假见证的云雾下，日子得过且过，骗子与伪造者大行其道"。唯一令人不解的是，却有一个人特立独行，那就是以现代的眼光做自己主人的罗杰·培根[2]。

今天，我们的问题在于，唯一还重视人类思想哲学的一群人，对于打造新世界的新科学，居然也忘了它的根本。对于爱奥尼亚（Ionia）的大哲们，也就是你们的那些老老前辈，给人的印象是怠忽，甚至不屑一顾。直到今天，希波克拉底仍然是一口活泉；一个现代科学养成的医

---

1 约翰·阿克顿（John Emerich Edward Dalberg-Acton，1834—1902），英国历史学家、政治学家，剑桥大学钦定近代史讲座教授，著有《自由与权力》《法国大革命讲稿》等。阿克顿的名言"权力导致腐败，绝对的权力导致绝对腐败"即出自《自由与权力》一书。

2 罗杰·培根（Roger Bacon，1214—1294），英国哲学家、炼金术士，欧洲光学领域的先驱，也是欧洲第一个描述火药的人。

师，对埃拉西斯特拉图斯[1]、希罗菲卢斯[2]或盖仑的了解，远胜过我们今天朗朗上口的人物，譬如说哈维，为什么会这样，我担心，即使是为数已经不多的"大论文"高手，未必能够明白其中的道理。泰奥弗拉斯托斯（Theophrastus）在植物学上的影响至今不衰，拜亚瑟·霍特爵士（Sir Arthur Fento Hort）之赐，英国读者最近已经可以窥其堂奥——甚至连希腊读者也沾了光！但身为传道授业解惑之人，对这位现代植物学之父，牛津学者的了解又有多少呢？许许多多一直在滋养着各个科学领域的心灵，我们所给予的关注可说是少得可怜，简直到了弃如敝屣的地步。读到阿基米德、希罗[3]、阿里斯塔克这些人的事迹时，学子们莫不心跳加速，但是，在过去十年的"大论文"中，这些名字甚至连提都没提到过；然而，不也正是这些人所用的方法，廓清了人心的混乱与迷信，指出了自然法则的清楚知识吗？令人惊讶的是，在典试人员当中，总有一些可笑之人，死守着八股，净问些逍遥学派（peripatetic）的老问题，诸如"虫蚋之生命几何""阳光穿透海水可达几英寻""蚝的灵魂生作什么模样"，等等——倒是这些问题给现代琉善（the modern Lucian）[4]带来了灵感，把波义耳与格雷沙姆学院（Gresham College）的教授们耍得不亦乐乎。

说到这样的怠忽，有两件事，请容许我在这里多唠叨几句。在牛津，居然有人主张，怠忽之于"文理科的所有典试大员，即便是时

<hr />

1　埃拉西斯特拉图斯（Erasistratus），古希腊医学家、解剖学家。

2　希罗菲卢斯（Herophilus），古希腊医师、解剖学家，人类解剖学之父。

3　希罗（Hero of Alexandria, 10? —70?），古希腊物理学家、数学家，希罗引擎（又叫汽转球，是世界上最早以蒸汽制造动力的机器）、希罗喷泉（Hero's fountain）的发明者，自动售货机、风车发明的先驱。

4　琉善是古罗马讽刺作家（见本书第006页注释2），善于对旧传统、旧观念、旧信仰提出质疑，此处奥斯勒把英国作家、讽刺文学大师、《格列佛游记》作者乔纳森·斯威夫特（Jonathan Swift, 1667—1745）比喻为现代琉善。

有所见，在这个瞬息即逝的尘世中还是最好的"。大有视之为理查德·德·伯利所称的"学术王子"（the Prince of the Schools）[1]之慨。各位都当记得，格列佛（Gulliver）航向拉普达（Laputa）的途中，登上小岛格勒大锥（Glubbdubdrib），岛上总督有一个司令官是隐多珥人（Endorian），能够跟鬼魂打交道，像这种本事，奥利弗·洛奇爵士（Sir Oliver Lodge）或亚瑟·柯南·道尔爵士（Sir Arthur Conan Doyle）想来一定羡慕不已。当隐多珥人将亚里士多德连同诠释过他作品的人都召来时，格列佛大感惊讶，因为他们彼此居然互不相识，问起原因才知道，原来是那些诠释者在教导后代的时候，将亚里士多德的意思全都弄错了，强烈的羞愧使他们在地府中远远地躲着他，无颜相识。[2]我还真担心，这所大学里的许多古典教师，哪一天明白自己的怠忽也曾糟蹋过大师的心血，一定也会跟那些诠释者一道，躲到阴暗的角落里不敢见人。在生物学上，亚里士多德可以说是第一个用现代科学语言发言的人，作为一个生物学家，说他是第一流的，绝对当之无愧，他在博物学上的研究，甚至对他的社会学、心理学与哲学研究都产生过重大的影响。今天，带头发现亚里士多德的，或许可以归功于达西·汤普森[3]爵士1913年所开的赫伯特·斯宾塞[4]讲座。这位看起来不太快活的家伙，虽然没什么想象力，倒是十分的忠实，从他对这个现代生物学奠基者的描述中，我们可以知道，亚里士多德的语言是我们的，他的方法与问题

---

1 学术王子，指亚里士多德。

2 出自乔纳森·斯威夫特的寓言小说《格列佛游记》。

3 达西·汤普森（D'Arcy Wentworth Thompson，1860—1948），英国动物学家、数理生物学家、古典学者，英国皇家学会会员。他翻译了亚里士多德的《动物志》（History of Animals），著有《生长和形态》（On Growth and Form）等。

4 斯宾塞（Herbert Spencer，1820—1903），英国哲学家、社会学家、教育家，社会达尔文主义之父。他把达尔文的"适者生存"理论应用在社会学尤其是教育和阶级斗争中，著有《社会静力学》《心理学原理》等。

也是我们的，他熟悉上千种的生物、禽鸟、动物，以及它们外表的结构、变种与早期发展；他研究的问题包括遗传、性别、营养、生长、适应以及生存的挣扎。高年级的学生，如果发现对生物有兴趣，我倒建议，不妨去研读约翰内斯·穆勒（Johannes Peter Müller）——他也是解剖学的先驱——他发现，亚里士多德还有一项了不起的发现，是某一种鲨鱼的特殊繁殖方式。两千年来，这位胚胎学的奠基者，可以说是前无古人后无来者，但我相信，在过去的十年中，人文学的论文里面，却从来没有人提到过这些生物学的成就，但也正是这些成就所形成的发现基础，将我们的观念搞了个天翻地覆。

这种古典人文学的断层，尤其可见于文学史上最伟大的自然诗人，一个"坦然凝视自然裸裎之美"的人，也是史无前例将"科学与诗歌的功能、性质与成就"合为一体的人。卢克莱修的作品堪称黄金之作，不仅在"高级研究生丛书"（Honour Moderations Books）的第一至第三卷及第五卷中，均列为 D 部的七篇文选之一，也常见于"大论文"中，译文与摘引更散见于各处；但是，这部作品中的科学观照与洞察却几乎没有人提到过。说到卢克莱修持续对自然所下的功夫，无论古今，其眼光可说无人能及——帕斯卡尔（Blaise Pascal）的名句"无限空间的永恒寂静"已经令人拍案，较诸"时光无尽悠长，地老天荒俱往"[1]，却也不免相形失色。也正是这个拉丁诗人，让我们看到了世界起源与人类起源的现代观点。他描述乱象纷呈的原子风暴（《物性论》卷五）导致世界的诞生，简直可以逐字转换成庞加莱[2]或阿伦尼乌斯[3]有关银河中新天体生

---

1 出自卢克莱修的哲理长诗《物性论》。

2 亨利·庞加莱（Jules Henri Poincaré，1854—1912），法国数学家，19世纪末20世纪初的领袖数学家，是继德国数学家、有"数学王子"之称的高斯（Johann Carl Friedrich Gauss，1777—1855）之后对数学及其应用具有全面知识的最后一个全才。

3 阿伦尼乌斯（Svante August Arrhenius，1859—1927），瑞典化学家，物理化学的奠基人，1903年获诺贝尔化学奖。

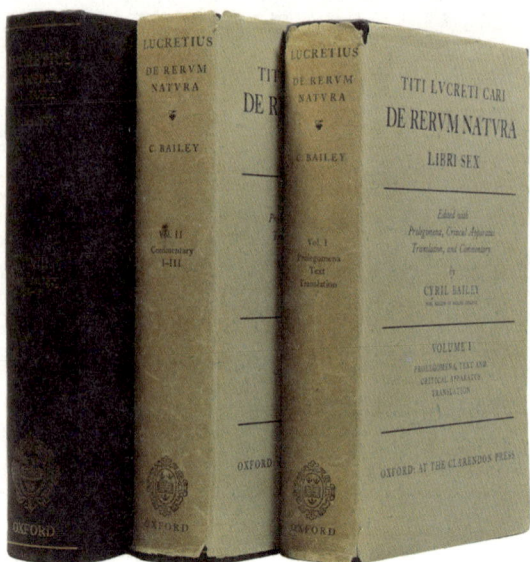
卢克莱修《物性论》，牛津大学出版社1947年版

成的叙述。对于原始人类与文明的诞生，他的观照又是何等生动！说他与爱德华·伯内特·泰勒[1]属于同一时代，两人足可亦师亦友也不为过。卷二则可说是一本原子物理学的手册，其观念真可说是神奇无比——

　　无尽的宇宙，

　　有熊熊燃烧的原子急湍奔流。

　　这样的句子，恐怕只有伦琴（Wilhelm Konrad Roentgen）或汤姆生（Joseph John Thomson）的弟子才懂得欣赏了。卷六的磁环理论（ring theory of magnetism），到了后世才由帕森斯（Charles Algernon Parsons）

1　爱德华·伯内特·泰勒（Edward Burnett Tylor, 1832—1917），英国人类学家，文化人类学的奠基人，英国皇家学会会员，著有《原始文化》（Primitive Culture）、《人类学》（Anthropology）等。

重新提出，而后者的磁元以环状高速旋转，其形式与结果，简直就是披着我们这位德谟克利特门徒的磁物理学一般。

说到这里，请容我再做个抗议。若说爱情春药足以让人丧失神智，在《忧郁的解剖》这本趣味十足的著作中，谈到情欲的那一章，还真的让我们大开了眼界。不论是哪一种的疯狂，是否会留出一段神智清明的空隙，而且还能写出像《物性论》这样的诗篇，虽非我们所知，但像这种神话，除了跟丁尼生的那首诗[1]扯得上一点因果关系外，实在没有什么其他的价值。只有大学里的老学究，从来不解年轻的阿弗洛狄忒之花招与媚术，才会把卷四中的那种激情视为只是智者的一时把持不住，受到薇薇安[2]或莎翁十四行诗中那个黑女郎（Dark Lady）的诱惑。

人文学院的研究，基本上是古典文学与历史，"但是，有很多的学生接触到哲学。专攻数学、博物学、史学、心理学、人类学或政治经济学的学生，很自然地会对哲学发生兴趣，而他们的需求，这所大学目前所提供的资源显然不足。"以上这段引自文学院教师委员会的报告，是大战（1914—1918）之前提出来的，去今可谓不远，报告建议成立新的高级研究学院，研究主题应设定为与科学相关的哲学原理，而其配套则由人文学院与科学学院共同拟订，目标在于养成一种信念，让学生明白，如果不能充分了解人类心智的伟大成就是如何达成的，就不足以成为一代的知识分子；至于现实的问题则在于，如何将这类课程列入高等通识教育，以及使科学思想也能在人文学院中发酵。[3]

1　指英国诗人阿尔弗雷德·丁尼生的诗歌《卢克莱修》，该诗化用卢克莱修《物性论》的内容和观点，描写了卢克莱修误服春药导致疯狂，最终自杀的情欲故事。

2　薇薇安（Vivien），亚瑟王传说中的妖女。

3　在我发表这篇演讲之后，约翰·亚历山大·斯图尔特（John Alexander Stewart, 1846—1933）教授给我一篇他刚发表的文章（Oxford After the War & a Liberal Education），他大力呼吁，牛津高等通识教育的基础，应该是"人文不可以无科学，自然科学不可以无人文"。——奥斯勒原注科学方法一点都不神秘，同时也离不开日常生活。这种认知非常重要。科学始终都只是一种观察的习惯或能力。唯其如此，儿童才能够在知识的氛围中成长，在成人的日常作息中学习；唯有从大量的差异中，才能够做科学的——精确的——观察；也唯有如此，我们才能够发现事物的真相。而"发现事物的真相"，无论是天上的、地下的，或是对自己的观察，正是柏拉图定义科学的核心。科学方法只不过是一种心智的活动而已，同样可以用来读懂古书写体（Beneventan script），用来分析煤矿的矿权，研究俯冲的力学，或斑蝥的花纹。理性的观察之外，希腊人还加上实验（但未充分用在生物学上），这项利器有助于科学的发展，现代世界的文明尤其得利于此。纯科学的发现应用到日常生活，可以说俯拾皆是，但是，从事研究的人，除了追寻自然法则的知识外，几乎别无所求，这种非营利的动机，正如约翰·伯内特（John Burnet）所说，是希腊人留给人类最珍贵的礼物。法拉第之发现感应电流（induced currents），从来没想到过发电机。克鲁克斯管（Crookes' tubes）直至伦琴将之实际用到 X 光上，之前都只是好玩而已。珀金（William Henry Perkin）发现苯胺染料之初，从未想到要将它变成一种化学工业。普里斯特利（Joseph Priestley）如果早知道充电产生的亚硝酸会让德国人延长战争，一定会诅咒这项发现，但若想到它也能够为我们解决肥料的问题，想来也会给予祝福。

　　现代科学的异常发展有可能毁了自身。专业化在今天是大势所趋，但专业已经被切割得七零八落。工人困在琐碎的迷阵中失去了整体感，无论在哪个领域里，人都陷在以利益为前提的小圈圈中，而且眼光浅短。一个世纪之前，化学还是医学讲座的座上贵宾，甚至高不可攀，曾几何时，却分成了十数个门类，各有各的实验室和文献，有时候还有各自的学术团体。至于年轻人，早早就投身于钻营，舍大道而由小径，很快就丧失了整体感，变得斤斤计较，格局越来越小，大头病的倾向则越来越严重。地球上1300余种斑蝥，花上14个年头去研究它们的花纹变化，只会把一个人的创造力钉死在目光如豆的小框框里；另一方面，他有可能自以为是个现代生物学家，一心只是想要用实验弄出个变种来，打破遗传特性因环境隔绝而造成的神秘。

只有在一个情况下，现代的专家才会承认，那些已经死掉的语文其实是大有用途的。文字之神千变万化的魔力，在希腊文上表现得最为淋漓尽致，为其他文字所不能及。相对于其他人来说，关于这一点，研究科学的人是最该肃然起敬的。面对新的发现，为了要弄清楚事实与形式的底蕴，多少学子就非得祈灵于帕纳索斯（Parnassus）不可。打开亨利·福斯特·莫利（Henry Forster Morley）与 M. M. 帕蒂森·缪尔（Matthew Moncrieff Pattison Muir）这些人所编的化学辞典，连篇累牍的名词，早在十年前，根本从所未见，要是其他领域的专家，那就更是一字不识了；还有就是中世纪西蒙·亚努恩西斯（Simón Januensis）的《同义字》（*Synonyma*）或马特乌斯·西瓦提库斯（Matthaeus Silvaticus）的《医学全书》（*Pandectae Medicinae*），那些阿拉伯文的术语，就更是有如天书一般了。但是，你若懂得希腊文，那又另当别论了。正如最近《笨拙》（*Punch*）杂志评论韦斯特教授（Andrew Fleming West）的大作，就有这样美妙的诗句：

> 林奈[1]以来，植物学全靠拉丁文；
>
> 生物学的命名，到处借用希腊文；
>
> 至于医学，这两种文字你若一窍不通，
>
> 那么，你连生得是什么疾病都会搞不懂。

且让我举两个例子吧。原生细胞是所有生命的起源，其间的方寸虽

---

1 卡尔·冯·林奈（Carl von Linné, 1707—1778），瑞典植物学家、动物学家、医师，现代分类学之父，动植物"双名命名法"的创立者，有"植物学王子"之称。著有《自然系统》（*Systema Naturae*）、《植物种志》（*Species Plantarum*）、《植物学哲学》（*Philosophia Botanica*）等。

小，命名疯（onomatomania）可是闹得凶。原生细胞在进行有丝分裂的过程中，发展出一套特殊的符码，处理的不仅是遗传与性别，有位细胞学家更相信，这套分裂机制除了是一种生理过程外，在其生理力量的运动与互动中，还可以找到开启生命之秘的钥匙。这位细胞学家简直可说是个古希腊人，不信，且听下面这一段，亚里士多德可能会比我们大部分人更听得懂。

> 在精原细胞（spermatogonia）的原浆（protoplasm）中，核小粒（karyogranulomes），而不是体小粒（idiogranulomes），与体精细胞（idiosphaerosome）——亦即冷霍塞克尖体（acrosoma of Lenhossék），一种蛋白质——相结合，并分化成为体隐窝（idiocryptosome）与体内膜（idiocalyptosome），两者均包覆于体精囊（idiosphaerotheca），亦即原浆小囊（archoplasmic vesicle）之中；但当精子（spermatid）变形成为一个球体时，体外膜（idioectosome）即消失，而内膜（calyptosome）从隐窝（cryptosome）脱离之后，精囊乃变成精内膜囊（spermiocalyptrotheca）。

这种克拉底鲁式（Cratylean）[1]的说法，如果嫌它太过于咬文嚼字，就让我们举一个现实的例子。在我们宝贝得不得了的甘蓝菜[2]园里，俗称甘蓝菜蛾的欧洲粉蝶（Pieris brassicae）一旦繁殖起来，菜农辛苦的心血也就付诸东流了。幸运的是，甘蓝菜蛾的幼虫是一种学名叫菜粉蝶绒茧蜂（Apanteles glomeratus）的昆虫的寄主，而后者又是另一种昆虫白腹姬蜂（Mesochorus pallidus）的寄主。说到甘蓝菜的营养与药性，老加图（Marcus Porcius Cato，前234—前149）曾经赞不绝口，

1　柏拉图在《克拉底鲁篇》（*Cratylus*）中记录了哲学家克拉底鲁的对话，克拉底鲁认为，所有语言文字与它们所表示的事物都具有内在的联系并有其固定的意义。

2　甘蓝菜（cabbage），又称卷心菜、圆白菜、洋白菜、大头菜、包菜。

另外还有两个普林尼[1]的同行，克利西波斯（Chrysippus）与迪厄切斯（Dieuches），甚至还为它写过专论。像英格兰乡下人如此喜爱的食物，竟然是靠这些昆虫的卵才得以保存，还真是一场悲剧，想到那种场景甚至不免悚然。原来白腹姬蜂多胚胎卵的原生质寄生在菜粉蝶绒茧蜂的卵上，先会形成一种营养卵膜（trophoamnion），并发育成为多个虫卵聚集在一起的卵块（poly germinal mass），一种球状的桑葚胚，由此再长成数百只幼虫，不旋踵就把寄主以及寄主的寄生吃个精光，甘蓝菜蛾因此胎死腹中。也只有靠这种方式，大自然才保存了老加图所喜爱的塞氏甘蓝（Selenas）、李氏甘蓝（Leas）与海甘蓝（Crambes）[2]，以及农民所赖以维生的甘蓝菜。

科学人过度的专门化，不免陷入褊狭，以至忽略了古典人文的传统。要提升科学的境界，关键在于体认一种新的哲学——知识的系统知识（scientia scientiarum）；关于这一点，柏拉图是这样说的："只有各种知识达到彼此交融与结合的地步，其相互的密切关系又能够受到重视，唯其如此，知识的追求才是有价值的。"[3]这种融会贯通，我不敢说自己已经做到，因为跟约翰逊博士的好友奥利弗·爱德华兹（Oliver Edwards）一样，我从来就不曾把哲学搞通过，总是"乐在其中，以至未能求其甚解"。

筹备中的高等研究院，哲学的原则就是要纳入科学，同时引进文学与历史的研究，亦即乔治·萨顿（George Alfred Léon Sarton）大力提倡的新人文主义，务使学生明了科学思想的来龙去脉。倒是把科学史局限在开普勒至今，未免有所不足。理科学生都应该追本溯源，德谟克利特与道尔顿、阿基米德与开尔文（William Thomas Kelvin）、阿里斯塔克与牛顿、盖仑与约翰·亨特，以及柏拉图、亚里士多德与所有这些人

---

1 指老普林尼，古罗马博物学家，见本书第287页注释1。

2 Selenas、Leas与Crambes，是甘蓝菜的变种或别称。

3 出自柏拉图《理想国》。

之间彼此的关系，都应该教给学生知道，"大论文"的学生也应该有机会一窥希腊科学的堂奥。至于公立学校，十六七岁的孩子就应该拥有足够的科学知识，能够明白泰奥弗拉斯托斯在植物学中的地位，甚至自己也能够弄出一个希罗喷泉来。对于科学发展的来龙去脉，学子们一旦拥有了完整的知识，科学在这个国家的地位也将大不相同。让博德利图书馆成为一个总馆的时机也已成熟，可以成立十个或更多的部门，各自主管一个分馆。当学子们再度生活在美轮美奂的图书室中时，历史动线的教学也将眉清目楚。随着音乐馆的完备，以及辛格（Charles Joseph Singer）博士与夫人对科学馆的厚赐，古典学术、历史、文学、神学等也将齐备，不论对教授、职员或大学部学生，每个分馆都将成为解惑先生（Doctor perplexorum）。

在这个历史悠久的知识殿堂中，真希望能有时间，扼要地来谈谈科学的演进。不过，眼前倒是有一个绝佳的机会，可以让各位一睹科学演进的两个方面。承蒙好几个学院的惠允，特别是牛津大学基督教堂学院、墨顿学院（Merton College, Oxford）、奥里尔学院（Oriel College, Oxford）与剑桥大学圣约翰学院（St. John's College, Cambridge）这几个学院，协同博德利的主任们、考利（Arthur Ernest Cowley）博士，以及牛津大学莫德林学院（Magdalen College, Oxford）的冈瑟（Robert Willam Thodore Gunther）先生，出借早期的科学仪器与手稿展出。从一系列的四分仪与星盘，不难看出这些保有古希腊遗风的阿拉伯仪器，是如何将亚历山大时期的科学转化进入现代世界的，其中不乏出自牛津，有一件更是与我们的天文诗人乔叟有关。

墨顿学院提供天文与医学的早期仪器与作品，也是破天荒地首度亮相，而且全都是出自14世纪一群前辈之手，包括威廉·雷德（William Reade）、约翰·阿斯彻登（John Aschenden）、西蒙·布雷登（Simon Bredon）、威廉·莫尔（William Merle）、沃林福德的理查德（Richard of Wallingford）等，由于他们的努力与奉献，才使牛津得以成为世界顶尖的科学学府。

英国皇家学会早期的科学仪器，存世的已不多见，承蒙基督教堂学院院长与该院管理单位的慨允，学会成立之后，由奥雷里伯爵（Charles Boyle, 4th Earl of Orrery）苦心经营30年的研究仪器也一并展出，其中一组天文模型以"奥雷里"为名，正是为了纪念这位学者。

希腊自由城邦的历史处处显示，热爱生命中高尚而美好的物事，足以促进民主精神的发展。当前西方世界的问题是，在一个以势为尊的文明中，这种热爱是否仍然得以开展。今天，无论个人或国家，纵使行为已经丧心病狂到了令人绝望的地步，但仍然无法就此论断其存亡。拉瓦锡在法国大革命中惨遭毒手[1]，巴黎大主教乔治·达尔博伊（Georges Darboy）也被巴黎公社送上祭坛，但法国还是没有垮掉；尽管有尼古拉·丹尼列夫斯基（Nikolay Yakovlevich Danilevsky）与斯米尔诺夫（S. A. Smirnov）这类乖戾的学者，以及尤金·波特金的枉死[2]，俄罗斯却也还是存活了下来。像明智的希腊自由民那样，将身家性命都信托给国家，让男男女女都能够热爱周遭照亮他们的光，勉励大家行兄弟之爱以达到好撒玛利亚人的标准[3]，但无疑地，要实现这样的民主，虽非痴心

1　拉瓦锡（Antoine-Laurent de Lavoisier，1743—1794），法国著名化学家、生物学家、税务官，现代化学之父。他认识并命名了氧气和氢气，预测了硅的存在，提出"元素"定义，并发表第一个现代化学元素表，列出33种元素。他曾在学术上反对时为青年科学家的马拉（Jean-Paul Marat，1743—1793），法国大革命爆发后，雅各宾派掌权，作为其主要领导人之一的马拉，指控拉瓦锡在税务官任上犯有税务欺诈罪，导致拉瓦锡最终被送上雅各宾派的断头台。

2　尤金·波特金（Eugene Botkin，1865—1918），原名叶夫根尼·谢尔盖耶维奇·波特金（Yevgeny Sergeyevich Botkin），俄国罗曼诺夫王朝末代沙皇尼古拉二世的宫廷御医，在"十月革命"中陪同罗曼诺夫皇室一起流亡，最终与尼古拉二世一家一同被布尔什维克军队枪杀。

3　好撒玛利亚人（Good Samaritan），出自《新约·路加福音》中的一个寓言，意为好心人、见义勇为者。一个犹太人被强盗打劫，受伤躺在路边，有同样信仰的祭司和利未人路过不闻不问，一个撒玛利亚人却不顾教派隔阂善意照应他。这个寓言意在说明，鉴别人的标准是人心，而不是人的身份，是为好撒玛利亚人的标准。

妄想，却也必须有其他的配套，借科学控制自然的力量，促进公共的福祉，并追求宗教、艺术与文学中的最美好。

至于生活在现代工业城市的烟尘与脏乱中的人们，劳碌整天之后，个个有如"无福消受福音书的掷铁饼者"，而我们的清教徒文明，虽有安提诺乌斯（Antinous）之美名，却也还是不脱粗鄙。各位都当记得，塞缪尔·巴特勒[1]发现两尊"掷铁饼者"[2]弃置在蒙特利尔自然历史博物馆的杂物室中，混杂在兽皮、草木、蛇虺、昆虫之间，只见一只填充的猫头鹰栖在"这位史伯金先生（Mr. Spurgeon）姐夫的身上"，对于这个亵渎美的老先生，塞缪尔·巴特勒大为反感，乃发而为诗，并忍不住喊出："啊上帝！啊蒙特利尔！"

但是，我们大可不必泄气。放眼天下，一切如故，经过了四年的大混战，饱受摧残的人文精神依旧呵护着永不屈服的希望，期盼着一个理想的国家："人民安乐……聪明绝顶，全都勇敢、正直、自制……和谐团结，安享法治、平等、自由，以及所有美好的事物。"琉善这幅"四海升平"的画面，今天的圆桌文士（Round Table pen）或国际联盟（League of Nations）的谋士们，也有可能依样葫芦勾勒一幅出来。这种对于希望的坚持，见证了理想的力量深入人心，或许比我们敢于梦想的还更深切。君不见，一场可怕的感染，譬如说天花之类的，只要活了下来，也就终生免疫了。同样地，我们所经历过的这场灾难，或许也终将嘉惠天下苍生。柏拉图在讨论过各种形式的政府之后，下结论说："国家亦如人民，无非人性而已。"等到梦想中的理想国接近完成时，他终于了解到，真正的国家毕竟是在人心里面。我们每个人都是它的建造者，并按照一个理想一丝不苟地打造它的存在。将希腊的理想予以重

---

1 塞缪尔·巴特勒（Samuel Butler，1835—1902），英国作家，死后成名，著有《众生之路》（*The Way of All Flesh*）等。

2 Discobolus，公元前5世纪希腊雕塑家麦隆（Myron）的作品，存世者皆为复制品。——译注

建，落实到今天的民主上，难道不是我们每个人都想要的吗？而借此将每个人的服务与社会融而合之，岂不也正是乔治·吉尔伯特·默里教授慧眼之所见？

我们的双颊仍然燃烧着仇恨，居然在此侃侃而谈未来的拯救之道，听来不免可笑；但是，我们从小所受的教育，其精髓岂不也正是这些东西？人类有生存的权利，有健康幸福生活的权利，这样的福祉今天总算是深入人心了；大战（1914—1918）之后，科学已经立下了大功，使人免于死非其时，"人的生命贵于纯金，甚至比俄斐（Ophir）的黄金更为贵重"。以赛亚口中的日子似乎已经是唾手可得。医学之父（希波克拉底）有一句发人深省的名言：仁心与仁术本属一体。的确，爱人如兄弟，工作之乐自在其中。或许唯有二者完全合一，人类的渴望才能够得到解决，智慧也才能够代代相续。

威廉·奥斯勒医师生平年表

加拿大邦德海德与登打士：童年时期（1849—1864，1—15岁）

1849　7月12日，出生于上加拿大（Upper Canada，今安大略省）西
　　　科姆郡的邦德海德，是费瑟斯通·雷克·奥斯勒（Featherstone
　　　Lake Osler）与艾伦·弗里·皮克顿（Ellen Free Pickton）
　　　九个孩子中的第八个，也是他们最小的儿子。父亲费瑟斯
　　　通是一名牧师，老家在英格兰西南部康沃尔郡的法尔茅斯
　　　（Falmouth），1837年接受教会安排与新婚妻子前往当时的英
　　　属殖民地邦德海德布道，后定居加拿大。

1857　3月，举家迁至登打士小镇，位于安大略湖西畔。在登打士的
　　　小学，因恶作剧被校长开除。

**加拿大巴里、威斯顿与多伦多：三一学院时期（1864—1870，
15—21岁）**

1864　被送往巴里（Barrie，安大略省东南部城镇）的一所寄宿制文
　　　法学校（Grammar School）。

1866   1月，入威斯顿的三一学院中学（Trinity College School）就读，遇恩师约翰逊神父，即威廉·阿瑟·约翰逊（William Arthur Johnson），三一学院中学创办人和首任校长。

1867   秋，进入多伦多三一学院（Trinity College, Toronto），主修神学，后改攻医学。在这里，遇到影响他一生的第二位恩师——詹姆斯·鲍威尔医师（Dr. James Bovell）。詹姆斯·鲍威尔酷爱藏书，他让奥斯勒住在自己家中，奥斯勒在老师家的书房里读了许多医学名著。

1868   秋，进入多伦多大学医学院。

1869   2月，《圣诞节与显微镜》一文刊登于《哈德维克科学琐谈》（Hard Wicke's Science-Gossip），为生平发表的第一篇文章。

加拿大蒙特利尔：麦吉尔大学时期（1870—1884，21—35岁）

1870   秋，听从恩师詹姆斯·鲍威尔的建议，转学到魁北克省蒙特利尔市的麦吉尔大学医学院，因为该校的临床教学条件较佳。由于在多伦多已学了两年多的理论课，直接到蒙特利尔总医院实习，在这里，遇导师罗伯特·帕尔默·霍华德（Robert Palmer Howard）。得益于蒙特利尔总医院与他的第三位人生导师霍华德，21岁的奥斯勒已经有了相当丰富的临床经验。

1872   春，自麦吉尔大学医学院毕业，获医学学位（MDCM）。当时蒙特利尔缺少专科医师，尤其是眼科医师，恩师霍华德曾在欧洲深造，便建议奥斯勒去欧洲学习眼科，回国后做一名眼科医师。7月，奥斯勒与经商的四哥埃德蒙德（Edmund Boyd

Osler）同行，远赴英伦，在四哥的资助下，开始了两年的欧洲游学生涯。其间赴伦敦、柏林、维也纳进修临床医学，寻访医学大师。他先是拜访了英国皇家眼科医院的国际眼科大师威廉·鲍曼（William Bowman），鲍曼提醒他不要局限于眼科的学习，应该从生理学开始，夯实基础。奥斯勒从善如流，拜访了牛津钦定医学教授约翰·桑德森（John Burdon Sanderson），跟他学习病理学，并因桑德森的关系结识了许多医界人士，还见到了《物种起源》的作者达尔文。在桑德森的生理学实验室进修15个月后，奥斯勒又经桑德森引荐到盖伊医院学习临床。

1873   10月，跨过英吉利海峡，去往德国柏林，师从病理学大师鲁道夫·菲尔绍（Rudolf Ludwig Karl Virchow），进修三个月。

1874   1月，赴奥地利维也纳，师从维也纳学派三巨头：卡尔·罗基坦斯基、约瑟夫·斯科达（Joseph Škoda）、斐迪南·希伯拉（Ferdinand Hebra）。在维也纳总医院，跟随妇产科主任卡尔·布劳恩（Carl Braun）学习和实践。春，结束欧洲游学生涯，返回加拿大蒙特利尔。夏，接替麦吉尔大学医学研究院因病准备辞职的讲师德雷克（Joseph Morley Drake）的位子，一边做讲师，一边开始挂牌行医。年底，自告奋勇到蒙特利尔总医院天花科病房工作。

1875   年初，蒙特利尔天花大爆发。德雷克辞职，26岁的奥斯勒被正式任命为麦吉尔大学医学院教授。

1876   年初，染上天花。当时的疫苗技术还不成熟，奥斯勒虽接种过天花疫苗，却并未完全防止感染，只是大大抑制了病毒的活性，所幸他的症状不算严重。5月，被蒙特利尔总医院任命为病理解剖师。

1877　4月，到美国波士顿的哈佛大学医学院观摩学习，回麦吉尔大学后主持开设第一个现代化生理学实验室。奥斯勒在蒙特利尔的声名越来越响，他一度被蒙特利尔的兽医学院聘为院长，并兼职给兽医学院的学生上课。

1878　获蒙特利尔总医院主治医师任命，随后与好友乔治·罗斯（George Ross）一同访英（伦敦、爱丁堡），访英期间参加了英国皇家医学院的院士资格认证考试，并继续深造。9月，回到蒙特利尔。

1879　5—7月，开始在蒙特利尔总医院教授临床医学，其后五年，冬季学期教授生理学与病理学，夏季学期教授临床医学。

1881　相继接到两位恩师——詹姆斯·鲍威尔、约翰逊神父——去世的消息。6月，与恩师霍华德一起参加在伦敦召开的第七届国际医学大会，听了菲尔绍、赫胥黎、巴斯德（Louis Pasteur）、李斯特（Joseph Lister）等科学巨擘的最新研究报告，并引起了来自美国费城的医学教授塞缪尔·格罗斯（Samuel Weissel Gross）的注意。三年后，由于格罗斯的推荐，奥斯勒离开麦吉尔大学，出任宾夕法尼亚大学医学院教授，开始了长达21年的美国生活。

1883　经过五年的考验期，34岁的奥斯勒正式成为英国皇家医学院院士。一年后，他在德国莱比锡接到宾夕法尼亚大学医学院聘任信；对蒙特利尔尤其是对麦吉尔大学以及恩师霍华德的感情，一度让他在面临这个人生的第一次重大选择时，陷入胶着，他甚至用抛硬币的办法，来决定是去费城，还是留在蒙特利尔。

美国费城：宾夕法尼亚大学时期（1884—1889，35—40岁）

1884　春，访问欧洲（伦敦、柏林、莱比锡），在莱比锡接到宾大医学院的聘任信。7月，在伦敦与受宾大董事会委托面试的米切尔（Silas Weir Mitchell）见面，接受并顺利通过米切尔的面试。10月，正式在美国费城（宾夕法尼亚州城市）的宾夕法尼亚大学上任，接替威廉·佩珀（William Pepper）担任临床医学系主任，同时成为布洛克利救济院（Blockley Almshouse）[1]的病理学家。

1885　10月，在奥斯勒的建议和筹划下，美国内科学会成立。

1888　7月，趁休假去巴尔的摩参观正在筹建中的约翰·霍普金斯大学医学院，医学院筹建委员会主任毕林斯（John Shaw Billings）对奥斯勒慕名已久，马上请他吃饭，席间试探口风，请他加盟医学院。9月，在华盛顿的一个国际医学会议上，奥斯勒与毕林斯详谈之后达成一致意见，同意受聘于筹备中的约翰·霍普金斯大学医学院与约翰·霍普金斯医院，分任医学系主任与首席主任医师。

1889　5月1日，向宾夕法尼亚大学医学院毕业生发表告别演说《宁

1　布洛克利救济院后来被称为费城综合医院（Philadelphia General Hospital），1977年关闭。

静》。5月7日，抵达巴尔的摩，参加霍普金斯医院开业典礼。当时医学院尚未完成组建，奥斯勒先在医院办公。

美国巴尔的摩：约翰·霍普金斯时期（1889—1905，40—56岁）

1890　5月，赴欧洲考察德国、法国和英国的最新医学成就。8月，在柏林参加第十届国际医学大会。秋，接受纽约阿普顿（Appleton）出版公司约稿，准备撰写医学教科书《医学原则与实务》。

1891　1月，与阿普顿出版公司签约。6月，于约翰·霍普金斯大学护理学院首届毕业典礼上演讲《医师与护士》。9月，《医学原则与实务》完成初稿。

1892　3月，《医学原则与实务》出版，此书出版之后立刻风靡，成为英语国家的标准医学教科书。5月，与塞缪尔·格罗斯的遗孀葛莉丝·林季（Grace Linzee Revere）结成连理。（格罗斯是奥斯勒进入宾大医学院的推荐人，奥斯勒到宾大医学院工作后常去格罗斯家中做客，1889年格罗斯因病英年早逝，奥斯勒在撰写《医学原则与实务》期间向葛莉丝求婚，葛莉丝答应等奥斯勒写完书后嫁给他。）10月，于明尼苏达大学新医疗大楼启用典礼上演讲《老师与学生》。12月，于约翰·霍普金斯医学院历史学会演讲《柏拉图笔下的医疗与医师》。

1893　2月，葛莉丝生下一个男孩，但一周后就夭折了，奥斯勒写下："顺遂的开端难免苦涩的终局。"10月，约翰·霍普金斯大学医学院建成开学，奥斯勒与韦尔奇（首任院长、病理学教授）、霍尔斯特德（外科学教授）、凯利（妇产科教授）作为创始教授，被称为约翰·霍普金斯大学医学院"四巨人"。

1894　5月，于宾夕法尼亚大学维斯塔解剖与生物研究所开幕时演讲
　　　《科学的酵母》。

1895　1月，于麦吉尔医学系新大楼启用典礼上演讲《教学与思
　　　想——医学院的两种功能》。2月，父亲费瑟斯通去世。12月
　　　28日，儿子爱德华·里维尔·奥斯勒（Edward Revere Osler）
　　　出生。《医学原则与实务》第二版出版。

1897　2月，于费城医院护理学校毕业典礼演讲《护士与病人》。6
　　　月，于约翰·霍普金斯医学院护理学校毕业典礼再次演讲。
　　　夏，对医学颇感兴趣的传教士弗雷德里克·盖茨（Frederick
　　　Taylor Gates）读了奥斯勒的《医学原则与实务》，认为这是他
　　　毕生最享受的一次阅读；作为世界首富、石油大王洛克菲勒
　　　（John Davison Rockefeller）的顾问和财政管理人，弗雷德里
　　　克·盖茨写信给洛克菲勒，陈述与欧洲相比美国科学医学的贫
　　　弱，建议他创办现代医学科研机构，由此促成了洛克菲勒医学
　　　研究所（今洛克菲勒大学）的创办（1901）。

1898　春，当选英国皇家学会会员。5月，参与创立医学图书馆协会
　　　（Medical Library Association），并于1901—1904年担任该协会的
　　　第二任主席。《医学原则与实务》第三版出版。

1899　9月，向麦吉尔大学医学院师生发表演讲《25年之后》。

1901　1月，于波士顿医学图书馆开馆典礼上演讲《书与人》。夏，
　　　携妻子葛莉丝与助手乔治·多克（George Dock）赴欧洲旅行，

期间访问了荷兰，寻找稀有医学古籍，以及与荷兰医师、植物学家赫尔曼·布尔哈夫有关的历史文物，参加了英国结核病大会（British Congress of Tuberculosis），并在苏格兰的海边小镇北贝里克（North Berwick）度假。

1902 夏，携妻子葛莉丝与七岁的儿子爱德华·里维尔前往多伦多，参加多伦多三一学院加入多伦多大学之前的最后一次毕业典礼，并接受荣誉学位；之后在魁北克省的默里湾（Murray Bay）[1]度过夏天。9月，于加拿大医学学会演讲《医界的沙文主义》。

1903 10月，毕业35年之后，返回母校多伦多大学，于新的生理暨病理实验室启用典礼上演讲《行医的金科玉律》。12月，于纽约医学研究院演讲《医院即学院》。

1904 2月，巴尔的摩市发生大火，整个城市几乎被毁，约翰·霍普金斯医院陷入严重的经济危机，奥斯勒写信给董事会，表示愿意在未来十年捐出年薪，以保证医学期刊的继续发行，并写信给弗雷德里克·盖茨，请他给洛克菲勒进言，为医院寻求资助。4月，洛克菲勒的儿子写信给奥斯勒，同意捐赠50万美元给霍普金斯医院，用于渡过难关。6月，收到约翰·桑德森来信，因身体欠佳决定退休的桑德森想请他来英国接替自己牛津钦定医学教授的职位，奥斯勒本就有退休后回自己的祖籍英国养老的打算，但这个时候让他离开霍普金斯医院和医学院，他还是因不舍而犹豫难决。8月，英国首相亚瑟·贝尔福给奥斯

---

1 默里湾，后改名为拉马尔拜（La Malbaie）。

勒颁发了牛津大学钦定医学讲座教授（Regius Professorship of Medicine）聘任书，在妻子葛莉丝的建议下，奥斯勒接受了这一聘任。

英国：牛津时期（1905—1919，56—70岁）

1905　2月，于约翰·霍普金斯大学毕业典礼向校友、全体师生发表告别演说《定期退休》。4月，于麦吉尔大学向美、加学生发表告别演说《学生生活》。4月，再讲于宾夕法尼亚大学。4月，于巴尔的摩马里兰州内科与外科医师年会上，向美国医界领袖发表告别演说《整合、平安与和谐》。5月，讲《送别》于纽约的欢送宴会，与会者皆为美、加医界领袖。5月底，奥斯勒一家抵达英国，入住牛津瑙伦园7号。6月，出任牛津大学钦定医学讲座教授。10月，于伦敦盖伊医院医学学会演讲《托马斯·布朗爵士》。

1906　12月，母亲艾伦百岁寿辰，奥斯勒回多伦多为母亲庆生，这是他与母亲最后一次见面。

1907　母亲去世。搬入牛津瑙伦园13号[1]，在这里，奥斯勒夫妇热情接待北美访客及友人，一直到他们去世，瑙伦园13号因此被称为"敞开的双臂"（The Open Arms）。在英国创立医师协会（Association of Physicians），并在其出版物《医学季刊》（*Quarterly Journal of Medicine*）任高级编辑直至去世。

1　现为牛津大学格林坦普顿学院奥斯勒麦戈文中心（Osler-McGovern Centre）。

1910	7月，于爱丁堡的麦克尤恩堂（McEwan Hall）演讲《人类的救赎》。
1911	创立研究生医学协会（Postgraduate Medical Association）并出任第一任主席。6月，因在医学领域的贡献，英王乔治五世为奥斯勒加冕男爵爵位。
1913	4月，于耶鲁大学演讲《生活之道》，最后一次访美。
1917	8月，儿子爱德华·里维尔·奥斯勒殉职于第一次世界大战欧洲战场，时为英国皇家炮兵军官。
1919	1月，出任同盟国医学联谊会（Inter-Allied Fellowship of Medicine）主席。5月，出任牛津古典学会会长，发表就职演讲《旧人文与新科学》。7月，罹患急性支气管性肺炎，当时，"1918年大流感"正在欧洲和北美蔓延。10月，将同盟国医学联谊会与研究生医学协会合并成新的组织——医学研究联谊会（Fellowship of Postgraduate Medicine），并出任第一任主席。12月29日，卒于牛津大学，享年70岁。

逝世以后

1920年1月1日，威廉·奥斯勒的葬礼在牛津大学基督会大教堂举行。奥斯勒逝世后，他的妻子葛莉丝于九年后（1928年）去世。奥斯勒夫妇的骨灰，安葬于加拿大麦吉尔大学的奥斯勒医学史图书馆（Osler Library of the History of Medicine）。奥斯勒医学史图书馆是在奥斯勒捐献的8000余种医学古籍及相关学科稀有图书、文献的基础上建立的，1929年正式开放，现已成为加拿大最大的医学历史图书馆。1925年，奥斯勒的学生及密友，美国外科医师、病理学家、作家，有"神经外科之父"称号的哈维·库欣（Harvey Williams Cushing），写出了奥斯勒的第一本传记，这部两卷本的《威廉·奥斯勒爵士的一生》（*Life of Sir William Osler*，牛津大学出版社）获得了1926年的普利策奖。1994年，加拿大医学名人堂成立，奥斯勒成为第一批入选的十位医学名人之一。1994年，加拿大作家迈克尔·布里斯（John William Michael Bliss）出版了奥斯勒的传记《威廉·奥斯勒：医学生涯》（*William Osler: a Life in Medicine*），该书入围了当年的加拿大总督文学奖（Governor General's Literary Awards）。